KB099231

료마가 간다

4

시바 료타로/박재희 옮김

동서문화사

료마가 간다 4
차례

고베 해군학교

"사카모토 료마는 아직 안 왔느냐?"

막부 해군 통제관 가이슈(海舟) 가쓰 린타로(勝麟太郎)는 드러누워 정원의 백일홍을 내다보고 있었다.

"옛, 아직 안 오셨습니다."

심부름꾼 니이다니 도오토로(新谷道太郎)가 대기실에서 대답했다.

방에까지 바다 냄새가 불어 들어온다.

"고베(神戸)는 정말 쓸쓸한 어촌이었다."

쇼와 십년(1935년)대까지 장수한 이 니이타니옹은 뒤에 그렇게 말했다.

고베라는 지명은 게이오(慶應) 3년 12월 7일의 개항(開港)까지 거의 세상에 알려지지 않았었다.

마을 한복판을 산요오도(山陽道)가 지나고 있다. 그 도로 양쪽에 농가들이 늘어서고 해변에는 자그마한 어부의 집들이 드문드문 서 있었다.

호수(戶數) 5백 호.

토지는 막부 소유로 7백 석이었다.

이 이름도 없는 어촌에 가쓰는 료마와 더불어 "고베 해군 조련소(海軍操練所)"라는 것을 세우려고 하는 것이다.

그 가쓰는 지금 이쿠지마 시로다유(生島四郞大夫)라고 하는 고베 마을의 촌장집에 머물러 있다.

으리으리한 저택이다.

"오, 료마, 돌아왔나."

가쓰는 일어나 옆방을 보았다. 료마가 있다. 고베에 방금 도착한 료마는 머리하며 눈썹하며 뽀얗게 먼지를 뒤집어 쓴 채로 꾸뻑 절을 했다.

"돈은 어떻게 됐나?"

가쓰의 걱정은 그것이었다. 재정 상태가 어려운 에치젠(越前)의 마쓰다이라 집안에서 과연 요구한 대로의 액수를 내놓을 것인지 염려하고 있었던 것이다.

"받았습니다."

"허."

"곧 에치젠 번의 오사카 상무소(商務所)에서 가져오기로 되어 있습니다."

'잘되었다.'

그렇게 생각했지만 대장부가 요만한 정도의 성공으로 기뻐할 것은 아니라고 하는 자기훈련이 가쓰라는 사내의 표정 구석구석까지 차 있었다.

가쓰는 얼굴을 쓱 문지르고 말한다.

"배가 고프다. 그런데 벌써 날도 저무는데 지금부터 공사장을 볼 건가, 아니면 내일 아침으로 미루고 밥을 먹을까. 둘 중 하나를 택하자."

"밥을 먹으면서 공사장을 보죠."

료마는 말한다.

"그렇기도 하군."

제법이구나, 하고 가쓰는 생각했다. 도베에게 주먹밥을 만들게 하여 공사장까지 가져오게 하겠다는 말이다.

'괴짜야.'

가쓰는 혼자서 키득키득 웃었다.

다른 사람이 그랬다면 머리가 꽤 빨리 도는 놈이라는 정도의 느낌 밖에 없을 일에도, 료마가 말하면 모든 것이 공연히 우스꽝스러운 것이다.

두 사람은 이쿠시마의 저택을 나섰다. 얼마 뒤 바닷물이 얼굴에까지 튀어올 것 같은 해변 한 모퉁이에 이르자, 료마는 건축 중인 건물을 기쁜 듯이 바라보며 말했다.

"어지간히 됐군요."

벌써 벽도 발라지고 문짝만 달면 되게 되었다.

"목수와 미장이들은 벌써 돌아간 모양이군."

가쓰는 안으로 들어가 현관 마루에 걸터앉았다.

이윽고 도베와 니이타니가 주먹밥을 날아왔다. 해가 잇치노타니(一之谷) 너머로 떨어졌다.

"모든 일이 순조롭게 돼 가고 있어."

가쓰가 말했다.

이 가쓰의 해군학교를 위해 막부에서 5천 냥의 예산이 나오기로 되어 있어 남은 문제는 학생을 모으는 일뿐이었다.

그 모집 요강도 이미 각 번에 통고되었고, 료마는 료마대로 교토에 모여 있는 각처의 낭인들을 설득하고 있는 중이므로 이쪽도 오래지 않아 수백 명은 모이게 될 것이다.

네 사람은 초롱불 아래서 밥을 먹었다.

"료마, 이 학교가 새로운 일본을 움직이는 축이 될 게야."

가쓰는 으적으적 소리를 내어 단무지를 씹었다.

료마는 이 기간에 고향의 오토메 누님에게 편지를 보냈다.

편지 끝 구절이 이렇게 끝나는 문장이다.

"이만 에헴 에헴, 총총"

"요즘은 천하제일의 대군학자(軍學者) 가쓰 린타로라는 대선생님의 문하생이 되어"

대(大)자를 둘씩이나 써서 오토메 누님에게 큰소리치고 있다. 그 대선생 제자이므로 자기도 훌륭하게 되었다는 뜻인 모양이다.

"더없이 사랑을 받아, 말하자면 손님 대접을 받고 있지요. 가까운 시일 안에 오사카에서 백 리 남짓 떨어진, 효고(兵庫)라는 곳에 해군을 가르치는 커다란 학교를 만들고 또 4, 50간이나 되는 배를 만들어 학생들도 4, 5백 명 각처에서 모여들 것입니다……."

"뛰어난 사람(자신을 말함)의 보는 눈이 어떻다는 것을 아셨으리라 믿습니다. 이만 에헴 에헴, 총총 료마."

고치 성읍 혼초 일가의 사카모토 댁에서 이 편지를 받은 오토메 누님은 허리를 잡고 웃었다.

유모 오야베도 겐 할아범도 끼어들어 세 사람이 실컷 웃어댔다.

"그 코흘리개 도련님이 코깨나 높아졌네."

대견스러워서 웃는 웃음일 것이다.

마지막으로 읽은 형 곤페이도 그 큰 얼굴에 함빡 웃음을 띠다가 그러면서 쓴웃음을 지으며 말했다.

"그나저나 료마는 검술도 양이(攘夷)운동도 내던지고 뱃놈 흉내만 낼 셈인가. 언제나 그 녀석이 하는 일은 알 수가 없어."

고베 해군 조련소의 설립은 가쓰의 운동으로 행정이 제도화되기 시작했다. 막부에서는 이왕이면 같은 종류의 것을 에도의 엣추 섬(越中島)에도 만들 계획을 세워, 에도에는 일본 동부 출신을 모으고, 고베 쪽의 학생은 일본 서부에서 모집하기로 했다. 에도 쪽은 구상에 그쳐 끝내 실현을 보지 못했지만 요컨대 지금의 도쿄 상선 대학, 고베 상선 대학의 전신이라고 생각하면 틀림이 없을 것이다.

료마의 구상으로서는 이 동서 조련소의 총독은 한 사람이 겸하되, 더욱이 그것도 막부 관리가 아니라 교토의 조정(朝廷)에서 선임하기로 하며, 학교의 경비도 가능한 한 막부에서 부담하지 않고 일본 서부 지방의 각 번이 분담하게 할 생각이었다. 즉 어디까지나 관립이 아니라 사립으로 해 나갈 작정이었던 것이다.

그러나 이 계획은 이루어지지 않고 결국 '관립'으로 되었다.

연습선도 막부가 앞서 구입한 간코 호(觀光號)와 고쿠류 호(黑龍丸)가 배당되고, 또 다카토리 산(鷹取山) 탄광은 조련소 부속으로 되었으며, 배 수리소는 나가사키 조선소가 배당되었다.

조련소 행정 업무는 해군 통제관 가쓰 린타로 외에 두 명이 맡고, 교수들도 대략 결정되었다.

허나 이런 모든 것이 갖추어진 것은 1년 뒤의 일이었다.

료마는 이것이 관제화될 때까지 기다릴 수가 없어, 정식 개교할 때까지 '사립 가쓰 가이슈(勝海舟) 학교'란 이름으로 학생을 수용, 학습시키기로 했다.

가쓰도 찬성이었다.

"자네가 교장이니까 생각대로 하게."

가쓰식으로 모든 일을 맡겨 버렸다.

분큐(文久) 3년(1863) 5월 그믐, 각 번사(藩士)의 낭인들이 '항해 연습생'이 되기 위해 속속 고베로 모여들었다.

료마는 신축된 기숙사의 방 하나를 차지하고 매일같이 신입생의 인사를 받았다.

대략 첫달은 2백 명.

료마의 큰 누님으로 아키 군(安藝郡)의 향사(鄕士) 다카마쓰 준조(高松順藏)의 아내가 된 지즈(千鶴)의 장남 다카마쓰 다로(高松太郎)도 입소했다.

"다로, 네 녀석이 어릴 때 내가 목말을 태워 주곤 했었지. 알고 있나?"

"알고 있습니다."

숙질간이라고는 하지만 나이 차는 별로 나지 않는 사이였다.

그러나 다로는 목말을 태워 주었다는 말만 나오면 꼼짝 못한다.

"열심히 해라."

"열심히 하겠습니다."

이 다카마쓰 다로는 메이지 4년(1871) 조정의 명으로 료마의 뒤를 이은 사람이다. 하지만 얼마 안 되어 병사하고, 그 뒤 쇼와 16년에 다로의 동생 나오히로(直寬)가 사카모토 집안을 계승했다. 나오히로의 데릴사위 야타로(彌太郞)는 삿포로(札幌)의 홋카이 제강(北

海製鋼)을 경영하고 그 일족은 대부분 홋카이도에 거주하고 있다.

입소생 중에 또 한 사람의 다로가 있었다.

나라사키 다로(楢崎太郎)이다.

교토에서 구해 준 오료의 동생이었다.

"같은 이름이니까 두 사람이 의좋게 지내거라. 딴은 이렇게 나란히 앉혀 놓고 보니 토란처럼 닮았군. 닮았으니까 의좋게 지내라고."

말해 놓고 료마는 껄껄 웃어 댔다. 이름이 같으면 얼굴까지 닮는 것일까.

일찍이 료마와 함께 번에서 탈퇴했던 동지인 사와무라 소노조(澤村惣之丞)도 찾아왔고, 고치 성읍에서 붉은 우마노스케라고 놀림받던 니미야 우마노스케(新宮馬之助)와 역시 이웃에 살던 곤도 조지로(近藤長次郎), 센야 도라노스케(千屋寅之助) 등도 찾아와 입소했다.

다른 번에서의 참가도 많았다.

해군에 열성적인 사쓰마에서의 참가자가 가장 많았고, 대부분이 뒷날 해군 장성이 된 사람들이다. 이를테면 청일전쟁 때 연합함대 사령장관이 된 이토 스케유키(伊東祐亨)가 있다.

이런 가운데 한 귀공자 타입의 청년이 섞여 있었다.

"도사(土佐) 번사, 다테 고지로(伊達小次郎)."

그 청년은 그렇게 이름을 말했다.

료마는 픽 웃었다.

"도사 번에는 다테 성씨가 없어. 아무튼 번의 이름을 속이는 건 곤란해."

"아니, 저는 도사 번사입니다. 사정이 있어서 쭉 도사 번사라고 하며 지금까지 지내 왔습니다. 이후에도 도사 번사로 취급해 주시기 바랍니다."

‘이상한 놈이 나타났구나.’

갸름하고 균형이 잡힌 단정한 얼굴이다. 두 눈이 이글이글 불타고 콧날 오뚝한 서양 사람 같은 얼굴이다.

다테라면 센다이(仙臺) 영주와 우와지마(宇和島) 영주가 그런 성이다. 선조는 다테 마사무네(伊達正宗)에서 비롯되고 있다.

‘참 그렇구나, 기슈(紀州) 번의 중신이며 국학자로 유명했던 다테 지토쿠(伊達自得)란 사람이 있었다.’

그러고 보니 이 젊은이의 말투가 기슈 사투리다.

“자네 기슈 사람이로군.”

료마가 그렇게 말하자 ‘아, 들켰군’ 그러면서도 청년은 태연하다. 바로 그 지토쿠의 아들이라고 했다. 그렇다면 명문의 자제이다. 그보다도 요즘 유행인 번을 탈퇴한 낭인이었다.

뒷날의 무쓰 무네미쓰(陸奧宗光)이다.

“정말 놀랐어.”

가쓰가 자기 방에서 료마에게 말했다.

“어차피 각오는 하고 있었지만, 일본 천지의 말썽꾸러기를 관비(官費)로 모은 거나 다름없게 됐어.”

들어오는 녀석들은 모두 어딘가 색달라 보이는 억센 자들뿐이어서 매일 칼부림, 싸움, 격론 따위가 그치질 않았다.

난폭자라면, 교토에서는 이미 막부 옹위와 치안 유지를 위한 낭사단(浪士團) 신센조(新選組)가 출현하고 있었다.

이 고베의 집단은 마치 근왕파(勤王派)로 이루어진 바다의 신센조와 같은 느낌이었다.

“료마.”

가쓰가 말했다.

"자네 단단히 단속해 주게. 이 난폭자들의 총대장은, 천하가 넓다 해도 사카모토 료마 말고는 없을 테니."

'추어올리는군.'

료마는 우스웠지만, 생각해 보니 사고를 일으키면 해군 통제관으로서의 가쓰 가이슈의 진퇴 문제가 될지도 모른다.

사실 막부 내부의 가쓰 반대파에선 가쓰가 고베에서 불평분자인 낭인들을 모아 선동하고 있다고 악선전을 기도했다.

"까짓, 막부의 속물 관리 따위는 겁날 것이 없지만, 이 학교만은 성공시키고 싶으니까 말야."

가쓰는 버릇인 빠른 말투로, 료마에게 '일동의 단속을 맡기네' 하고 말했다.

료마는 매일 대여섯 명씩의 입소자들을 맞이하느라 눈코 뜰 새가 없었다. 하긴 이렇게 많이 모였어도 좀처럼 인물다운 인물은 없는 법이다.

'저 다테 고지로라는 애송이만은 좀 가망이 있어 보이는데.'

료마는 다테를 주목했다.

나이는 료마보다 아홉 살 아래인 스무 살이다. 소개장은 도사 번의 상급 무사 중에서 겨우 세 사람뿐인 근왕파의 한 사람인 감찰관 히라이 슈지로(平井收二郎)가 써 준 것이다. 신원 보증인도 그 히라이로 되어 있었다.

그렇긴 하지만 이 젊은이는 기슈 번의 어엿한 가문에 태어났으면서 어째서 "도사 번입니다. 그렇게 취급해 주십시오" 하고 속이는 것일까?

"이봐!"

어느 날 료마는 마당에 우두커니 서 있는 젊은이를 교장실 창문에서 내다보며 불렀다.

"저 말입니까?"

"그래, 자네 분명히 다테 고지로라고 했지?"

"아니, 그렇지 않습니다. 지금 막 이름을 바꿨으니 그 이름을 불러 주십시오."

'까다로운 놈이로군.'

료마는 어이가 없었다.

"어떤 이름이냐?"

"무쓰 요노스케 무네미쓰(陸奧陽之助宗光)입니다."

"굉장한 이름이로구나. 딴은, 다테는 무쓰의 성이니까 그렇게 했군. 그건 그렇고, 여기 과자가 있으니까 이리 오게."

료마가 모이로 닭이라도 부르듯이 말하자, 젊은이는 성을 냈다.

"전 어린애가 아닙니다."

료마는 이 사내를 부교장 격으로 써 보리라 마음먹은 것이다. 그러나 부교장 후보자를 과자로 낚으려고 했으니, 좀 경솔하긴 했다.

"미안하이. 아무튼 무쓰 요노스케군, 성 내지 말고 여기까지 좀 와 주실까."

무쓰 요노스케 무네미쓰라는, 마치 옛날 전국 시대의 젊은 무사와도 같은 그 청년은 날씬한 몸을 천천히 움직여 료마 앞에 와 앉았다.

"무슨 볼일이신가요?"

"아냐, 이야기가 하고 싶어서."

인물을 살피고 나서 부교장 역을 맡길 셈이다.

"내력을 말해 주지 않겠나? 실은 심심해서 그러네."

"심심하다니 실례가 아닙니까. 저는 만담가가 아닙니다."

까다로운 젊은이 같다.

그러나 그는 아주 조리있게 자기의 내력을 이야기하기 시작했다.

할아버지는 기슈 번의 참정(參政)이었고, 아버지 다테 도지로(伊達藤二郎)는 호를 지도쿠(自得)라 부르며 한 때는 기슈의 노공(老公)에게 그 학식을 인정받아 영지의 정치를 손아귀에 쥐고 나는 새도 떨어뜨릴 만한 권세를 부렸다. 그런데 큰 번에 흔히 있는 본국과 에도 저택 사이에 감정적 대립이 생겼다.

아무튼 기슈 도쿠가와 가문은 55만 5천 석의 큰 성으로서 막부의 종실 세 가문 중 맏이다. 무사급 이상만도 7천이나 되었으며, 그중 2천 명은 에도에 상주하고 있다.

그 에도에 상주하고 있는 자들의 우두머리가 중신 미즈노 도사 노카미(水野土佐守)로서, 기슈의 니미야에 3만 5천 석의 영주였다.

무쓰의 아버지 지도쿠는 본국파의 참모장 격으로 에도파와 다투다가 마침내는 노공의 죽음과 더불어 근신 처분을 받았다.

다시 처벌은 거듭되어 녹봉을 몰수당하고 무사의 신분을 박탈당한 채 일가족은 고야 산(高野山) 기슭의 농가로 추방되었다.

그때 무쓰는 아홉 살, 우시마로(牛麿)라는 아명이었다. 어린애였지만, 번의 처사에 분개한 나머지 가보인 큰 칼을 들고 번의 중신집으로 원수를 갚겠다고 뛰어나갔다. 매형인 다테 무네오키(伊達宗興)가 가까스로 그를 붙들어 말렸다. 그러자 왜 말렸느냐고 매형에게 덤벼들어 울면서 따지고 들었다. 이따금 방을 뛰어나가 물로 눈물을 씻고 와서는 또 따졌다. 아홉 살의 어린애가 말이다.

뒷날의 무쓰 약력을 적는다면, 사쓰마와 조슈 번의 연합 정부의 전복을 기도했다가 메이지 11년(1878) 금고형 5년, 메이지 21년(1888)에 주미 공사, 23년에는 농상무 대신, 다시 이토 내각의 외상(外相)이 되어 조약 개정의 난문제를 처리하고 청일전쟁 뒤의 대외 관계를 훌륭하게 조정하여 일본 외교 사상 최대의 외교관이라고 일컬어졌다. 메이지 30년(1897) 8월 쉰다섯 살로 사망, 작위는 백작. 이미 무쓰는 아홉 살의 소년 시절부터 사리를 따지는데 면도날 같은 면이 있었던 것이리라.

그 뒤 아버지는 사면되고 불과 일곱 식구분의 녹을 받고서 번에 복귀했지만, 무쓰만은 끝내 기슈 번을 용서할 수가 없어 열다섯 살에 집을 뛰쳐나와 에도로 가, 야스이 소켄(安井息軒), 미즈모토 나루미(水本成美)의 서당에서 서생으로 일했고, 열아홉 살 때는 혈기가 내키는 대로 벌써 누구 못잖은 근왕 양이의 지사(志士)가 되어 있었다.

그동안 도사 번사 히라이 슈지로, 이누이 다이스케(乾退助 : _{훗날의 이타가키
다이스케}) 등과 알게 되었다. 다이스케는 무쓰가 마음에 들어 도사의 노공 요도(容堂)에게 소개해 주었다.

"그러므로 평생 기슈 번을 원망하고 나를 보호해 준 도사 번의 은혜를 중히 여길 작정입니다."

남달리 사랑과 미움의 감정이 강한 것 같았다. 한편으로 부조리를 미워하는 감정이 부모의 원수에게 품는 것보다 더 강한 듯하다.

사건이 일어난 것은 그로부터 며칠 후였다.

이른 아침 료마가 자기 방에서 아침 식사를 하고 있는데 얼굴이 곱상한 무쓰가 언제나처럼 무뚝뚝한 표정으로 나타났다.

"무슨 일이지?"

료마는 젓가락을 멈추었다.

"사카모토님, 사카모토님은 호쿠신잇토류(北辰一刀流)의 명인이라고 들었는데 정말입니까?"

"아침부터 무슨 소리야?"

료마는 이 젊은이에게 짜증이 났다.

"기량이 어느 정도인지 묻고 있는 겁니다. 대여섯 명을 한꺼번에 상대할 수 있습니까?"

"……."

료마는 젓가락을 놀리기 시작했다. 이런 녀석을 상대해 주고 있을 수 없다고 생각한 것이다.

"소문보다 못한 모양이로군요."

무쓰는 빤히 보며 말했다. 료마는 어이가 없었다.

"글쎄, 마음만 내킨다면 학생이 전부 덤벼들어도 내 죽도 한 번 건드려 보지 못할 걸."

"바로 그겁니다."

무쓰는 애송이면서도 사람의 마음을 조종하는 요령을 알고 있었다.

"그 솜씨를 좀 빌려 주실 수 없겠습니까?"

"왜 그러나?"

"실은 제가 에도에 있을 때 알게 된 미도(水戶)의 낭인 가부토 소스케(兜惣助)란 열광적인 양이주의자가 있습니다. 검술은 신토 무넨류의 명인인데, 쓰쿠바 산(筑波山)에서 사람을 죽인 전력이 있답니다. 교토에서도 여기저기 암살에 깊이 관계하고 있는 모양입니다."

"암살 근왕파로군."

"패거리가 대여섯 명 있습니다. 이 녀석들이 교토에 내려와 지금 오사카에 잠복하고 있는데, 무엇이 목적인지 아시겠습니까?"

"몰라."

료마는 여전히 밥을 먹으면서 대답했다.

"막부의 해군 통제관 가쓰 가이슈 선생을 암살하는 게 목적이지요."

"이봐, 이봐."

료마는 젓가락을 놓았다. 심상치 않은 말을 이 젊은이는 태연히 말한다.

사실인 모양이다. 가부토 소오스케 등은 가쓰가 양이주의를 바보 같은 짓이라고 비웃는다는 소문을 듣고, 가쓰가 고베에서 이따금 오사카 성주 대리 저택에 찾아오는 것을 기회로 삼아 길목에서 베겠다는 것이다.

"위험한 놈들이로군."

료마를 비롯한 근왕 지사들 중에는 부분적으로 그런 자들이 많이 끼어 있었다. 베기만 하면 세상이 움직일 것으로 믿고 있다.

"그래서 그걸 가이슈 선생에게 말씀드렸나?"

"예, 조심하겠다면서 웃어넘기셨습니다. 그런데 골치 아픈 일이 제 신변에 일어났습니다."

"뭔데?"

"실은 저에게 이 음모를 누설한 것은 야마토(大和) 낭인 이누이 주로(乾十郞)라는 사람입니다. 이누이는 가부토의 동료로서, 아니 동료 정도가 아닙니다. 가부토 등의 잠복 장소가 바로 고라이 다리께에 있는 이누이의 집입니다. 요컨대 이누이는 동료를 배신하고 나에게 밀고한 셈이지요. 이 인물은 전부터 내 입을 통해 가쓰 선생의 이야기를 듣고 선생의 인물과 식견(識見)을 존경하고 있었으니까요. 그것을 가부토도 알고 그들은 이누이를 배신자로서 베겠다는 겁니다."

"그런데 자네의 친구라는 이누이 주로는 어떤 인물인가?"

"과격파입니다."

"그럴 테지. 어차피 조용한 사내는 아닐 테지. 나이는 몇 살이나 됐나?"

"서른일곱."

"자네는 꽤 연상의 친구를 갖고 있군."

"예."

무쓰가 노숙한 것인지 이누이가 나이 값을 못하는 것인지. 이 경우는 후자인 것 같다.

어쨌든 성미가 거친 사내인 모양이다.

이누이 주로.

야마토의 고조(五條)에서 태어났다.

고조에는 당시 그 과격 사상으로 천하에 이름이 알려진 모리타 셋사이(森田節齋)가 서당을 열고 있었다. 이누이 주로는 처음에 셋사이에게 글을 배우고, 이어서 셋사이의 동생 진사이(仁齋)에게 의술을 배웠다.

그 뒤 오사카로 나와 고라이 다리의 어떤 의원 집에 대진(代診)으로 있다가 스지카이 다리(筋違橋) 동편에서 개업했다.

처음에 평민 집안의 딸을 아내로 맞았으나, 이 아내는 편안하게 살 수 있으리라 생각하고 의사에게 시집을 왔다. 그러나 매일같이 험상스런 사나이들이 찾아들어 남편과 술을 마시고 큰 소리로 시국을 논하고 마침내는 칼을 뽑아들고 시 따위를 읊는 바람에 그만 겁을 집어먹고 친정으로 달아나 버렸다. 이 아내는 친정에서 딸을 낳았는데, 그 딸 이노우에 마쓰는 쇼와 초까지 살았다고 한다. 이누이 주로의 경력을 꽤 조사한 모양이다.

이누이는 이 '사건' 뒤 덴추조(天誅組)의 모의에 가담하여, 그 간부의 한 사람으로서 야마토 고조에서 군사를 일으켰으나, 패하여 체포되어 겐지(元治) 원년(1864) 7월 19일 교토의 록카쿠(六大角) 감옥에서 막부 관리에 의해 참형에 처해졌다.

머리를 길게 어깨까지 늘어뜨리고 게다가 기쿠스이(菊水)의 문장이 박힌 옷을 입고 있었으므로, 남들은 그를 유히 쇼세쓰(由比正雪 : 에도시대 군학자. 막부타도를 꾀했으나 실패하여 자결함)라고 불렸다. 그렇게 불리는 것이 자랑스러웠던 모양이다.

"날더러 이누이를 보호해 달라는 말이로군."

"그렇습니다. 아무튼 가부토 소오스케들이 끈질기게 달라붙는 모양이라 일은 급합니다. 제가 이누이를 이곳에 데리고 오겠으니 좀 숨겨 주십시오."

"아냐, 급한 일이라면 이쪽에서 가자. 이누이는 오사카의 자택에 있겠지."

료마는 도베를 한발 먼저 오사카에 달려가도록 하고 무쓰와 함께 나섰다.

저녁때까지는 도착할 수 있으리라.

나루터에 신령님이라고 하는 분당이 있다. 그 서쪽 뒤의 남북으로 뚫린 길에 생선 가게가 추녀를 잇대고 있다.

"비린내가 코를 찌르는군."

료마는 코를 싸쥐면서 걸었다.

그 골목 안에 이누이 주로의 집이 있다.

무쓰는 잘 열려지지 않는 현관문을 억지로 열었다.

"이누이 님 계십니까?"

이름을 부르면서 안으로 들어섰다.

어둠침침했다.

'이상한 걸.'

사람의 기적은 있었다. 집 안에서 어린애가 울고 있는 것이다.

이누이의 현재 처는 이바오(亥生)라고 하며 고오즈(高津) 기다사카(北坂)에서 서당을 열고 있는, 히메지 번(姬路藩)에 고용되어 있는 나루세 기요자에몬(成瀨淸左衛門)의 딸이었다. 그 이바오가 나오더니 방문객이 무쓰인 것을 알자 겁에 질린 얼굴로 외치면서 그 자리에 힘없이 주저앉고 말았다.

"아이고, 무쓰님."

"왜 그러십니까?"

"남편이 가부토 패들에게 끌려갔습니다."

"예?"

바로 30분 가량 전에 가부토 패들이 끌고 간 모양이다.

"도베라는 사람이 왔었지요?"

"네, 그 도베 님이 와 계시는데 여럿이 우르르 들어와서 할 말이 있으니 잠깐 따라오라고 데리고 갔어요."

"그런데 도베는?"

"뒤를 밟겠다 하시면서 만일 무쓰 님이 오시거든 그렇게 전해 달라는 말씀이었습니다."

'딴은'

료마는 추녀 밑에 앉아서 그 대화를 듣고 있었다.

'도베라면 알아낼 테지.'

"무쓰 군, 여기서 기다리도록 하세. 곧 도베가 돌아올 거야."

"사카모토 님, 어디 계십니까?"

"추녀 밑에 있네."

료마는 큰 칼을 안고 앉아 있었다.

이윽고 도베가 돌아와 알려 주었다.

"난바(難波) 신시가지의 요시다야(吉田屋)라는 여인숙입니다."

곧 그 여인숙을 찾아냈다.

그런데 조금 전 여럿이 함께 나갔다고 한다.

"어디로 갔지?"

"아지 강 어귀 쪽이에요."

여인숙의 하녀는 무서운 듯이 말했다. 아마도 너도나도 덤벼들어 이누이를 공박했을 것이다.

"무쓰 군, 아지 강어귀라면 인가도 드물어. 죽일 셈이군."

료마는 걷기 시작했다.

"상대는 13명이라고 합니다. 사카모토 님, 염려 없겠습니까?"

"싸움은 해 보아야만 알아."

료마의 걸음이 빨라졌다.

해가 저물어 가고 있다.

강둑에는 사람의 왕래가 없었다.

가부토 소오스케는 당시 '떠돌이'라고 일컬어진 3, 4류의 근왕 지사의 전형적인 자로서 애당초 사회에 부적합한 인간이었다.

난세를 기회로 고향에서 뛰쳐나오고 번을 탈출하여 교토, 오사카에서 빈둥거리고 있었다.

'양이'

'양이'

북이라도 치듯이 그 소리를 외고 있으면 '양이'를 신주처럼 떠받들고 있는 조슈 번 따위에서 다소의 자금이 굴러들어온다. 우선 먹고 살기에 걱정 없고 매일의 생활도 활기가 있어 재미있다.

이런 녀석들의 일이란 살인, 공갈, 강매(強賣) 따위뿐이다. 그 살인, 공갈 강매에도 이 녀석들에겐 녀석들 나름의 대의 명분을 세워 놓고 자신들은 정의라고 믿고 있기 때문에 보통 범죄보다도 질이 나쁘다. 어떤 사회에도 있는 다만 성격적으로 반사회적인 인간이기는 하지만.

사람 왕래가 끊어진 아지 강둑에는 이 고장 명물인 '배를 부르는 소나무'가 늘어진 가지의 그림자를 물 위에 드리우고 있었다.

가부토 일당은 둑 밑 풀숲에 있었다. 웅크리면 백 명쯤은 숨을 것 같은 무성한 갈대밭이었다.

"그럼 배신한 것은 틀림없단 말이지!"

가부토는 미토 사투리로 다그쳤다.

키가 작은 이누이는 처음에는 작은 몸을 젖히며 야무지게 항변하고 있었지만, 13명이 힐난하는 바람에 체력도 기력도 빠져서 이 무렵에는 기진맥진이었다.

"마음대로 해."

그는 야마토 사투리로 내뱉었다.

"암, 하고말고."

가부토는 동료를 시켜 준비해 온 팻말을 소나무 옆에 푹 꽂았다.

이 자는 양이를 구실로, 충성을 다하여 나라에 보답하겠다는 동지와 사귀며 연신 여러 곳을 탐지하여 그 동향을 매국노에게 통보했으며, 그밖에도 천지에 용납 못할 죄상은 일일이 헤아릴 수도 없는 바, 이에 하늘의 벌을 가하노라!

"묶어라!"

가부토가 명령하자, 우르르 덤벼들어 이누이를 결박하여 그 밧줄 한끝을 소나무 가지에 걸었다.

이누이는 공중에 매달렸다.

"산 채 구경거리로 만들 것인지, 베어 버릴 것인지 다시 한번 따져 봐야겠다."

가부토 일당은 시시덕거리기 시작했다.

그때 둑 위에서 발소리가 들려 왔다.

료마와 그 일행이다.

"도베, 도베!"

부르는 소리가 바람에 끊겼다가 이어진다.

"예."

"둑 아래서 무슨 소리가 난다. 못 들었나?"

"내려가 보겠어요."

등을 구부리며 내려가려는 도베의 허리띠를 잡아 멈추게 한 료마는 말했다.

"위험해! 틀림없이 그놈들이야. 모두 칼을 뽑고 있는 모양이군. 무쓰 군, 자네 칼을 좀 빌려 주지 않겠나?"

두 자 두 치인 료마의 칼은 실전에는 약간 짧다.

"이것은 자네가 가지고 있게."

료마는 자기 칼을 무쓰에게 건넸다. 무쓰는 할 수 없이 두 자 여덟 치의 큰 칼을 건네 주었다.

"허, 무쓰 군은 좋은 칼을 가지고 있군."

료마는 칼을 뽑아 석양에 비쳐 보았다.

그런 기척을 밑에서도 알아채고 2, 3명이 풀 속을 기어올라 눈만 내놓고 둑 위를 쳐다보았다.

'이크!'

소스라치게 놀랐을 것이다.

둑 위에는 산발을 한 거구의 무사가 후줄근한 하카마를 허리에 걸치고 큰 칼을 하늘로 치켜들고 있는 것이다.

"웬놈이냐?"

료마는 풀 속에서 빠끔히 내다보고 있는 자를 보고 소리쳤다.

쭈르륵, 황급히 둑을 미끄러져 내려간 그 놈은 강가로 달려가 가부토에게 보고했다.

어느새 료마도 질풍처럼 둑을 뛰어내려가 나무에 매달려 있는 이누이 앞을 가로막았다.

'찰카닥' 하고 칼집에 칼을 꽂은 다음, 료마는 자기 소개를 했다.

"난 사카모토 료마다."

가부토 소오스케 일당은 놀란 모양이다. 이 무렵 료마의 이름은 교토와 오사카 일대에 흩어진 지사들에게 널리 알려져 있었다.

호쿠신잇토류 지바 도장의 사범이라는 경력은 가부토 일당을 위압하는 데 충분했다.

가부토는 재빨리 십 보 가량 물러나면서 말했다.

"사, 사카모토, 임자는 다케치 한페이타와 동지이면서 막부의 인간 가쓰를 따르며 양이의 뜻을 버리고 개국 항해론을 주장하고 있다고 들었다."

"그것이 내 양이론(攘夷論)이야. 아니, 여기선 토론은 그만두자. 내 의견을 듣고 싶다면 고베로 오너라. 그것보다도 이누이 주로가 딱하군."

료마는 뒤에 있는 무쓰와 도베에게 눈짓하여 결박을 풀게 했다. 가부토가 칼자루에 손을 댔다. 료마는 달래듯이 말했다.

"가부토, 뽑지 말게. 참아야지, 뽑으면 피를 보게 되네."

료마는 가부토를 노려보며 기세로 상대방을 눌렀다. 기세를 누그러뜨리면 가부토는 덤벼들리라.

결국 가부토는 칼을 뽑지 못했다.

새파랗게 질려 있었다.

료마의 등 뒤에서는 결박이 풀린 이누이가 갈대밭에 누워 무쓰의 간호를 받고, 도베는 가마를 부르러 달려갔다.

이윽고 가마꾼이 오고 무쓰와 도베는 이누이를 가마에 태웠다.

"기다려, 데려갈 수 없다!"
가부토가 고함쳤다.
무쓰는 성급한 사람이다.
"무슨 개소리야!"
가부토 소오스케는 분노로 이성을 잃었다.
"이, 이놈!"
저도 모르게 칼을 뽑았다.
반쯤 뽑았을 때, 가부토의 오른쪽 손목에 격렬한 아픔이 파고들었다.
"으악!"
팔을 축 늘어뜨린 채 뒤로 껑충껑충 뛰었다.
"상처는 안 입혔다."
료마는 벌써 칼을 거두어들이고 있다.
"가부토, 싸움은 손해야."
"사카모토, 오늘은 이대로 물러나겠지만 어디 두고 보자."
료마 일행은 발길을 돌렸다.

사건이 수습된 다음 무쓰는 무조건 료마를 따르게 되었다.
"놀랐어요. 사카모토 님의 담력에는. 그놈은 사람 백정 소스케라
고 하여 그 패거리에선 날리고 있지요."
무쓰는 어느 날 밤 말했다.
"그것보다 이누이 주로는 어떻게 되었나?"
"처자를 데리고 야마토의 고조로 돌아갔습니다. 고조에는 형님
댁이 있으니까요."
얼마 뒤 이누이는 덴추조에 가담했다.
덴추조가 야마토로 들어와 고조의 막부 민정청을 습격했을 때, 그
길잡이는 고조에 있었던 이누이가 담당했다.

고베 해군 조련소는 관제만 정해졌을 뿐 연습선, 기재(器材), 연료 등이 아직도 도착하지 않았고 그 예측도 서지 않았다.

사실상 아직은 가쓰 가이슈의 사설 학교 단계에 있었다.

학생들도 매일 가쓰와 료마의 허황한 소리만 듣고 있을 뿐 언제 배를 조종할 수 있을는지 짐작도 할 수 없었다.

"가쓰 선생님, 난감하군요."

료마는 어지간히 곤란한 표정을 지었다.

"사실은 나도 답답해. 학생들 사이에 불평이 나오겠지."

한 사람 앞에 월 수당 두 냥씩이 지급되는 만큼 생활에는 불편이 없다. 그리고 실습은 없다 하더라도 학과는 아카마쓰 사쿄(赤松左京) 등이 와서 불완전하나마 가르치고 있었다.

그리고 영어를 배우는 자도 있다. 료마도 조금 해 보았다.

'그러나 이런 꼬부랑 글씨는 욀 수가 없어,' 그러면서 중단해 버렸다.

"불편은 없지만, 배를 공부하는 학교에 배가 없는 것도 좀 이상하죠."

두 사람은 의논한 결과 덴포 산 앞바다에 있는 막부의 기선에 학생들을 견습생으로 태우도록 했다. 오사카 만을 왕래하며 실습을 받게 하자는 것이었다.

그런 사이 학생들 중에서 도사 번사들이 동요하기 시작했다.

"사카모토 님, 이런 어지러운 시절에 한가롭게 군함 따위를 배우고 있을 순 없어요."

조슈 번이 드디어 단독 양이를 단행하고 바칸(馬關) 해협을 통과하는 선박 중 외국 배라고 인정되면 해안에 설치한 포로 포격하기 시작했다.

이해 분큐 3년(1863) 5월 10일에 처음으로 미국 상선에 포격하고, 23일에는 프랑스 군함을, 26일에는 네덜란드 군함에게 발포하고, 이어서 6월 1일 미국 군함에 발포했다. 이때 조슈 측에서는 고신 호와 진주쓰 호의 두 배가 격침되었다.

그리고 교토에서는 급진 양이주의인 조슈 번이 조정을 주름잡고 바야흐로 외국과의 결전, 쇄국 단행의 칙서가 다시 내릴 형편에 있었다.

그런 때를 당하여 도사 번의 정세는 갑자기 보수적으로 기울어지기 시작했던 것이다.

좀 지난 얘기지만 도사의 노공 요도가 드디어 정치를 직접 담당하기로 되어 교토에 입경하고 있었다.

잘생긴 멋쟁이 영주 요도의 입경을 본 기온(祇園)의 기생들은 이렇게 감탄했을 정도이다.

"노공, 노공 하고 세상에서 떠들기에 어떤 늙은이일까 했더니 아주 젊고 잘생긴 남자로구나."

사실 요도의 입경 모습은 교토 사람들의 눈길을 끌었다.

이날 요도는 '센자이(千載)'라고 부르는 준마에 올라앉은 검정 나나코(黑魚子)의 덧옷을 걸치고, 하카마는 고동색 비단에 떡갈나무 무늬를 가로 친 줄무늬, 그리고 칼집에 검은옻칠 한 쌍칼을 차고 있었다.

나이 36세, 신장 5자 6치, '살갗은 희고 얼굴은 통통했으며 눈에 광채가 난다' 라고 기록은 말하고 있다.

도사의 근왕파는 요도가 전부터 근왕 사상의 소유자임을 알고 있었기 때문에 '때는 왔다' 하면서 기뻐했다.

하지만 요도가 맨 처음 시작한 일은 가신들 중의 근왕파 탄압이었다. 이 본국에서의 탄압이 고베 해군 학교에까지 소문이 나 도사 계열의 학생들이 술렁거리기 시작한 것이다.

물정소연(物情騷然)

　요컨대 탄압의 원흉은 노공인 야마노우치 요도인 것이다. 료마는 이 영주를 결코 좋은 눈으로 보고 있지 않았다.

　'영주로선 자기주장이 너무 지나치다.'

　그렇게 생각했다.

　조슈의 영주처럼 정치의 주도권을 쥐는 자에 따라 좌우로 동요되는 것도 뭣하지만, 그렇다고 해서 주의 주장에 딱지가 앉은 것 같은 요지부동의 완고한 지배자도 곤란하다.

　격동기에는 시대가 어떻게 움직일지 한 치 앞도 모른다.

　그러한 시대의 지도자는 만신창이가 되는 것을 돌보지 않고 칼을 휘두르며 한눈팔지 않고 선두에 서서 시대의 흐름을 헤쳐 나가는 오다 노부나가 형이든가, 아니면 차라리 대담하게 흘러가는 대로 내버려 두든가 둘 중의 하나밖에 길이 없는 것이다.

그런데 시정(市井)의 은사(隱士)라면 또 모르지만, 한 번의 지도 자이면서 시대의 흐름을 백안시(白眼視)하고 흐름에 역행하면서 쓸 모도 없는 자기의 '식견'에 필사적으로 얽매여 있는 자는 결국에는 패배밖에 없다.

'그분의 곤란한 점은 자기의 재능 담략에 너무 자만심을 갖고 있 는 점이다.'

료마는 그렇게 생각하고 있다.

그러므로 고루한 '식견'을 사뭇 자랑스러운 듯이 행세하는 가신이 나 영주들이 바보로 보였다.

'쥐꼬리 만하게 남보다 앞서고 있을 뿐인 지혜나 지식이 이 판국 에 무슨 소용이 있단 말인가. 그러한 의지할 수 없는 것에 사로잡혀 있다는 것만으로도 분명한 패배자다.'

아무리 세상을 뒤덮을 만한 재지(才智)가 있을지라도 '사로잡혀 있는' 인간은 우자(愚者)일 수밖에 없다.

지자(智者) 요도는 영웅의 풍모를 지니고 있다. 그러나 불행히도 자기의 지혜에, 가문에 사로잡혀 있다.

조상인 야마노우치 가즈도요(山內一豊)가 세키가하라의 공로에 의해 가케가와(掛川) 6만 석에서 일약 도사 한 나라 이십사만 석의 대영주로 발탁된 것은, 언제나 도쿠가와 집안의 은혜라고 생각하는 감상주의가 있었다.

'개인이라면 그것은 미덕이다.'

료마는 그렇게 생각했다.

'그러나 큰 번의 주인으로서 일본의 운명이나 장래를 생각할 때 그것이 무엇이란 말인가.'

요도는 그러한 '미덕'에 사로잡혀 있었다. 그런 미덕을 가진 자신을 스스로 대견해 하며 시대 조류까지도 그 미덕을 통해 보려 하고 있었다.

그러므로 요도의 눈에 비치는 시대 조류의 영상(映像)은 비뚤어진 모양을 하고 있어 순수한 영상이 아니었다.

또한 요도라는 인물은 스스로 근왕주의를 부르짖고 있는 만큼 가신들 중의 근왕주의자는 싫었다.

"나의 근왕주의는 총명한 지혜에서 나온 것이지만 그들은 무식한 광신에 지나지 않는다. 그러므로 용서할 수 없다. 왜냐하면 근왕은 극약과 같은 것으로 조제 여하에 따라서는 양약(良藥)이 되지만 분량을 그르치면 지금의 사회 질서가 무너져 버리고 만다."

불행한 지자(智者)였다.

요도는 낭인을 싫어하기도 했다.

교토에 모여들어 공경들 저택에 드나들며 강대한 번의 번사들을 선동하는 그들의 존재를 막부처럼 해로운 것으로는 보지 않았지만, 필요없는 것으로 생각하고 있었다.

"낭인 따위의 손으로 천하의 일이 되겠는가."

귀족이므로 당연히 그렇게 생각한다.

게다가 번의 통제를 즐겨했다. 번의 두뇌는 자신이다.

번사는 손발로써 움직이면 된다. 손발이 멋대로 생각을 해서는 안 된다.

그런데 최근의 유행은 큰 번의 교토 주재관(번의 교토 주재 외교관)이라는 것의 존재와 그 비상한 활동상이다. 이것이 멋대로 번의 방침을 정하고 번을 뜻하지 않은 방향으로 끌어간다고 보고 있었다.

각 번의 교토 주선(周旋), 공용(公用), 응접(應接) 담당관이라는 외교관 패거리들은 교토 정계의 중심적 세력으로서 각 번의 동역

(同役)과 요정에서 교제하며 돈을 물쓰듯하고 있었다.

조슈 번의 가쓰라 고고로(桂小五郎), 사쓰마 번의 오쿠보 도시미치(大久保利通), 아이즈 번의 도지마 기베에(外島機兵衞), 히도쓰바시번(一橋藩)의 시부사와 에이치(澁澤榮一) 등이 그 대표적 존재이리라.

도사 번에서는 요시다 도오요(吉田東洋) 암살이 있은 뒤 교토 주재관은 근왕파가 차지했다.

다케치 한페이타(瑞山)

히라이 슈우지로(隈山)

마사키 데쓰마(滄退)

등이 그들이다.

다른 번, 특히 급진파인 조슈 번과 공금을 가지고 교제하는 한편 공경들 집에도 드나들며 조정의 공기를 극단적인 양이주의로 몰고 갔다.

요도는 입경 즉시 그들을 본국으로 돌려보냈다.

"다른 번과의 교제 따위는 필요 없는 짓이야."

그것뿐만이 아니다.

히라이, 마사키, 히로세 겐타(弘瀬健太) 세 사람이 도오요가 죽은 뒤 본국의 요직을 근왕파로 바꾸기 위해 쇼렌인 노미야(靑蓮院宮)의 영지(令旨)를 받아 그것을 들이대며, 번의 수뇌부를 위협하여 정변(政變)을 실현시켰다는 예사롭지 않은 사실이 있었다.

노공은 그 죄를 새삼 문제 삼아 5월에 이 세 사람을 잡아 가두고 6월 8일 할복을 명했다.

료마는 그 소식을 고베에서 들었다.

료마는 마사키, 히라이, 히로세의 할복 소식을 들었을 때 직감했다.

—이것으로 다케치의 근왕파는 전멸이로구나.

료마는 곧 교토 저택으로 달려갔다.

료마라는 사내는 다케치의 친구이면서도 다케치의 일파와는 늘 별도의 길을 걸어 왔다.

의견의 차이도 있다.

기질의 차이도 있다.

—턱주가리(다케치의 별명)는 너무 딱딱한 말만 하거든.

료마는 늘 비웃고 있었다. '딱딱하다' 하는 것은, 융통성이 없는 양이주의라는 것과 또 하나는 전번 근왕(全藩勤王)이라는 것이었다.

"그런 것이 될 게 뭐야."

료마는 기질적으로 현실을 등한히 할 수 없는 성격이었다. 다케치 한페이타는 강렬한 관념주의자다.

결국 료마는 일찍부터 번 안에서의 근왕 활동에 환멸을 느끼고 고향을 뛰쳐나와 도사 번 따위를 안중에 두지 않았다.

'그 완고한 노공을 상대로 씨름하고 있는 사이 대세는 기울어지고 만다.'

그러한 생각이었다. 하지만 고향에서 활동하고 있는 사람들의 입장이 늘 마을에 걸렸다.

'고향에서의 근왕 활동 따위는 아이들 불장난이야, 언젠가 짓밟힌다.'

교토 저택에 뛰어들자 비가 쏟아지기 시작했다.

저택 안은 조용하다. 노공의 벼락이 떨어진 이후 저택은 불이 꺼진 것처럼 되어 있었다. 다른 번의 무사나 낭인도 드나들지 않거니와 큰 소리로 시국담을 논하는 자도 없다.

료마는 그 분위기가 공연스레 짜증스러웠다. 긴 행랑을 걸으면서 장사꾼처럼 외치면서 돌아다녔다.

"누구 알고 있는 자는 없느냐! 본국에서 마사키등이 할복했다면
서, 가르쳐 주지 않겠나."

서쪽의 방은 조용하다.

료마는 행랑채로 갔다. 문을 두들기면서 가르쳐 다오, 하면서 다
니자, 몇 번째인가의 문이 열렸다. 나카지마 사쿠타로(中島作太郎)
라는 열여덟 살의 젊은이다. 도토리같이 생긴 얼굴이었다.

"사카모토 선생님."

작은 목소리로 불렀다.

"들어오세요."

료마는 이 젊은이를 모른다. 고향에서 상경한 지 얼마 되지 않으
리라. 검소한 솜옷, 붉은 칼자루, 실용적으로 만든 칼 등으로 보아
향사 출신의 사내 같다.

"나카지마라고 합니다. 고향에서의 마사키 선생 등의 이야기를
잘 알고 있습니다."

번뜩이는 눈으로 말했다.

료마는 방안으로 들어갔다.

나카지마는 쟁반에 커다란 찻잔을 내놓았다. 쭉 들이키자니 맹물
이다.

료마는 이상한 표정을 지었다.

"외치고 다니시느라 목이 마르실 것 같아서."

나카지마는 킬킬 웃었다.

애송이도 쓸모가 있구나, 료마는 생각했다. 유머 감각이 있는 녀
석이로군.

나카지마 사쿠타로(바로 뒷날의 나카지마 노부유키(中島信行 :
板垣退助와 더불어 自由民權主義를 주창하고)가 말한 바에 따르면 할복을 앞두고 마사키등
자유당 부총재, 남작, 메이지 32년 별세)

은 당당한 태도였다고 한다.

마사키 데쓰마는 옥중에 붓이 없기 때문에 상투 끈을 꼬아 글자 모양을 만들어 유언시를 남겼다.

장부 한번 죽은들 무엇이 슬프리오
성조(聖朝)의 옛 모습 이루어져 가는 것을
아직도 못 다한 천추의 한은
황성에 꽂지 못한 백장(柏章)의 깃발.

교토 조정의 위엄은 거의 부활되었다. 그것을 본 이상 오늘의 죽음은 슬퍼하지 않는다. 그렇기는 하지만 삿조(薩長)가 교토 조정의 옹위 세력이 되어 있는데, 우리 번의 잣나무 무늬의 깃발만을 교토에 세우지 못함은 분하다는 의미이다.

백장기(柏章旗)를 교토에 세우지 못하는 것은 노공 요도의 완고와 소극성에 있다고 마사키는 할복 자리에 나와서 영주를 매도(罵倒)하고 자기 배를 갈랐다. 나이 30. 사촌인 마사키 다쿠이치로(間崎卓一郞)가 그의 목을 쳐주었다.

마사키의 아내는 죽고 금년 2살이 되는 딸만 있었다. 죽음을 앞두고 그 애가 어지간히 마음에 걸렸던 모양으로 애절한 시 한 수를 남겨 놓았다.

보살펴줄 사람이 누구라 있으리오
흰 이슬이 남기고 간 패랭이꽃을

히로세 겐타는 평소부터 할복의 방법을 연구하고 있었다.
"사내는 배를 멋지게 가르느냐 가르지 못하느냐에 따라 가치가 정해지는 거야.”

히로세의 연구로는 먼저 왼쪽 배에 칼을 찌른 다음 오른쪽으로 곧장 잡아당기어 그 칼끝을 비스듬히 치켜 올려, 그 여세로 오른쪽 가슴 밑의 급소를 찌르면 반드시 절명한다는 것이었다.

히로세는 유유히 할복 자리에 앉자 목 쳐줄 사람을 보고 말했다.

“내가 연구한 대로 끝낼 때까지 목을 치지 말게.”

그는 그 ‘연구’대로 하여, 결국 목을 칠 필요 없이 숨졌다.

히라이 슈우지로는 나이 29세. 료마와 동년배였다.

옥중에서 벽에다 손톱으로 유언시를 새겨 놓고 흰 옷차림으로 선선히 할복 자리에 나앉았다.

목 쳐준 사람은 어렸을 때부터 함께 도장에 다닌 히라다 료오키치(平田亮吉)였다. 료오키치가 새파랗게 질려 긴장하고 있었기 때문에, 히라이는 그를 돌아보고 도리어 격려하였다.

“침착하게 해 주게.”

그러고 나서 배를 드러내어 잠시 쓰다듬더니 말했다.

“그만 가 볼까.”

히로세는 그 말과 함께 단도를 움켜쥐자 기합과 함께 찔렀다. 료오키치는 앗, 하며 당황하여 급히 칼을 내리쳤다. 하지만 손이 떨려 탁, 하고 뒤통수의 뼈에 맞아 칼날이 튀었다.

“이봐, 침착하라고 했잖아.”

히라이는 고통으로 일그러진 얼굴로 말했다.

두 번째 내리친 칼로 목이 떨어졌다……

“그랬었구면.”

빗소리가 요란해지기 시작했다.

방이 어두워지고 멀리서 천둥소리가 들리는가 했더니, 갑자기 머리 위의 하늘이 깨지는 듯 울렸다.

"하늘은 피의 희생을 구하고 있군."

료마는 신기하게도 시적인 말을 중얼거렸다.

"웬만한 일로 세상은 바뀌지 않는다. 마사키등은 죽었지만 언젠가 이 천하를 내 손으로 뒤엎어 그들의 혼백을 위로해 주리라."

나카지마의 이야기로서는 다케치가 아직 투옥되지 않았다고 했지만, 이런 추세라면 어떻게 될지 모른다.

료마가 은근히 '도토리 얼굴이 애송이'라고 그 용모를 우습게 여긴 이 열 여덟 살의 젊은이는, 이야기가 끝나자 두 손을 짚으며 말했다.

"청이 있습니다. 이 나카지마 사쿠타로를 고베의 학교에 넣어 주시지 않겠습니까?"

얼결에 료마는 승낙을 해버렸다.

"그렇게 배를 좋아하나?"

"배는 싫어합니다. 요도 강(淀川)의 30석(石) 배가 흔들흔들 흔들리는 것을 둑에서 바라보기만 해도 멀미가 납니다."

"그러면 교토와 오사카 왕래는 언제나 육로인가?"

"예."

"내친 김에 바다 위를 걸을 셈인가?"

"걸으라고 하신다면 걷겠습니다. 다만 걷는 법을 가르쳐 주십시오."

"재미있는 녀석이로군."

사쿠타로는 항해술보다 료마에게 사숙(私淑)하고 싶었던 모양이다.

료마는 곧 교토 저택의 중신을 만나 번의 명으로 나카지마를 보내주도록 수속을 부탁하자 간단히 승낙해 주었다.

그길로 그곳을 나와 마음 내키는 대로 나시노키 거리(梨木町)의 산조(三條) 저택으로 다즈를 찾아갔다.

"아, 사카모토님."

저택의 문지기는 얼굴을 알고 있었다.

다만 문지기가 이상하게 여기는 것은 저택의 주인 산조 사네토미(三條實美)경을 찾지 않고 언제나 노마님을 모시고 있는 다즈만 찾는 일이었다.

당시 산조 경이라고 하면 조슈 번을 배경삼아 급진적 양이론을 주장하는 공경으로서 천하의 지사들의 여망을 한 몸에 지고 있는 사람이 아닌가.

각 번의 무사들은 앞을 다투어 산조 경에 접근하려 했으며, 다케치 한페이타 등도 한동안은 빈번히 출입을 했었다.

정치적으로 무식한 공경들을 배경으로 그 조정의 권위를 내세워 막부를 대한다고 하는 것은 당시의 지사들이 즐겨 쓰던 방법이다.

'그것도 한 가지 길이기는 하지.'

료마도 인정하고 있다.

'그러나 나는 공경들이 싫다.'

일찍이 이이(井伊)가 개항 조약을 맺었을 때, 칙허(勅許)를 얻으려고 어지간히 공경들에게 뇌물을 보낸 것은 천하가 다 아는 일이다. 이런 낮도깨비들을 료마는 싫어한다.

"산조님은 공경으로서는 드물게 융통성이 없을 만큼 깨끗한 분이다."

그런 소문은 듣고 있다.

그러나 흥미는 없다.

산조 저택의 내실, 노마님의 방은 노마님이 도사 야마노우치 집안의 출신이니만큼 어딘가 색다른 분위기가 풍긴다.

"또 료마가 왔나 보군."

노마님이 웃으며 말했다.

"네, 요즘엔 고베에서 군함 훈련을 하고 있다고 들었는데, 교토에 무슨 볼일이 있어서 왔을까요."

노마님의 앞이라 누님 같은 말투로 다즈는 눈살을 찌푸려 보였다.

료마는 언제나 안내되는 현관 옆의 어둠침침한 방으로 안내되었다.

다즈가 나왔다.

여전히 아름답다.

"오랜만이군요."

다즈는 둥글고, 약간 물기를 머금은 듯한 특징 있는 목소리로 말했다.

"예."

료마는 등을 긁고 있다.

"가렵습니까?"

"아, 참."

얼른 손을 무릎 앞으로 가져왔다. 무의식적으로 긁고 있다가 다즈에게 지적되어 비로소 깨달은 것이다.

"료마님은 언제나 가려운가요?"

다즈는 우스워 죽겠다는 듯이 말했다. 이렇게 더러운 차림이니 어차피 늘 가려우리라.

"속옷에 '벌레'라도 들어 있나요?"

웃음을 거두고 고개를 갸웃했다.

"없습니다, 그런 것은."

"그럴 테죠, '등'에 벌레 따위를 기르고 계시면 여자가 가까이 오지 않아요…… 참, 여자 얘기가 나왔으니……"

다즈는 문득 생각난 척하며 말한다.

"저 나라사키 쇼사쿠의 딸 오료님인가 하는 분은 그 뒤에 어떻게 되었지요?"

"후시미(伏見)의 여인숙 데라다야(寺田屋)에 수양딸로 맡겨 두었지요."

"그래서요?"

다즈의 흥미는 그 다음에 있는 모양이다.

"그래서라니, 뭐 말입니까?"

"그것뿐이에요?"

"예."

료마는 또 등을 긁기 시작했다.

"긁지 마시라고 했잖아요."

"아, 그랬었군."

료마는 가려운 곳을 한 번 꼬집고 나서 얌전하게 손을 무릎 위에 놓았다.

"료마님은 역시 여자가 옆에서 잔시중을 들어 주어야만 하겠군요. 누구 좋아하는 사람 없나요?"

"……."

실은 다즈가 좋은 것이다. 그러나 신분과 계급으로 구성돼 있는 이 사회에서는 무리이다.

에도에는 지바 사나코가 있다. 자기를 끔찍하게 생각해 주고 신분도 어울리는 셈이지만 상대는 스승의 딸이고 양가의 규수이다. 앞으로 한낱 떠돌이가 되어 그림자처럼 뒹굴게 될지도 모를 자기 생애에, 지바 가문의 딸에게 알맞은 결혼 생활을 해줄 수 있으리라고는 생각할 수 없다.

역시 오료뿐이다.

이 넓은 세상에 오료만은 료마의 보호가 없으면 살아나갈 수 없는 여인이 아닌가. 그런 만큼 다즈나 사나코에 대한 마음과는 또 다른 생각이 오료에게로 향하는 것이다.

"저, 료마님, 말씀드리겠지만 그 오료라는 아가씨는 료마님을 행복하게는 해줄 수 없다고 생각돼요."

"나에겐 행복이 필요 없는걸."

료마는 말했다.

"이야기를 딴 곳으로 돌려선 안돼요."

그녀로서는 드물게 따지는 듯한 눈빛이다.

'아무래도 요즘은 나도 다즈 아가씨에게 인기가 좋지 않은 모양이군.'

료마는 약간 목을 움츠렸다.

그러면서 어느 틈엔가 또 등을 긁고 있다.

다즈는 쓴웃음을 지었다.

"이 이야기는 그만두기로 해요."

어느새 질투하고 있는 자기 자신을 깨닫고 그것이 부끄러워졌으리라.

화제가 바뀌었다.

영리한 여자라 금방 여느 때의 화창한 미소로 바뀌어졌다.

료마는 그러한 다즈가 좋아 견딜 수가 없다.

손을 잡고 끌어당기고 싶은 충동을 간신히 참고 있다.

"료마님은 조슈 번의 포대가 바칸(馬關) 해협에서 외국 배들과 전쟁을 하고 있다는 것을 알고 계실 테죠?"

양이의 급선봉인 조슈 번이 드디어 실력 행사로 들어가고 있는 것이다.

조슈 번에선 이해(분큐 3년) 5월 10일에 미국 상선에 발포하고 계속하여 프랑스, 네덜란드 미국 군함에 발포했다.

교토 조정에서는 이것을 매우 기뻐하여 6월 1일자로 조슈 영주에게 표창장을 내렸다.

"료마님은, 소문엔 개국론(開國論)으로 변절했다고 하는데, 이 조슈 번의 양이 결행을 통쾌하게 생각하지 않으세요?"

"……."

능청을 떨고 있다.

다즈가 양이주의자인 것은 당연한 일이다. 당시 막부 관계자, 양학자(洋學者) 이외의 각 번, 재야 지식인은 모두 양이주의라고 해도 좋았다.

양이론은 독서계급(讀書階級)에게는 극히 보편적인 관념이었다.

게다가 교토 조정에서는 고오메이 천황(孝明天皇)이 그 양이론의 우두머리이고, 조정의 세력은 이제 급진 양이주의자인 공경들이 주도권을 쥐고 있었다. 다즈가 몸담고 있는 이 산조 집안의 주인, 산조 사네토미 등은 그 첨단적 인물이다.

―료마님, 당신은 뭘 멍청해 하고 있어요.

다즈의 말 속에는 은근히 이런 나무람이 깃들어 있다.

료마는 그것을 알 수 있었다.

"다즈 아가씨, 당신은 옛날에 이런 남자가 좋다고 말씀하신 적이 있지요."

"무슨 말?"

"천하가 모두 잘못이라고 하더라도, 자기가 옳다고 생각하면 단호히 자기 길을 가는 것이 남자이다. 그러한 남자가 되어 달라고 하던."

"어머!"

"내가 그래요."

료마는 또 등을 긁기 시작했다.

그럼 여기서 잠시 바칸 해협에서 벌어진 해륙전에 언급해 보자.

이 분큐 연간 미국에서는 남북전쟁이 한창이었다.

료마도 에이브라함 링컨이라는, 흑인 노예를 해방시키려 하고 있는 미합중국의 현 대통령에 대해서는 가쓰 가이슈로부터 들어 잘 알고 있었다.

남부 여러 주(州)가 합중국에서 이탈하여 재작년부터 이른바 남북전쟁이 계속되고 있다는 것도 알고 있었다.

그 뜻하지 않은 여파(餘波)가 일본에도 밀려왔다.

북군의 군함 와이오우밍 호가 남군의 가장순양함(假裝巡洋艦) 앨라배마 호를 수색하려고 분큐 3년 2월, 요코하마에 입항한 것이다.

그런데 그 직전 요코하마에서 상해(上海)로 향하려던 미국의 상선 펜부로크 호가 바칸 해협을 통과할 때, 포대의 포격을 받고 손상을 입은 것을 알았다.

조슈 번에서는—미국 배를 쳐부수었다—고 크게 양이열(攘夷熱)을 떨치고 있다고 한다. 교토 조정에서도 장한 일을 칭찬했다고 와이오우밍 호의 함장 맥도걸 중령은 들었다.

조슈 번으로서 불행한 일은, 이 군함이 상대는 비록 달랐지만 전투 항해 중이었다는 일이다.

맥도걸 함장은 보복을 결심했다. 며칠 동안 준비를 했다.

바칸 해협은 조류가 빠르기 때문에 숙련된 일본인 뱃사람 두 명을 고용하여 수로 안내(水路案內)를 시키기로 했다.

5월 28일 닻을 감고 요코하마를 출항하여 30일 밤중에 해협 동쪽에 감쪽같이 닻을 내리고 정박했다.

새벽녘 조슈 번 해역을 유유히 항해하여 시로야마(城山) 포대 앞에 이르렀다.

외국 군함이 왔다고 하자 곧 시로야마, 가메야마(龜山), 히코지마(彦島)의 해안 포대가 구식 청동포(靑銅砲)를 발사하기 시작했다.

하지만 사정거리가 짧아서 맞히지 못했다.

이미 그럴 줄을 알고 있던 미국 군함은 대응도 하지 않고 유유히 서쪽으로 항진했다.

드디어 해협의 폭이 좁아졌다.

각 해안포는 충분한 조준을 하고 발포하는 것이지만 여전히 맞히지 못했다.

마침내 미국 군함은 손을 뻗으면 모지(門司)에 닿을 듯한 곳까지 왔다.

때마침 조슈 번이 애지중지 아끼고 있는 군함이 세 척, 닻을 내리고 있었다. 고오신마루(庚申丸), 진주쓰마루(壬戌丸), 기가이마루(癸亥丸).

맥도걸 함장은 비로소 명령을 내렸다.

"전투 준비!"

가메야마 포대에서도 쏘아 오고 전방의 조슈 군함도 급히 포전 준비를 갖추어 맹렬히 사격해 왔다.

하지만 함포의 수효나 구경(口徑)이 세 배를 합해도 와이오우밍 호 하나만 못했다.

와이오우밍 호에 전투의 깃발이 올랐다.

순식간에 가메야마 포대에 명중탄을 퍼부어 포대를 침묵시킴과 동시에 해협을 오르내리며 조슈 군함을 포격하여, 전투 한 시간 만에 드디어 고오신마루, 진주쓰마루의 두 배를 격침시켰다.

와이오우밍 호는 그대로 요코하마에 돌아갔다.

다시 6월 5일 프랑스 동양함대 두 척의 군함이 내습하여 해안 포대를 궤멸시키고 육전대를 상륙시켜 마에다(前田) 포대를 파괴해 버렸다.

조슈의 연안 포대는 외국 군함과의 '교전'에서 완패했다. 포병뿐만 아니라 조슈 해군도 두 척의 군함을 잃고 패배했다.

그리고 조슈 번을 극도로 긴장시킨 것은 6월 5일 프랑스 함대와 싸워 패배한 육군의 패전 소식이었다.

이것에는 수뇌부도 당황했다.

"육전이라면."

언제나 그렇게 생각하고 있었던 것이다.

일본의 모든 무사들은 그렇게 생각하고 있었다. 칼이나 창을 가지고 싸우면 일본 무사에 당할 자가 없다고.

하긴 일본인뿐만 아니라 외국인도 무기나 전술의 진보를 도외시하고 맨몸으로 싸우면 일본인에게 도저히 당할 수 없다고 하는 두려움을, 많든 적든 갖고 있었다. 당시 구미의 신문에 마구 씌어진 일본어는 사무라이, 로닌(낭인)이라고 하는 단어였다. 칼을 다루기를 곡예사같이 하고 게다가 용감무쌍, 외국인이라도 보면 미치광이처럼 덤벼든다고 하는 게 그 정의(定義)였다.

외국인은 그들을 실제 이상으로 두려워했다. 이것이 본국의 외교 방침에 영향을 주지 않을 까닭이 없다. 실제로 도오카이도(東海道) 나마무기(生麥) 마을에서 사쓰마 번사에 의해 자기 나라 상인이 살해된 영국 정부는, 어디까지나 막부에 대해 강경한 배상 요구는 했으나 한편 이것이 전쟁의 도화선이 되는 것만은 피했다. 내륙 전쟁이 되면 중국의 경우와는 달리 이러한 숱한 사무라이와 싸워야만 할 것이 우선 첫째로 마음에 내키지 않았던 것이다.

조슈 번은 어리석지 않았다.

6월 5일 패전의 순간에, 지금까지 생각하고 있었던 양이의 내용이 전혀 무식에서 온 것임을 곧 깨달았다.

이튿날 야마구치(山口) 번청(藩廳)에 다카스기 신사쿠를 불러 즉각 기용하였다.

다카스기는 곧 '기병대(騎兵隊)'의 구상을 건의 하여 즉각적으로 허락을 받게 되자, 시모노세키(下關 : 馬關)로 달려가, 여기서 사농공상(土農工商)의 계급을 철폐한 지원병 군대를 창설했다.

이것이 패전 이튿날인 6월 6일이었다.

다카스기 신사쿠, 이때 스물다섯 살.

료마는 아직 다카스기와 한 번 만나서 얼굴을 알 정도였다.

기병대가 탄생하여 이것이 일본 최강 부대의 하나가 되고 나중에 유신전쟁(維新戰爭)에서 혁명군으로 활약하게 된다. 동시에 이로 말미암아 3백 년에 걸친 계급 사회가 조슈번에 의해 무너지기 시작하게 되는 큰 원인이 되었다.

다즈는 요컨대 료마가 답답한 것이다.

조슈 번이 양이의 선봉에 선 것과 때를 같이 하여 천하는 더욱더 시끄럽게 되었다. 그 북새통에 료마는 대관절 무엇을 하고 있는가.

"글쎄 다즈 아가씨, 긴 눈으로 봐 주십시오. 천하의 지사들이 교토에 모여서 소란을 피우고 있지만, 나 한 사람이 그 패거리에 들어간댔자 머릿수가 하나 늘 뿐이 아닙니까?"

"료마님은 참 별난 분이군요."

"딴은, 별나기에는 다름이 없지."

료마는 약간 까다롭게 말했다.

"자신도 인정하시나요?"

"별로 인정하지는 않지만 세상일이란 축제를 닮았지요. 모두들 꽃가마를 메고 피리, 장구로 장단을 맞춰 가며 끌어당기고 있다고 해서 자기도 달려가 끌어야만 된다는 법은, 다즈 아가씨, 없겠지요?"

"그럼 료마님은 구경꾼이신가요?"

"그럴 리는 없지요."

"그럼 뭐예요?"

"다른 마을에서 다른 꽃가마를 어잇쇼, 어잇쇼 하고 끌어오는 사내지요."

다즈는 웃음을 터뜨리고 말았다.

다른 마을의 꽃가마란 료마 자신의 해군학교를 가리키는 말일 것이다.

"축제 이야기가 나왔으니 말이지, 성아래 거리의 꽃가마는 참 근사했었지요."

다즈는 고향을 추억하듯이 말했다.

축제날이 되면 여러 마을은 저마다 꽃가마를 만들어 그 기발한 장식을 다루었던 것이다.

꽃가마는 그 마을 사람들의 감각, 창조력의 상징이었다. 꽃가마 위에 몇 층의 선반을 만들어 놓고 그 선반 층마다 인형을 장식하여 시국 풍자나 역사, 연극 장면 따위를 나타내며 거리를 누비고 다니는 것이었다.

노래가 곁들였다.

"돌아봐라, 돌아봐라, 다네사키 거리(種崎町)로 돌아봐라. 다네 사키 거리가 제일이지, 제일이지."

이런 단조로운 가사였다. 어쨌든 다른 마을처럼 완성된 가마나 수

레를 끌고 다니지 않는 것이 이 마을의 특징이었다.

"하지만 료마님의 꽃가마는 아직 나오지 않았겠죠?"

"지금 부지런히 만들고 있지요."

"참, 느려터지기는. 벌써 축제가 시작되었는데?"

"그럼 내년 축제에나 내보낼까요?"

"호호호……."

웃는 수밖에 도리가 없다. 다즈가 바쁜 것 같았으므로 료마는 곧 작별을 고했다.

"그럼 료마님, 될 수 있는 대로 빨리 그 꽃가마인가 하는 걸 만드세요."

다즈가 문 밖까지 나와 배웅해 주었다.

료마의 발길은 후시미를 향했다.

산조 큰 다리를 동쪽으로 건넜을 때는 히가시 산(東山)은 이미 어둠 속에 잠겨 있었다.

곧 남쪽으로 꺾어 다이부쓰(大佛) 가도라고 말하는 후시미 쪽의 길을 걸었다.

"아, 지쳤어!"

큰 소리로 혼잣말을 하고는 얼굴을 쓰다듬었다. 몇 번이고 지쳤다, 지쳤다고 말하면서 걸었다.

이윽고 대불전(大佛殿)의 서쪽 담으로 나섰다. 오른쪽에 이총(耳塚 : 피살된 적의 귀만 파묻은 분묘)이 있고 그 맞은편 가모 강(加茂川)까지는 교토의 빈민가가 있다.

"정말 지쳤어."

대불전 숲에서 부엉이가 울어 댄다.

오른편 가모 강 건너 교토 거리에 불빛이 보인다.

아침에 교토로 들어와서 교토 저택과 나시노키 거리로 다즈를 방문하고, 그길로 곧 후시미에 돌아가려는 것은 애당초 무리였었다.

이제 후시미까지 30리.

솔직히 말해서 발이 마음대로 움직여지지 않았다.

"저, 길 가시는 무사님."

갑자기 어둠 속에서 노파의 목소리가 들렸다.

"왜 그러시오?"

"그렇게 피곤하시면 저희 주막에서 주무시고 가시죠?"

친절한 마음으로 말하는 것 같다.

"이 근처에도 주막이 있소?"

"오래 머무시는 장군들의 주막이라 깨끗하지는 못합니다만……."

"고맙기만 하오만 실은 후시미에서 애인이 날 기다리고 있다오. 역시 발을 끌고라도 가는 게 옳겠구려."

걸으려고 했으나 발이 통 움직이지를 않는다.

"말썽이로군."

료마가 뻣뻣한 다리를 두서너 번 두드리고 나서 가까스로 걷기 시작했을 때, 등불들이 다가왔다.

무사들이었다. 아마 열 서너 명은 되리라. 짧은 창을 메고 있는 자도 있었다.

연노랑빛 소매에 얼룩덜룩한 옆줄을 물들인 제복의 덧옷을 걸치고 있는 폼이, 얼핏 보기에 연극의 아카오 낭사(赤穗浪士)들이 주군의 복수전을 할 때 입는 복장과 비슷했다.

"옳거니, 이것이 지금 교토에서 유명한 신센조라는 낭사단이로군."

그렇게 생각하는 사이 벌써 대열은 료마 앞에 다가와 멈추었다.

한 사람이 등불을 들어 료마의 얼굴을 비친다.

등에는 세모꼴 테두리 안에 '성(誠)'이라는 글자가 들어있다. 그 사내가 수작을 걸어왔다.

"우리는 교토 수호직 마쓰다이라님의 막하인 신센조요. 시내 순찰중인데 직책상 물어 보겠소. 귀하는 어느 번이고 성명은? 그리고 어디로 가시오?"

"도사 번사, 사카모토 료마, 후시미로 가오."

"오!"

대열 속에서 놀라는 소리가 들리고 그림자가 하나 료마에게 다가왔다.

시노부 사마노스케다. 낭인 모집에 응모하여 이 단체에 들어간 것이리라.

료마는 골치 아픈 놈을 만났다고 생각했다.

시노부는 신센조 대원들에게 말했다.

"나는 이 친구를 알고 있네."

이렇게 말한 다음 료마 앞으로 왔다.

"사카모토 군, 오랜만이군."

시노부는 패거리를 믿고 있다. 지금 료마의 오른쪽에서 등불을 들이대고 있는 대원. 등 뒤로 돌아간 두서너 명.

정면에는 순찰대의 주력이 있다. 이날 밤의 대장은 신센조에서 칼솜씨로 소문난 부대장(副隊長) 대우 도도 헤이스케(藤堂平助)였다. 후나이(府內) 낭사로서 이세(伊勢) 쓰(津)의 영주 도도 이즈미노가미(藤堂和泉守)의 사생아라는 색다른 내력의 소유자이다.

도도는 신센조의 곤도 이사미(近藤勇)가 아직 에도의 고이시카와(小石川)에서 덴넨리신류(天然理心流)라는 도장을 열고 있을 무렵부터 드나들던 인물인데, 에도의 서민 기질을 지닌 시원시원한 사내였다. 뒷날 신센조의 참모 이토 가시타로(伊東甲子太郎) 등과 함께 이탈하여 사쓰마 번의 보호 아래 금릉위사(禁陵衛士)라는, 이를테면 반막부 단체를 조직하고, 얼마 뒤 신센조 주력과 아부라 고지(油小路)에서 시가전을 벌여 초인적인 활약을 보이며 싸우다가 죽었다.

—헤이스케만은 아까웠다.

곤도는 이 사내의 기질을 몹시 사랑하여 이렇게 두고두고 말했다.

그 헤이스케가 오늘 시내 순찰대의 대장이었다. 무리 속에서 팔짱을 끼고 무슨 까닭인지 뜨겁게 감정이 깃든 눈초리로 료마를 보고 있었다.

시노부는 료마 앞에서 세 칸이나 떨어져 섰다. 기습을 경계하고 있는 것이다.

"오랜만이군."

시노부가 말했으나, 료마는 멍청한 얼굴로 서 있다.

—너 같은 것 모른다.

그런 얼굴 표정이었다.

"사카모토!"

시노부는 반말로 나왔다.

"우리는 시중의 부랑자(낭인)를 단속하러 나왔다. 너는 도사 번을 탈번했다고 하던데 지금 번사라고 말했어. 신분을 사칭한 혐의가 있다. 요앞 주둔소까지 연행하겠다."

"무슨 개수작이야!"

료마는 허가시 산마루에 솟아 있는 낫같이 날카로운 달을 바라보며 호통 쳤다.

전에는 이런 패거리들과 싸운 일도 있었지만 지금은 지각이란 도무지 없는 이런 싸움꾼들과 싸울 마음은 전혀 없다.

"내가 도사 번사인지 아닌지 가와라 거리(河原町)의 도사 저택에

문의하면 곧 안다. 그것이 귀찮다면 바로 거기."

턱으로 가리키는 곳에 지샤쿠 원(智積院)의 커다란 지붕이 숲 속에 우뚝 솟아 있다. 노공 야마노우치 요도의 교토 숙소이다.

"지샤쿠 원에 물어봐도 된다. 어쨌든 천하의 공도(公道)를 막아서면 곤란해, 비켜 주실까?"

"이 새끼가!"

시노부는 이 기회에 무슨 일이 있더라도 료마를 벨 속셈이었다.

'이 녀석이 뽑을 생각이로구나.'

료마의 사지에 힘이 살아났다. 그토록 덮쳐오던 피로는 어디론가 사라지고 없다.

뽑는다!

그런 상대의 낌새를 알게 되면, 그렇게 되기 전에 이쪽이 선수를 써서 뽑자마자 베어 버리는 것이 검법이다.

료마에겐 그만한 기량이 있었다. 지금 교토에 있는 여러 번사 중에서 료마만큼 뛰어난 솜씨를 가진 자는 아마 셋도 안 되리라.

지난날 에도에서의 각 파 대시합의 기록이 그것을 증명하고 있다.

그러나 그것은 어디까지나 기술이다. 살아 있는 인간을 상대로, 상대가 뽑으니 이쪽도 선수를 써서 치면 되는 것이 아니다. 왜냐하면 치면 상대는 죽는다.

죽일 수는 없는 것이다.

그것을 할 수 있는 것은 정신이상자뿐일 것이다.

순간 료마는 싱긋 웃었다. 상대의 기를 죽이자는 속셈이었다.

"시노부."

날름 혓바닥을 내민다.

우스꽝스런 얼굴로 웃으면서 큰 혓바닥을 내밀고 있는 놈을 벨 수는 없으리라.

"이제 웬만큼 해 두시지. 임자와 나는 얼굴을 마주칠 적마다 싸움을 하고 있어. 이제 이런 인연은 잘라 버리자구."

"자르겠다고?"

시노부 사마노스케는 잘못 알아들은 모양이다.

"아니, 사람이 아니야. 인연을 자르자."

신센조란 살인 청부업자의 집단이다. 벤다고 하는 것에 예의고 뭣이고 있을 까닭이 없다. 무엇보다 이 세상의 예의나 무사로서의 상호 신뢰, 검법의 규율 따위를 생각한다면, 도저히 사람을 벨 수는 없는 것이다.

번쩍 칼날이 번뜩였다.

시노부의 칼이 아니다. 시노부의 기가 꺾이자 답답해진 그의 동료가 료마의 오른쪽 옆에서 칼을 뽑은 것이다.

료마는 몸을 홱 돌렸다.

한 걸음 물러섰다.

"쓸데없는 칼부림은 집어치워. 이런다고 천하가 바로 잡히느냐, 천하의 일이 성취되느냐? 그 검은 양이(洋夷)가 침입했을 때 써라."

시노부도 칼을 뽑았다.

한 발 한 발 다가온다.

시노부가 크게 뛰어올랐다. 탁, 하고 푸른 불꽃이 허공에 튄다.

시노부의 칼이 손잡이에서 두 토막으로 부러지고 칼끝이 대불전의 담장 근처에 떨어졌다.

료마의 칼은 어느새 칼자루에 꽂혀 있다.

"그만두겠다, 나는 급해."

료마는 걷기 시작했다.

약간 기가 죽어 있던 신센조의 순찰대는 잽싸게 움직여 료마의 앞뒤를 둘러싼다.

'끝내 해볼 작정인가?'

료마도 사방에 눈길을 보내며, 다시 긴장된 얼굴이 되었다. 지금까지 몇 번인가 싸움해 봤지만 아직 사람을 죽인 일은 없다.

달이 묘호원(妙法院) 위에 고개를 내밀었다.

구름이 빠르다.

달이 이따금 숨는다.

바람이 머리카락을 날린다. 료마는 눈을 가늘게 떴다.

오른손이 움직였다. 허리를 들었다. 눈에도 띄지 않는다. 칼을 뽑는 것과 베는 것과 뒤로 뛰는 것이 동시였다.

신센조 대원의 등불이 떨어졌다.

땅에 뒹굴며 다시 바람에 떼굴떼굴 구른다.

료마는 길옆 검은 판자벽에 몸을 기대고 있다. 벽을 끼고 몇 걸음 북쪽으로 이동하면 골목이다.

달아날 속셈이다.

"아무도 베지 않았어."

료마는 묵직한 목소리로 말했다.

"등불을 베었을 뿐이야."

그리고 픽 웃었다.

"시노부!"

바람이 윙 울고 지나간다.

"옛날의 나라면 벌써 큰 싸움이 되었겠지. 이래 봬도 나는 싸움을 잘하는 편이야. 그러나 지금은 목숨이 아까워."

신센조 대원들은 일제히 칼을 뽑아들고 료마를 포위하며 한발 한발 다가들고 있었다. 이 녀석들은 칼싸움의 전문가들이다. 세 명씩 한꺼번에 덤빈다. 상대가 아무리 고수라도 이 집단의 지도자인 곤도 이사미, 히지가다 도시조(土方歲三)가 아카오 낭사의 전법을 본따 엮어낸 이 전법에는 당해내지 못한다.

"시노부!"

료마는 난처했다.

"여럿이서 덤비겠단 말씀이지. 생각하면 너도 별난 놈의 직업을 가지게 됐지만 오래 할 것은 아냐. 웬만큼 하고서 그만두시지."

"……."

그들은 좀처럼 덤비지 않는다. 료마가 지바 도장에서 날린 고수라는 것을 알고 있기 때문이다.

"나는 큰일을 할 몸이다. 그것도 이제 겨우 시초이니 목숨을 아껴야겠어. 이렇게 말하면 뭣하지만 장차 전 일본이 나를 의지할 때가 올 거야."

달빛이 희미하게 료마의 얼굴을 비쳤다.

"그러니까 너희들 따위를 상대하고 있을 새가 없어."

주위가 어두워졌다.

달이 구름 속으로 들어간 모양이다. 료마의 발밑에서 벌레가 운다.

"하긴 내 일에 자네들이 참가한다면 기꺼이 받아 주겠네. 배를 가르쳐 주지. 만리 파도를 넘어 세계의 바다를 일본 무사의 바다로 만들려는 거다. 일본은 좁아. 그러나 바다는 어느 나라의 것도 아니다. 이것을 무대로 돈을 벌고 새로운 바다의 일본을 만든다. 남자 된 보람이 아니겠느냐."

"……."

"둘러보니 모두들 뛰어난 기백을 지닌 사내들이군. 한 조각 의협심을 위해 죽음도 사양 않는 자네들이 아닌가. 그러나 그것은 결국 자기 자신의 범위를 벗어나지 못해. 마음을 바꾸라고, 마음을.

일본을 짊어지겠다는 마음이 되어 보라고. 그런 마음으로 짊어지면 일본 따위는 아주 가벼운 거야. 차라리 슬프도록 말일세. 병들고 여윈 노파보다도 더 가벼워."

료마의 눈에 눈물이 가득 고였다. 병들고 여윈 노파, 그렇게 표현한 자기 말에 뼈가 저리듯, 일본에 대한 감상이 치밀어 올랐던 것이다.

무리 속에 마쓰이 사부로(松井三郎)라는 자가 있었다.

미도의 낭사로서 신도무넨류를 수업하고 이미 교토로 올라오기 전에 사람 두 서너 명은 벤 일이 있는 사내이다.

얼굴을 치는 듯하다가 손목을 치는 변화술이 능하여 거의 빗나가는 일이 없다.

이 마쓰이가 달려 들어오며 대지를 칼로 내려칠 듯한 동작을 하더니 다시 두 걸음 밟고 들어와 대갈 일성, 료마의 얼굴을 후려쳤다.

물론 다음에는 손목을 칠 계산을 하고 있었다.

료마는 순간, 칼을 청안(靑眼 : 칼끝을 상대의 눈으로 겨누는 자세)으로 겨눈 채 훌쩍 물러섰다. 이미 마쓰이의 오른손목을 친 뒤다.

"앗!"

칼이 떨어졌다.

칼등치기였다.

그러자 분대장인 도도 헤이스케가 비로소 앞으로 나왔다.

"모두 물러나라!"

그는 칼을 쑥 뽑았다. 동시에 작은 몸집의 헤이스케는 탄환처럼 료마에게 덤벼들었다.

무시무시한 찌르기였다.

료마는 아슬아슬하게 피했다.

빗나간 헤이스케의 칼이 검은 판자벽을 푹 하고 꿰뚫었다. 헤이스케는 재빨리 잡아 뽑았다. 순간, 앞으로 뽑아내기는 했지만 약간의 틈이 생겼다.

료마는 당연히 그 틈을 노려야만 했다. 그러나 치지를 않았다.

'이 사내는 본 일이 있군.'

칼 위치를 왼쪽 하단(下段)으로 바꿔 가며 검은 담장을 따라 재빠르게 이동한다.

헤이스케의 칼은 료마를 마구 추격했다.

한결같이 청안으로만 겨누고 있는 칼끝이 할미새 꼬리처럼 파르르 떨고 있다.

"앗, 이 녀석은 도도 헤이스케로구나."

료마는 그 호쿠신잇도류의 특징을 보고야 겨우 생각해 냈다.

오케 거리 지바 도장이 아니라 오다마가이케 지바 도장에 있었던 사내, 확실히 목록인가까지 받은 놈이다.

헤이스케도 기억하고 있으리라. 뭐니 뭐니 해도 료마는 당시 오케 거리 도장의 사범이었다. 지바 일문의 대선배이다.

헤이스케는 차츰 칼끝을 올려 간다. 마침내 상단(上段)으로 겨누었다.

"얍!"

무서운 기합과 함께 달려들었다. 순간, 료마는 뒤로 훌쩍 뛰며 찰가닥 칼을 집어넣었다.

"그만두자."

료마는 등을 돌리고 걸어가기 시작했다.

헤이스케는 어리둥절했다. 헤이스케 자신은 처음부터 료마가 그 무렵의 사범이었음을 깨닫고 있었다. 깨닫고 있을 뿐만 아니라, 오다 마가이케 도장에서 몇 번인가 지도를 받은 일도 생각났다. 하마터면 "사카모토님" 하고 부를 뻔 했던 것이다.

그러나 신센조라고 하는 데는 내부가 시끄러웠다. 사카모토 료마를 알고 있다는 것을 대원들에게 알리고 싶지 않았다.

헤이스케는 헤이스케대로 자기가 나섬으로써 료마를 구해줄 속셈이었다.

'이상한 녀석이로군.'

료마가 이렇게 생각하면서 발을 절뚝거리며 삼십리 길을 걸어 후시미 데라다야에 도착한 것은 먼동이 트기 직전이었다.

뱃사람들의 주막이라 한창 분주한 시각이었다. 나그네들이 데라다야 앞 선창에 모여 주막 일군의 목소리와 등불을 따라 30척 배를 탈 참이었다.

"오토세, 재워 달라구."

료마는 현관에 들어섰다.

오도세는 마루 한쪽에 앉아 하인들에게 지시를 하고 있었다.

"네."

오토세는 끄덕이며 재빨리 료마의 안색, 복장, 발밑까지 살핀다.

'이 사람, 칼싸움을 하고 왔군.'

오른쪽 소매가 찢어져 있다.

검은 옷이라 잘 모르겠지만, 왼쪽 어깨에 묻어 있는 것은 피 같았다. 상처를 입고 있는 모양이다.

"……."

오토세는 하인 한 사람을 눈짓으로 불러 작은 목소리로 일렀다.

"외과의 세이안(精庵) 선생을 빨리!"

이어서 안쪽을 향해 불렀다.

"오료야!"

오료가 나왔다.

'어머!'

놀란 얼굴로 료마를 보는 볼이 빨개진다.

"사카모토님."

오토세가 말했다.

"마침 내려가는 배로 지금 막 손님이 나간 참이라 방들이 모두 어지러워요. 잠시 오료 방에서 쉬도록 해 달라고 부탁하세요."

그리고는 빙긋 웃으며 말했다.

"내 방이라도 좋지만, 내겐 이스케(伊助)라는 지나치게 훌륭한 영감이 있으니, 영감에게 질투를 받으면 곤란하잖아요."

"여자 이불에서 자란 말인가."

"어차피 사카모토님은 누님이 키웠다면서요? 잘 알고 있어요. 열세 살이 되도록 한 이불에서 자고 오줌까지 쌌다는 걸."

"실없는 소리를 하는군."

료마는 오료의 안내를 받아 그녀의 방으로 들어갔다.

윗목에 월금(月琴)이 놓여 있다.

"아, 월금!"

중국 명나라 말기, 즉 일본의 도쿠가와 초기쯤에 발명된 악기인데, 연주법은 기타와 같다.

이 시대에 월금 따위를 만지는 것은 음악 애호가라도 상당히 별난 축에 들지만, 오료는 이 월금이 능숙하다. 묘수(妙手)라고 해도 좋았을 만큼.

거기에 외과 의사 세이안 선생이 조수를 데리고 나타났다.

료마는 세이안 선생이 시키는 대로 웃통을 벗었다.

"이거로군요."

세이안 선생은 료마의 왼쪽 어깨를 들여다보며 끄덕였다.

다행히 뼈에는 닿지 않은 모양이다.

길이 두 치 얄팍하게 흰 지방질이 보인다. 오료는 무서운 듯이, 그러나 긴장된 눈으로 상처를 들여다본다.

료마는 사실 오료가 자리를 비켜 주었으면 싶었다. 자기 등의 털을 오료에게 보이는 것이 싫었던 것이다.

그래서 료마는 오료가 있는 쪽을 향해 가슴을 쫙 펴고 앉았다.

뒤를 넘어다 볼 수는 없으리라.

그러나 오료의 눈은 상처를 보고 있다. 료마의 몸 따위를 보고 있는 눈빛이 아니다.

"어떻게 된 겁니까?"

세이안 선생이 물었다.

"고양이 때문이죠."

"재미있는 고양이 같군. 칼을 두 자루 차고 있었겠지요."

"요즘 교토에시 흔히 보이는 고양이입니다."

세이안 선생은 소주로 상처를 씻기 시작했다.

"아야!"

료마는 얼굴을 온통 찡그리며 웃었다. 아프다면서 웃는 바보도 있을까.

"잘 씻어 두지 않으면 곪습니다."

기름 약을 바르고 거추장스러울 만큼 헝겊을 감아주고 의사가 돌아가자, 오료는 따지듯이 말했다.

"사카모토님, 왜 남과 다툴 만한 짓을 하셨어요?"

"글쎄, 할 수 없었어."

"어머님(오토세) 말씀으론 사카모토님이라면 에도의 검객 사이에선 모르는 사람이 없을 정도의 솜씨라더니, 이렇게 다치기까지……."

"면목이 없군."

료마는 상대를 칼등으로 치기 위해 칼날을 자기 쪽으로 하여 겨누고 있었다. 헤이스케가 밟아 들어왔을 때 칼을 어깨에 둘러메듯 칼끝을 쳐올렸다. 그때 자기 칼날에 상처를 입었던 모양이다.

"검술 따위는 배우거나 할 것이지 써먹을 것은 아니야. 이걸로 밥을 먹을 작정이었던 나까지 이 모양이니 말야."

"사카모토님."

오료는 말했다.

"사카모토님에게 만일의 일이 생기면 오료는 살아 있지 않겠습니다."

"응?"

료마는 오료를 바라보았다.

오료는 얼굴을 붉혔다. 꽤 중대한 발언이다.

사랑을 고백했다고 생각해도 할 수 없었다.

료마는 쑥스러워졌다.

"그런 건 의미가 없어. 첫째 나에게는 일이 있을 뿐 생사 따위는 없어. 그런 놈을 상대로 섣부른 소리를 했다간 큰 손해나 볼 테니 말하지 말아요. 그보다⋯⋯."

료마는 이불 위에 모로 누웠다.

"월금이라도 들려주지 않겠어?"

오료는 잠자코 일어나 윗목에서 월금을 안고 오더니 료마의 머리맡에 앉았다.

허리가 둥글어서 보름달을 닮았다. 그러한 모양에서 붙여진 이름인 것 같다.

오료는 월금이 능숙하다고 료마가 고향의 오토메 누님에게 일부러 편지를 써 보낸 것은, 당시 이 악기를 다루는 것은 꽤 시대를 앞서가는 취미였기 때문이다.

"무엇을 탈까요?"

오료가 줄을 고르면서 물었다.

"육단(六段 : _{가사가 없는 기악곡 일단 오십이/박자의 곡을 육단 모은 것})을 부탁할까?"

"거문고의?"

"응."

료마는 월금 소리를 처음 듣는 것이다. 이 악기에 맞는 곡이 있는지 없는지 알 리가 없었다.

"허, 거문고가 아니라 비파처럼 타는 거로군."

"네."

오료는 타기 시작했다.

소리는 거문고 같기도 하고 비파 같기도 했다. 다른 점은 이따금 날카로운 소리가 끼어들어 귀를 간질거리는 듯한 여운을 남기는 것이 퍽 재미있었다.

료마는 오토메 누님에게서 검술의 초보뿐만 아니라 샤미센(三昧線)도 배웠기 때문에 악기에 전혀 캄캄하지는 않았다.

'좋은 기분이야.'

달콤하고 귀여운 음색인데 단지 이따금 날카로운 소리가 섞이는 것이 어딘가 오료라는 여자를 닮은 것 같다.

"저, 어때요?"

오료는 료마가 기뻐하고 있는지 어떤지, 고개를 갸웃하며 물었다.

"듣고 있어."

이렇게 말했지만, 상처의 아픔이 견디기 어려웠다.

"전 아직 서툴러요."

"그렇지도 않은데."

료마는 싱글벙글하며 말했다.

"계속해 줘."

"정말 저는 서툴러요, 그리고 곡도 별로 모르고. 월금은 나가사키의 당나라 사람에게 배우면 좋다는데……저, 나가사키에 가고 싶어요."

"먼 곳이야."

"저, 언제 데리고 가 주시지 않겠어요?"

"글쎄, 나가사키는 좋은 데지. 장차 에도 막부를 쓰러뜨리는 것은 나가사키의 문명일 거야."

"월금이 에도 막부를 쓰러뜨리나요?"

"말하자면 그렇지. 에도의 원수를 나가사키에서 갚는다는 속담이 진짜가 될지도 모르지. 나도 장차 나가사키를 본거지로 삼아 천하에 뜻을 펴볼 셈이야."

"그때는 꼭 데리고 가 주세요. 네?"

오료의 두 눈에 진정이 가득 서려 있다.

료마는 오료의 월금을 들으면서 푹 잤다.

데라다야의 지붕 위로 해가 떠오르고 해가 졌다. 어지간히 고단했던 모양이다. 그동안 료마는 문자 그대로 동분서주였었다.

"아니 아직 밤이야?"

등불을 보고 중얼거렸다. 잠이 덜 깬 것이다.

"밝았다가 저문 거예요."

머리맡에서 오료가 말했다. 날이 밝았다가 저문 것보다 오료가 아직 머리맡에 앉아 있어준 것에 료마는 놀랐다.

"쭉 여기 있었어?"

"아뇨."

오료는 고개를 옆으로 저었다.

"가끔 와 봤어요."

료마가 죽어 버리지나 않았을까, 하고 30분마다 여기 와서 앉아 있었다고 한다.

"죽어? 난 안 죽어."

료마는 일어났다.

"하지만 인간은 모두 죽는다면서요?"

"아냐, 나도 차츰 요즘에 알게 된 것이지만, 말하자면 이런 것이 아닐까……."

료마는 자기 자신에게 이야기하고 있는 모양이다.

"야마토의 산조 산(三上山)은 천 몇 백 년 전엔가 엔노즈네(役小角 : 奈良時代의 山岳呪衛家)란 사내가 개척한 산이라는데, 그 산 위에 있는 사당에는 엔노즈네가 불을 켠 이후 천 몇 백 년 동안이나 꺼지지 않고 타는 등불이 있어. 인간이 하는 일도 크고 작은 차이는 있겠지만 그러한 것이지. 누군가가 불이 꺼지지 않게 계속 켜 나가는, 그러한 일을 하는 사람을 불멸의 인간이라고 하지. 서양에서 시빌리……시빌리제……."

료마는 시빌리제이션(문명)이란 서양 말을 하려 했던 모양이다.

어쨌든 료마는 인간 문명의 발전에 참가해야 한다. 그러면 산조 산의 등불처럼 그 생명은 불멸이라고 말하고 싶었던 것이리라.

"그러므로 나는 죽지 않아. 죽지 않게 되는 일을 하고 싶어."

오료는 깜짝 놀란 듯한 눈으로 료마를 응시했다.

'이런 사람은 처음이야.'

감동이었다. 아니 오료만이 처음으로 본 것이 아니다. 료마와 같은 종류의 사생관(死生觀)을 가진 자들이 일본 역사 속에 나타난 것은 막부 말기의 한 시기부터였다.

6시를 알리는 종소리가 들렸을 때 데라다야 현관에 날랜 몸집의 한 무사가 나타났다.

이 더운 계절에 두건으로 얼굴을 감싸고 있다.

"사정이 있어서 두건을 썼으니 용서하기 바란다. 사카모토 선생은 계신가? 에도의 지바 도장에서 가르침을 받은 헤이스케라고 전하면 아신다."

신센조의 도도 헤이스케였다.

"헤이스케?"

료마는 일어났다.

"그 녀석 혼자야?"

오료는 말없이 2층으로 올라가 난간에서 어두운 골목을 내려다보았다.

아무도 없는 것 같다.

계단을 뛰어 내려와서 혼자인 것 같다고 말하려고 보니 료마는 벌써 방에 없었다.

바깥 마루로 나가 헤이스케를 내려다보고 있다.

"올라오게."

료마는 말했다.

계산대에 있던 오토세가 오료에게 2층 십조 방으로 안내해 드리라고 일렀다. 만일의 경우 집안에서 싸울 때는 넓은 편이 방어하는 쪽에 유리하다―오토세는 거기까지 머리가 돌아가는 여인이었다.

료마와 헤이스케는 2층에서 마주앉았다. 헤이스케는 두건을 벗고 부복이라고 해도 좋을 만큼 정중한 인사를 했다.

아무튼 헤이스케로서는 료마는 지바 도장의 선배이고 직접 죽도를 잡고서 가르침을 받은 사람이다.

"저번엔 묘한 데에서 마주쳤지."

료마는 웃었다.

료마도 헤이스케라는 사내에게 악의는 갖고 있지 않았다. 재능은 없지만 성미가 대쪽처럼 시원스런 호한(好漢)이다.

"그 사과를 드리러 왔습니다."

"사과할 건 없어. 그러나 그것 때문에 온 것만은 아닐 테지."

"예."

아무튼 데라다야로 몰래 도사 번사 사카모토 료마를 만나러 갔었다는 사실만으로도, 대의 숙청을 받을지도 모르는 일이다. 역사상 신센조만큼 대내의 통제가 엄격했던 단체는 없다.

"그럼 무슨 일로 왔나?"

"조심하십시오, 이 말씀을 드리고 싶었던 것입니다. 대의 기밀을 누설하게 되는 것이라 자세히 말씀드릴 수는 없지만, 그것만은 알아두십시오. 문제는 시노부 사마노스케라는 사내입니다. 그 사내가 곤도, 히지가다 두분에게 선생을 처치하라고 연방 말하고 있습니다."

"멋대로 내버려두게."

료마는 오토세에게 술상을 부탁했다.

"그런데 에도에서 기요가와 하치로(淸河八郞)가 비명에 쓰러졌다고 하더군. 도도군, 내막을 알고 있나?"

히가시 산 36봉

옛날 무성영화(無聲映畵) 시대에 등장하는 막부 말기 활극물이라면 으레 근왕파와, 막부 편의 정의파와 악당이 등장했다.

화면에 교토의 히가시 산이 비치고 가모 강에 밤안개가 자욱한데 기온의 등불, 산본기(三本木)의 홍등 따위가 이슬에 젖어 깜박이게 되면 이윽고 산조의 큰 다리가 비친다.

그런 장면이면 으레 고전화(古典化)되다시피 한 같은 대사를 변사가 신나게 지껄이는 것이다.

"히가시 산 서른여섯 봉우리, 초목도 잠든 한밤중에……별안간 들려오는 칼 부딪는 소리"

이것은 영화 장면 이야기다.

막부 말기사(末期史)를 도끼로 쪼개듯 단정적으로 말한다면, 이

영화의 '히가시 산 삼십 육봉, 칼 부딪는 소리'의 시대를 불러일으킨 인물은 데와 쇼나이(出羽庄内)의 낭인 기요가와 하치로라고 할수 있다.

기요가와는 호쿠신잇도류의 명인으로서 수려한 용모, 당당한 체구에 학문과 웅변술이 뛰어났으며, 모책(謀策)의 재능이 있는 사내로서 남다른 행동력에다 생가로부터 풍부한 자금을 공급받고 있었다.

막부 말기에 나타난 군웅(群雄) 중에서도 그 재치로 따진다면 초일급의 인물이었으나, "백 가지 재주가 있으나 한 가지 성질이 모자란다"고나 할까, 사람을 사람같이 여기지 않는 일면이 있어 인망을 얻지 못하고 있었다.

속담에 "이왕이면 큰 나무 그늘"이라는 말이 있다. 기요가와에게는 료마의 도사 번, 사이고의 사쓰마 번, 가쓰라의 조슈 번, 가쓰가이슈의 막부와 같은 활동 배경과 기반이 없었다.

그러므로 기요가와 하치로가 세상에 큰일을 일으키자면 이쪽을 조종하고 저쪽을 속여 넘기는 브로커 같은 책략을 쓸 수밖에 없었다.

기요가와는 규슈를 유세(遊說)하며, 그렇게 불을 붙이고 다녔다.

"—이미 양이(攘夷), 막부타도의 기회는 무르익었다. 모두 중앙으로 올라오라. 우물쭈물하고 있으면 대사의 시기를 놓친다."

규슈의 뜻있는 자들은 모두 떨쳐 일어나 속속 교토, 오사카로 올라왔다.

기요가와는 처음에 이들 낭사단을 이끌고 사쓰마 번과 손을 잡고 거사하려고 기도했으나 사쓰마 번은 움직이지 않았고, 이것이 전년 분규 2년 4월 23일의 데라다야 참극을 빚게 되었다.

이 낭사들이 그대로 교토에 남아 이른바 지사횡행(志士橫行), 덴추 사건(天誅事件)이 빈발하던 시대의 막이 올랐다.

다시 기요가와는 에도로 달려가 막부를 움직여 낭사단을 모집하게 한 다음 그들을 교토에 두게 했다.

그런데 기요가와는 교토에 닿자마자 이 막부가 모집한 낭사단을 조정의 친위병(親衛兵)으로 만들려고 했다. 즉 막부를 속였던 것이다. 속이기는 했지만 기요가와가 만들어 낸 이 낭사단 중 교토에 잔류한 막부편의 양이주의자 집단이 신센조가 되었다.

기요가와는 백책(百策)이 실패하여 혼자 쓸쓸히 에도로 돌아가자 이번에는 에도에서 동지를 끌어 모아 요코하마의 외국인 거류지를 불살라 버릴 것을 계획했다.

어제는 근왕 도막(勤王倒幕)을 부르짖어 규슈의 지사들을 교토로 달려가게 했는가 하면, 오늘은 막부를 떡 주무르듯 하여 관인(官認) 낭사단을 결성하고, 그런가 싶으면 어느새 공경과 만나 뻔뻔스럽게 이렇게 말하고 있다.

—저 낭사단은 조정을 위해서 만든 것입니다.

마술사라고 한다면 기요가와만한 마술사도 없으리라.

그러나 속아 넘어가는 쪽도 아주 바보는 아니다.

—속았구나.

모두 깨달았다. 마술의 속임수가 하나씩 하나씩 탄로 나기 시작한 것이다.

하지만 기요가와는 배짱이 좋다.

들통이 나더라도 코웃음 쳐 넘기는 여유가 있다. 들통이 났을 때는 벌써 다음의 마술을 생각하고 있는 것이다.

기요가와가 낭사단만을 만들어 놓고 에도로 다시 돌아온 것은 분큐 3년 3월 13일이었다.

곧 다음의 마술에 착수했다. 에도에서 근무하는 조슈 번사들과 더불어 4월 15일을 기하여 폭동을 일으킬 것을 계획했다. 에도, 요코하마를 불질러 외국인을 살상하고 외교 문제를 일으켜 막부를 곤경에 빠뜨리려고 했던 것이다.

막부는 이것을 탐지했다. 에도 막부란 일본 역사상의 역대 정부 중에서도 가장 첩보 정치에 능했고, 또한 밀고를 좋아하는 자질을 가지고 있었다. 부끄러워해야 할 능력이라고 해도 좋으리라.

기요가와 쪽에서는 방화용 폭탄도 준비되어 있었다. 이것은 동지인 조슈(上州) 이세사키 번(伊勢崎藩)의 화약 전문가 다케다 모도키(竹田元記)가 제조했다. 그밖에 시나가와 앞바다에 정박 중인 외국 배도 습격하려고 나룻배, 사다리까지 준비했다.

자금은 기요가와의 오랜 동지로 얼굴이 둥그런 활동가, 히코네(彦根) 번을 탈주한 이시사카 슈조(石坂周造)가 담당했다. 유신 뒤 에치고에 가서 당시 아직도 별로 세상의 주목을 받지 않고 있던 석유 채굴을 시작하여 그 선구자가 된 사람이다.

그는 에도의 큰 상인들을 찾아다니며 강도나 다름없이 헌금하도록 강요했다. 이세야 상점 3천 냥, 그 동생이 1천 냥, 다바다야 상점 1천 냥, 이다쿠라 상점 1천 냥, 주이치야 상점 쌀 4백 석……등등 거의 집집마다였다.

"아무래도 기요가와가 또 무엇인가 꾸미고 있는 것 같다."

막부의 이런 의혹은 헌금 문제 때문에 더욱 짙어졌다.

당시 집정관에 이다쿠라 가쓰기요(板倉勝靜)라는 인물이 있었다. 빗추(備中) 마쓰야마(松山)의 영주로서 행정적 재능이 있고 성격도 온순했다. 막부 말기 영국 공사관 통역으로 활약한 어네스트 사토는 이다쿠라와 처음으로 만났을 때의 인상을 "이다쿠라는 선량한 신사이다"라고 그 인품에 호의를 표시했다.

이 이다쿠라라는 '신사'마저 막부의 전통적 장기인 밀정 정치의 체취를 지니고 있었다.

음모를 탐지한 이다쿠라는 기요가와를 암살하기 위해 자객을 보냈다.

이다쿠라가 자객으로 고른 것은 막부 가신인 사사키 타다사부로(佐佐木唯三郎)라는 사내였다.

소도(小刀)의 명수라는 정평이 있었다. 당시 검술계의 아카데미라고도 할 막부의 강무소(講武所) 교수로 발탁되어 있는 것만 보더라도, 그 실력을 추측할 수 있으리라.

그때 기요가와는 동지인 막부 가신 야마오카 데쓰타로(山岡鐵太郎)의 저택에서 뒹굴고 있었다. 전날 밤부터 감기열로 핼쑥해져 있으면서도 목욕을 하고 외출하는 길에 이웃인 다카하시 데이슈(高橋泥舟) 댁에 무심코 들렀다가, 다카하시부인에게 흰 부채 세 자루를 빌려 거기에 시를 지어 넣었다.

우연인지, 그 중 한 수가 기요가와에게는 그런 마음이 없었다고 하더라도 유언 시가 돼 버렸다.

앞서 가고 또 앞서 가리라, 저승이라도
주저는 않으리라 천황을 위하는 길

기요가와는 다카하시댁을 나섰다.

방갓을 쓰고 명주로 안을 댄 검은 덧옷에 세로 줄이 쳐진 쥐색 바지, 칼 역시 훌륭한 장식, 어디로 보나 1천 석 이상의 직속 무장(武將) 차림이다.

아자부(麻布) 이치노 다리에 있는 가미노야마 번저에 사는 친구인, 같은 번의 유학자(儒學者) 가네코 요사부로(金子與三郎)를 찾아가는 길이었다.

이 가네코가 동지를 팔았던 것이다. 영주 마쓰다이라 야마시로노가미(松平山城守)를 통하여 막부에 밀고하자, 곧 집정관 이다쿠라는 사사키의 출동을 명했다. 가네코는 자택에 술상을 준비하고 친구 기요가와가 오기를 기다리고 있었다.

곧 술좌석이 벌어졌다.

"아냐, 감기가 들어서."

기요가와는 두 잔째를 사양했다. 웬지 술맛이 없다.

"뭘, 그래, 오랜만인데."

"골이 지끈지끈 아파. 오늘은 하루 누워 있으라고 다카하시부인이 말리는 걸 아무리 친구라도 약속을 어기면 신용이 없다고 억지로 왔지."

"고맙네."

술을 따르는 가네코의 손이 떨린다. 이 친구를 배신하려고 하는 것이다.

가네코—마쓰다이라 야마시로노가미—이다쿠라 집정관—사사키, 이와 같은 경로로 연락을 받은 암살자 사사키는 벌써 잠복하여 대기하고 있었다.

사사키의 잠복 장소는 아카바네 다리(赤羽橋) 서쪽에 있는, 갈대발을 친 찻집이었다. 가게 앞의 길은 동서로 뻗어 있다.

서쪽을 보면 불과 수 마장 거리에 이치노 다리가 있다. 다리 서쪽 가에 가미노야마 번의 담장이 보인다. 저택의 출입을 감시하기엔 안성맞춤인 장소라고 할 수 있다.

"방심은 금물이다."

사사키는 몇 번이나 패거리에게 경고하고 있었다. 아무튼 호쿠신 잇도류의 고수로서 도장을 열기도 했던 기요가와인 것이다.

자기 혼자서는 위태롭다고 생각한 사사키는 강무소의 검사 중에서 네 명을 데리고 왔다.

가네코가 묘하게 술을 권하는 데 넘어가 낮부터 4시간 남짓 기요가와는 7, 8홉쯤 마셨다.

옛날 아사카 학당의 동창인 이 마음이 약해 보이는 친구가 암살자와 공모하고 있는 줄은 꿈에도 모르고 있다.

왜 가네코는 밀고했을까?

뭐니뭐니해도 막부 편인 가미노야마 번의 유학자이며, 영주의 정치 자문도 맡고 있는 가네코로서는 기요가와 같은 사나이와 친구라는 사실은 유리한 일이 못된다.

기요가와가 자리에서 일어난 것은 오후 4시가 지나서였다.

현관에서 방갓의 끈을 졸라매려 했으나 술이 취했기 때문에 손이 말을 듣지 않는다.

희대(稀代)의 책략가인 그가 보잘 것도 없는 가네코의 계책에 넘어갔다는 건 운명이라고 할 수밖에 없다. 자신만만한 기요가와는 남을 속이는 건 자기이지, 남이 자기를 속이리라곤 생각도 못했을 것이다.

자신(自信)이 폐단이었다. 그리고 책략가라고는 하나 기요가와는 결국 난세로부터 내려온 데와의 명문 출신인, 세상모르는 도련님이었다.

기요가와의 품안에는 존왕 양이 발기(尊王攘夷發起)라는 제목으로 된 동지들의 연명장이 들어 있었다. 그의 수많은 친구 또는 아는 사람 중에서 그 자신이 인물이라고 인정한 서른 명의 이름이 적혀 있었다. 그 중에는 막부 신하인 야마오카 데쓰타로, 마쓰오카 요로즈(松岡萬)의 이름이 있는가 하면, 사쓰마 번의 마스미쓰 규우노스케(益滿休之助), 이무다 쇼헤이(伊牟田尙平)가 있고 에도에선 스미다니 도라노스케(住谷寅之介), 덴추조 주모자의 한 사람이 된 후지모도 뎃세키(藤本鐵石), 이케다야(池田屋)의 변으로 부상한 다음 형리에게 참형된 교토의 니시가와 고조(西川耕藏), 도사 근왕파로서 할복자살한 마사키 데쓰마 등의 이름이 있어 기요가와의 교제범위가 넓다는 것을 말해 주고 있었다.

그 중에 '사카모토 료마'라는 이름이 있었다. 같은 호쿠신잇도류 출신의 정의(情誼)로 써 넣었으리라. 이 연명장은 기요가와의 요코하마 외국인 습격 계획의 동지 명단으로서 당시 고베, 오사카, 교토를 동분서주하고 있던 료마는 통 모르는 일이었다. 그러나 이 명부가 막부의 손에 들어가면 무서운 결과가 일어날 것이다.

'취하는구나.'

기요가와는 이치노 다리를 건넜다.

'왔다'

사사키는 패거리 중의 한 명에게 재빨리 눈짓을 했다.

두 사람은 걷기 시작했다. 오른편은 가운데 다리가 걸린 동서로 흐르는 개천, 왼편은 야나자와(柳澤) 번의 담장이 쭉 서쪽으로 이어져 있다. 길은 비좁다.

나머지 세 명은 별동대로서 이치노 다리 동쪽 모퉁이 부근에 몸을 숨기고 있었다. 한 사람을 다섯 사람이 습격하는 것이다. 더구나 다섯 사람 모두 칼로 밥을 먹고 있는 사내들이다.

암살자에게 무사도 따위가 있을 리 없다. 죽이기만 하면 되는 것이다.

기요가와는 어지간히 취한 데다 감기열로 머리까지 무겁다.

아무리 기요가와가 호쿠신잇도류의 명인이라 할지라도 이 습격을 당해낼 수는 없을 것이다.

'그러나 기요가와의 칼솜씨는 무섭다' 는 생각은 아직도 사사키의 머리에 붙어 있다.

이 사건 예비 공작에 다시 책략을 꾸며냈다.

기요가와가 이치노 다리를 건너 아카바네 다리 쪽을 향해 걷기 시작했을 때, 사사키는 그와 우연히 마주친 것처럼 말을 걸었다.

"아니, 기요가와 선생 아니오?"

다른 세 사람이 등 뒤로 다가서고 있다.

말을 걸자 기요가와는 걸음을 멈추었다.

"벌써 잊으셨습니까? 앞서 선생이 낭사단을 결성했을 때 막부측에서 주선을 한 사사키 다다사부로올시다. 지금 강무소 검술 사범을 맡고 있지요."

사사키는 공손하게 자기가 쓰고 있는 방갓의 끈을 풀었다. 이것이 책략이었다.

기요가와는 부득이 자기도 방갓 끈을 풀려고 우선 오른손의 쇠 부채를 품안에 넣고 두 손을 턱밑으로 가져갔다.

그때다—

등 뒤로 다가온 구보다 센타로가 칼을 뽑자마자 기요가와의 뒤통수를 내리쳤다.

방갓이 찢어지고 골통이 쪼개졌다.

"함정이었군!"

기요가와는 칼자루를 움켜잡았다.

앞에서 사사키가 장기인 소도로 기요가와의 왼쪽 손목을 쳤다.

피가 튀었다.

"분하다……."

기요가와가 지상에 남긴 마지막 말이다.

와락 옆으로 쓰러졌을 때는 이미 숨이 끊어져 있었다.

소문은 번개같이 퍼져 바쿠로 거리(馬喰町)에 있던 동지 이시사카 슈조의 귀에 들어갔다.

이시사카는 곧 복수를 마음먹었지만, 그것보다도 기요가와의 목과 예의 연명장을 막부 관리 손에 넘기지 않으려고 즉각 '오하야(大
무 : ᴺᴱ 사람이 메는 가마, 빠르다는 뜻)'를 삯내어 현장으로 달려갔다.

대담한 사내이다.

현장으로 달려가 보니, 이 근처에 저택을 둔 아리마(有馬) 집안과 마쓰다이라 야마시로노가미의 졸개들이 현장을 경비하고 있었다.

쉽게 접근할 수 있는 분위기가 아니었다.

이시사카는 안색을 바꾸고 경비병에게 말했다.

"저기 쓰러져 있는 자가 기요가와 하치로라고 들었소. 저자는 나의 원수요. 임금과 어버이의 원수는 하늘을 함께 하지 않는다고 하잖소. 시체라도 원한의 한 칼을 던지고 싶소. 만일 방해를 한다면 그대들도 원수라 여겨 베어 버리겠소."

번쩍 장검을 뽑자, 경비병들도 이따위 녀석에게 다치면 손해라고 생각하고 얼른 좌우로 길을 터 주었다.

이시사카는 돌진하여 기요가와의 목을 잘라 내고 품안에 손을 넣어 동지의 연명장을 빼냈다.

료마는 팔짱을 낀 채 묵묵히 듣고 있었다.

무서운 얼굴이다.

마주앉아 있는 도도 헤이스케는 말을 하다말고 눈길을 내리깔았다.

'기요가와 하치로……'

료마는 기요가와의 짧으면서도 너무나 파란만장했던 생애를 생각하고 있었다.

'척당불기(倜儻不羈)라는 말이 있지만, 기요가와야말로 그런 사내

였다. 이제 영영 그러한 인물은 나지 않으리라.'

척당(倜儻)이란 재기가 세상이 받아들일 수 없을 만큼 높다는 뜻이고, 불기(不羈)란 너무 비범하여 남의 힘로는 속박할 수 없다는 의미이다.

료마에게도 기요가와에 대한 비평이 구름일 듯 얼마든지 있다.

이를테면 엉뚱한 책략을 너무 썼다. 료마의 생각으로선 기책(奇策)이란 백에 한 번도 쓸 것이 못된다. 구십구까지는 정공법(正攻法)으로 밀고 나머지 하나로 기책을 쓴다면, 멋지게 들어맞는다. 기책이란 그러한 종류의 것이다. 참으로 기책이 종횡무진한 사람이란 바로 그러한 사내를 가리키는 것이다.

기요가와는 재주를 너무 믿고 기책을 남용했다. 불만의 하나는 이것.

그리고 또 사람을 이끌어 갈 때, 사람의 심리를 파악하지 못했다. 그러므로 일이 성공되기 직전 동지에게 배반을 당하고 언제나 실패를 거듭했다.

기요가와는 자기 결점을 깨닫지 못하고 모든 것을 세상 사람의 무자각 탓, 동지의 유약하고 무능한 탓으로 돌렸다.

그리고 또 한 가지, 기요가와는 너무 탁월할 정도의 비평가였다. 그 때문에 동지의 무능을 미워하고 상대의 조심성을 겁쟁이라고 했으며, 게다가 그것을 공격하는 논리나 표현은 비수처럼 날카롭고, 상대가 졌다고 말해도 중단하는 일 없이 마침내 치명적 타격을 주는 데까지 끌고 갔다.

남는 것은 원한뿐이다.

웬만큼 중요한 고비가 아닌 한, 좌석의 토론 따위에 이겨도 별 수가 없는 거라고 료마는 생각하고 있다. 상대는 결코 졌다고는 생각 않고 명예를 깎였다고 생각한다. 언젠가 다른 형태로 보복을 당하게 되리라.

　기요가와는 술좌석의 토론이라도, 상대가 거꾸러져 시체나 마찬가지가 될 때까지 입가에 냉소를 띠고 설봉(舌鋒)을 멈추지 않았다.

　"그러나 도도군, 그는 풍운아였어."

　"그렇습니까?"

　도도는 별로 감탄하지 않는다. 도도는 그를 배신자라고 생각하고 있다.

　"사카모토님은 기요가와를 좋아하십니까?"

　"좋아하느냐고?"

　료마는 이상한 표정을 지었다.

　"좋고 나쁜 게 어디 있나. 그러나 남자의 죽음은 모름지기 그와 같아야 되리라고 생각해. 좀더 기요가와의 이야기를 하세."

　도도 헤이스케는 기요가와 하치로가 싫었다.

　피해도 입었다. 멋모르고 따라 춤을 추다 만 것이다.

　"막부가 낭사를 모집하고 있다"는 말을 듣고, 당시 에도 고이시가와 고히나다(小日向) 야나기 거리(柳町)에 도장을 차리고 있던 덴넨리신류의 곤도 이사미에게 그 소식을 가지고 간 것은 도도 헤이스케, 그리고 헤이스케와 같은 유파(流派)인 야마나미 게이스케(山南敬助)였다.

　고이시가와 근처에 여름부터 유행하고 있던 콜레라가 좀 수그러지기는 했으나, 인기가 없는 시골 검법인 이 작은 도장엔 제자가 도무지 붙지를 않았다.

　원래부터 '시골 도장'이라고 무시당하고 있던 것이 곤도의 연습 도장이다.

　유파는 실전용이지만 죽도 검술(竹刀劍術)엔 약하다. 때문에 다른 유파의 고수를 식객으로 두어 타류 시합(他流試合)을 하러 오는 자들을 맞는다.

호쿠신잇도류의 도도 헤이스케, 야마나미 게이스케, 신도무넨류의 나카쿠라 신파치(永倉新八)등이었다.

막부의 낭사모집을 청부 맡은 기요가와는 그 동지들을 에도 안팎의 여러 도장에 보내어 인원을 그러모으게 했다.

곤도의 작은 도장까지는 전해지지 않았으나, 도도 등 큰 유파 출신 식객들이 출신 도장의 동료에게서 모집 이야기를 듣고 곤도에게 전했던 것이다.

곤도는 히지가다 도시조, 오키다 소오시(沖田總司) 등 도장의 간부와 의논하여 응모하기로 결정하고, 도장을 걷어치우고서 분큐 3년 1월 4일 고이시카와 덴쓰 원(傳通院)의 집합 장소에 모여 다른 곳에서 온 이백 수십 명과 함께 기요가와의 훈시를 들었다.

교토에 상경한 것이 그달 23일로서 교토 서쪽 미부(壬生) 마을에 나누어 숙박했다.

교토에 도착한 그날 밤 기요가와는 일동을 미부의 신도쿠 사(新德寺)에 모아 일장 연설을 했다.

"교토에 온 것은 장군 상경의 경비가 명목이지만, 어디까지나 그것은 명목이고 요컨대 근왕 양이(勤王攘夷)의 선봉이 되려는 거다. 지금부터 조정에 그 뜻을 상주하겠다."

모두들 벌린 입을 다물지 못했다.

낭사들의 혼란은 말할 필요도 없지만, 어쨌든 숱한 곡절을 겪고서 대다수는 에도로 돌아가게 되었고 일부는 기요가와와 인연을 끊고 교토에 남았다. 이것이 신센조이다.

곧 교토 고등 정무관(政務官) 마쓰다이라 가타모리 지배 하의 낭사단이 되어 교토에서 날뛰는 '불량 낭사'의 진압에 종사하게 되었다.

그렇게 이제 1년이 지난 것이다.

"기요가와는 실패만 거듭했지. 그러나 그 실패가, 옳고 그르고는 어떻든 간에 뜻밖의 결과를 낳고 있다."

료마는 말했다.

기요가와가 규슈 등지를 돌아다니며 세 치 혓바닥으로 설득한 녀석들이, 패거리가 패거리를 불러 교토에 올라온 뒤 지사 횡행 시대를 만들었다.

다음에는 기요가와가 간토(關東)에서 모아 교토로 올려 보낸 낭사단이 규슈 지사들을 퇴치하는 신센조가 되어 버렸다.

모두 기요가와라는 연극 작가의 각본이었다.

그런데 연극이 하나같이 기요가와의 각본대로 진행되지 않고, 의외의 것이 의외의 것을 낳아 기요가와 자신이 놀랄 만한 다른 연극이 되고 말았다.

그것이 히가시 산 36봉(東山三六峰) 시대이다.

"도도군, 동문의 정리로써 말하는 것이지만 신센조에서 발을 빼는 것이 좋을 거야."

료마가 말했다.

"그러나 신센조라는 것은."

"알고 있네, 신센조가 내세우는 구호란 근왕 양이, 역할은 황실 수호, 나카가와노미야(中川宮) 조차 곤도를 칭찬하고 계시다는 거겠지."

료마는 잘 알고 있다. 왜냐하면 그것은 신센조를 지배 하에 두고 있는 아이즈 번이 공용인을 통해 연신 선전하고 있기 때문이다.

"그러나 실제로는 근왕 양이가 아니야. 근왕 양이의 지사를 베기 위한 기관이지. 즉, 막부의 권력을 지키기 위한 것이 아닌가?"

주구(走狗)라고는 말하지 않았다. 상대를 설득할 때 과격한 말을 써서는 안 된다고 료마는 생각하고 있다. 기요가와라면 그러한 말을 쓴다. 결국은 원한을 살 뿐 목적한 일을 성공시키지 못한다.

"도도군, 나는 도쿠가와에 원한이 있는 것도, 아무것도 아니네. 역사를 생각해 보게. 먼 옛날 교토의 공경정치(公卿政治)가 낡아 빠져 일본의 통치가 되지 않으므로, 간토에서 요리토모(賴朝)가 일어나 무가정치(武家政治)로 바뀌면서 겨우 세상이 안정되었어. 아시카가 막부(足利幕府)가 정부로서의 힘을 잃게 되자 전국 난세가 되고, 노부나가(信長)가 나타나 아시카가 집안, 에이 산(叡山) 엔랴쿠 사(延曆寺) 등의 낡은 질서와 세상에 쓸모없는 전력 같은 것을 때려 부수어 새로운 정치를 펴려고 했어. 지금의 도쿠가와 막부도 그렇잖은가."

"……."

"외교 하나 변변히 못해 조약을 맺더라도 수모를 받아 가며 주종 간의 고용 계약 같은 것을 맺고 있어. 정치라는 것은 서민의 생활을 세워 나가게끔 하기 위해 있는 것이 아닌가. 그런데 도쿠가와 막부는 장군 집안의 보호와 번영만을 위해서 존재하고 있어. 이따위 터무니없는 정부가 세계의 어디에 있단 말인가."

도도로서는 모른다. 무사란 자기 번의 영주에게 충성을 바치고 도쿠가와 집안에 충성을 바치는 자이다. 그것이야말로 무사의 본분이 아닌가.

도도 헤이스케 그 자신의 생각은 둘째로 치더라도 곤도 이사미 같은 사람은 여러 영주가 시대의 흐름에 따라 지조가 흔들려 장군에 대한 충성을 잊고 있다 하여 분기한 사내이다. 그는 원래 부슈(武州) 미나미 다마 군(南多摩郡) 가미 이시하라(上石原)의 농군 아들로, 이 고장은 천령(天領 : ^{막부}_{직할시})으로서 농군은 '장군님의 농군'이라

불리고 있다. 곤도가 도쿠가와 장군을 위해 마지막 방패가 되려고 한 것은 그러한 점에서도 비롯되었으리라.

"도도군, 도쿠가와 집안은 자기 집안의 보존을 위해 삼천만 국민의 신분 계급을 고정시키고, 제도나 법률도 이에야스(家康)시대 그대로의 것을 오늘날까지 답습하고 있네. 이것만으로도 일본인의 적일세."

"적?"

도도로서는 처음 듣는 말이다.

"이를테면 적이지. 그러나 적이 아니라고 하더라도 이 낡아 빠진 제도와 관리로썬 지금의 일본을 도저히 이끌어나갈 수 없네. 세상을 확 바꾸어 일본인에 맞을 만한 제도와 법률을 갖는 나라로 만들어야 하지. 도도군, 자네는 일본 사람일 테지. 도쿠가와의 사람은 아닐 테지. 그래도 일본인의 적이 되어 사람을 베는 직업에 종사할 셈인가?"

도도는 충격을 받았다.

이날 밤 도도는 한 마디도 없이 데라다야를 떠나고 말았다.

"돌아갔어요, 그 미부 낭인(壬生浪人)?"

이렇게 말하며 오토세가 들어왔다.

오토세는 옷치장을 좋아하여 주야 두 번의 배 왕래가 있을 때는 까만 깃의 덧옷을 걸치고 있지만, 그 두 번의 소동이 끝나면 연극 배우처럼 재빨리 옷을 갈아입는다.

고급은 별로 안 입는다. 옷에 까다로우면서도 수수한 것을 좋아하여 무늬는 언제나 검은 빛깔의 줄무늬, 옷깃도 나이에 맞지 않게 노색을 사용하고 있다.

화장도 않는다. 한겨울이라도 버선 같은 것은 신지 않는다. 그런

데도 도톰한 발등의 맨발이 매우 아름답다.

"돌아갔어."

료마는 누운 채 말했다.

"사카모토님을 베러 온 것이 아니었어요, 그 미부 낭인은?"

미부 낭인이란 신센조 결성 초기 교토 시민이 미워하여 부른 별명이다. 교토 서쪽 미부 마을에 주둔지를 가진 낭인이라는 데서 나온 말이리라.

"그 친구는 도도 헤이스케라는 녀석인데, 에도의 지바 도장에선 함께 있었지. 성미가 대쪽같은 좋은 사내야."

"하지만 미부 낭인이죠?"

좋은 남자가 신센조 대원이 될 까닭이 없다고 오토세는 생각하고 있다.

이 혐오감에 깊은 이유는 없다.

교토인이 수백 년 동안이나 품어 온 막부의 권력에 대한 반발에서 나오고 있다.

"미부 낭인이라도 여러 가지야. 사람을 그런 식으로 보는 게 아니야."

료마가 말했다.

"왜 그런지 모르지만 그 도도님, 현관을 내려가서 밖으로 나갈 때 어깨가 축 늘어지고 기운이 없어 보였어요."

"그런 친구에게도 고민은 있는 거야."

"미부 낭인인 데도?"

"그렇지, 별의별 녀석들이 다 있어. 곤도 이사미, 히지가다 도시조 같은 대장급은 곧이곧대로 칼만 아는 놈일 테지만, 같은 간부라도 지바 동문인 호쿠신잇도류 계통의 녀석은 곤도, 히지가다와 같지는 않을 거야. 그곳에 있는 지바 문하생은 야마나미 게이스케, 도도 헤이스케······."

"지바 문하생이면 왜 다르죠?"

"슈사쿠 선생님이 미도 노공의 총애를 받아 녹봉을 받으셨거든.
그리고 아버지를 능가하는 명인이라 일컬어지고 나와도 친했던
에이지로(榮次郎)님은 작년에 아깝게도 병사했지만, 이분이 미도
가문의 에도 근무 마군대장(馬軍大將)이었지. 삼남인 도오사부로
(道三郎)도 작년에 측근에서 모시게 되어 다이번(大番)까지 올라
갔을 거야. 그러므로 그 도장은 검법의 수도장이라고는 하지만 미
도학(水戶學)의 근왕 양이 사상이 스며들어 있어. 문하생의 태반
은 미도의 녀석들이고, 그들이 딴 고장 출신에게 영향을 주지. 도
도 헤이스케, 야마나미 게이스케도 발가벗겨 보면 충분히 지바의
물이 들어 있을 거야."

"흠!"

오토세는 남자 세계의 재미있는 구조에 감탄하며 듣고 있다.

"도도 역시 곤도들과 신센조를 만들기는 했으나 결과적으로 저렇
게 막부의 주구(走狗)같은 꼴이 되었으니 어떻게 해야 좋을지 틀
림없이 고민하고 있을 거야."

"······."

"하긴, 이러한 판국에 고민한댔자 부질없는 일이지. 자기의 신념
에 의지하는 수밖에 없어."

다행히 료마의 상처는 곪지 않았다.

그런데 요 며칠 동안 오토세가 너무도 끈덕지게 상처 치료를 권했
기 때문에, 데라다야에 그만 주저앉은 꼴이 되어 버렸다.

료마가 묵고 있는 동안 오료가 들떠 있는 것을 본 눈치 빠른 오토
세는 벌써 복잡한 심정이 되어 있었다.

'저 두 사람이 어떻게 돼 버리는 것이 아닐까?'

가벼운 질투가 생긴다.

오토세는 료마의 이야기로 듣고 있는 고향의 오토메 누님 대신이란 속셈으로 료마의 시중을 들고 있는 것이지만, 본심은 자기 자신이 확실하게 느끼고 있다.

'이 사람이 좋은 거다.'

하지만—

보통 좋아한다는 것과는 다르다는 생각이 든다.

'그러한 것이 아니라, 결국 내가 없으면 '이 애'가 적적하지 않을까 하는 느낌, 그런 심정일까……'

자세히는 자기도 모른다.

아무튼 오토세는 겉으론 내색하지 않지만 료마의 일이 걱정되어 견딜 수 없는 것이다.

'오료는 어떤 의미로선 좋은 아가씨이지만, 색시가 될 사람은 못 돼.'

내심 그렇게 생각하고 있다.

월금, 꽃꽂이, 다도(茶道)만 할 줄 알 뿐 바느질도 못하고 밥도 지을 줄 모르는 아가씨인 것이다. 더구나 아주 싫어하는 모양이다.

'공연한 참견인 것 같지만 오료를 사카모토님의 아내로 만들고 싶지 않아.'

오토세는 료마에게는 지바댁의 사나코가 가장 어울릴 거라고 믿고 있다.

다즈라는 아가씨의 이야기도 듣고 있지만 이것은 서로의 신분이나 입장이 너무 달라 어쩔 수가 없다. 그러면서도 오토세의 성미로서는 수양딸 오료에게 "사카모토님 방에 너무 자주 들어가선 안돼요"라는 말은 하지 못한다.

무엇보다 질투한다고 오해받기가 싫었고, 또 아무도 오토세가 질투하고 있다고는 생각지 않더라도 오토세 스스로가 자기 자신의 그러한 끈끈하고 속없는 여자의 감정을 느끼고 있다. 그러기에 그러한 충동에 사로잡히려는 자기를 안간힘을 쓰며 자제하고 있다.

오토세는 그러한 여자다.

하지만 당사자인 오료는 수양어머니 오토세의 감정 같은 것은 조금도 모르는 모양이다. 모르는 것이 오료의 밝은 좋은 면이기도 하지만 료마의 방에서 살다시피 한다.

지금도 그렇다.

료마가 고향의 오토메 누님에게 편지를 쓰고 있는 옆에 오료는 떠날 줄을 모르고 앉아 있다.

편지는 데라다야 앞으로 책을 부쳐 달라는 것이었다. 그 책은 료마가 읽기 위해서가 아니다. 책의 종류는 오가사와라파(小笠原派)의 예의 독본, 신요 와카집(新葉和歌集), 습자 교본 등 여자의 교양을 위한 것뿐이다. 오토메 누님도 이상하게 생각할 것이다.

고향의 누님에게 편지를 쓰고 있는 료마의 붓끝을 오료는 옆에서 살며시 들여다보았다.

"이봐, 이봐, 함부로 훔쳐보면 안돼."

료마가 말했다.

왜냐하면 오료에게 부인으로서의 교양을 쌓게 하기 위해 오토메 누님에게 오가사와라의 예법 책이며 습자 교본 따위를 보내달라고 쓰고 있는 참이었기 때문이다.

"싫어, 볼래요."

오료는 요즘 료마에게 가벼운 응석까지 부린다.

"곤란한데. 오료의 버릇을 좋게 하려고 예법 책을 부쳐 달래서 읽게 하려는 거야. 그런데 그런 버릇없는 짓은 안 되지."

꾸지람을 들으면서도 료마의 눈이 웃고 있기 때문에 오료는 조금도 무섭지가 않다.

"보여 줘요……."

오료는 소녀 같은 몸짓으로 얼굴을 가까이 가져온다.

"안된다니까."

료마도 오료의 물씬한 체취에는 아주 견디기가 어렵다. 그만 끌어안고 싶어지는 것이다.

"하지만, 료마님. 예법, 예의에 대해서라면 료마님이나 배우시는 게 좋지 않아요?"

오료는 그것이 우습다.

료마처럼 천하에 둘도 없는 무례한 사내가 어째서 자기에게 예법 책을 읽게 하려는 것일까?

"나야 천성적이니까 다르지. 당신은 부인이 갖추어야 할 것은 갖추는 게 좋아."

"어째서요?"

"바보로군. 세상이라는 것은 정상적인 것을 바라는 법이야. 당신이 예법을 배워 시집가게 해 주려고 책을 보내 달라는 거야."

"시집 같은 거 안 가겠어요."

"가는 것이 좋지."

료마는 계속 편지를 써나간다.

"저리 좀 가."

료마는 오료의 살 냄새로 피가 거꾸로 흐르는 것만 같다.

"료마님, 아무리 저한테라지만 저리 좀 가라시는 건 실례가 아니에요?"

"상관 없어. 나는 원래 무례하고 버릇없는 놈으로 알려져 있어.

그러나 당신은 여자니까 그렇게는 안돼. 몇 번이나 말하지만 데려
갈 사람이 없을 거란 말이야."

"하지만……."

오료는 잠시 생각하고 결심한 듯이 말했다.

"그렇다면 오료는 무례하고 버릇없는 사람한테 시집가겠어요."

"앗하하하, 당신도 철없는 소리만 하는군. 그런 인간이 이 넓은
세상에 료마 말고 또 있겠어?"

료마는 오료의 말뜻을 전혀 모르는 듯 붓만 달리고 있다.

"료마님, 오료는 이 세상에서 료마님 말고 의지할 분이 없어요.
누구의 아내도 안 되겠어요. 료마님의 아내가 되겠어요."

순간, 료마의 붓이 멎었다.

료마는 잠시 입을 다물고 있다가 말한다.

"오료, 사람을 놀라게 하면 못써."

그러나 편지를 계속해 쓰지를 못한다. 어지간한 그지만 붓끝이 떨
려 쓸 수가 없는 것이다.

"쳇, 시시한 소리를 옆에서 하니까 편지를 쓸 수 없잖아."

"시시한 소릴까요?"

오료는 시무룩해졌다.

아니 오료는 성미가 괄괄한 편이다. 발끈하고 골을 냈다는 편이
좋다.

'시시하다니, 도대체 이 사람의 몸 어디에서 그런 소리가 나오는
걸까?'

료마는 료마대로 성난 듯한 얼굴로 꼼짝 않고 자기 편지의 글씨를
멍청하니 보고 있다.

그 얼굴이 점점 슬픈 듯한 표정으로 바뀌었다.

'나도 이 아가씨가 탐난다.'

뜨끔한 심정으로 생각하고 있다. 남자가 여자를 그리워하는 것은 자연스런 마음이리라. 오료를 이 자리에서 껴안고 뒹굴고 싶은 충동을 료마는 간신히 참고 있는 것이다.

'바보 같으니!'

료마는 그것을 모르느냐고, 자기 자신과 오료에게 고함치고 싶었다.

'한방에 바보 둘이 앉아 있군.'

료마는 그렇게 생각했다.

어떻게 대해야 좋을지 료마는 할 바를 모른다.

"오료, 잠깐 입 다물고 있어."

그것을 잠시 생각해 보고 싶어서 한 말이었는데, 오료는 잔뜩 부어 있다.

"……."

일부러 말하지 않더라도, 잠자코 있잖아요, 하는 표정이다. 눈이 젖어 반짝반짝 빛나고 있다. 평생 입을 뗄 줄 아느냐는 표정이었다.

"오료, 내 색시가 되는 건 손해야."

"손해?"

너무 뜻밖의 말이라 오료는 그만 대꾸를 하고 말았다.

"나는 도쿠가와 막부를 쓰러뜨리기 위해 태어났다고 믿고 있어. 도쿠가와를 쓰러뜨릴 때까지는 아내를 맞지 않겠어. 왜냐하면 귀여워해줄 틈이 있어야지."

"귀여워해 주시지 않아도 좋아요."

"나는 귀여워해 주고 싶은걸."

"네……?"

"그러나 도쿠가와를 쓰러뜨리기란 쉬운 일이 아니지. 몇 천 명의 동지가 길가에서 죽어 넘어져야 할지도 몰라. 나도 그 중의 한 사람이 되기를 스스로 바라고 있어. 그런 놈의 아내가 되어 뭘 하겠어."

도도 헤이스케는 료마와 헤어진 날부터 완전히 우울해지고 말았다.

'그 사람 말이 맞아.'

—문명은 전진시켜야 하네. 이왕에 목숨을 버릴 생각이라면 그걸 위해 죽게나.

그 말이 귀에 눌어붙어 떨어지질 않는다.

—그것이 싫다면 목숨을 거는 일은 그만두고 고향에 돌아가 아내를 맞이하고 자식이라도 낳게나.

'지바 도장에 있을 때부터 나는 그 사람이 좋았다. 그가 말을 걸어 주었을 때의 기쁨이 지금까지도 마음속에서 소용돌이치고 있다.'

도도는 이론으로 움직이는 체질은 아니다.

혈기로 움직이는 편이다.

다른 인간이 같은 말을 했다면 도도는 들을 사내가 아니지만, 료마가 한 말만은 뼈에 스며들었다.

'그러나 나로선 뭐가 뭔지 모르겠다.'

도도는 에도 이래의 동지이며 동문의 선배이기도 한 부대장 야마나미 게이스케에게 몰래 의논했다.

야마나미라면 이러한 비밀을 고백하더라도 이해해 줄 것이며 입 밖에 내지 않으리라고 도도는 믿고 있다.

야마나미는 온후한 미소를 띠고 끄덕였다.

"헤이스케군, 그 말은 아무에게도 하지 말게."

말을 하면 오해받고 숙청을 당하게 된다.

야마나미는 센다이(仙臺) 사투리로 말했다.

"도사의 사카모토님은 에도 도장 시절부터 알고 있었지. 상대는 오케 거리의 사범이었기 때문에 별로 접촉은 없었지만, 내 얼굴을 보면 기억하고 있을 것이라고 생각하네."

"그야 동문이니까요."

동문이라는 말에 도도는 특히 힘주어 말했다. 이것은 피보다도 진할 경우가 있다.

그 증거로 신센조는 막상 결성되어 활동하기 시작하자 곤도 이사미, 히지가다 도시조, 오키다 소오시, 이노우에 겐사부로(井上源三郞) 등, 같은 덴넨리신류가 주도권을 잡고, 이 네 사람은 서로 눈짓으로 대화를 할 수 있을 만큼 마음이 통하고 있다.

야마나미나 도도 같은 다른 유파 출신은 창립이래의 간부이므로 우대는 받고 있지만, 어딘가 그들은 서먹하게 대했다.

그러므로 야마나미로서는 지바도장의 수업 시절 오케 거리 지바도장의 사범이었던 사카모토 료마란 이름이, '동문'이라는 사실 때문에 문득 곤도나 히지가다보다도 친근감이 느껴진다.

'당연히 그렇겠지.'

야마나미는 생각한다.

"그러니까."

야마나미는 말을 이었다.

"그래서 그런 건 아니지만 내가 가진 시국관도 사카모토님과 같다고 생각하네."

"예?"

도도 역시 긴장하고 있다.

"그러나 도도군, 이제 이렇게 되었으니 어쩔 수도 없네. 나도 곤도, 히지가다 두 사람의 생각을 어떻게든지 바꾸어 보려고 했으나 그 두 사람은 어쩔 수가 없어. 단념하고 말았어."

"단념?"

"그렇지, 단념하고 말았어. 다만 시기라는 것이 있을 걸세. 시기를 기다리면 어떻게 될지도 모르지. 그때까지 도도군, 경솔한 짓을 해선 안 되네. 헛되이 목숨을 잃을 뿐이야."

"알고 있습니다."

"나에게 맡겨 주게. 자네는 자네대로 근무에 충실하면 돼."

"예."

대답하면서 도도는 고개를 갸웃거렸다.

"그러나 어떻게 할까요? 신센조 안에 사카모토님을 노리고 있는 놈이 있습니다. 평대원인데 시노부 사마노스케란 작자입니다."

"자네 분대가 아닌가?"

"에, 그러나 지금의 신센조 분위기로선 분대장인 나도 시노부의 행동을 어떻게 해볼 도리가 없어요. 어쨌건 이 안에선 시노부 쪽이 옳다고 보니까요."

"그야 그렇지."

......

그 무렵 시노부 사마노스케는 대원 세 사람을 꾀어 료마 습격을 계획하고 있었다.

시노부는 교묘한 계책을 생각해냈다.

신센조의 밀정인 요스케(與助)라는 자를 시켜 료마를 유인해 내려고 했던 것이다. 요스케는 후시미 데라다야로 갔다.

그것은 료마가 오료와 그의 결혼 문답을 하고 있을 때였다.

"뭐, 요스케?"

'처음 듣는 이름인데.'

거리는 조용하다. 밤 8시를 알리는 종이 울린 지 얼마 안 된다.

"예, 조슈 번의 가쓰라 고고로님의 심부름이라고 합니다. 뭐, 급한 볼일이 있기 때문에 꼭 가와라의 조슈 번저까지 와 주십사는 전갈인데 가마까지 대령해 있습니다."

하인이 말했다.

"가쓰라의 편지를 갖고 있던가?"

"아아뇨, 없는 것 같습니다만."

"흠……."

료마는 이상하다는 표정이었다. 이 당시 무사 사이에 편지를 들리지 않고 전갈만 보내는 일은 드물었다.

유신사(維新史)가 자료 면에서 풍부한 것은 왕복 편지가 많이 남아 있기 때문이다. 이웃집이라도 편지로 의사를 서로 교환한 예가 많다.

'이상한걸.'

료마는 고개를 갸웃거렸으나, 정말 가쓰라의 심부름이라면 가야 한다고 생각했다.

왜냐하면 지금 조슈 번은 교토 조정을 움직이고, 그것을 통해 막부를 움직여 굉장한 어떤 계획을 꾸미고 있었다. 계획이란 이제까지 일부의 양이 낭사들이 저지르고 있었던 요코하마에서의 외국 관계 건물의 방화나 외국인 살상, 나아가 조슈 번이나 사쓰마 번 등이 지역적으로 감행한 외국과의 전투를 거국적인 것으로 만들려는 것이다.

즉 천황이 직접 '양이 친정(攘夷親征)'이라는 형식으로 이와시미즈 하치만(石淸水八幡)이든가 야마토, 가시와라(橿原)의 신궁으로 행차하는 것이다. 다시 말해서 천자가 정벌의 칼을 높이 든 이상 막부나 영주들이 양이 전쟁에 참가하지 않을 수 없게 되리라는 것이었다.

이것을 실현시키기 위해 조슈 번저에 있는 동번의 마스다 우에몬노스케, 네고로 가즈사(根來上總), 구사카 겐스이, 가쓰라 고고로, 나카무라 구로(中村九郎) 등은 교토에 있는 유력한 영주 저택을 찾아다니며 찬동을 얻으려 하고 있었다.

조슈 번에서는 이것은 천황의 뜻이다.

새로운 천황의 권위를 배경삼아 그 '설득 운동'을 계속하고 있다.

천황의 뜻 운운하는 것이 실제적인 권위로 등장하게 된 것은 아마 나라 시대(奈良時代) 이래 천년 가까이나 없었던 일일 것이다.

막부나 영주들은 조슈 번이 이렇게 나오는 데는 질색이었다. 아니 증오하고 있었다. 조슈 번의 '천황 독점'에 대한 증오는, 막부가 첫째고 두 번째론 사쓰마 번이다.

사이고 다카모리(西鄕隆盛)가 이렇게 의심한 것도 이 무렵이었다.

'조슈 번은 새로운 막부를 만들 야심이라도 있는 것 아닐까?'

료마는 시치미를 떼고 '양이론자'인 체 행세는 하고 있었으나 가슴속 깊이 숨기고 있는 그 독자적인 개국주의(開國主義)로 볼 때, 이 조슈 번의 움직임에는 반대였다.

'다른 사람 아닌 가쓰라다. 의논하고 싶은 일이 있다면 가 봐야지.'

료마는 오토세와 오료의 만류를 뿌리치고 칼을 들고 현관을 나섰다.

"아, 네가 요스케냐?"

요스케는 가마 곁에서 오른편 무릎을 꿇고 절을 했다.

"네, 그렇습니다."

말꼬리에 조슈 사투리가 풍겼다. 과연 신센조의 첩자 노릇을 하는 만큼 연극이 제법이다.

가마는 주렴이 쳐진 꽤 호화로운 것인데 보통은 의사들이 많이 쓰는 것이었다.

료마는 큰 칼을 들고 가마에 올랐다.

"……."

신센조의 시노부 사마노스케가 동료 세 사람과 함께 미부 마을의 주둔소를 나선 것은 그보다 조금 전이었다.

"요스케가 잘 꾀어냈을까?"

시노부는 일부러 제복을 걸치지 않고 검은 무명의 문복, 기마용 하카마, 그 속에 쇠사슬로 엮은 옷을 껴입었다.

이 사슬 옷은 찔리지만 않는다면 약간 칼을 맞는 정도로는 끄떡없다.

'저 녀석들이……'

그들의 분대장인 도도 헤이스케는 마침 자기 방에 있다가 복도를 지나가는 시노부 패들의 이야기를 장지문 너머로 고스란히 듣고 말았다.

'다이부쓰 가도(大佛街道) 시치조(七條) 서쪽 모퉁이에서 잠복이라……'

그런 소리까지 들었다.

'설마 사카모토님을……'

도도 헤이스케는 불안해졌다.

부대장 야마나미 게이스케의 방으로 갔다.

"야마나미님, 부탁이 있습니다. 지금부터 두 시간 정도 자리를 비워야겠는데, 이 방에서 같이 술을 마시고 있었던 걸로 해주실 수 없겠습니까?"

"알았네."

야마나미는 이유 같은 것을 추근추근 묻지 않는 사내였다.

도도는 몰래 빠져나와 바로 이웃인 야마토 고오리야마 번저의 뒷문 근처에서 때마침 지나가던 가마를 잡아 다이부쓰 가도의 시치조로 달리게 했다. 그는 가마 속에서 두건을 쓰고 얼굴을 감췄다.

한편 료마는 가마가 교오 거리(京町) 한길을 곧장 달려 교외로 빠져나가자 역시 이상한 생각이 들었다.

요스케라고 말한 심부름꾼은 가마 곁을 달리고 있는 데도 전혀 발소리가 들리지 않는다.

'보통 하인이라면 이렇게 능하게 달리지는 못할 텐데……'

그는 일종의 주행법(走行法)을 터득하고 있었다. 포졸 따위가 아닐까 하는 의심이 들었다.

'아무튼 꼴을 두고 보는 거다.'

가마 속에서 칼을 뽑을 준비는 해 두었지만 료마의 성미는 천성적으로 낙천주의다.

그러한 긴장이 계속되지 않고 점점 졸음이 오기 시작했다.

가마꾼들은 지팡이를 한 손에 흔들며 달리고 있다.

이나리(稲荷 : 穀神을 모신 사당), 도오후쿠 사(東福寺)를 지났다.

길은 별빛이 있어 캄캄하지는 않다.

시노부 사마노스케 일당이 다이부쓰 가도 시치조의 서쪽 모퉁이에 이르렀을 때는 목적하고 온 찻집이 문을 닫은 뒤였다.

"열라고 해라."

시노부가 말했다.

문짝이 부서져라고 두들기자 주인이 툴툴거리며 덧문을 열었다.

"아이즈 중장을 모시고 있는 신센조 사람이다. 공용(公用)으로 가게를 빌려쓸 테니 그런 줄 알라."

"예."

"술을 가져 와."

"벌써 가게를 닫았으니 용서해 주십쇼."

주인은 손을 싹싹 비비며 만면에 미소를 띠고 말하는 것이었으나 교토의 고집 센 근성이 그 속에 숨어 있었다.

"안됐군요, 술이 떨어졌습니다요."

"저 통은 뭐야?"

시노부는 가게 한구석을 손가락질했다.

"물입죠."

"물? 틀림없이 물이렸다. 만일 물이 아니라면 그냥 안 둘 테다."

시노부는 신품인 통의 마개를 뽑고 번쩍 들어 와락 가게 안에 쏟았다.

물이었다.

"이봐, 헌 통이라면 또 몰라도 새 통에 물이라니 이상하잖아. 너의 집에선 원래 물을 술이라고 속여 파는가?"

시노부는 화를 풀 길이 없다.

찻집 방안에는 도도 헤이스케가 두건을 쓰고 앉아 있었다.

도도가 시노부보다 한발 앞서 이 찻집에 와서 공작을 해두었던 것이다.

"영감, 나는 미부의 신센조 부대장 대리 도도 헤이스케라는 사람인데."

도도는 복면을 벗고 정중하게 인사했다. 도도는 둥글고 선해 보이는 어린애 같은 눈을 갖고 있었다.

'허, 신센조에도 이런 사람이 있었나.'

주인은 그렇게 생각했다.

"낭사의 집단이라 품행이 좋은 놈만 모여 있을 까닭이 없지. 나는 분대장으로서 대원의 비행(非行)을 감찰하러 다니고 있네."

"예."

주인은 도도를 믿었다.

"조금 뒤에 신센조 대원이라는 네 사나이가 올 거야. 공갈 협박 등으로 말썽 많은 녀석들이지. 그들이 어떤 행동을 하는지 좀 보아두고 싶네. 얼마 안 되지만 이것은 찻값 대신 받아 두게."

주인에게 돈을 쥐어주었다.

그리고 술통에 술 대신 물을 담아 두게 했던 것이다.

"무슨 말씀을 나리, 이 가게를 제가 시작한 지 20년이나 됩니다요. 물을 술이라고 팔다니, 원 참, 그 따위 장사 수단으로 가게가 20년이나 계속될 수 있겠습니까."

배짱이 좋은 술집 주인이다.

신센조라는 말만 들어도 벌벌 떠는 이 판국에, 아무리 도도의 뒷받침이 있다고 하더라도 칼을 뽑아 내리치면 그만이 아닌가.

"이 새끼!"

시노부는 말이 안 나온다.

"너, 그게 무사에게 하는 말버릇이냐? 다시 한번 말해 보아라."

번쩍 큰 칼을 뽑았다.

주인은 새파랗게 질려 안으로 달아났다. 시노부는 안에까지는 쫓아가지 않고 술통을 가게 구석으로 내던져 부뚜막을 부수어 버렸다.

도도는 주인에게 부뚜막의 변상을 약속하고 주인의 옷을 빌려 입고 서민으로 변장했다.

"좀 멈춰 주게나."

가마가 교토 시내로 들어서자 료마는 말했다.

후시미에서 벌써 20리 반은 달려오고 있다. 료마는 허리가 아팠다.

"걸어가겠다."

료마가 나오려 하자 가마 곁을 달리고 있던 요스케가 황급히 다가와서 말한다.

"나리, 이제 거의 다 왔습니다요. 보세요, 저기 서른 세 칸 법당의 큰 은행나무가 보이지요? 시치조는 바로 거깁니다."

료마는 가마꾼에게 술값을 주고 나서 걷기 시작했다.

"요스케, 너는 좀 이상한 놈이군."

"어째서 그렇습니까?"

"아까는 조슈 사투리를 썼는데 지금은 없어져 버렸군."

요스케는 등불을 살며시 왼쪽으로 바꿔 쥐고 오른손을 품안에 넣었다. 단도나 아니면 철척(鐵尺)을 숨기고 있는 모양이다.

료마는 따분해졌다.

'이놈은 정말 밀정이로구나.'

이 바보 녀석만 아니었으면 그대로 오료와 중요한 이야기나 계속하는 건데……

'오료는 내 색시가 되겠다고 했었지. 그러나 신랑이고 색시고간에 우선 목숨이나 붙여놓고 볼 일이야.'

료마는 사방을 살펴보았지만 근시라서 눈이 어둡다.

"요스케!"

료마는 다정한듯이 말했다.

요스케는 좀 경계심을 늦추었다.

"예, 말씀하십시오."

"어차피 누군가 위험한 놈이 숨어 있을 테지. 나는 눈이 나빠. 차라리 어디에 있는지 말해 주지 않겠나?"

"나리, 그건……."

요스케는 저도 모르게 끌려들어가다가 아차 싶어 입을 다물었다.

"이봐, 요스케, 너나 나나 서로 살아 있는 인간이 아니냐. 산 사람끼리의 정분으로 여기서 좀 가르쳐 다오."

"나리, 무슨 말씀을. 아무도 숨어 있지 않습니다."

"글쎄, 그렇게 잡아떼지 말고……."

료마는 걸어가고 있다.

"너는 괜찮겠지만 당하는 나로선 큰일이거든."

"그야 그렇습니다만."

요스케는 자기도 모르게 진심으로 맞장구를 쳤다. 그렇게 맞장구를 치고 나서 당황했다.

'이상한 사람이군, 내 머리가 돌 것 같은데.'

요스케는 지금까지 내내 행정소의 어떤 포교 앞잡이 노릇을 해 왔다. 그러는 한편 지금은 신센조의 일도 보고 있다. 직업상 꽤 넓은 세상을 알고 있다고 생각했었는데, 이런 사람은 처음이었다. 단 한 번 만났는데도 이상하게 사람을 끌리게 만든다.

'이 사람은 나쁜 사람이 아니야.'

요스케는 순간적으로 말했다.

"나리, 시치조의 찻집, 거기까지 가는 한 마장 가량을 조심하십시오."

그렇게 내뱉자 등불을 꺼버리고 어둠 속으로 사라져 버렸다.

'어느 놈이 나를 노리고 있을까?'

료마는 성큼성큼 걷기 시작했다.

서른 세 칸 법당의 큰 은행나무 그림자가 뚜렷하게 드러나 보였을 때, 느닷없이 추녀 밑에서 한 놈이 뛰쳐나왔다.

'왔구나……'

료마가 호흡을 가늘 틈도 없이 머리위로 칼날이 떨어져 왔다.

료마는 살짝 비켰다.

칼날은 료마의 오른쪽 소매 끝을 스치고 빗나갔다.

그때 그림자가 둘 솟아오르더니 동시에 뛰어 들어왔다.

료마는 그 한 놈에게 돌진하여 두 다리를 걷어찼다.

벌렁 자빠진 놈을 뛰어넘어 그제야 칼을 뽑았다.

모두 한 순간의 일이었다.

상대는 벌떡 일어났다.

그놈의 볼따구니를 칼바닥으로 후려갈겼다.

"으악!"

기성을 지르며 그놈은 까무러쳐 버렸다. 칼바닥으로 후려쳤다고 하나 쇠막대기로 힘껏 맞았으니 볼따구니 뼈가 으스러졌으리라.

한 놈이 료마의 등 뒤로 접근했다.

'뒤는 곤란한걸.'

료마는 옆으로 뛰어, 닫혀 있는 가게의 격자문을 방패로 삼았다.

곧 쳐들어왔다.

그놈의 오른손목을 후려치고 옆으로 옆으로 이동하여 인원을 헤아려 보았다.

모두 네 놈. 한 놈은 쓰러져 있다. 손목을 얻어맞은 놈은 조금 물러났을 뿐 다시 칼을 겨누고 있다.

'사슬 옷을 입었구나.'

료마는 화가 치밀었다.

한 놈이 달려들었다.

료마는 살짝 비키며 뛰어 들어가 놈의 오른쪽 가슴에 칼을 내질렀다.

놈은 쓰러졌다. 그러나 칼은 세 푼도 들어가지 않았다. 사슬 옷이 찢어진 정도이리라.

'나머지 둘.'

그렇게 생각했을 때, 북쪽으로부터 질풍처럼 달려온 검은 그림자가 료마의 눈앞에서 몸을 낮추면서 한 놈의 오른발을 베어 쓰러뜨리고 남쪽으로 달려가 버렸다.

'뭐야, 저건?'

그 순간 료마는 적의 칼을 간신히 날밑으로 막아 냈다.

서로 날밑으로 밀어 내기 시작했다.

"오, 시노부 사마노스케로군."

"그렇다."

서로 자기의 날밑으로 상대의 날밑을 내리눌러 사용하지 못하도록 한껏 힘을 주고 있다. 완력의 사용은 그 정도로 충분하다.

너무 힘을 주면 상대에게 그 힘을 이용당하여 오히려 찔릴 염려가 있다.

생사의 갈림길이라고 해도 좋으리라.

"시노부, 너는 도리가 없는 놈이로군. 칼을 너 같은 마음으로 쓰는 건 큰 잘못이야."

"나는 집념이 강해서 말이다."

말하면서도 시노부는 교묘하게 다가온다.

료마는 응하지 않는다. 섣불리 밀어 내면 오른쪽 팔꿈치가 올라가게 된다. 그 틈에 뒤로 물러서면서 허리를 얻어맞고 만다.

형세는 날밑 누르기로 나와 시노부가 불리했다.

료마는 거인이다. 시노부는 료마의 큰 키 때문에 압박을 받고 있다.

"가사이(葛西)! 가사이!"

시노부는 남은 한 사람에게 외쳤다.

"지금이다, 지금. 뭘 하고 있나, 덤벼라!"

말을 했기 때문에 시노부의 아랫배의 힘이 위로 솟았다.

그 틈을 타 료마는 큰 키를 이용하여 자기 칼을 시노부의 왼쪽 목덜미에 대면서 순간 왼발로 시노부의 오른발 복사뼈를 차서 쓰러뜨렸다.

시노부는 그냥 쓰러질 사내는 아니다. 쓰러지는 순간 료마의 허리를 향해 칼을 내둘렀다. 료마는 위기일발, 몸을 피하면서 뻗은 시노부의 오른팔을 칼등으로 때렸다.

쨍그랑, 떨어져 뒹구는 시노부의 칼을 멀리 차버리고 료마는 칼끝을 시노부의 턱밑에 갖다 댔다.

"시노부, 움직이지 마라!"

한길에 이미 사람의 그림자는 없었다.

료마를 구해 준 그 사내는 마지막 한 놈을 정면에서 두 쪽을 내놓고 사라지고 말았다.

'누굴까, 그게……'

설마 이 녀석들의 부대장인 도도 헤이스케일 줄은 료마도 그 뒤 오래도록 몰랐다.

"시노부, 나는 바쁘다. 솔직히 말해서 네 상대가 되어 줄 틈이 없어. 이건 네 장난이냐, 아니면 신센조의 명령이냐?"

"명령이다."

"곤도, 히지가다에게 말해 주어라. 나를 벨 셈이면 한번 이야기를 하러 오라고. 그들도 일당을 거느릴 만한 사내들이 아닌가. 과히 벽창호는 아닐 테지."

료마는 물러나 칼을 꽂았다.

그길로 후시미 데라다야로 돌아갔다.

오토세와 오료는 걱정하며 기다리고 있었다.

"지금 막 심부름을 보낸 참이에요."

오토세가 말했다.

"걱정을 시켜 미안해. 뭐, 별것도 아닌 볼일이었어."

료마는 곧 잠자리에 들어 한 시간 가량 눈을 붙였다가 이른 새벽 고베를 향해 떠났다.

교토의 정변

분큐 3년의 여름—

시대는 격동하고 있다.

사카모토 료마라면 그가 가는 곳마다 반드시 풍운이 일어날 만큼 시대의 움직임을 보는데 기민한 사내가 되었지만, 그러나 이 시기는 아직도 '풍운'에 끼어들지 않고 있었다.

교토의 지사들로부터 떨어져 혼자 해군 사업에 열중하고 있었다.

고향에 돌아가 있는 다케치 한페이타 등은 몹시 분개하고 있다는 소문이 료마의 귀에도 들어와 있었다.

"이 판국에 료마는 뭘 하고 있는 거야?"

하지만 료마는 묵묵히 웃고만 있었다.

"세상은 입만으로 움직이는 게 아니야."

요컨대 료마의 이 시기는——낭인 함대(浪人艦隊)를 만드는 것만이 목표였다.

장차 그것으로 해운업을 경영하여 그 이익금으로 막부를 쓰러뜨릴 자금을 만들고, 막상 전쟁이 날 때는 짐 대신 포탄을 싣고 그 위력으로 천하를 호령하자는 좀 색다른 방식이다.

그러나 이것은 누구에게도 말하지 않았다. 무쓰 요노스케, 다카마쓰 다로 같은, 동지라기보다 료마의 비서격인 그들에게도 밝히지 않았다.

하지만 시대의 조류는 움직이고 있다. 그것을 옆 눈으로 노려보면서 이렇게 멀고 힘든 길을 혼자 걷는다는 것은 무척 인내력이 필요했다.

교토 정계는 이해 첫 머리에는

조슈 번

사쓰마 번

아이즈 번(교토 수호직)

이 세 번의 손으로 움직이고 있었다.

그런데 아네노코지 긴사토(姉小路公知) 암살 사건이라는 괴사건이 생기고, 이 때문에 잠시 사쓰마 번의 궁정 세력(宮廷勢力)이 줄어들고 있었다.

지난 5월 20일의 일이다.

그날 조정의 회의가 오래 끌었기 때문에, 이 스물다섯 살의 얼굴이 검은 공경이 대궐 궁문을 나선 것은 밤 열시 무렵이었다.

아네노코지 긴사토는 다즈의 주인 산조 사네토미와 더불어 조슈계 공경들의 두 거두로 알려져 있었으며, 과격한 양이주의자로 자처하고 있었다.

수행원은 최근에 고용한 칼잡이 근시(近侍) 가네와 이사미(金輪勇), 종자(從者)인 요시무라 사코(吉村左京). 이 두 사람은 무사이기 때문에 실력이 있다고 봐도 좋다. 그밖에 등불, 짚신, 창 등을 든 하인이 서너 명.

나시노키 거리(梨木町) 저택에 돌아가려고 궁문에서 길을 북쪽으로 잡아 사쿠헤이 문(朔平門) 앞 통칭 원숭이 네거리까지 이르렀을 때, 그늘에서 별안간 괴한들이 뛰어나왔다.

자객은 셋, 모두 게다를 신고 있었다. 한 놈은 하인이 든 등불을 쳐서 떨어뜨리고 다른 두 놈이 아네노코지에게 밀어 닥치더니 그 중 한 놈이 그의 어깨를 내리쳤다.

"으악!"

외친 것은 칼을 맞은 아네노코지가 아니라 칼잡이 가네와 이사미였다.

아네노코지는 공경으로서는 드문 꿋꿋한 사내였다. 상처를 누르면서 스스로 싸우려고 가네와의 손에서 칼을 잡으려고 했다.

"칼을, 칼을!"

허나 이 호위 무사는 당황하여 들리지도 보이지도 않게 되었다.

"칼을, 칼을!"

다급한 소리를 지르면서 다가오는 자기 주인이 괴한으로 보였던지, 이리 저리 피하다가 홱 몸을 돌려 아네노코지의 칼을 든 채 뺑소니를 쳐버렸다.

종자인 요시무라 사코는 용감했다.

"강도다! 모두들 도와주십시오!"

소리를 지르며 한 놈에게 덤벼들었으나 첫 칼은 빗나갔다.

요시무라는 아네노코지 쪽으로 가려 해도 앞의 놈이 가로막아 갈 수가 없다.

아네노코지는 손에 들었던 홀(笏)로 간신히 적의 칼을 막고 있었다.

하지만 얼굴과 허리에 모두 칼을 맞았다. 그래도 굴하지 않고 사력을 다하여 자객의 칼 손잡이에 매달려 끝내 그것을 빼앗았다.

―안되겠군.

자객은 그렇게 생각한 모양인지 동료에게 신호를 하더니 북쪽으로 달아나 버렸다.

아네노코지는 피투성이였다.

머리가 네 치나 갈라졌는데 상처가 뼈에까지 미쳤고 게다가 코밑을 두 치 다섯 푼, 왼쪽 어깨는 쇄골(鎖骨) 근처가 여섯 치 가량 베어졌고, 상처마다 많은 피를 흘리고 있었다.

요시무라 사코는 아네노코지의 왼쪽 겨드랑이를 부축해서 걷기 시작했다.

아네노코지의 오른손은 자객에게 뺏은 칼을 지팡이 삼아 짚고 있다.

아네노코지는 간신히 저택에 도착하여 현관에서

"베개……."

이렇게 외마디를 내고는 의식을 잃었다. 곧 대궐의 시의(侍醫)인 오마치(大町), 스기야마(杉山), 그리고 시중의 의사 네 명이 불려와 상처를 꿰맸으나 스물여덟 바늘째에 숨이 끊어지고 말았다.

아네노코지의 횡사(橫死)는 이튿날 아침 교토 정계에 큰 충격을 주었지만 그것보다 더 큰 충격을 준 것은 범인이 남기고 달아난 칼이었다.

칼은 두 자 세 치, 칼자루는 상어 껍질을 펴 감은 것인데 자루 끝은 쇠로 되어 있으며, 칼에 새긴 이름은 사쓰마의 도장(刀匠)인 오쿠 이즈 미노가미 타다시게(奧和泉守忠重).

범인 수사는 당연히 막부의 손으로 시작되었지만 이것과는 별도로 아네노코지를 떠받들고 있었던 조슈와 도사의 사람들에 의해서도 착수되었다. 특히 도사 번의 히지가다 구스에몬(土方楠右衞門)이 열심이었고, 여기에 지난 해 고오치에서 요시다 도요(吉田東洋)를 베고 현재 사쓰마 번의 교토 저택에 잠복중인 나스 신고(那須信吾) 등이 참가했다. 이 나스의 감정(鑑定)으로 칼 임자가 판명되었다.

"이 칼은 사쓰마의 다나케 신베에(田中新兵衞)의 칼이 틀림없다."

사쓰마의 다나카 신베에라면 교토에 모여 있는 지사들 사이에 '사람 백정 신베에'란 별명으로 통하고 있다.

도사의 오카다 이조

히고의 가와카미 겐사이(河上彦齋)

사쓰마의 다나카 신베에

이들이 교토 천지를 벌벌 떨게 만들고 있는 세 명의 사람 백정.

모두 무사로서의 출신이 좋지 않다.

오카다는 졸개, 가와카미는 차 심부름꾼, 신베에는 가고시마(鹿兒島)의 약국집 아들로서 아버지가 돈으로 향사(鄕士)의 족보를 샀다고 한다.

신분이 신분이니만큼 열등감이 있다. 그리고 이조도 그렇지만 신베에도 학문이 없다. 두드러진 식견도 없었다. 이러한 것들이 각 번 지사들과 사귀는 데 그들의 열등의식이 되었다. 그들은 열등감을 남달리 느끼는 성격이었다.

그러면서도 세 사람 모두 유달리 강한 과시욕(誇示欲)의 소유자들로서 공연히 거들먹거리는 일면이 있다. 따라서 그들 나름으로 동료 사이에서 두각을 드러내고 싶었기 때문에, 소문난 반대파의 요인을 닥치는 대로 죽였다. 마치 세 사람이 경쟁하듯 사람을 죽이는 것이었다.

─이것만은 우리들을 따라오지 못하겠지.

그렇게 동료들에게 과시하고 싶은 것이 그들의 살인 동기였으리라.

세 사람 모두 료마, 가쓰라 고고로, 다케치 한페이타 등에 비교하면 검술이 훨씬 뒤떨어졌지만, 저마다 독특한 참인법(斬人法)을 고안하여 노린 상대는 반드시 해치웠다.

이 세 사람 중에서 다나케 신베에는 명랑하고 쾌활한 사내였다.

항상 사쓰마 무사답게 행동하려고 했다. 원래부터의 무사가 아닌만큼 오히려 무사라는 것에 대한 동경이 강했던 것이리라.

신베에는 사건 뒤 6일만에, 그의 하숙집인 히가시노도오인(東洞院) 다코야쿠시(蛸藥師) 아랫거리 민가에서 교토 수호직(아이즈번)에 의해 체포되었다. 같은 하숙의 사쓰마 번사 니레 겐노조(仁禮源之丞)와 후지다 토로(藤田太郎)도 같이 포박되었다.

이 체포에 대해서 막부는 몹시 소심했다. 아무튼 상대는 천하의 대번(大藩)이기 때문에 그들을 자극하고 싶지 않았다.

그런데 조정에서 막부를 채찍질하여 체포의 단을 내리도록 했다. 막부는 그것을 아이즈 번에 명령했다.

아이즈 번에서는 중신 안도 구에몬(安藤九右衛門), 이부카 시게에몬(井深茂右衛門)을 포박 책임자로 하여, 신베에 단 한 사람을 잡는 데 군사 1백 명을 동원하는 어마어마한 태세였다.

하숙에 들어서자마자 막부 명령이 아닌 조정 명령을 내세웠다.

"칙명이오, 함께 가 주시기 바라오."

막부의 치안 능력은 그만큼 약해져 있었던 것이다.

문제는 그 신병(身柄)이었다. 아이즈 번은 사쓰마 번과의 사이에

쓸데없는 마찰이 생길 것을 겁내어 맡는 것을 거부했다.

결국 막부 기관인 교토 치안소에서 맡게 되었지만, 치안소에서도 사쓰마 번사가 대거 탈취하러 올 것을 두려워하여 경비를 아이즈 번에게 부탁했다.

그러한 시대가 되고 있었다.

당시의 교토 치안관은 막부의 가신 중 손꼽는 수재라고 일컬어진 나가이 나오무네(永井尙志)다.

가쓰 가이슈의 친구로서 막부의 해군 출신이며 군함 감독관 등도 역임한 사내이다. 그런 해군 출신이며 군함 감독관 등도 역임한 사내이다. 온후한 인물이지만, 막부가 무너질 때 하코다테(函館)로 달아나 싸우다가 항복한 다음 사면(赦免)을 받아 유신 정부(維新政府)를 섬겼다.

치안소에서는 용의자 다나카 신베에를 손님처럼 대우했다. 신분은 사쓰마 번의 최하급 무사에 지나지 않지만, 막부로서는 신베에보다도 그 배후의 사쓰마 번이 무서웠다.

신베에도 치안관을 얕보고 있다.

포교가 "칼을 보관하겠습니다"라고 말하자

"아냐, 칼은 무사의 생명, 내줄 수 없소이다."

신베에가 오히려 노려보았으므로, 강제로 뺏을 수도 없어 칼을 찬 채 내버려 두었다.

칼을 찬 채로라면 치안소에서의 대우도 달라진다. 취조 장소로도 뜰 아래 꿇어 앉혀지는 게 아니라 야리노마(槍間)란 곳으로 안내되었다.

치안관 나가이가 들어와 앉는다.

포교의 예심이 없고 치안관의 직접 심문이므로 고급 무사에 대한 대우였다. 다나카 신베에의 생애에서 이만한 대우를 받은 일은 이때가 단 한번이었으리라.

취조에 대하여 범행을 어디까지나 부인했다.

"모르겠소."

그 한 마디뿐이다.

그러면—하고 나가이는 포교에게 눈짓을 하여 움직일 수 없는 증거인 신베에의 칼을 가져오게 했다.

"어떤가? 이것은 그대가 자랑하는 패도(佩刀)라고 듣고 있는데, 그래도 아니라고 하겠나?"

"……."

지금까지 태연했던 신베에의 안색이 이때 비로소 달라졌다.

이 언저리에 사건의 수수께끼가 하나 있다. 신베에가 만일 하수인이라면 칼을 현장에 버린 게 자기라고 알고 있는 이상 새삼 얼굴빛이 달라질 까닭이 없다는 추리가 성립되기 때문이다.

충정공 근왕사적(忠正公勤王事蹟)에 의하면 당시 사쓰마 번 내부에서는 다음과 같은 말로 신베에 범인설을 부정하는 경향이 많았다.

신베에가 했다면 그렇게 서투른 짓은 않는다. 멋지게 죽여 버리고 만다. 그는 사람죽이는 것을 즐겨하여 시마다 사콘(島田左近)이라든가, 그 밖의 사람을 죽인 것은 대개 이 사내의 것이라고 하는 소문이 있었다.

"글쎄, 저의 것인지 아닌지 손에 잡아보지 않으면 모르겠소. 보여 주시오."

신베에는 눈을 가늘게 떴다.

이 순간 막부 관리의 실수가 있었다. 신베에를 후하게 대우하는 데에 신경을 너무 쓴 나머지, 그만 그 칼을 내주고 말았다. 증거품인 흉기를 용의자 손에 내주는 바보는 없으리라.

이 때문에 나가이를 비롯한 몇 사람이 나중에 근신 처분을 받았다.

어쨌든 용의자 신베에는 증거물인 자기의 칼, 두 자 세 치짜리의 '오쿠 이즈미노가미 타다시게'를 관리의 손에서 받았다.

사고는 그 순간에 생겼다.

신베에는 칼을 잡아 뽑자마자 거꾸로 움켜쥐고 자기 배를 찌르고 말았던 것이다.

신베에는 손이 빠르다.

급히 한일자로 가르고, 다시 칼을 배에서 뽑아 목을 찔러 경동맥을 끊어 버렸다.

시뻘건 핏줄기가 칙, 하고 옆의 미닫이문을 때렸다.

"앗!"

치안관 나가이가 엉거주춤 한 무릎을 세웠다. 새파랗게 질려 있다.

포교, 포졸이 신베에에게 덤벼들어 칼을 뺏었지만, 벌써 신베에는 쓰러진 채 미소를 머금고 말이 없다.

의사가 왔다.

하지만 의사가 맥을 짚었을 때 이미 신베에는 시체가 되어 있었고, 치안소는 배후 수사의 방법을 잃고 말았다.

여러 가지 소문이 나돌았다.

아네노코지 긴사토는 그보다 앞서 가쓰 가이슈의 권유로 막부 기선 준도마루(順動丸)를 타고 오사카 만으로부터 기슈 해협을 항해했다. 료마도 이때 이 준도마루에 이름 없는 사람으로서 동승하고 있었다.

그때 가쓰는 아네노코지의 양이 사상이 세계사적인 동향에서는 가소로운 것에 지나지 않는다는 것을 알기 쉽게 실례를 들어가면서 설명하고, 또한 일본 방위는 양이주의자들이 주장하는 것 같은 연안 방위주의로서는 안 되며, 돈이 있다면 배를 갖추는 편이 좋다고도 말했다.

함선주의(艦船主義)는 다시 말하자면, 항해 무역론(航海貿易論)이 되어 필연적으로 개국론(開國論)이 되고 만다.

아네노코지는 가쓰의 배 위에서의 실물 교육에 완전히 감화되고 말았다는 것이다. 그것이 사실인지는 둘째로 치고라도 최소한 그러한 소문이 나돌고 있어 교토의 양이 지사들을 격분시켰다.

양이주의자인 사람 백정 신베에의 암살 이유는 그것이었을 거라는 설이었다.

하지만 이것은 우습다. 아네노코지는 가쓰에 의해 견문(見聞)을 넓히기는 했으나, 그래도 아직 산조 사네토미와 더불어 조정에 있어서의 과격론의 제1인자로서 지사들의 기대도 그의 사상과 활약에 걸려 있었다. 신베에가 사람 백정으로서 경솔한 점이 있었다고는 하더라도 아네노코지를 꼭 죽여야 할 만큼 전향(轉向)한 것은 아니었다.

이밖에 또 이상한 이야기가 있다.

신베에의 친구였던 요시다 쓰요시(吉田嘿)란 인물이 이러한 말을 하고 있다.

"그 칼은 틀림없이 다나카 신베에의 칼이지만, 그러나 사건 며칠 전 신베에가 산본기 근처의 요정 요시다야(혹은 이바라기야)에서 술을 마시고 있을 때 누군가에 의해 바꿔치기 당했다. 다나카는 몹시 분해하며 그것을 나에게 말하곤 했는데 사건은 그날부터 2, 3일 뒤에 생겼다. 무엇보다, 그날 밤 괴한들의 당황한 꼴로 보아 신베에의 짓이라고는 믿어지지 않는다. 어쨌든 간에 신베에가 치안소에서 자살한 것은 사쓰마인의 독특한 무사도에 의한 것이다.

칼을 도둑맞고 그것이 세상에 알려졌다는 것을 부끄럽게 여긴 것이다."

또 이상한 이야기가 있다.

그것은, 조슈계 과격파 공경인 아네노코지를 죽인 것은 바로 조슈인인데, 사쓰마인이 죽인 것처럼 보이기 위해 일부러 신베에의 칼을 훔쳐 현장에 버려두었다는 것이다.

그렇다면 우선

—아네노코지를 죽이면 누가 덕을 보는가? 라는 것부터 생각해야 된다.

"누가 덕을 보는가?"

그런 질문을 받는다면 "조슈인이다"라고 대답하지 않을 수 없다.

어째서 이득이 되는가. 당연한 일이다. 사쓰마와 조슈는 교토의 '근왕정계'를 양분하고, 천황기(天皇旗)를 가지고 천하를 호령하려는 양대 세력이다.

다만 빛깔이 좀 다르다.

같은 빨간 색이라도 조슈는 금방 뿜어 나온 선혈이고, 감정적으로 열띤 것이어서 자칫하면 이성을 잃는 빛깔이다.

사쓰마 번의 빨강은 다분히 고동색이 섞여 있다. 이성적인 끈질김이 있다. 시대 조류를 보며 합리적으로 행동하려고 한다. 이를테면 어른다운 침착성이 있다. 조슈인의 입장에서 본다면 교활하다.

막부편에서 본다면 고동색 부분만이 막부에 대한 동정이라고 생각되기도 한다(결코 그런 것이 아니고 사쓰마인의 현실주의가 그렇게 만드는 것이지만).

요컨대 이 당시의 조슈인은 불이 붙기 쉬운 가솔린이라고 한다면, 사쓰마인은 성냥을 가까이 가져가도 타지 않는 원유(原油)와 같은 것이었다. 그러나 어느 쪽이나 가연성(可燃性)인 것만은 틀림없다.

그 사쓰마와 조슈의 사이가 극도로 나빴다.

최소한 같은 일본인이라는 의식이 없고, 서로를 외국인이나 이민족처럼 생각하고 있었다.

그 사쓰마와 조슈가 같은 근왕 진영에 있었으니만큼 오히려 사이가 더 나빴다.

경쟁의식도 있었다.

사쓰마 번이 도카이도 나마무기(生麥)의 주막거리에서 영국인을 살상했을 때, 조슈 번 전체의 감정은 사쓰마에게 선두를 뺏기고 말았다는 느낌이었다. 따라서 조슈 번에서도 지지 않고 외국인을 베어버려야지, 하고 다카스기 신사쿠 등의 고덴야마(御殿山) 방화사건 등이 일어났다.

그 사쓰마와 조슈가 서로 교토에 있는 것이다.

이것 역시 양대 세력의 근왕 경쟁이라는 의식이 강하여 서로 앞을 다투어 조정에 대한 공작을 벌였다.

그런데 공작은 조슈인이 능숙하다.

조정은 순식간에 조슈 빛으로 물들어 가는 것이었으나 사쓰마도 잠자코 있지는 않았다. 나카가와노미야나 고노에 등을 포섭하고 있었다.

그 사쓰마 번을 단숨에 실각시키기 위해 조슈가 자기 파의 공경을 죽여 사쓰마에게 죄를 뒤집어씌우려 했다는 것이다.

여하튼 이러한 소문이 떠돌 만큼 양편의 사이는 나빴고, 실제로 사쓰마 번은 이 사건으로 보기 좋게 교토 정계에서 탈락되고 말았다.

용의자 다나카 신베에는 자살했다.

아네노코지 암살 사건은 영원한 수수께끼가 되고 다만 해로운 의혹만을 남겼다.

"사쓰마는 역적이다."

극단적인 비난이 교토의 지사들 사이에서 들끓었다. 낭인 지사, 조슈 번의 근왕파, 도사번의 근왕파 등이 하룻밤 사이에 극단적인 사쓰마 배격론자가 되었다. 하기는 그렇게 큰 번이니까

"다나카 같은 자가 한두 사람 나왔다고 해서 그것으로 사쓰마 번의 진의를 논하는 것은 잘못된 것이다."

구루메(久留米) 출신의 낭사 지도자에게 마키이즈미(眞木和泉)처럼 변호하는 사람도 없지는 않았다.

그러나 이러한 신중한 발언 따위는 들끓고 있는 여론 앞에 아무런 도움도 못되었다. 아무튼 살해된 아네노코지에 대한 과격 근왕파의 기대가 너무나도 컸다.

그 최후의 분투가 말해 주는 것처럼 공경으로서는 담력이 있었다. 뒷날 공경 중에서 괴물적 존재라고까지 일컬어진 이와쿠라 도모미(岩倉具視) 보다도 "담력이 뛰어났다"고 알려졌을 정도였다. 과격파 지사들이 양이와 막부 타도에 앞장을 세우기에는 알맞은 인물이었으리라.

그의 죽음을 애석해하는 감정은 모두 사쓰마 번에 대한 증오로 변하였다.

이 때문에 사쓰마 번은 사건 후 9일 만에 대궐 건문(乾門)의 경호 책임에서 해임되고 말았다. 즉 교토 조정에서의 정치적 논의에 참가할 자격을 잃었다고 봐도 좋았다., 이것이 분큐 3년 5월 29일.

자연히 조슈 번의 독주(獨走)가 시작되었다.

조슈 번 근왕파의 모사(謀士)는 같은 번사가 아닌 구루메 스이텐신궁(水天神宮)의 암주(庵主)였던 낭사의 총수 마키 이즈미였다.

이즈미의 사상이 조슈의 과격파를 움직이고 있었다. 천황의 양이 친정(親征)을 구실로 막부를 쓰러뜨리겠다는 생각이었다.

이러한 조슈 번의 움직임은 이미 교토 시중의 화제가 되어 막부의 대표인 아이즈 번의 귀에도 들어갔다.

하지만 아이즈 번은 그 소박한 기질 때문에 고작해야 신센조를 지배하고 있을 정도의 정치 능력밖에 없어, 이 조슈 번의 음모에 대해서 멍청하게 방관하고 있는 형편이었다.

그래서 일단은 실각한 사쓰마 번이 그 뛰어난 정치 능력을 발휘하여, 조슈 번을 실각시키기 위해 비밀리에 '적편'인 아이즈 번과 손을 잡는 교묘한 외교 수단을 부리기 시작했던 것이었다. 이것이 이해 8월.

조슈가 괘씸하다—

이런 점에서는 막부편인 아이즈 번과 막부 타도의 사쓰마 번은 정말 배짱이 맞았다.

아이즈 번이 곧잘 드나들고 있는 산본기의 어느 요정에서, 아이즈 번 공용인(외교관) 아키즈키 데이지로(秋月悌次郎)를 비롯한 몇 사람이 술을 마시고 있는데 밤중에 몰래 찾아온 젊은 무사가 있었다.

아키즈키가 명함을 보자 '시마쓰(島津) 공 가신 다카사키 사타로(高崎佐太郎)'라고 씌어 있다.

"모르는 사람인걸."

아키즈키가 고개를 갸우뚱했다. 한자리에 있는 것은 모두 번의 공용인으로서 히로사와 도미지로(廣澤富次郎), 오노 히데마(大野英馬), 시바 히데하루(柴秀治) 등 교토에서는 얼굴이 넓은 패들이지만 누구도 들어 본 일이 없는 이름이다.

"들어오시라고 해."

그렇게 말은 했지만 불안하기도 했다. 당초 사쓰마패들은 아이즈를 막부편이라고 하여 교제를 꺼려했는데 상대편에서 찾아왔기 때문이다.

이윽고 젊은이이면서도 미간에 주름살이 있는 사나이가 검소한 옷차림으로 나타났다.

—제가 말하는 것을 사쓰마 번의 총의(總意)를 대표한 것이라고 생각해 주십시오. 실은 좀더 높은 분이 올 것이었으나 귀번의 의사를 타진한다는 의미에서 저같은 신분이 낮은 자가 왔습니다.

다카사키는 그렇게 말한 다음 다시 이어서 말하기 시작했다.

"조슈가 천황의 야마토 행차를 계획하고 있다는 것은 잘 아시고 있을 것입니다. 그들은 그 기회에 천황을 업고 교토에는 돌아가지 못하게 하여 즉시 야마토에서 천하를 호령하여 막부를 치려는 속셈입니다."

아이즈 번에서도 이런 의견에는 동감이었다.

"더구나."

다카사키는 말했다.

"조슈 번은 가짜 칙서를 남발하고 있습니다. 아무튼 조정의 공경 중 십중팔구는 조슈의 손아귀에 들어 있지 않습니까? 그들이 칙서를 만들어 여러 영주들이 춤추도록 이용하려는 것입니다."

이 가짜 칙서 사건은 다카사키의 거짓말이 아니었다.

고오메이 천황(孝明天皇) 자신이 몇 번이나 불만을 토로했다는 사실은 사쓰마계의 나카가와노미야, 고노에 전 간파쿠(關白)등을 통하여 사쓰마 번에도 알려지고 있었다.

고오메이 천황은 그가 죽을 때까지 막부를 타도하려고 생각한 일이 없었다. 아이러니컬하게도 그는 교토 조정에서도 가장 막부편이었고, 따라서 삼백여 명의 영주 중에서 아이즈 번을 가장 좋아했으며 다음에 온건파인 사쓰마 번을 좋아하고 있었다.

조슈 번이나 과격분자는 아주 싫어했으나 공경이 거의 모두 조슈 편이었기 때문에 그들에게 억눌려 있었을 뿐이다.

사쓰마 번사 다카사키 사타로가 제의한 것은, 사쓰마와 아이즈가 동맹을 맺어 교토에서 단숨에 조슈 세력을 몰아내자는 것이었다.

그러려면 무력이 필요했다.

"가능하면 동맹을 맺고 싶소."

쿠데타를 위한 정치, 군사 동맹을 맺자는 것이었다.

"그렇긴 하나 귀번이 동의 않는다면 그것은 그래도 좋습니다. 우리 번 단독으로 하면 되겠지요. 다만 귀번은 조정과 막부에서 임명된 교토 수호직이므로 한 마디 의논을 해 본 것뿐입니다."

아이즈 번 아키즈키 등은 일이 중대하므로 몹시 긴장했다. 그날 밤 요정에서 가마를 달려 구로야(黑谷)의 아이즈 본진으로 돌아가 영주 마쓰다이라 가타모리(松平容保)와 의논했다.

가타모리는 사쓰마와 손을 잡을 결심을 했다. 평소 경계해 온 사쓰마 번에서 이쪽이 하고 싶었던 말을 먼저 해 오고, 게다가 동맹까지 맺자는 것이어서 몹시 기뻐했다.

이것이 도호쿠(東北) 인의 순진한 점이다.

사쓰마 번은 아무래도 교토 정계에 밝고 외교 수단도 능숙했다.

멋지게 아이즈 번을 이용했다.

사쓰마 번은 수년 뒤, 이번에는 몰아낸 조슈 번과 비밀 공수동맹(攻守同盟)을 맺어 아이즈 번을 치고 막부를 쓰러뜨린 뒤 순진한 아이즈 번을 와카마쓰 성(若松城)까지 몰아넣은 다음, 백호대(白虎隊) 참극으로 알려진 아이즈 토벌전을 벌이게 된다. 그 뛰어난 정치 능력은 겨룰 수가 없었을 정도여서 사쓰마 번의 눈으로 본다면, 아이즈 번이나 조슈 번은 어린 아이나 다름없었다.

쿠데타는 8월 17일에 일어났다.

그 전전날부터 사쓰마계의 나카가와노미야가 입궐하여 천황과 은밀히 의견을 나눈 다음, 천황의 허락을 받아 칙명으로써 그날 조슈계 공경 20여 명에게 금족령(禁足令)을 내리고, 조슈 번의 사카이 거리(堺町) 궁문의 경비 임무를 해임시켜 버렸다.

물론 아이즈 번과 사쓰마 번에서는 교토에 있는 그들의 병력을 총동원하여 대궐을 경비하며 조슈 번의 반격에 대비했다.

이것이 세상에서 "금문(禁門)의 변"이라고 말하는 대정변이다.

조슈 번에서는 깜짝 놀랐다. 지금까지 근왕파의 선봉으로 자처하며 교토에서 크게 세력을 떨쳐 왔는데, 하루아침에 잠을 깨고 보니 마치 죄인과 같은 취급이다.

중신 마스다 등이 번저의 군사를 이끌고 나오자 여기에 조슈계 낭사가 끼어들어 총을 들고 사까이 거리궁문으로 몰려들었으며, 차츰 시간이 지남에 따라 그 인원이 더욱 늘어 마침내는 대포까지 끌고 나와 대궐문 쪽으로 포구를 겨누었다.

이것을 본 공경들은 모두 파랗게 질렸다.

사쓰마 번에서는 아이즈 번에 연락을 보냈다.

"조슈는 칙명을 받들 성의가 없다. 그렇다면 역적이다. 토벌해야 마땅하다."

여기에는 아이즈 번이 오히려 난처해졌다.

─대궐 문턱에서 총질을 하는 것은 좋지 않다. 라고 오히려 사쓰마 번을 달랬다.

조슈 번은 이날을 고비로 교토에서의 세력을 완전히 잃게 된 것이다.

어쨌든 사카이 거리 궁문에 몰려든 조슈 번사의 분개는 발광 직전이라고 해도 좋았다.

'사쓰마 번을 증오한다.'

그 사쓰마 번이 궁문을 등지고 총부리를 조슈 번사 쪽으로 겨눈 채 연신 욕설을 던져오는 것이다.

사쓰마와 공동 전선을 펴고 있는 아이즈 번사도 덩달아

"조슈병은 궁문 수비에서 쫓겨났다. 물러가라, 물러가라!"

놀려 대듯이 외친다. 사쓰마와 아이즈 번은 삼천의 병력, 밀려 온 조슈 번사는 일천 명. 이 사천 명이 비좁은 사카이 거리 궁문 앞 한 길에서 들끓었으니 혼잡과 흥분은 가히 짐작할 수 있으리라.

조슈 번사는 아우성을 치고 욕설을 퍼붓고, 마침내는 모욕을 참지 못해 발포하려는 사람도 있었다.

궁문에 발포한다면 역적이다.

사쓰마 쪽에서는 발포해 오도록 도발했다. 발포만 하면 즉시 역적으로 몰아 조슈인들을 그 자리에서 쳐 없앨 속셈이었다.

자기 편의 분격과 흥분을 필사적으로 달랜 것은 가쓰라 고고로, 구사카 겐즈이, 데라지마 주사부로(寺島忠三郎), 시나가와 야지로(品川彌二郎)였다.

한 방이라도 쏘면 역적이 되어 근왕은커녕 번이 멸망하고 마는 것이다.

"참아라, 참아라! 사쓰마의 함정에 빠져 역적의 누명을 쓰면 안 돼! 쏘려면 이 야지로를 쏘아라!"

시나가와 야지로는 소리소리 외치며 번사를 틈에 끼어 옷이 걸레 쪽처럼 찢어졌다. 가까스로 조슈 번사는 사카이 거리 궁문 앞을 물러나 히가시 산의 대불전에 집결했다.

조슈 전체가 사쓰마에 대하여 결정적인 증오심을 품게 된 것은 이

때부터였다.

아무튼 낙향할 것을 결정하고 이미 관직이 박탈된 조슈계 공경 7
사람을 옹호하여 고향인 보슈와 조슈 두 고을로 돌아가게 되었다.

공경의 이름은 다즈의 주인 산조 사네토미, 산조니시 스에토모
(三條西季知) 히가시구제 미치도미(東久世通禧), 미부 모토나가(壬
生基修), 시조 다카우다(四條隆謌), 니시키고지 요리토미(錦小路賴
德), 사와 노부요시(澤宣嘉). '칠경(七卿)낙향'이라 일컫는 것은 이
때의 일이다.

저녁나절부터 내리기 시작한 비는 밤이 이슥해지도록 마구 쏟아
졌다.

그들 2천의 조슈병이 일곱 공경을 호위하면서 묘호원(妙法院)을
출발한 것은 아직 날도 밝지 않은 19일이었다.

갑옷은 비에 젖어 무겁고 도롱이는 두 사람에 하나밖에 돌아가지
않았다. 우중(雨中), 아직도 어둠이 깔린 후시미 가도의 소나무 가
로수 사이에 수백 개의 횃불이 불타며 흰 연기가 나부끼어 처절한
광경을 이루었다.

선두에 선 구사카 겐스이는 철사를 넣은 머리띠, 흰 통소매에 검
술용 대나무 동구(胴具)를 두르고 창날을 번뜩이면서 유명한 즉흥
장시(卽興長詩)를 읊으며 또한 울며 걸어갔다.

　세상은 갓 벤 갈대처럼 어지러운데
　붉은 태양빛마저 어둡게 느껴지니
　새미 강(瀬見川) 강변에 서린 안개도
　누리를 가로막는 구름이 되었어라……
　억수 같은 빗발은 그칠 줄을 모르고
　눈물에 목이 메어 소맷귀 적셔 가며

넘어야 할 바다와 산, 그리고 또 아사지 들판(淺茅原)
어언, 무서리는 나리여 갈대꽃이 지는데
나니와(難波) 앞바다에 끓는 조수(潮水)는……

구사카가 후시미 가도를 내려가면서 원한에 사무친 장시(長詩)를 읊고 있을 무렵, 료마는 고베의 해군 조련소에 있었다.

사건 뒤 2, 3일이 지나 교토 정변의 상세한 소식이 고베 마을까지 들려왔다.

"사카모토님, 학생들이 동요하고 있습니다."

무쓰 요노스케가 부채질하듯이 말했다.

교토의 도사 번저에서 정변의 상보(詳報)를 얻어 가지고 돌아온 젊은 나카지마 사쿠타로는 얼굴이 파랗게 되어 흥분하고 있다.

나카지마뿐만이 아니다. 도사 번의 젊은 하급 무사는 자기 번보다도 오히려 조슈 번에 동조하고 있는 자가 많았다.

나카지마가 달려들어 왔을 때 료마는 때마침 작은 칼로 발톱을 깎고 있었다.

"사카모토 선생님, 지금이야말로 일어날 때입니다. 도사 번에서도 탈주하여 조슈병과 행동을 같이 한 자가 있습니다."

"누군가?"

"히지가다 구스에몬, 기요오카 한시로(淸岡半四郎), 야마모토 가네마(山本兼馬), 시마무라 사덴지(島村左傳次), 난부 미카오(南部甕男)."

나카지마는 목소리를 떨며 말했다.

"모두들 떠들지 말라고 해라."

료마가 말했다.

'다만 두려운 것은 이 정변이 도사 번에 미치는 일이다. 다케치는

살해될지도 모르겠는걸.'

　조정이 조슈 번을 내몰고 그 주장을 꺾은 이상 도사 번의 수뇌부는 아마도 이에 힘을 얻어, 조슈와 기맥을 통하고 있는 다케치 한페이타 등을 가차 없이 탄압할 것이 틀림없다. 조슈뿐만이 아니라 천하의 근왕파에게 최악의 시대가 왔던 것이다.

　료마는 그로서는 드물게 보는 어두운 표정을 지었으나 등을 구부리고 발톱을 들여다보고 있기 때문에 나카지마 쪽에서는 보이지 않는다.

에도의 사랑

료마는 며칠 뒤, 여행 준비를 했다.

학생들은 료마가 아무래도 조슈로 갈 모양이로구나 하고 생각했다. 아니면 교토에 올라가 분위기를 살필지도 모른다고 쑥덕거렸으나, 당사자인 료마는 일동을 모아 놓고 뜻밖의 말을 했다.

"아냐, 나는 에도로 간다."

—돌아올 때까지 모두들 조용히 있어라.

그런 말도 했다. 또

—지금 우리들은 정치 활동에 나서지 못해.

고베 해군학교는 아직도 알(卵)이야. 설사 장차 천하를 삼킬 구렁이가 된다고 하더라도 지금은 알에 지나지 않아. 눈도 입도 없는 알이 날뛸 수 있느냔 말이다. 날뛰어 보았자 세 살 난 어린이의 손가락에도 깨지고 말거다.

때마침 도베가 돌아와 있었으므로 그를 데리고 출발했다.

고베 마을에는 산요 가도(山陽街道)가 뻗어 있다. 오른편 해변에는 초가을의 물결이 일렁이고 있었다.

료마는 큰길을 동쪽으로 걷는다.

그런데 이 큰길에는 서쪽으로 가는 낭인 차림의 사람들이 연방 눈에 띄었다.

'조슈로 가는 거로군.'

그렇게 생각했다.

짧은 창을 어깨에 멘 자도 있었다. 막부가 한창인 때는 낭인이 창을 메고 걷는 것이 금지되어 있었는데, 이 한 가지만으로도 세상의 어지러움을 잘 알 수가 있었다.

"정말 어수선한 세상이 되었군요. 앞으로 어떻게 될까요?"

"서투른 짓을 했어. 조정, 막부, 사쓰마와 아이즈는 조슈 번을 궁지에 몰아넣어 선불 맞은 짐승을 만들고 말았어. 맹수가 상처를 입은 셈이지. 천하는 조슈를 중심으로 크게 흔들릴 거야."

"난세가 되겠군요."

"음, 군웅할거(群雄割據) 시대가 온 것이지. 혈기왕성한 낭인들은 모두 조슈에 가담하여 일을 일으키려고 서쪽으로 가는 거야."

"그런데 왜 나리는 동쪽으로……."

도베는 처음으로 "나리"라고 부르면서 고개를 갸웃거리고 있다. 이미 천하의 중심은 에도가 아니라 교토라는 것을 도베도 알고 있다.

에도는 단순한 행정 수도에 지나지 않는다. 교토는 정쟁(政爭)의 마당이 되어 있다.

장군 이에모치(家茂)를 비롯하여 그 후견인 도쿠가와 요시노부(德川慶喜), 그리고 집정관, 각료, 총감찰관, 외국 감독관 등도 교토와 오사카에 출장하고 있는 것이다.

에도 성은 이를테면 행정 관리만 있는 빈 도시인 것이다.

"나리는 대체 어떻게 하실 작정입니까?"

도베가 궁금해 하는 것도 무리는 아니다. 교토 정변의 순간부터 군웅할거의 전국시대가 찾아왔다고 한다면, 이 나리는 어떻게 할 작정인 것일까?

"나도 군웅이 되는 거지."

"그야 그렇겠지요. 나리는 척 보면 벌써 그런 분인걸요. 그러나 동쪽으로 간다는 것은 이상하군요."

"군함을 얻으러 가는 거야."

료마는 웃고 있다. 군함을 손에 넣어 천하 풍운에 임하겠다는 것이다.

"나는 이 난세를 한 손으로 휘어잡겠다."

말만은 언제나 크다.

오사카에서는 도오톤보리의 도리게야(鳥毛屋)라는 여인숙에 묵었다.

집 뒤가 도오톤보리에 면하고 있다. 료마는 난간에 기대어 강물을 굽어보았다.

아래쪽 하늘이 저녁놀로 물들어 있었다. 강물에 저녁 안개가 끼고 안개까지 붉다.

상류에 오사카 성이 보인다.

"나리, 저녁 식사 준비가 되었습니다."

도베가 조심스럽게 말을 했다.

"음."

료마는 눈길을 들어 건너편을 보았다. 북쪽 기슭은 소에몬(宗右衛門) 거리의 주택가 뒤꼍이 돼 있다. 여자가 석축 밑에서 빨래를 하고 있었다. 빨래를 한다, 밥을 짓는다, 시대가 아무리 바뀌더라도 이 생활만은 변함없으리라.

료마는 전에 없이 감상적이 되어 있었다.

야마토에서 일어났던 '덴추조(天誅組)'의 난을 오사카에 와서 자세히 들었던 것이다.

이 무장 궐기대에는 료마와 인연이 깊은, 도사 번을 탈번한 친구들이 주동자가 되어 있었다.

요시무라 도라타로(吉村虎太郎)가 있다. 나스 신고(那須信吾)가 있다. 이케 구라타(池內藏太)가 있다. 야스오카 가스케(安岡嘉助)가 있다. 그밖에도 모리시다 기노스케(森下儀之助), 마에다 시게마(前田繁馬), 우에다 소오지(上田宗兒), 도이 사노스케(土居佐之助), 모리시다 이쿠마(森下幾馬), 이부키 슈우키치(伊吹周吉), 시마무라 쇼고(島村省吾), 다도코로 도오타로(田所騰太郎), 구즈메 기요마(葛目淸馬), 사와무라 고오키치(澤村幸吉), 시마 나미마(島浪間) 야스오카 오노타로(安岡斧太郎). 그들은 탈번 뒤 조슈 번을 찾아가 그 보호를 받았다.

애처로운 일이다. 자기 번의 태도가 선명치 못하기 때문에 다른 번의 보호를 받지 않을 수 없는 것이다. 막부 관헌의 추적을 받더라도 도사 번에서는 숨겨 주지 않을 뿐만 아니라 탈주자로서 그들을 잡으려고 한다. 그 점이 사쓰마와 조슈 번과는 달랐다. 사쓰마와 조슈의 지사들처럼 도사 출신의 사람들은 번을 배경 삼든가 번의 힘을 믿을 수도 없는 것이다.

덴추조도 마찬가지다. 이 낭사단에는 사쓰마 사람이나 조슈 사람은 단 한 명도 들어 있지 않은 것이다.

그들은 조슈 번이 계획하여 단단히 추진하고 있었던 천황의 야마토 행차의 선봉대가 되려고 재빨리 교토를 빠져나가 야마토에 입국,

막부의 고조(五條) 지방 관청을 습격하여 그곳에 혁명 정부라고도 할 수 있는 것을 만들었다.

그런데 그들이 출발한 다음 교토에서는 앞서 말한 대정변이 일어나고 조슈 번은 쫓겨나고 말았다.

그들은 고아가 되었다.

하지만 해산하지 않았다. 더욱더 전의(戰意)를 가다듬어 이후 한 달 남짓 동안 야마토에서 천하의 영주를 상대로 악전고투(惡戰苦鬪)를 계속하게 되는 것이다.

'그들은 죽으리라.'

료마는 그것을 생각했다.

개죽음은 아닐 것이다. 그들의 무장 궐기는 이미 국가와 사회를 짊어질 능력을 잃은 도쿠가와 체제를 크게 뒤흔들 것이 틀림없다.

하지만 이에야스 이래 3백 년의 정권이 불과 수십 명의 낭사단에 의해 무너지리라고는 생각되지 않는다. 그들은 아마 죽을 것이다. 죽은 다음이라도 더욱 누군가 죽는다. 또 누군가 죽는다. 그 숱한 시체를 넘고 나서야 지금 야마토에 집결한 요시무라 등의 머릿속에 있는 이상적인 시대가 찾아오리라.

"밥인가."

료마는 밥상 앞에 앉았다.

료마가 에도에 들어온 것은 그해 9월 초였다.

우선 가지바시의 에도 번저에 들러, 올라왔다는 보고를 한 다음 급히 문을 나섰다.

"번저를 싫어하는 사내다."

뒤에서 번사들이 수군거렸다. 료마는 세상에서 무엇보다도, 번이라고 하는 부자유스런 권위만큼 싫은 것은 없다.

가지 다리를 동쪽으로 건너면 거리가 고로베에 거리(五郎兵衞町). 쪽 민가들이 잇달아 있다.

"참, 오랜만에 보는 에도군요."

도베는 기쁜 듯이 숨을 들이마셨다. 사람들의 움직임이 활발하다.

에도 성 내전(內殿)의 화가인 가노오(狩野) 저택이 민가 사이에 끼어 옛날부터 이 거리에 있다. 그 담을 끼고 동쪽으로 걸으면 그 옆집이 역시 화가인 히구치(樋口) 댁. 그 옆에 이나리(稻荷) 신사가 있다.

가을 제사인 모양이다.

깃발이 나부끼고 민가의 남녀가 길을 메우다시피 오가고 있다.

"아야, 발등을 밟았구나."

도베가 한발을 치켜들고 맴을 돌았다. 점원인 듯한 젊은이가 도베에게 사과했다.

도베는 사나운 얼굴로 그 사내를 노려보았다.

"빌 바에야 왜 남의 발을 밟아!"

"아아뇨, 일부러 그런 것은 아닙니다. 그만 한눈을 팔고 있었기 때문에……."

"도베, 웬만큼 해두어라."

료마는 등을 한 대 때리고 걷기 시작했다.

도베가 발등을 밟힌 것도 무리는 아니다. 교토나 오사카와는 달리 에도 시내의 보행자는 걸음이 잰 것이다.

에도 태생인 도베도 잠시 교토, 오사카 생활을 하다 보니 걸음걸이가 느려진 모양이다.

"네가 나빠. 교토의 걸음이 되어 있어."

그러나 료마가 보기로는 에도 사람의 걸음걸이는 예나 다름없지만, 에도 거리는 옛날과는 달리 서서히 바뀌기 시작하고 있었다.

우선 불경기다.

형편없이 경기가 나쁘다. 이유는 얼마든지 있다. 첫째 장군과 막부의 요인들이 교토, 오사카에 체류하고 있다.

그 다음 각 번의 영주 저택 사람의 대부분이 몇 년 동안의 양이 소동, 근왕 풍조 때문에 영지나 교토, 오사카로 옮기고 말았다.

에도는 당시 세계 최대의 도시 중 하나로서 인구가 1백만, 뉴욕, 런던과 어깨를 나란히 하고 있었다.

하지만 이 도시가 세계의 각 도시와 다른 것은, 그 인구의 반인 5십만이 무사였다는 점이다. 직속 무사, 각 번의 에도 근무 무사 등이 5십만인 것이다. 그들은 모두 생산자가 아니다. 영지에서 보내오는 돈으로 소비 위주의 생활을 하고 있었다.

시민은 5십만 무사의 소비 생활을 거들어 주는 일로써 3백 년 동안 먹고 살았다.

그 무사의 인구가 격감되었다. 이것이 불경기의 최대 원인이다.

그리고 물가는 해마다 오르고 있다. 이 물가고(物價高)는 막부가 외국과 무역을 시작했기 때문이라는 소문이 있어, 이 점에서도 막부의 개국주의(開國主義)는 인기가 나빴으며, 양이론은 무식한 시민의 귀에 솔깃하게 들리는 여론이 돼 있었다.

료마는 오케 거리의 지바댁에 찾아갔다.

데이키치 노인도 주타로도, 그 아내인 오야스도 반갑게 맞아주었다.

데이키치 노인의 방으로 인사를 드리러 들어갔다.

"이 집에선 임자의 이야기가 그칠 날이 없어. 나도 한 달에 몇 번씩이나, 에도에 있어 준다면 얼마나 좋겠나 생각할 때가 있지. 그래 검법은 늘었나?"

"딴 일을 하고 있기 때문에 도무지 숙달이 안 됩니다."

"해군에 열중하고 있다면서? 주타로에게서 들었네. 주타로까지 해군에 넣으려 했다던가."

"그런 일도 있었지요. 그러나……."

"곤란한 사내로군. 주타로는 호쿠신잇도류 지바 가문의 계승자야. 죽도를 버리게 한다면 내가 곤란해."

료마는 쓴웃음을 짓고 있다.

"료마, 자네를 열아홉 살 때부터 돌봐주고 있지만 자네는 자기가 좋아하는 길로 남을 끌어들이는 수단이 능숙한 모양이야. 하마터면 주타로는 집을 뛰쳐나갈 뻔했지 뭔가."

"예?"

료마는 옆의 주타로를 보았다.

"그런 일이 있었나?"

"글쎄, 자네와 오사카에서 헤어져 에도로 돌아온 다음 왜 그런지 마음이 들떠 혼났어. 지금 생각해도 꼭 열병에 걸린 것만 같았어."

"아냐, 주타로의 병은."

데이키치 노인이 말했다.

"해군열이 아니지. 료마, 자네하고 함께 도장을 해나가고 싶었던 모양이야. 아무래도 료마는 친구를 그렇게 만드는 힘이 있어서 안 되겠어."

노인으로서는 정말 난처했던 사건인 모양으로 한 말을 또 하고 또 했다.

"그것은 죄송하게 되었습니다."

료마도 공손하게 말했다.

"앗하하하, 정말 큰일 날 뻔했지. 아무튼 주타로 녀석은 번(돗토리 번에도 근무)도, 늙은 아비도, 처자도 버리고 료마한테 가겠다

했으니 정말 지바 집안 최대의 위기였지."

"주타로형에게도 좋은 점은 있습니다."

"이봐, 이봐, 료마."

노인은 당황했다.

"이번엔 선동하면 안돼. 이제 겨우 주타로가 마음을 잡았는데. 아무튼 그때는 사나코까지 교토로 간다고 집안이 난리였었지."

"예? 사나코 아가씨까지?"

"그러면 지바 가문은 망하는 거지."

그런 다음 주타로의 방으로 돌아갔다. 벌써 날이 저문지 오래였다.

"너무 늦는걸, 사나코는."

주타로가 염려스러운 듯 말했다.

"어딜 갔는데?"

"아침부터 본가(간다 오다마가이케)에 놀러갔어. 해가 지기 전에 돌아온다고 했었는데, 웬일일까? 요즘 에도에서도 낭인이 들끓어 살인, 강도 등 세상이 시끄럽지."

료마는 변소에 가는 척 자리에서 일어났다.

사나코를 도중까지 마중나가리라 마음먹었던 것이다.

료마는 사나코가 어떤 길로 올 것인지 대략 짐작이 간다.

이치고쿠 다리(一石橋)를 북쪽으로 건넜다.

기다사야 거리(北鞘町)로 빠졌다.

'아니, 길이 엇갈렸을까?'

그렇게 생각했으나 약간의 자신이 있다.

사나코의 성격에 대해서다.

그 무렵 무사 집안이건 민가에서건 자기의 습관이란 것에 완고한 남녀가 많았다. 시시한 일상의 습관이라도 그것을 좀처럼 깨뜨리지 않는다.

사나코는 소녀 때부터 간다 오다마가이케에서 오케 거리의 자기 집으로 돌아오는 열대여섯 마장의 거리는, 어느 다리를 건너 어느 가게 모퉁이를 돌고 어느 영주님 저택의 옆을 어떻게 꺾는다는 것까지 꼼꼼하게 정하고 있었다.

그러한 것이 자기를 다스려 나가는 엄격한 절도(節度)가 되어 있다. 3백 년의 이른바 봉건문화가 만들어 놓은 아름다운 면인지도 모른다.

그리고 사나코는 좀처럼 가마를 사용하지 않는다. 이유는 료마도 모르지만. 무예 면허의 솜씨를 갖고 있으면서도 타는 것에는 약한 것인지도 모른다.

도조 다리(道淨橋)를 건너면 그 너머가 호리도메(堀留).

다리를 건너고 두 서너 걸음 내디뎠을까말까한 곳에서 료마는 우뚝 멈추었다.

그리고 별안간

"앗하하하!"

너털웃음을 터뜨렸다.

'역시 예상이 들어맞았구나.'

……무사 집안 차림의 처녀가 불안스러운 듯이 료마를 먼빛으로 바라보고 있었다.

사나코였다. 손에 지바 집안의 문장(紋章)이 그려진 등불을 들고 있었다.

료마도 지바 집안의 등불을 들고 있다.

사나코는 상대편의 등불을 보고

'도장에서 누군가 마중 나왔구나.'

순간 생각했던 것인데, 설마 료마일 줄은 몰랐다.

알았을 때 조금 발돋움을 했다. 뛰어오르고 싶은 충동을 그러한 자세로 억눌렀다.

"료마요."

"네."

가슴이 두근거리고 있다. 그러나 조금 짓궂게 말했다.

"느닷없이 어둠 속에서 껄껄 웃기 때문에 미치광이인 줄로만 알았어요."

"고맙다고 인사를 해야 할 텐데."

"하지만 인사를 드리려고 해도 느닷없이 그렇게 나오니 말할 틈도 없지 않아요."

"그것은 말하자면 모처럼 대하는 인사 대신으로 한 것이지요. 무엇이든지 그것 한 번으로서 인사가 끝나니까."

"그 멍청이 같은 웃음소리가 말입니까?"

"멍청이란 말만은 빼놓고 말이지."

료마는 사나코의 등불을 받아 꺼버렸다. 등불은 하나만 있으면 된다. 두 사람은 도조 다리를 남쪽으로 건넜다.

사나코는 갑자기 말이 없었다.

자신으로서도 안타까웠지만 가슴이 뿌듯해져 말을 할 수가 없는 것이다.

'기질이 대단한 사람이야.'

료마는 료마대로 새삼 혀를 내두르고 있다. 이 무시무시한 세상에, 그것도 여자의 몸으로 밤중에 하인도 안 데리고 혼자 다닌다는 것은 웬만한 담략이 없으면 못할 일이다.

"저, 사나코 아가씨."

료마는 또 하오리 끈을 질경질경 씹으면서 말했다.

"아가씨가 꿋꿋한 기질이라는 것은 잘 알고 있지만, 요즘 세상이 험악해. 어떤 못난 놈이 어둠 속에서 뛰어나올지도 모르지. 잠시 동안 밤의 혼자 나들이는 삼가는 편이 좋겠군요."

"누가 뛰어나와요?"

사나코는 탄력 있는 눈으로 료마를 올려다봤다. 하지만 곧 눈썹을 찌푸렸다.

"아직도 그 버릇을 못 고치셨군요."

"뭣을 말입니까?"

"하오리 끈……."

료마는 입에서 떼었다.

허나 손에서는 놓지를 않고 끈을 빙글빙글 어둠 속에서 돌렸다.

침이 사방에 튀었다.

"어머, 더럽게시리."

사나코는 어이가 없었으나 그래도 료마가 그만두지 않으므로 마침내 그 손목을 잡았다.

"그만두시라니까."

"아, 이거 말이로군."

료마는 비로소 깨닫고 끈을 놓았으나 그래도 아직 사나코의 손가락이 료마의 손목을 잡고 있었다.

사나코도 자기의 그런 행동을 깨닫지 못하는 모양이다.

"조그만 손이로군."

료마가 거꾸로 그녀의 손을 감싸 쥐었다.

"이렇게 작은 손을 갖고 있으면서도 마음만 억세어 밤나들이를 예사로 하는군."

"아파요!"

사나코는 호들갑스럽게 외쳤다. 료마의 큰 손바닥이 사나코의 작은 손가락을 으스러질 만큼 꽉 움켜잡았던 것이다.

"말을 안 듣는 벌이지요."

료마는 얼마 후 힘을 빼고 놓아주었다.

"난폭한 짓이에요. 아직도 아파!"

"폭력배를 만나는 것보다는 낫습니다."

"그런 것 만나도 겁 안나요."

"호쿠신잇도류의 솜씨가 있으니까, 하고 지바의 공주님은 생각하
시겠죠. 그러니까 여자에게 무예는 필요 없다고 난 생각해."

"진심으로 그렇게 생각하세요?"

사나코는 걸음을 멈추었다.

'그래서 이 사람은 나를 가까이하지 않는 것일까?'

그렇게 생각했던 것이다.

"진심은 아니지요. 나는 오토메 누님에게서 무예 초보를 배웠지
요. 지금은 검술이 내가 세지만, 누님은 말달리기라면 자기 쪽이
능숙하다고 생각하고 있어요."

"그 오토메 누님을 좋아하시죠?"

"응."

"그럼 사나코도 좋아요?"

사나코는 숨을 죽이고 대답을 기다렸다.

료마는 돌멩이를 발길로 걷어 차고 머리를 끄덕였다.

"응."

이것이 29살이나 된 의젓한 무사의 태도일까?

이치고쿠 다리를 건너 오른쪽에 해자를 끼고 남쪽으로 걷기 시작
했다.

"무슨 일로 에도에 오셨나요?"

사나코는 료마를 쳐다보았다.

료마는 자꾸만 해자 쪽으로 걸어간다. 할 수 없이 사나코도 따라 갔으나, 이윽고 그것이 료마가 오줌을 누기 위해서라는 걸 알자, 기가 막혀서 료마의 손에서 등불을 뺏었다.

"등불을 이리 주세요."

료마는 성 쪽을 향해 오줌을 누었다.

우측에 고후쿠 다리(吳服橋) 성문 초소의 불빛이 보인다. 낮이라면 감시병이 새파랗게 질려서 쫓아 나오리라.

'버릇도 없지. 장군님의 성을 향해서.'

사나코는 어이가 없어 등불을 들고 혼자 걷기 시작했다.

료마가 뒤돌아보며 말했다.

"군함을 마련하기 위해서지요."

사나코가 아까 물은 말에, 오줌을 누면서 대답하고 있다.

'참, 별꼴이야……'

사나코는 빨리 걷는다.

이윽고 료마는 소변을 마치고 손에 묻은 오줌 방울을 양쪽 옆머리를 긁적거리며 비벼댔다. 사나코가 알았다면 말도 안하게 되었을지도 모른다.

바람이 불고 있다.

료마는 삼십 보 가량 앞서 가는 사나코의 등불을 보면서 느릿느릿 걷기 시작했다.

문득 발을 멈추었다.

앞서 가는 사나코의 등불이 정지되었기 때문이다. 그 등불 옆에 사람 그림자가 셋쯤 나타나 있었다.

'역시 나왔구나. 내가 뭐라고 했던가?'

료마는 우스웠다.

그 그림자들은 사나코를 희롱하고 있다. 아무래도 칼잡이인 것 같앉다.

료마는 천천히 접근했다.

'아무튼 저런 아가씨니까 어떻게 나올까?'

오히려 그 점에 흥미를 느꼈다.

세 사람은 어딘가 작은 도장에 뒹굴고 있는 낭인일 것이다. 그런 자들이 부쩍 늘었다.

아무튼 태평 시대에는 에도에도 손꼽을 정도 밖에 없었던 도장이라는 게 요즘은 3백 군데 가까이나 있다.

시골에서 농촌 젊은이들이 올라와 그런 도장에서 검술을 배우고 상투도 무사처럼 따 올리고 멋대로 성을 지어 부르며, 두 자루 칼을 차고 벼락치기 낭인이 되는 시절이었다. 계급 제도가 엄격했던 한 시대 전이라면 상상도 못하던 일이다.

한 사람은 아와(安房) 사투리, 두 사람에게는 고오즈케(上野) 사투리가 풍긴다.

'농군이로군.'

료마는 생각했다.

사나코는 어떤가 하고 보았더니, 두 서너 마디 주고받다가 흥, 하고 걷기 시작했다.

―'기다려.'

한 녀석이 사나코의 어깨를 잡았다.

순간 그 사내의 하카마 자락이 공중에 휘날리며 쿵! 하고 땅바닥에 나가 떨어졌다.

'저게 저 아가씨의 나쁜 버릇이야⋯⋯'

사나코에게 낭인이 내동댕이쳐졌을 때, 료마는 재빨리 다가갔다.

"가엾게도."

그러면서 낭인의 손을 잡아 일으켜 주었다.

"저런 무서운 아가씨에게 손을 댄 당신이 잘못했어. 조용히 물러가시오."

"……."

낭인들은 별안간 끼어든 거인의 정체를 어떻게 해석해야 좋을지 모르는 눈치였다.

"당신은 누구요?"

한 사람이 재빨리 칼 손잡이에 손을 대며 물었다.

"저 아가씨의 제자라네."

"이봐, 이름을 묻고 있어. 이왕이면 처녀의 집이 어딘지 말해봐."

"여기는 해자 기슭이다. 법정이 아니야. 그런데 제군은 어느 곳의 귀공자신지?"

료마는 빈정거렸다. 사나코는 료마가 옛날부터 익숙한 싸움꾼이라는 것을 알고 있었다.

상대는 물론 시비를 걸기 위해 트집을 잡고 있는 것이다.

세 사람이 료마를 둘러쌌다.

쑥, 료마는 뒤로 물러나 장검을 칼자루째 뽑아서 사나코에게 주었다.

"어떻게 하실 셈이에요?"

"갖고 돌아가시오."

이제부터 칼싸움이 벌어질 판인데 이상한 짓을 한다고 사나코는 생각했으나 곧 고쳐 생각했다. 그가 준 칼 무쓰노가미 요시유키(陸奥守吉行)는 료마가 도사 번에서 뛰쳐나올 때 누님인 오에이(榮)가 준 것인데, 그 때문에 오에이가 나중에 전 남편의 문책을 받고 자결했었다. 그 이야기를 사나코는 알고 있다. 아마 그런 일이 있기 때문에 사소한 시비에 쓰고 싶지는 않으리라고 사나코는 생각했다.

"해치워 버렷!"

낭인 하나가 외쳤을 때, 료마는 오른쪽으로 홱 날았다.

칼을 뽑아들고 있다. 우측 사내의 칼을 재빨리 뽑았던 것이다. 소매치기처럼 날렵한 솜씨였다.

'기가 막혀서……'

사나코는 칼을 옷소매로 싸안고 등불을 든 채 구경하고 있다.

"이봐, 이봐, 오른쪽 손목이 허술해."

료마는 놀려줄 속셈인 모양이다. 다시 왼편 사내에게도 가르쳤다.

"자네의 칼끝은 죽어 있어. 그렇게 딱딱하면 변화를 막을 수 없잖아."

"이 새끼!"

막 내리쳐 온, 칼끝이 둔한 사내의 옆얼굴을 료마는 칼바닥으로 후려쳤다. 사내는 너덧 칸 날아가 주저앉아 버렸다.

"이제 그만두자."

료마는 칼을 원임자의 발밑에 내던지고 말했다.

"헛일이야. 내가 이길 것이 뻔해. 자네들도 다치면 손해일 테지. 자네들, 이런 짓거리보다도 해군에 들어와. 해군에. 생각이 있다면 오케 거리 지바 도장에 있는 사카모토 료마를 찾아오너라."

"앗!"

얻어맞은 사내가 얼굴을 들었다.

다른 사내도 놀라서 칼을 거두었다. 료마의 이름은 알고 있다. 바보 녀석들은 깍듯이 절을 한 다음 우물우물하며 달아나고 말았다.

"가르침 고마웠습니다."

이튿날 아침 료마는 오케 거리 지바댁을 나와, 새벽길을 걸어서 아카사카 히카와(氷川)의 가쓰 린타로 저택을 방문했다.

"오, 료마 형."

가쓰는 서재로 맞아들였다.

이 무렵 가쓰는 군함 감독관을 겸하여 '해륙방비(海陸防備)'라는 새로운 직책을 맡고 있었다. 일본의 방위 체제의 기획 책임자라고 할 수 있는 직책이다.

─가쓰는 온몸이 두뇌와 같은 사내이다.

누군가 그렇게 말했지만 확실히 막부 말기의 정국(政局)을 움직인 최대의 두뇌였다. 유신사(維新史)를 료마, 사이고 다카모리, 가쓰라 고고로 같은 행동가의 '행동'만을 추적함으로써 이해하려고 하는 것은 잘못이다.

거기에는 항상 가쓰의 두뇌가 존재하고 있었다. 이 두뇌는 기묘한 방석에 앉아 있다는 점에서 찬란한 활동을 보였다. 기묘한 방석이란, 가쓰 자신이 막부의 가신이면서도 막부의 이해관계를 떠나 한 계단 높은 일본이란 입장에서 모든 것을 생각한 것을 말한다. 이러한 입장을 취한 두뇌는 막부는 물론 교토의 공경이나 사쓰마, 조슈의 지사에게도 당시에는 없었다.

이 두뇌는 편견적인 입장을 갖지 않았기 때문에, 료마뿐만 아니라 사쓰마의 사이고 등도 가쓰의 의견을 주의 깊게 들었고, 일본을 둘러싼 국제 환경에 대한 사이고의 이해는 그 대부분을 가쓰로부터 얻었다고 해도 좋았다.

더구나 이 두뇌는 학자의 두뇌뿐만 아니라 행동력을 가지고 있었다.

이를테면 가쓰는 마흔 한 살인 이해에 정월부터 가을에 걸쳐 에도, 오사카 사이를 군함으로 세 번이나 왕복했다.

"또 가게 되었어."

가쓰는 료마에게 말했다. 금년에 들어와 이것으로 네 번째의 오사카행인 셈이다.

"집정관 사카이님을 태우고 가는 거야. 2, 3일 중에 시나가와를 출범할 예정일세. 뭣하다면 자네도 그 배로 돌아가는 게 좋겠지. 배는 쥰도마루야."

"그렇게 할까요."

"하긴 에도에 오자마자 돌아간다는 것도 안됐군그래. 나한테 볼일 말고 달리 볼일은 없나?"

"없을 것 같군요."

"남의 말 하듯이 하는군. 지바 주타로에게 다 들었어. 그 집의 사나코가 자네에게 몹시 애를 태운다고 하더군."

"놀랐습니다. 정말입니까?"

"료마, 능청떨면 못써."

"그렇지 않습니다. 애를 태우는 것은 이쪽이고 저쪽은 버들가지에 바람이지요."

"그럼, 운을 떼보는 것이 어때?"

"딱한 말씀을 하시는군요. 상대는 뭐니뭐니해도 스승님의 따님입니다. 가령 가쓰 선생님의 따님에게 제가 그 따위 소리를 한다면 선생님은 난처하시겠죠?"

"물론이지. 자네처럼 이 세상을 바람같이 뛰어다니고 있는 녀석에게 귀여운 딸을 줄 수가 있나."

"뛰어다니는 것은 피차 마찬가지입니다."

료마는 쓴웃음을 지었다.

료마는 그날 여러 가지 보고를 했다.

오사카에서는 가쓰의 소개장을 갖고 오사카 치안관 마쓰다이라 노부도시를 만나, 외국 함대가 만일 오사카 만에 쳐들어 왔을 때의 방위 문제를 논의했던 일.

―그때야말로 고베의 해군학교가 방어전에 큰 도움이 될 것이다. 그러므로 이 육성에 후원을 아끼지 말아 달라―고 말했던 일.

　이 건의를 경청한 마쓰다이라도 "치안관으로서 권한이 있는 한 응원하겠다"고 대답했던 일.

　그리고 오사카의 에치젠(越前) 번저에 동 번사 미오카 사부로(三岡三郎), 동 번 고문격인 요코이 쇼난(橫井小楠)이 와 있었으므로, 해운 무역회사를 만들겠다는 취지의 구상을 말했던 일.

　가쓰는 끄덕이면서 듣고 있다.

　"요컨대 군함과 기선이지요. 이것이 없으면 해군학교의 보람도 없지만 해운 무역회사도 할 수 없습니다."

　"그야 그렇지."

　"우선 한 척이라도."

　료마는 손가락을 하나 세웠다.

　그는 한 척만이라도 있으면 학생에게 실습을 시키는 한편 장사도 할 수 있다는 구상이다.

　주식(물론 그런 말은 아직 없었지만)도 여러 영주로부터 모집하여 '회사'는 자립할 수 있게 된다. 장사가 순조롭게 되면 막부에서 빌리는 배의 사용료도 치를 수 있게 되고 새로운 배도 자꾸 사들일 수 있게 되리라.

　그 자본으로 한 척이라도 마련해 달라는 것이 막부에 대한 료마의 간청이었다.

　"꽤 설득은 하고 있어. 간코마루, 고쿠료마루를 교섭중이야. 어쨌든 간에 이번 항해에는 집정관을 태우고 가니까 배 안에서 충분히 교섭해 보세."

　"저는 누구를 만나 볼까요? 누구라도 찾아가겠습니다."

　"핫핫, 찾아갈 테지, 자네라면. 그렇군, 자네는 이 에도에 있을 동안 오쿠보를 만나 취지를 말해 두게. 오쿠보에겐 료마가 만나러 간다고 말해 두겠네. 오쿠보는 자네가 마음에 든 모양이니 이야기를 하기 쉬울 거야."

오쿠보 타다히로(大久保忠寬).

이 오쿠보란 성은 그 족보 속에 오쿠보 히코사에몬(大久保彦左衛門)의 이름이 있는 것만 봐도 알 수 있듯이 막부 가신 중에서도 명문의 하나로, 그 본가에는 오다와라(小田原)의 영주인 오쿠보가 있다. 하나 타다히로의 오쿠보 집안은 그 먼 분가의 또 분가인 집안이기 때문에 말석에 속하는 직속 무사였다.

가쓰와 마찬가지로 말석 직속 무사의 가문에 태어나 중요한 지위를 차지하게 된 것은 타다히로의 학문이 뛰어났기 때문이다.

즉 양학파(洋學派)의 한 사람이다. 더구나 양학을 손아래인 가쓰에게서 배웠던 만큼 가쓰의 제자라고도 할 수 있다.

경력은 양서 취급소(洋書取扱所) 소장, 스루가(駿河) 행정관, 교토 치안관, 장군 비서관, 외국 감독관, 퇴직.

은퇴하여 호를 이치오(一翁)라 한다. 그러나 그해에 다시 등용되어 장군 고문(유신 뒤, 그는 신정부에 등용되어 도쿄 부지사, 원로원 의관 등을 역임하고 만년에 자작이 되었다.).

그 이튿날 오후 일찍 료마가 외출하려고 현관을 나서는데, 사나코도 외출 준비를 갖추고 현관 옆방에 앉아 있었다.

"아, 안녕하십니까."

료마는 칼을 허리띠에 꽂으면서 말을 걸었다.

"여전히 아름다운 모습이라 반갑습니다."

"참, 이상한 인사법이네요. 그것보다도 사카모토님은 오쿠보 이치오 댁에 가시는 거죠?"

"그렇습니다."

"사나코가 길 안내를 해드리겠어요."

훌쩍 현관으로 나와서 조리(草履)를 신었다. 끈이 빡빡한 모양인지 오른발을 비틀고 있다.

"예? 여자를 데리고 가야만 합니까?"

"험악한 세상이라 호위를 해드리는 거죠."

"사나코님이?"

"네."

문을 나섰다.

사나코는 오쿠보를 알고 있다. 젊었을 때 막부 가신으로서는 드물게도 호쿠신잇도류를 배운 사내이다. 아버지 데이키치가 간다의 사범 대리였을 때의 일이었다.

물론 사나코는 아직도 어린애였을 무렵이라 그때의 오쿠보를 기억하지 못한다.

그러나 오쿠보는 고지식한 사내로서 데이키치의 형 슈사쿠(周作)의 제삿날에는 반드시 찾아와 준다. 그러므로 잘 알고 있는 것이다.

"재미있는 분이에요. 종오품(從五品)이 되고 나서부터 시마노가미(志摩守), 우콘노쇼겐(右近將監), 엣추노가미 등 몇 번씩이나 관명(官名)이 달라지셨는데, 그때마다 사나코 아가씨, 이번에는 시마노가미라고 불러요, 이번에는 쇼겐님, 이번에는 엣추님이오, 하고 일일이 자신의 호칭을 가르쳐 주시며, 관리란 성내에서 차 심부름꾼에게 이렇게 불리면 오싹할 만큼 기뻐지니 참 별것도 아니더군, 하고 말씀했지요."

평소엔 사나코도 말이 없는 아가씨지만, 료마가 오면 넘쳐흐르듯 마구 지껄여 댄다. 정말 이상한 일이다.

"입 다물고 잠자코 걸어요."

료마는 생각에 잠겨 있다.

"실례예요."

사나코는 토라졌다.

료마는 상대도 않고 팔짱을 낀 채 터벅터벅 걷고 있다.

"뭣을 생각하고 계세요?"

"시끄럽군, 군함에 대해서요."

한 척의 군함만 손에 들어온다면 그것을 불리어 두 척, 세 척으로 늘이고 끝에 가선 막부를 쓰러뜨리려고 마음먹고 있다. 그 군함을 막부에서 끌어내리려는 것인 만큼, 료마는 역시 기요가와 하치로를 닮은 마술사 같은 데가 있다.

이윽고 오쿠보 저택에 이르렀다.

사나코는 심부름으로 왔던 곳이라 집 구조는 잘 알고 있다. 일부러 현관으로 들어가지 않고 우선 부인에게 인사하려고 부엌 쪽으로 돌아갔다.

료마는 현관으로 들어섰다.

객실에 안내되었다.

별로 기다릴 사이도 없이 오쿠보 이치오가 나왔다.

"군함 관계 때문이시죠. 가쓰님에게서 들었습니다."

오쿠보는 정중하게 말했다.

표고버섯이 활짝 편 듯한 얼굴이다. 이마가 넓고 콧날이 오똑하며 턱은 주걱턱이었는데, 이러한 얼굴은 요코하마에 가면 서양 사람에게 흔히 있다. 가쓰도 서양 사람을 닮았는데 양학을 하게 되면 얼굴까지 닮는 것일까?

이즈음 막부는 3백 년의 문벌주의를 다소 완화하여 지위가 낮은 직속무사의 수재를 속속 발탁하고 있다. 가쓰, 오쿠보, 그리고 에노모토 가마지로(榎本釜次郎 : 나중에武揚) 등이 그러한데, 태평시대라면 샤미센이라도 배우며 앉아 있을 수밖에 없었다. 당하관(堂下官)의 자식들도 마찬가지였다. 하긴 그러한 이례적 출세를 하는 것은 양학관계에 한정되어 있다. 해군, 육군, 외국 상대와 같은 새로운 관청에는 문벌의 그럴싸한 이름만으로는 되지 않기 때문이다.

말기의 막부를 움직인 사람은 이러한 신관료(新官僚)라고 할 수재들이었다.

"간코, 고쿠료 두 척이라고 확인할 수는 없습니다만, 어느 쪽이건 하나는 어떻게 될 것 같습니다. 장군님에게는 내가 말한 바 있고 각료들에게는 가쓰님이 건의하고 있는 모양입니다. 나머지는 해군 계통에서 좋다고 하면 그걸로 끝나는 거지요. 아무튼 관청 일이라 사카모토님이 생각하는 것처럼 순조롭지는 않습니다."

"그런데 학생은 있어도 막상 필요한 연습선이 없기 때문에, 기운이 남아돌아 매일 씨름이나 싸움만 하고 있습니다. 교토에 변란이라도 생기면 이 녀석들이 우리에서 뛰쳐나갈지도 모르지요."

오쿠보는 "그렇다면 해산해라"라고 말하지는 않는다. 단순한 관료가 아니라 식견을 지닌 관료인 것이다. 막부는 어떻게 되든 상선학교 비슷한 시설이 국가적으로 필요하리라 여기고 있었다.

"글쎄, 그렇게 서둘지는 마시고. 그런 폭발을 방지하는 것이 사카모토님의 장기가 아닙니까?"

교묘하게 추켜세운다.

"군함의 직접 관리는 함장이 하고 있어요. 그자들이 여간 콧대가 센 것이 아니어서 좀체 배를 내놓으려 하지 않거든요."

"해군 통제관이신 가쓰 선생의 힘으로도 안 됩니까?"

"가쓰님이라는 분은 윗사람에게도 아랫사람에게도 환영을 못 받는 사람이라서……."

그러고는 히죽 웃었다.

가쓰는 신랄한 비평가인지라 각료의 감정도 좋지 않고 해군의 후배인 현장 패거리들에게도 평판이 나쁘다. 가쓰는 평소에 말을 시작했다 하면 비꼬는 것이 일쑤이고, 들어보란 듯이 험구도 예사로 하므로 당한 사람들은 모두 앙심을 품게 된다. 가쓰 같은 만능선수도 단 한 가지, 남의 감정에 둔감하다는 결점이 있었다.

"남의 감정이란 아무래도 좋다, 고 하는 게 그 분의 주의니까요."

그러므로 일이 순조롭지 못하다.

"하긴 윗사람, 동료의 눈치를 너무 살피는 게 3백 년 동안의 막부 관리들의 악폐(惡弊)였지요. 눈치만 너무 봐도 일을 할 수 없지만, 가쓰님 같은 식도 좀 곤란해."

"술이 좀 있어요."

오쿠보는 자리에서 일어나려는 료마를 만류하며 아내에게 준비를 시켰다.

안쪽에서 오쿠보의 아내가 부탁하는 목소리가 들렸다.

"사나코님, 술 좀 데워 주세요."

이윽고 준비가 되었다.

안주는 아와(安房)에서 선물로 보내왔다는 생선묵 꽂이가 하나, 그리고 날두부가 한 접시 있을 뿐이다.

"자, 한잔."

오쿠보는 료마에게 권했다. 료마는 술잔을 받았다.

세상은 변했다. 막부 전성기라면 직할 무사가 영주들의 가신과 대작(對酌)한다는 것은 생각도 못할 일이다.

하물며 오쿠보는 엣추노가미라 칭하며 총감찰관까지 역임한 신분이다. 도사 번의, 그것도 향사의 차남인 료마 따위는 가까이서 말

상대도 할 수 없는 것이다.

"어제 성아래거리에서 들은 이야긴데 도사 번에선 근왕파를 탄압할 모양이더군."

"예?"

료마보다 오쿠보 쪽이 잘 알고 있다.

"사카모토님, 다케치 한페이타라는 인물과 교제가 있었습니까?"

"있다뿐입니까. 친구입니다. 도사 번으로선 분수에 넘칠 만한 인물이지요."

"그 다케치도 투옥 당했다더군요."

"......"

료마는 술잔을 놓았다.

"정말입니까?"

"나도 잘은 모르겠소. 성내의 소문에 지나지 않으니까. 사카모토님도 조심하십시오."

'이것, 막부 관리로부터 충고를 받다니 걱정없군.'

료마는 우스웠다.

료마가 우습다고 느낀 데는 설명이 필요하다.

사쓰마, 조슈, 도사, 이들 셋은 저마다 천하를 짊어질 번이라 자부하고 있다. 그러면서도 이 세 번은 다같이 자기 번 운용에는 무섭도록 보수적이었다. 특히 사쓰마, 도사는 그 완고한 신분 제도를 개혁하려 하지 않고, 주군을 배알할 수 있는 신분이하의 사람은 아무리 우수해도 번정(藩政)에 참가시키려 하지 않는다.

이 세 고을 번사가 원수처럼 여기고 있는 막부 편이 오히려 진보된 면이 많다. 이를테면 가문은 장군을 배알할 수 없는 신분인 가쓰, 오쿠보 같은 인물을 속속 발탁하고 있는 것이다.

"다케치는 막부 가신으로 태어났으면 천하를 주무르고 있었겠지요. 도사 번은 바보입니다. 다케치의 미련한 점은 그러한 도사 번을 깨끗이 끊어 버리지 못한 점입니다. 동지들은 번에 실망하고 속속 고향을 등졌지만, 다케치는 남아 있었습니다. 끝까지 번론을 통일하여 24만 석 전체의 힘을 뭉쳐 천하 대사를 도모하겠다는 이상주의를 택했지요."

료마는 흥분하기 시작했다.

오쿠보는 조용히 미소 짓고 있다.

"투옥은 너무해."

료마는 일어났다. 술잔이 떨어져 료마의 옷자락을 적셨다.

"그만 실례하겠습니다. 잠깐 가지바시의 번저로 가서 형편을 듣겠습니다."

료마는 사나코를 오쿠보 댁에 남겨둔 채 가지바시의 번저로 달려갔다.

저택에 들어서자마자 만나는 번사마다 물었다.

"다케치의 소식을 알고 있나?"

"모르겠는걸."

모두 이상한 표정을 지었다.

다행히 중신 후쿠오카 구나이가 저택에 있었다. 다즈의 오라버니다. 그리고 료마의 사카모토 집안은 중신 후쿠오카의 지배 아래 있는 향사였으므로 조상대대로 이른바 주종(主從) 관계다.

후쿠오카의 사무실로 들어가 같은 질문을 던졌다.

후쿠오카는 평범한 얼굴에 광대뼈가 나온 사내로 마음도 악하다. 성격이나 재치나 용모나, 이것이 다즈의 오빠일까 의심스러울 만큼 닮지 않았다.

"고향에서 파발군이 오지 않아 잘 모르겠군. 다케치 따위의 일보다 료마, 자기 자신의 걱정이나 하는 게 어때?"

"예?"

료마는 웃었다.

"저도 잡아갈 건가요?"

"그 상태로 뛰어다닌다면 언젠가는 노공의 꾸지람을 받을 거다. 형 곤페이가 나한테 편지를 보내왔는데, 료마를 잘 부탁한다고 했어. 그런데 그대는 날 찾아오지도 않는다. 감독할래야 할 도리가 없지."

료마가 말한다.

"후쿠오카님에게 감독을 받으면 천하대사는 다 글렀지요."

"말은 잘하는군."

후쿠오카는 쓴웃음을 지었다.

"다시 묻겠습니다만, 다케치에 대해선 조금도 모르십니까?"

"몰라, 다케치 일보다 나는 다즈 일이 걱정이야."

통이 작은 사나이다.

다즈의 주인 산조 사네토미는 과격한 사상 때문에 조정에서 쫓겨나 조슈로 망명했다. 이른바 칠경(七卿)의 우두머리다.

막부 편인 후쿠오카로 본다면 천하의 죄인 같은 느낌이 든다.

다즈는 그 부하다. 더구나 여자이면서도 과격파다. 그 다즈의 존재가 자기 집안에 화를 미치지 않을까 겁내고 있는 모양이다.

"료마, 세상의 변천이란 알 수 없는 거야. 작년(분큐 2년)부터 금년에 걸쳐 그토록 일본 천하가 근왕파로 기울어지더니 다시 막부의 세상이 되었지."

"또 바뀝니다. 세상의 일이란 30년마다 바뀌지요. 지금은 세상이 들끓고 있기 때문에 2, 3년마다 바뀔 것입니다. 그런데 다즈 아가씨는 산조님이 조슈로 낙향을 하셨으니, 이제는 고향에 돌아와 계시겠군요."

"돌아오질 않았어, 그 바보는…… 남은 가족들 시중을 든다면서 말이야. 정말 골치 아픈 일이다, 료마."

료마는 번저를 나왔다.

마치 후쿠오카의 넋두리를 들으러 간 셈이었다.

오쿠보 댁에서는 사나코가 주인 내외에게 붙들려 료마를 기다리고 있었다.

"료마는 틀림없이 이리로 돌아올 거야."

오쿠보 이치오는 자신 있게 단언하는 것이었다.

"그러니까 가지 말고 기다려요."

이렇게 말했다. 사나코는 그렇게 생각하지 않았다. 료마는 도사 저택으로 다케치의 소식을 알아보러 갔다. 번저와 지바 댁은 멀지 않으니까 그대로 오케 거리에 돌아갔을 것만 같다.

"사나코님, 사카모토님은 꼭 이리로 돌아오실 거예요."

오쿠보 부인도 웃음을 머금고 그런 말을 하고 있다.

"하지만 그렇게 별난 사람이니 벌써 잊어버리고 어디로 가버리지나 않았을까요?"

"그렇지는 않을 거야."

오쿠보는 싱글싱글 웃고 있다.

"어떻게 아십니까?"

"앗하하…… 가쓰님에게서 들었지. 료마는 아가씨를 좋아한대."

"어머!"

사나코는 빨개졌다.

"아니에요."

"그렇게 변명하지 않아도 좋아. 이것이 하인들이라면 내기라도 할 판이지. 료마는 나에 대한 볼일은 그걸로 끝나 버렸어. 그러나 아가씨가 이곳에 남아 있는 이상, 돌아갈 일이 걱정이지. 이제 머지않아 해가 저문다. 데리고 돌아가야지, 하고 궁리하고 있을 거야. 이 추측이 빗나간다면 팔 때리기 내기를 해도 좋지."

오쿠보는 자기 손목을 때려 보였다.

"싫어요, 그런 내기는."

사나코는 급히 자리를 고쳐 앉았다.

"돌아가겠어요."

"아니, 료마가 실망해."

"이제 그런 말씀, 그만두세요."

사나코는 정말 화가 나는지 오쿠보를 흘겨보았다.

쫓기듯 현관을 나섰다.

"누구를 딸려 보낼까?"

오쿠보는 말해 주었으나, 사나코는 거절했다. 문을 나왔다.

해가 떨어져 거리가 불그레해지고 있다. 오쿠보 댁의 옆이 직속 무사 저택, 그 맞은편에 호소가와 저택.

담이 길다. 거리를 지나는 사람의 그림자가 땅거미에 싸이기 시작한다.

그 저녁 어스름 속의 그림자 하나가 료마였다.

"어머, 돌아오셨어요?"

사나코는 놀라움과 기쁨으로 그만 목소리가 켜졌다.

"응, 다짐을 받으러 돌아왔지. 잠깐 기다려줘요."

무뚝뚝한 얼굴로 지나치더니 료마는 오쿠보 댁으로 들어가 현관에서 큰 소리로 외쳤다.

"부탁하겠습니다, 군함 문제!"

오쿠보가 현관까지 나왔을 때, 료마는 사나코와 나란히 걸어가고
있었다.

료마는 성큼성큼 걸었다.

사나코는 옷자락이 감겨 도저히 료마처럼 걸을 수가 없다.

"무엇을 생각하고 계서요?"

사나코는 쇼텐(聖天) 신사 옆을 꼬부라질 때 작은 소리로 물었
다. 료마는 못 들었는지 사나코의 발밑으로 초롱불을 비쳐 주었다.

"아 실례, 어둡지요?"

"아아뇨, 괜찮아요."

확, 하고 바람이 덩어리로 불어 닥쳐왔다. 등불이 꺼졌다. 왼편
쇼텐의 숲이 술렁거린다.

별이 별안간 반짝이기 시작한 것처럼 생각되었다. 료마는 멍청하
니 그 별의 하나를 우러러보며 매우 얼빠진 소리를 했다.

"꺼졌군."

말을 하며 또 고향의 다케치 일을 생각하고 있다.

'참, 할 수 없는 사람이야.'

사나코는 초롱을 안고 웅크렸다.

"부싯돌과 부싯깃을 갖고 계세요?"

"없는데."

"준비성이 없군요."

"그런 것을 소중히 갖고 다니는 녀석의 마음을 알 수 없어. 몸조
심만 하면서 사는 놈이 제일 싫더라."

"그런 걸 묻지 않았어요. 부싯돌을 갖고 계신가 여쭈었을 뿐이에
요."

"그랬던가."

료마는 품안을 더듬었다. 가슴털이 나 있을 뿐 원래 갖고 다닌 일이 없는 부싯돌이 있을 턱이 없다.

"없지요?"

"그런 것 같아."

"할 수 없네요. 내 품안에 지갑이 있어요. 그 속에 들어 있으니 꺼내 주시지 않겠어요?"

"조심성 있는 사람이군."

료마는 사나코의 품안에 손을 넣었다. 이상하게 따뜻했다.

"남의 품안에 손을 넣어 보긴 처음이지만 이상하군. 다른 세상에 길을 잃고 들어간 느낌이야."

뭐라고 중얼거리고 있다.

이윽고 부싯돌을 꺼내어 부싯깃 끝을 입에 물었다.

탁!

부싯돌을 쳤다. 부싯깃 황에 찍, 하고 붙었으나 바람으로 곧 꺼졌다.

"옷소매로 막아드리겠어요. 이 속에서 하시면?"

사나코는 초롱을 놓고 소매로 바람막이를 만들어 보였다.

료마는 그 속에 얼굴을 들이밀고 옷소매의 바람막이 안에서

탁!

부싯돌을 쳤다.

불이 붙었다.

"야, 붙었다, 붙었다!"

"당연하지요, 빨리 초에 옮겨 붙이지 않으면 꺼져요."

사나코는 화가 나 있다. 왜 자기가 료마에게 화를 내고 있는지 잘 모른다.

사나코는 무언가 기대하고 있었다.

어긋났다.

에도에서 료마는 쓰키지의 해군 조련소로 찾아가 교관 패들과도 만났다.

사사쿠라 기리타로(佐佐倉桐太郎), 스즈후지 유지로(鈴藤勇次郎), 히다 하마고로(肥田濱五郎), 하마구치 고에몬(濱口興右衞門), 마쓰오카 반키치(松岡盤吉), 야마모토 긴지로(山本金次郎), 반 데쓰로(伴鐵郎) 등 하나같이 막부 해군 창설 때부터의 유명한 장교들이다.

모두 료마에게 호감을 갖고 있었다.

하긴 료마에 대한 이해 정도는

—해군에 미친 이상스런 사내.

그런 정도의 것이었으리라.

"사카모토님, 고베 쪽은 어떻습니까?"

장교들이 물었다.

"배의 대여(貸與)가 순조롭지 못해서 모두 땅위에서 헤엄치는 격이죠. 그런 짓을 했자 아무 소용도 없습니다. 간코마루나 고꾸료마루를 빌려 줍시사 하고 막부에 부탁은 드렸습니다만, 여러분도 응원해 주십시오."

그러면서 현장 패들의 감정을 그렇게 만들려고 부지런히 노력하고 있다. 수많은 '근왕 지사'들 중 쓰키지에 나타나서 이런 짓을 하고 있는 것은 료마뿐이었다.

"협력하고말고요."

모두들 농담인 셈으로 웃고 있다.

이윽고 에도를 떠나기 전날 료마는 밤늦게 지바 댁에 돌아왔다.

"자, 자, 주타로형에게도 신세가 많았어. 내일은 날도 밝기 전에 군함이 시나가와로 떠난다니까, 오늘밤은 잘 수 없어. 밤중에 작별해야겠어."

"참 수선스럽군. 역시 군함으로 돌아가는 건가?"

주타로는 시무룩했다.

"할 수 없지. 군함으로 가면 오사카까지 이틀이나 사흘이면 갈 수 있으니까. 이번 길에는 주타로형과 조용히 앉아 이야기할 틈도 없어서 미안해."

도사 사투리로 사과했다.

"료마 형, 한잔 하지, 여행 축하로."

주타로는 아내 오야스에게 이르기 위해 부엌으로 갔다.

남은 것은 사나코 혼자다.

"몇 시에 떠나세요?"

"자정쯤일까."

앞으로 세 시간도 안 된다.

"다음엔 언제 에도로 와 주시겠어요?"

"글쎄, 언제쯤 될까요?"

사나코의 마음을 알고 있으니만큼 료마는 일부러 시치미를 떼며 말했다.

"아직도 배를 빌리는 문제가 해결되지 않았으니까 머지않아 오게 되겠지요."

"금년 안에?"

"글쎄."

료마가 끄덕였을 때, 사나코는 재빨리 료마의 새끼손가락에 자기의 새끼손가락을 걸었다.

"그때 사나코는 용기를 내어 드릴 말씀이 있어요. 각오하고 계시겠죠?"

사나코는 웃는 얼굴로 얼버무렸지만 혼자 결심하고 있다. 자기 쪽에서 분명히 사랑을 고백할 작정이었다.

료마는 사나코를 보지 않는다. 자기 하카마의 허리끈을 보고 있다. 풀려 있는 것이다.

추슬러 올려 졸라매면서 말했다.

"무슨 각오 말씀입니까?"

그렇게 말한 다음 얼른 입을 다물었다.

사나코의 눈에 눈물이 그득 고여 있다.

'이건 안 되겠는걸.'

료마는 달아나듯이 복도로 나갔다.

"변소에 가려는가?"

주타로가 부엌에서 돌아와 말하면서 료마의 하카마를 보았다.

"아니야, 하카마가 흘러내렸다. 여기서 졸라매려고 하던 참이야."

"아하하하, 손재주도 없는 사람이로군. 사나코, 매드려라."

주타로는 사나코를 재촉했다.

사나코는 마루에 두 무릎을 꿇고 반쯤 일어난 자세로 료마의 손에서 하카마의 끈을 뺏으려고 했다.

료마는 난처한 표정을 짓고 있다.

"그 끈을 내놓으시라니까요."

끈을 내주자 사나코는 하카마를 재빨리 벗기고 휙 마루 구석에 버렸다.

"아니, 하카마를 훔칠 작정입니까?"

"저런 더러운 하카마를 누가 탐내겠어요?"

사나코는 몸을 돌이켜 마루 모퉁이로 사라지더니 이윽고 새 하카마를 갖고 왔다.

"자, 다리를, 이쪽이에요, 드세요."

아무래도 화가 단단히 난 모양이다.

"이것은 누구 하카마입니까?"

"내가 꿰매 둔 것이에요. 사카모토님에게 드리려고 했는데, 너무나 무뚝뚝한 사람이라 그만 둘까 하고도 생각했어요."

"사나코, 실례가 아니냐?"

오라버니 주타로가 아무것도 모르고 엄한 얼굴로 나무랐다.

사나코는 상관하지 않고 꽉꽉 허리끈을 졸라매 주고 있다.

"아이, 숨 차. 좀 더 느슨하게 해주시지 않겠소."

"원래 헐렁한 분이니까요."

졸라매고, 배꼽 근처에서 열십자의 매듭을 만들어 주었다.

료마가 객실로 돌아오자 오야스가 팥밥과 술잔을 날아왔다.

"언니, 미안해요……."

사나코는 그것들을 오야스 손에서 받아 잰 손길로 늘어놓았다.

과연 검술의 면허를 딴 보람이 있는 듯, 손의 움직임이 절도가 있고 게다가 춤추는 손길처럼 아름답다.

술병을 들었다.

"받으세요."

료마는 빨간 칠을 한 큰 잔으로 받았다.

이어서 주타로의 잔에도 술을 채웠다.

두 사람은 목례를 나누며 동시에 잔을 비웠다.

"이번엔 언제쯤……."

"에도 말인가? 금년 안에 또 오겠어."

료마는 사나코를 보았다.

등잔 그늘 탓인지 사나코의 눈이 반짝반짝 빛나고 있다.

참풍(慘風)

료마가 막부 군함으로 오사카 덴포 산 앞바다에 닿은 것은 분큐 3년 9월 그믐이다.

대사건이 기다리고 있었다.

한 가지는 고향 고치에서 다케치 한페이타가 투옥된 일. 또 한 가지는 야마토 히라노(平野)에서 군사를 일으킨 요시무라 도라타로 등이 여러 번의 군병에게 포위되어 분전한 끝에 그 대부분이 죽었다는 것이다. 료마는 이 소식을 고베의 해군학교에서 듣자 칼을 들고 뜰로 뛰어나갔다.

'마침내 일어났구나.'

료마는 정원의 어린 소나무 가지를 한칼로 베어 버리고 나서 칼을 늘어뜨린 채 멍청하게 서 있었다.

탄압시대가 왔다.

"사카모토님, 그 칼을 어떻게 하시겠습니까?"

무쓰 요노스케가 웃으며 말했다.

"어떻게 하긴."

칼을 칼집에 꽂았다.

자기에게는 자기의 길이 있다. 참는 것이야말로 남자이리라 생각했다.

그러나 너무 비참하다, 도사 근왕파의 운명이. 료마는 가슴이 지글지글 끓었으나 어쩔 도리가 없었다.

털썩 주저앉고 말았다.

"가마니라도 가져올까요? 거기 흙은 젖어 있습니다."

"왜 젖어 있나?"

"제가 아까 오줌을 누었지요."

"이런 곳에서 소변을 보면 안돼."

료마는 그렇게 말을 했을 뿐 일어나려 하지 않는다.

"무쓰군, 자네는 기슈 사람이라 침착하게 그런 태도로 있을 수 있군."

"소변을 말입니까?"

"아냐, 도사의 인간들이 말이다."

료마는 단편적으로 말했을 뿐이라 무쓰는 그 의미를 잘 몰랐다.

그날 밤 무쓰는 학교의 도사 출신과 이야기를 하는 사이, 낮에 료마의 흉중에 오락가락하고 있던 비통한 감정이 비로소 이해되었다.

무쓰가 들은 바에 의하면 도사 번은 옛날부터 상하(上下) 둘로 분열돼 있다고 한다.

상급자와 향사의 반목이 심한데, 단순히 계급적 반목뿐만이 아니라 종족(種族)적인 반목인 모양이다. 이 점 료마의 말대로 타향 사람으로서는 모르는 혈통적인 문제다.

상급 무사는 번의 시조 야마노우치 가즈도요(山內一豊)가 세키가하라에서의 공훈으로, 가케가와(掛川)의 작은 영주에서 일약 도사의 진영토를 받았을 때 데리고 온 무사들의 자손이다.

향사의 대부분은 세키가하라 싸움으로 멸망한 조소카베 집안의 가신들이었다.

향사는 상급 무사로부터 하급무사 경격(輕格)이라고 불리며, 상급 무사에게는 하급 무사가 무례한 짓을 했을 경우 베어 버려도 무방하다는 특권이 있다.

도사 번의 복잡성은 이 향사들의 태반이 근왕파가 되고 말았다는 데 있다. 상급 무사는 막부편이어서 막부 말기에 와서는 사상적 대립으로 변했다.

다케치의 투옥은 상급 무사들의 책략에 의한 것이라고 할 수도 있다.

향사들은 번의 냉혹하고 완고한 처사에 견디다 못해 차례차례로 탈번하여 근왕 운동에 투신했으며, 이번 야마토에서 여러 번의 군병을 맞아 전멸하다시피 된 덴추조의 도사 낭사 열 일곱 명도, 관점을 달리한다면 상급 무사가 그들을 죽음으로 몰아넣었다고도 할 수 있다.

료마가 달려 나가 소나무 가지를 벤 것은 도사 번의 수뇌부에 대한 노여움이 폭발한 것이라고, 무쓰는 생각했다.

'도사의 노공' 야마노우치 요도는 이해 3월, 영지에 돌아오자 다시 권력의 자리에 앉아 번의 진용을 확 바꾸어 놓았다.

요시다 도요 암살 뒤 크게 세력을 떨친 다케치의 쿠데타 내각은 이때 무너지고 말았다.

요도는 구 요시다 파의 인물을 등용하고 이 기회에 근왕파의 뿌리를 뽑아 버리려고 했다. 그 탄압 정책의 하나로 이미 히라이 슈지로, 마사키 데쓰마 등이 할복을 당했었다.

그 할복은 6월 8일.

하지만 총수 다케치 한페이타는 그 뒤 석 달 남짓이나 체포되는 일 없이 매일 등성하고 있었다.

─죽음은 각오한 바이다.

그러고 태연했던 모양이다.

요도 역시 도요 암살의 배후 인물이 다케치임을 알고 있으면서도 손을 대지 못하고 있었다. 증거가 없는데 다케치를 포박한다면 향사와 하급 무사들의 동요가 걷잡을 수 없을 것이라고 보았을 것이다.

다케치는 등성하여 자기의 반대파인 중신을 만나 자기 주장을 말했고, 때로는 요도를 만나 당당하게 천하대세를 논했다.

다케치의 주장은 요컨대 막부의 부정(否定)이다. 도사 번은 사쓰마, 조슈와 더불어 조정을 받들고 일어나라는 것이었다.

요도는 다르다. 막부가 있음으로써 조정도 있다는 것이었다. 혁명을 원하지 않는 근왕론(勤王論)이었다. 귀족의 입장이라 현행 질서의 전복 따위는 상상할 수 없는 것이었으리라.

요도는 교활하다.

다케치를 배척하면서도 그를 버리지 않는 것은 교토의 정세가 조슈 번에 유리하고 과격론이 우세한 감이 있었기 때문이다. 즉 다케치와 같은 의견이 교토 정계의 주도적 입장에 있었기 때문이다. 다케치를 살려 두는 한 그 과격 세력과도 잘 협조할 수 있다.

그 증거로 교토에서의 조슈 번 세력이 최고로 올랐을 때인 지난 7월 29일, 다케치를 특별히 부른 일이 있었다.

"오랜만에 그대의 의견을 듣고 싶었어."

요도는 기분이 좋았다고 한다.

다케치는 다다미를 칠 듯이 열변을 토했다. 인재를 등용하라는 것. 문벌을 타파하라는 것. 제후를 앞질러 교토 조정에 충성을 바치라는 것.

여느 때라면 자기주장이 강한 요도가 일일이 반박하든가 트집을 잡든가 했을 텐데, 뜻밖에도 시종일관 끄덕이고 있었다. 오전 10시부터 오후 2시까지의 대면이었다니 상당히 긴 시간이다.

다케치는 기록하고 있다.

—온갖 종류의 이야기가 나왔으나 반론은 하나도 없었다. 이 정도라면 근왕양이 운동에 있어 이미 도사 번은 걱정할 것이 없다 생각되어 안심하고 물러났다.

그러나 이것이 최후의 대면이다.

그 직후 교토에서 조슈 세력이 쫓겨났다는 소식이 도사에 알려지자, 요도는 손바닥을 뒤집듯이 다케치 이하 근왕파의 체포 투옥을 감행했던 것이다.

요도가 명령을 내려 다케치 한페이타를 비롯한 도사 근왕파의 간부를 일제히 체포한 것은 분큐 3년 9월 20일.

"그 녀석들 말인데."

그 전날 밤 중신들을 비밀히 불러 요도는 차별적인 감정을 풍기며 말했다.

"두목들이 체포된 것을 알고 나면 성아래거리의 향사 녀석들이 무슨 소란을 피울지도 모른다. 노상에서 구출 소동을 벌일지도 모르지. 만일을 경계하기 위해 상급 무사들은 각각 조장의 집에 모여 있도록."

시가전을 각오했던 것이다.

같은 번사이면서 상급 무사와 향사의 반목이란 이토록이나 철저했다. 요도조차 향사들을 마치 다른 인종 보듯 차별하고 있는 것이다.

그날 아침 다케치는 성아래거리 다부치 신마치(田淵新町)의 자택에서 아무런 예감도 없이 잠이 깨었다. 덧문을 열고 있으려니까

"아직도 어둡습니다."

아내 도미코(富子)가 부엌에서 말을 했다.

"딴은, 별이 총총하군. 오늘도 날씨가 맑겠는데."

다케치는 기마복을 입고 채찍을 든 채 부엌으로 나가 도미코의 어깨를 토닥거렸다. 다케치가 부엌에 나오는 일이란 일찍이 없었던 일이다.

"군자(君子)는 포주(庖廚)를 멀리한다"는 옛말을 곧잘 인용하며, 음식의 맛이 있고 없고를 일체 말하지 않고 부엌에도 얼굴을 내밀지 않았던 것이다. 그러므로 도미코가 불안해졌을 정도였다.

"음, 날씨가 좋은 것 같으니 오랜만에 말을 조련(調練)하러 가겠소. 우라도(浦戸)의 해변 근처에서 해돋이를 보게 되리라. 물을 한 그릇 주시오."

'겨우 그런 일이었군.'

그렇게 생각하며 도미코는 안심했다.

이윽고 다케치는 마구간에서 말을 끌어내어 잠시 뜰 앞에서 빙빙 돌고 있는가 했더니 이내 달그닥달그닥 말발굽 소리를 울리며 나갔다.

그 무렵, 동지인 시마모토 신지로(島本審次郎) 집의 대문을 누가 요란하게 두들겼다.

시마모토가 손수 나가 보았더니 번청(藩廳)에서의 명령문이 전달되었다. 즉각 출두하라는 것이었다. 번청이 왜 시마모토에게만 출두명령서를 내렸는지 잘 알 수 없다.

어쨌든 시마모토는 '일제 검거'를 예감했다.

그러나 침착하다.

처자를 자기 방에 불러 놓고 이별의 물 한 잔씩을 나누고 집을 나섰다.

"이것이 최후가 될지도 모른다."

도중 노상에서 동지 오카우치 슌타로(岡內俊太郎)를 만나자 전후 사정을 이야기 하였다.

"이러한 정세이므로 번청은 나에게 할복을 명하리라. 그때는 자네가 목을 쳐주게."

그렇게 부탁한 다음 번청에 곧 가지 않고 남집회소(南集會所)로 갔다.

거기에는 경계중인 상급 무사가 대기하고 있다. 모두 장본인인 시마모토가 나타났으므로 흠칫했던 모양이다.

"오, 여러분들이 모이셨군."

시마모토는 잠시 잡담을 했다. 체포될 사람들을 알아내려고 했던 것이다.

하지만 잘 알 수가 없어서 그길로 다케치의 집으로 달려갔다.

이날 아침은 구름 한 점 없이 활짝 개어 천수각의 흰 벽돌이 눈이 부실 만큼 빛나고 있었다.

시마모토는 뚱뚱하고 명랑한 사내로서 1년 내내 우스갯소리나 하며 지내고 있었는데, 이때만은 앞으로 고꾸라질 듯이 걸음을 빨리 했다.

걸으면서 큰 소리로 자기에게 타이르고 있다.

—침착해라, 침착해라.

길을 걷는 사람들이 모두 돌아다보았다.

다케치 댁의 현관에 서자 도미코 부인이 나왔다. 시마모토는 자기 코앞에 엄지손가락을 하나 세워 보이며 물었다. 도미코는 그것을 보고 웃었다.

"계십니까?"

"말을 훈련시킨다고 새벽 어두울 때 나갔습니다. 곧 돌아오시리라 생각됩니다만."

"그렇습니까. 그럼 옆집에 있을 테니 돌아오시면 말씀을."

황급히 문을 나와 이웃집 시마무라 히사노스케(島村壽之助) 집 문을 두들겼다.

시마무라도 근왕파의 간부다.

작은 문이 열렸다.

뚱뚱한 시마모토는 문안으로 들어가 현관에서 객실까지 가는 동안 시마무라에게 자초지종을 이야기하였다.

"그런데 지금 대장이 말을 타고 나가고 없네. 곧 사람을 보내서 이리로 불러다 주지 않겠나."

시마무라는 곧 사람을 두세 명 달려가게 했다.

이윽고 말발굽 소리가 들려오고 다케치가 돌아왔다.

키가 큰 다케치는 마루 귀틀이 헐거워진 시마무라 댁의 복도를 천천히 걸어 객실로 들어섰다. 물론 객실에 들어와 앉을 때까지 대충은 듣고 있었다.

"그럴 까닭이 없다. 믿어지지 않는 일이야. 요도공에게 장시간에 걸쳐 말씀을 드렸고 내의 견을 전부 받아들이신 것이 바로 얼마 전의 일이 아닌가."

"요도공은 변덕이 죽 끓듯 합니다. 그때와 지금과는 천하의 근왕 정세가 완전히 바뀌어 졌습니다. 조슈 번은 교토에서 쫓겨나고 근왕파 공경은 모두 조정에서 물러났으며, 교토는 막부파의 세상이 되었습니다. 요도공은 원래가 근왕의 가면을 쓴 막부파로서 우리들의 세력이 강할 때는 숨을 죽이고 있었지만, 지금 천하 정세가 급변하자 때는 왔다고 가면을 벗은 것입니다."

말하는 사이 오카우치 슌타로가 뛰어 들어와 방금 남집회소에서 탐진한 것인데 검거될 자의 이름이 누구누구라고 알렸다. 즉 다케치 한페이타, 시마모토 신지로, 시마무라 히사노스케, 시마무라 에이키치(島村衞吉), 야스오까 가쿠노스케(安岡覺之助), 고바다 마고지로, 고바다 마고사부로, 고오노 마스야(河野萬壽彌).

"그래."

다케치는 얼굴빛도 달라지지 않았다.

"그렇다면 죽음을 내리시는 것이군. 야마토 요시노(吉野)에서 쓰러진 요시무라 도라타로 등과 이처럼 빨리 저승에서 만나게 될 줄은 미처 몰랐군."

그런 다음 진술 내용을 의논했다.

필요한 일이다. 다케치의 도사 근왕파가 참정(參政) 요시다 도요를 암살하고 번의 일부 행정을 장악한 것에 대해서는 불평파인 상급 무사도 꽤 이용하고 있었다. 야마노우치 민부(山內民部) 같은 영주의 형제도 있거니와 후카오 가나에(深尾鼎) 같은 중신도 있다.

"어떠한 고문을 담하더라도 그들의 이름은 말하지 않는다."

그렇게 의견을 통일시켰다.

다케치는 마지막으로 시마모토, 시마무라 두 사람의 손을 잡고 말했다.

"일이 이렇게 된 것도 천명(天命)이다. 세 사람 모두 옥이 다를 것이니, 지금 헤어지면 다음에는 황천길 이외에서는 만나지 못하리라. 서로 남아의 대의(大義)를 지켜 단호히 속된 무리들의 간담을 서늘하게 해 주자."

무사란 이상한 것이다. 그들의 자기 극복과 미의식(美意識)은 이런 때가 되면 늠름하게 생기를 띠게 되는 모양이다.

다케치는 시마무라의 집을 나왔다. 그 옆이 자기 집.

문 앞에 몇 사람이 있었다.

번의 감정관이 어마어마한 출동 차림으로 포교와 포졸 십여 명을 지휘하여 앞문과 뒷문을 포위하고 있었다.

"수고하오."

다케치는 인사를 하고 집안으로 들어갔다. 객실에 들어가 정좌하자 감찰관은 짚신을 신은 채 다다미 위에 올라 와 목소리를 가다듬어 이름을 부른 다음 명령서를 읽었다.

"다케치 한페이타!"

"우자(右者), 교토를 받들기 위하여 그대로 둘 수 없다. 그밖에 의심스러운 일도 있다. 후지오카 유우키치(藤岡勇吉), 미나미 기요베(南淸兵衞), 세키 겐주로(關源十郎), 시마무라 단로쿠(島村團六), 센고쿠 유우키치(仙石勇吉), 마치 이치로사에몬(町市郎左衞門), 오카모토 가네마(岡本金馬)에게 맡긴다. 곧 아가리야(揚屋 : ^{상급 무사}_{의 감옥}) 입옥을 명하리라."

쭉 이름을 부른 것은 다케치의 친척이다. 옥에 가둘 때까지 친척이 공동 책임 아래 죄인의 신병을 맡는다는 의미이다.

다케치는 부복하여 명령을 받든 다음 얼굴을 들고서 말했다.

"아직 아침 식사를 들지 않았습니다. 잠시 시간을 주시도록."

그런 다음 도미코에게 준비를 명했다.

도미코는 곧 상을 날라와 밥을 폈다. 이것이 남편에 대한 마지막 식사 시중이 될 것을 도미코는 알고 있다.

슬픔을 억지로 참고 있었다.

"료마는 어떻게 지내고 있을까?"

다케치는 문득 중얼거렸다. 도사 근왕파는 세파로 갈렸다. 번에 남아 있겠다는 다케치파, 탈번 무력 행동주의인 요시무라 도라타로

파, 그리고 해군에 뜻을 둔 료마파다. 여기서 다케치파는 무너지고 요시무라파는 덴추조의 폭동을 일으켜 야마토에서 쓰러졌으며, 료마의 일파만 남았다.

'료마도 피해를 입을 것이 틀림없다.'

다케치는 식사를 마쳤다.

다케치는 옷을 갈아입고 현관으로 나가자, 문득 현관 마루의 도미코를 돌아다보았다.

"여기서 헤어집시다. 옥에는 오지 마오."

도미코는 파고드는 듯한 눈길로 다케치를 보았다. 다케치는 미소를 띠며 끄덕이고 고개를 돌렸다. 이 순간이 이 부부의 영원한 이별이 되었다.

다케치는 문 앞에서 가마를 타고 남집회소를 연행되었다.

이를 전후한 도사 번의 경계는 어마어마했고, 도사 칠군(七郡)의 군 행정관, 마을 관리들에게 엄명을 내렸다.

"만일 같은 무리들이 탈환, 봉기 등의 음모를 기도한다면 곧 군사를 동원할 것이며 반항할 때는 즉결 처분을 해도 무방하다."

그밖에 밑에 후루자와 하치사에몬(古澤八左衛門), 후루자와 우로(古澤迂郎), 이와간누시 이치로(岩神圭一郎), 이하라 오스케(井原應輔), 하마다 다쓰야(濱田辰彌), 하시모토 데쓰이(橋本鐵猪), 히지가다 사헤이(土方左平), 도바 겐사부로(戶羽鎌三郎), 나카야마 시게키(中山刺擊), 나스 모리마(那須盛馬) 등에 이르기까지 한꺼번에 자택 근신, 친척에 맡기는 처벌을 받았다.

이 소식을 들은 도사 칠군의 근왕 향사는 잇달아 시고쿠 산맥(四國山脈)을 넘어 탈주하기 시작했다.

대부분은 조슈로 달아났고, 다케치의 '거번적 근왕(擧藩的勤王)'의

웅대한 계획은 허사가 되었으며, 도사 근왕파는 사실상 전멸되었다.

다케치의 감방은 상사 신분의 대우이므로 이른바 감옥은 아니다. 다다미 두 장을 깔 만한 마루방으로서 조그만 변소와 세수할 설비가 딸려 있다.

세 벽은 판자이고 한쪽은 간살이 네 치 가량 되는 격자(格子)로 돼 있으며, 밤에는 옆 감방과 같이 쓰는 등이 하나밖에 없다.

옥지기는 상급 무사 열두 명, 하급 무사 여섯 명으로서 이들은 모두 다케치에게 동정하고 마침내는 심취(心醉)했으며, 옥지기 가미다 엔조(上田圓增) 등은 옥중의 다케치에게서 글을 배웠을 정도였다.

다음은 잡병 오카다 이조(岡田以藏).

이 암살의 명수는 분큐 2년 섣달그믐부터 '사람 백정 이조'의 이름으로 교토 사람을 떨게 만들었으나, 그 뒤 주색(酒色)에 파묻혔다.

애당초 사상이나 정치 이론이 있어 근왕 운동에 들어간 사내가 아니다. 단지 재미있으니까 한 것이다.

다케치에게도 책임이 있다. 이조가 다케치의 검술 제자이고 신분이 잡병이므로 꽤 이 암살자를 써 먹었다. 이조에게 암시를 주고서는 사람을 베게 했다.

―이제 살인은 그만해라.

료마는 이조를 타일러서 가쓰 가이슈의 호위 무사를 시키기도 하고 한때 고베의 해군학교에 집어넣기도 하며 다른 길을 걷게 하려고 했지만, 결국은 헛일이었다. 그 무렵에는 이조도 살인을 반복하면서 성격이 완전히 변질돼 있었다.

어디서인지 돈을 마련해 와서는 술을 마시고, 계집을 사고, 끝내는 창녀의 기둥서방이 되든가, 돈이 궁하면 강도짓까지 하게끔 되었다.

다케치가 본국에 소환되고 교토에서의 도사번 근왕 활동이 정지되고 나서부터는 집 잃은 들개처럼 거리를 방황했다.

고베 해군학교의 무쓰 요노스케 등은 료마에게 이렇게 말한 일이 있다.

"사카모토님, 이렇게 말하면 뭣하지만 오카다의 눈을 보면 소름이 끼쳐요. 사람을 죽이는데 익숙해지면 인간이 짐승으로 되돌아가나 보지요."

다케치가 투옥된 뒤 이조는 교토에 있었다.

어느 날 노상에서 사소한 일로 상인과 싸움을 하고 그 자리에서 베어 버렸다. 재수 없게도 치안소 관리가 순찰중이어서 어렵잖게 붙잡혔다. 왕년의 찬란했던 무렵이라면 칼을 휘둘러 뚫고 나가든가 달아나든가 했을 것이다. 그러나 이 무렵에는 어지간히 활기 없는 생활을 하고 있었을 게 틀림없다.

고등정무청의 감옥에 갇혔다.

처음에는 가명을 쓰고 있었으나, 어차피 죽는다면 고향인 도사에서, 하고 그는 생각했던 모양이다.

'도사 번 오카다 이조'라고 이름을 밝혔다.

도쿠가와 시대의 법으로 번사의 재판권은 그 번이 갖고 있다. 당연히 도사 번에 신병이 인도될 줄 알았던 것이다.

즉각 고등정무청으로부터 가와라 거리(河原町)의 도사 번저로 조회가 있었다.

교토 도사 번저의 요직은 이미 완전히 막부파로 바뀌어 있었다. 막부의 이 조회에 놀라고 두려워한 나머지 흔히 있는 수단으로 다음과 같이 대답했다.

"우리 번에는 그러한 자가 없습니다."

이 때문에 이조는 고등정무청에서의 취급이 무사도 아니고 시민도 아닌 무숙자(無宿者 : 호적이 없는 자)로 인정되어 '무숙 데쓰조(無宿鐵藏)'라는 이름이 붙여져 전과자의 문신을 새긴 다음 교토 추방이라는 형을 받았다.

추방형은 고등정무청의 시구문에서 포교, 포졸 등 10여 명이 죄수를 몰아내고 니조(二條) 거리 가미야 강(紙屋川) 강둑까지 데리고 가서 풀어 주는 것이다. 이조는 방면(放免)되었다.

추웠을 때다.

이조가 홑옷 바람으로 강둑에 놓아졌을 때, 잠복하고 있었던 자들이 있다.

도사 번 교토 번저의 감찰관들이다.

"오카다 이조, 조사할 것이 있으니 동행하자" 하면서 덤벼들어 포박을 한 다음 준비한 가마에 밀어 넣었다.

실인즉 번의 수뇌부는 "이조가 막부 관리에게 붙잡혔다"는 소식을 들었을 때, 손뼉을 치며 기뻐하였다.

"다케치 일파를 때려잡을 산 증인을 얻었다. 무슨 일이 있더라도 붙잡아서 본국으로 암송하라."

이렇게 명령을 내렸던 것이다.

가마에 태워진 이조는 고래고래 소리를 질러 댔다.

"아니, 이 따위 법이 있느냐. 내가 고등정무청에서 도사 번, 오카다 이조라고 말했을 때, 번에선 뭐라고 했지? 그런 자는 없다고! 그러기 때문에 무숙자 데쓰조가 되고 말았다. 나는 무숙 데쓰조야. 도사 번 따위와는 아무런 관계도 없단 말이다."

"잠자코 있어."

가마는 거리를 달린다.

정말 한심한 일이다. 도쿠가와 시대의 계급제, 신분제, 봉건적 권위주의만큼 일본인을 비참하게 만든 것은 없다.

이조는 졸개의 신분이다. 적어도 향사라도 되었으면 이런 치욕은 당하지 않았을 것이다. 번의 수뇌부는 이조를 개나 고양이보다도 못하게 다루었다. 막부 관리에서 붙잡힌 번사 이조에게 어떤 보호의 손길도 뻗쳐 주지 않았을 뿐 아니라, '무숙 데쓰조'가 되는 것을 보고만 있다가 고등 정무청 관저에서 추방되자 기다린 듯이 잡았다. 그것도 다케치를 없애기 위한 증인으로 삼기 위해서다.

교활한 지혜라고 할까.

하지만 상급 무사들은 양심의 가책조차 없었다. 잡병 따위는 벌레 같은 것이라고 생각하고 있다. 도쿠가와 사회는 일본인에게 이런 종류의 지혜만 발달시켰다.

료마가 나중에 가쓰라 고고로한테 한 말 중에 "미국에선 대통령이, 하녀라 할지라도 생활을 꾸려나갈 수 있도록 생각하며 정치를 한다. 도쿠가와 막부는 도쿠가와 집안의 번영만을 생각하고 3천만의 인간을 억압해 왔다. 막부 지배 하의 영주들도 마찬가지. 번의 이해만 따지며 정치를 한다. 도대체 일본인은 어디에 있는가. 일본인은 3백 년 동안 낮은 신분에 얽매어 어떤 정치의 혜택도 받은 일이 없다. 이 한 가지 이유만으로도 도쿠가와 막부는 쓰러져야만 한다."

이조, 아니 문신을 한 죄수 '무숙 데쓰조'는 본국에 호송되어 고치 야마다 거리(山田町)의 옥에 갇혔다.

번의 수뇌부는 손뼉을 치며 기뻐했다. 이조의 자백으로 구속 중인 향사들의 죄상이 명백해질 것이다.

그날로 심문이 시작되었다.

이조는 뜨락에 꿇어 앉혀진 채 단 한가지만을 말할 뿐이었다.

"나는 무숙 데쓰조다. 그 증거로 문신형을 받았다(무사에겐 그 형이 없다). 그것도 다름 아닌 도사 번에서 오까다 이조란 자는 우려 번에 없다고 말했기 때문이 아닌가. 무숙 데쓰조가 그러한 번의 내막을 알 턱이 없다."

이윽고 체포된 전원이 성 뒷문 가까운 남집회소의 옥에 모아졌다.

옥에도 계급이 있다.

다케치 한페이타는 그가 만든 근왕파 내각 말기에 '수비대장'으로 승진되었으므로, 향사 출신이면서도 상급 무사의 자격을 가지고 있었다.

상급 무사는 독방에 갇히고, 심문 받을 때도 심문자와 같이 다다미방에서 받는다. 고문을 받는 일도 없다.

심문을 받을 때 향사는 마루에 앉는다. 잡병인 경우는 마루 아래인 댓돌. 농군이나 상인은 흔히 그림 등에서 볼 수 있는 맨 땅바닥이었다.

다른 향사들은 비참했다.

시마무라 에이키치 등은 천정에 매달리고 채찍으로 얻어맞고 피부가 찢기고 살이 터지고 지옥 그대로인 고문을 받았다.

"아직도 자백 않겠나!"

시마무라는 몇 번이나 까무러쳤다. 그때마다 물을 끼얹어 정신이 깨어나게 하여 하루 종일 옥안에 넣어 두었다가 또 고문을 한다.

"이놈들! 이 시마무라는 무사다. 불 줄 아느냐!"

죽을 힘을 쥐어짜며 악을 썼다.

마침내 착목(搾木)의 고문이 가해졌다. 이것은 도사 번 독특한 고문 도구로 기름짜듯 인간을 쥐어짜는 것이었다.

시마무라는 이 고문을 당했다.

그뿐만이 아니다. 시마무라 히사노스케도, 고오노 마스야도 모두 이 참혹하기 짝이 없는 기계로 육체가 으스러졌다.

그 신음 소리가 옥 안 가득히 올리어 다케치의 고통은 형용할 수가 없는 것이었다.

'무사다, 참아라.'

마음속으로 그들을 질타하면서도 눈물이 하염없이 흘러내렸다.

료마는 일찍이 다케치의 일번 근왕(一藩勤王)의 이상주의를 비웃으면서 말했다.

"당신은 완전주의라 못써. 도사 번이 전부 근왕파가 된다는 건 산에 가서 물고기를 구하는 것과 같다. 나는 탈번하여 천하를 상대하겠어"라고 말했듯이, 다케치의 정치 이론의 잘못이 마침내 이 꼴이 되었다. 그러나 아직도 옥중의 다케치는 그 잘못을 인정하지 않는다.

"죽더라도 아직 혼백이 남아 있어. 혼백으로 천하 대사를 도모하리라. 좋은 세상이 올 때까지 나는 눈을 감지 않으리라. 한발 앞서 할복하여 세상을 떠난 마사키 데쓰마가 죽기 전에 그런 시를 읊지 않았던가."

마사키의 시란

임이시여, 비바람이 몰아치는 밤
혼백 되어 훌훌 머나먼 하늘을 날으리라

마사키가 쓴 시의 뜻은—한밤중 바람이 불고 비가 주룩주룩 내리고 있을 때는 나의 영혼이 하늘에 떠돌고 있을 때다. 친구여, 그렇게 생각해 다오, 하는 것이리라.

지독한 고문은 시마무라 에이키치의 심장을 멈추게 하고 말았다.

절명 직전 시마무라는 찢어질 듯 눈을 부릅뜨고 한마디 했다.

"언젠가 좋은 세상이 온다."

그리고 고개를 떨구었다. 죽었다. 고문 말이 나왔으니 말이지, 이조는 잡병이다. 상급 무사는 잡병 따위를 인간이라고도 생각하지 않는다.

참혹하기 그지없었다.

게다가 이조는 도사 번에서 버림을 받아 '무숙자'라고 하는 최하급의 인간으로 떨어진 사내이다. 이미 무사로서의 고집도, 배짱도 잃고 있었다.

착목에 끼어 주리가 틀릴 때는 '아귀(餓鬼)'처럼 울부짖어 그 비명은 다케치의 감방에까지 들려 왔다.

'이조의 선에서 무너지겠구나.'

자백할지도 모른다고 다케치는 생각했다.

잡병이라고 다 기백이 없는 것은 아니었다.

오히려 막부 말기 지사 중에 기백이 있는 사내는 하급 무사 출신이 많았다. 지쿠젠 후쿠오카 번 출신의 히라노 구니오미(平野國臣)가 그랬고 조슈 번의 이토 슌스케(伊藤俊輔 : 나중의 博文)도 잡병 이하의 신분이었다.

그러나 이조는 신념이 있어서 국가의 대사를 위해 들어온 것이 아니다. 난폭하고 다혈성이기 때문에 이 세계에 뛰어든 사내이어서 사상 따위는 눈곱만큼도 없다.

칼만이 있다.

일종의 살인귀다. 살인 기술만으로 근왕파 안에서의 위치를 지켜

왔다.

'이조가 자백하면 다른 동지가 결사적으로 고문을 참아 내고 있는 것이 아무 보람도 없게 된다.'

다케치는 이조에게 자살을 권하고 싶었다. 그러나 많은 살인광과 마찬가지로 이조는 자기 목숨에 남다른 집착을 갖고 있었다. 죽이는 것은 파리 목숨 죽이듯 했지만 자기 죽음에는 겁쟁이였다.

'자살을 권해도 마다고 하지 않을까?'

여기에 '천상환(天祥丸)'이라는 독약이 등장한다.

다케치가 미리 고문의 치욕을 받을 때 복용하려고 준비해 두었던 것이다. 도사에 구스노세 슌도(楠瀨春同)라는 양의(洋醫)가 있었는데 이 역시 근왕파의 동지였다. 구스노세에게 부탁하여 조제한 것으로 외국에서 들여 온 아편을 듬뿍 넣은 환약(丸藥)이다. 천상환이라는 복스러운 이름은 다케치가 붙인 이름이다.

잘 듣는다.

이미 옥중의 동지 한 사람이 이 이상의 고문을 받으면 도저히 마음과 기력이 쇠약하여 무엇을 지껄일지 모른다고 생각하고, 감방에 돌아갔을 때 준비해 둔 그것을 먹었다.

다우치 게이키치(田內惠吉)라 하여, 성아래거리 이데부치(井出淵)에 집이 있는 향사로서 나이는 서른. 성은 다르지만 다케치의 친동생이다. 다케치는 이 동생을 사랑하고 있었던 만큼 그의 죽음으로 이만저만 가슴 쓰라린 것이 아니었을 것이다.

그래서 이 천상환을 오카다 이조에게 몰래 먹이려고 했다.

옥리(獄吏) 중에 다케치를 따르는 자가 있으므로 그를 통해 외부와 연락을 하고 있었는데, 외부의 어떤 동지에게 부탁하여 이조에게 천상환을 넣은 김밥을 차입(差入)시켰던 것이다.

이조는 그런 줄도 모르고 이 김밥을 배불리 먹었다. 그런데 복통

조차 생기지 않았다. 이상체질(異狀體質)의 사내였던 것 같다.

　다케치 등이 수감되고 있는 사이 다시 또 다른 탄압 사건이 생겼다.
　향사들 일부가 다케치 등을 구출하기 위해 들고 일어났던 것이다.
　'독안룡(獨眼龍)'이라는 별명의 향사가 있었다. 아키 군(安藝郡) 다노(田野)에 집을 가진, 이름은 기요오카 미치노스케(淸岡道之助), 서른두 살.
　왼눈이 멀었다.
　"나는 애꾸눈이지만 천하를 내다본다."
　평소 그렇게 말했다. 검술은 성아래거리 히지가다 이쿠조(土方郁造)에게 배웠는데, 애꾸눈인 까닭인지 칼끝을 약간 왼쪽으로 붙여 겨누었으나 히지가다 도장에선 당할 자가 없었다. 일찍부터 에도에 유학하여 아사카 곤사이(安積良齋)에게 사사(師事)했으며, 다케치와 더불어 교토에서 활약했다. 조슈 번에 친구가 많아 구사카 겐즈이, 이노우에 몬타(井上聞多), 이토 슌스케 등과도 사귀었다.
　이 독안룡이 다케치 등 동지의 투옥을 듣고 움직이기 시작했던 것이다.
　같은 아키 군에 동성인 기요오카 지노스케(淸岡治之助)가 있었는데 기요오카 집안의 종가였다. 서른아홉. 독안룡은 우선 지노스케와 의논했다. 지노스케는 교토 활약시절—불과 몇 달 전인 분규 3년의 이른 봄이었지만—시조(四條) 강변의 다리를 건너다가 신센조의 습격을 받았으나, 순식간에 두 사람을 거꾸러뜨리고 자기는 왼팔의 힘줄을 잘렸다.
　이 두 기요오카, 즉 애꾸눈과 외팔이 사촌끼리 이마를 맞대고 의논하였다.

"그럼 도사 칠군의 동지를 모으자."

그들은 각각 분담하여 온 도사를 뛰어다녔다.

도사 칠군이란 도사, 나가오카(長岡), 아카와(吾川), 가미(香美), 다카오카(高岡), 아키(安藝), 하타(幡多). 아무튼 동서로 긴 고을인데 동쪽 무로도 곶(室戶岬)에서 서쪽의 아시즈리 곶(足摺岬)까지 가는 데 해안선이 5백5십 리나 된다. 그 길을 미친 것처럼 뛰어다녔다.

물론 은밀한 행동이다.

번청의 눈이 번뜩이고 있으므로, 우선 칠군의 향사 중에서 한 사람씩 대표를 뽑아 성아래거리 어느 집에서 비밀회의를 열었다.

독안룡은 어마어마한 제안을 했다.

"다케치 구출이나 번의 방침 전환을 바라고 번청에 건의하든가 진정하는 것은 미적지근하다. 그것보다도 칠군의 향사가 목숨을 걸고, 무기를 들고 성밖 들에 집결하여 전쟁을 각오하고 요구서를 낼 수밖에 없다. 만일 들어주지 않는다면, 조상인 조소카베 무사들의 무용을 본받아 창을 들고 옥사를 습격, 파괴하고 동지를 구출하여 서로 손을 잡고 조슈번으로 가자. 그리고 막부 타도의 뜻을 이룩하자."

칠군 중 다섯 군의 대표가 "그것은 너무 과격하여 도리어 효과가 없다"고 반대하여, 결국 표면적으로는 평화 진정의 형식으로 전원 예복을 착용하고 번청에 밀려가기로 했다. 일이 여의치 않으면 죽든가 일제히 탈번할 작정이다.

고치 성 바로 남쪽에 후지나미 신사(藤並榎神社)라는 번의 시조 야마노우치 가즈도요를 모신 사당이 있다.

향사 진정단 스물아홉 사람은 이른 아침 8시쯤 이 경내로 모여 남집회소를 향해 걷기 시작했다.

전원 삼베의 예복 차림이다. 묵묵히 거리를 걸었다.

여기에 독안룡 기요오카는 참가하지 않았다. 그는 진정 같은 미적지근한 방법을 못마땅하게 여기고 아키 군 다노 마을에 돌아가 무력을 앞세워 요구를 하기 위해 무기, 탄약을 모으고 있었다.

진정단의 대표는 오이시 야타로(大石彌太郎)다.

자(字)는 마도카(圓). 일찍부터 에도에 유학했으며 조슈 사람과도 친교가 있었고 료마와는 소년 시절부터의 친구. 다케치의 도사 근왕당 결성시에는 그 산파역이었다.

그 오이시가 장문의 진정서를 기초(起草)하여 번청에 제출했다.

국가론(國家論)을 논했다. 막부가 정권을 갖는 것은 우습다는 것이다. 그것을 주장한 다케치야말로 정당하다는 것이었다.

번에서는 이것에 대하여 '하달문(下達文)'으로 답변했다. 물론 막부가 필요하다는 뜻이었다. 이른바 국가학적(國家學的)인 논쟁으로서, 모두 당시의 천하를 둘로 나누고 있었던 두 개의 국가론의 대표적인 논문이었다고 할 수 있다.

이 진정 사건은 이것으로 끝났다.

끝나지 않은 것은 아키군 다노 마을에 있는 독안룡이었다.

"미적지근한 것도 분수가 있지."

그렇게 말하면서 아키 군과 하타 군의 동지를 모아 연신 번과의 대항 수단을 협의하고 있었다.

"농성이 좋을 거야."

장소는 험준한 노네 산(野根山)이 좋다. 만일 패했을 경우 아와 번(阿波藩) 영지로 빠지는 지름길을 달려 탈주할 수가 있다. 노네 산에는 번의 초소가 있다. 그 초소를 점령하면 안성맞춤의 요새가 되리라.

결사의 향사 스물 세 명이 모였다. 어찌 된 까닭인지 한결같이 시문(詩文)이 능숙한 사내 뿐이었다.

다노 마을의 사노야(佐野屋)란 여인숙에 몰래 집합하여 밤을 타서 시코쿠 산맥의 산길을 걸어가 마침내 초소를 점령했다.

노네 산 점거와 동시에 독안룡 기요오카 미치노스케, 기요오카 지노스케 연명(連名)으로 고치의 번청에 탄원서를 보냈다. 탄원이란 말뿐이고 내용은 강경한 항의서다.

고치까지 1백 60리.

이 소식은 상급 무사들에게 충격을 주어 술렁거리기 시작했다.

"마침내 향사들이 반란을 일으켰구나."

상급 무사로 볼 때 이미 조정이냐 막부냐 하는 사상적 대립이 아니었다. 3백 년에 걸친 상급 무사 대 향사의 대립 감정이 폭발한 것이다.

"그것들은 원래 야마노우치 집안의 적이었어."

공공연하게 말하는 자가 있는가 하면, 전쟁이다, 전쟁이다, 하고 뛰어다니는 자도 있었다. 번에서도 성아래거리에 계엄 태세를 폈지만, 상급 무사들은 명령을 내리지도 않았는데, 조상 대대의 투구며 갑옷을 걸치고 거리를 동서로 뛰어다니더니 어느 새 무장을 한 채 성 외곽에 진을 쳤다. 그 꼬락서니를 성밑거리의 시민조차 "미쳐 날뛰는 것만 같았다"고 기록하고 있다.

독안룡은 '반란'까지 결심했다고는 할 수 없다. 그 심정, 행동, 발표문은 거기까지 이른 것이 아니라 사실은 번을 위협하려고 생각했을 뿐이었다. 왜냐하면 탄원서 끝머리에 이렇게 썼던 것이다.

"저희들은 탄원을 위해 이 노네 산에 있습니다만, 만일 그것 자체가 죄라고 하신다면 뒷날 어떠한 죄라도 복종할 작정입니다."

어디까지나 번사로서의 마지막 복종심은 버리고 있지 않다. 당시의 무사는 전국시대의 무사는 아니다. 주군에게 활을 당길 수 없다는 도덕이 3백 년의 교육으로 뼛속까지 스며들어 있었던 것이다.

번에서는 당황하여, 탐색하고 의논하고 작전 계획을 세워 마침내 모리모도 데이사부로(森本貞三郞) 외 네 사람을 장수로 삼아 5백 명 군사를 주어 노네 산을 향해 진격시켰다.

모리모도는 산기슭에 이르자 사자를 보냈다.

"탄원의 조건을 들어 주셨다. 곧 하산(下山)하여 소소쿠 들(裝束野)에서 명을 받들라."

물론 속임수였다.

독안룡은 속지 않는다.

"먼저 다케치 등을 풀어 주고 그 밖의 일을 모두 실행하신다면 하산하겠소."

그러나 모리모토는 이렇게 되면 싸울 뿐이라 생각하고 군사를 배치하여 총을 쏘면서 산을 오르기 시작했다. 독안룡은 이것을 보고 탄식했다.

"이제는 이 썩어 빠진 번을 믿을 수 없다."

그는 동지들과 초소를 나와 숲 속에 숨어 가며 지름길을 따라 아와 영지로 달아난 다음, 동번 무기 군(牟岐郡) 군청을 찾아가 보호를 부탁했다.

망명을 한 셈이다.

전국시대의 예라면 타국 영토로부터의 망명 무사를 숨겨 주는 게 거의 관습이었고 현재라도 정치적 망명객은 그 나라의 정부가 보호하는 국제 관습이 되어 있다.

독안룡은 전국시대의 법에 따라 아와 번이 보호해 주리라 생각했다. 아니면 영내라도 통과 시켜 주리라 생각하고 있었다.

그러나 이 번에는 그만한 의협심도 아량도 없었다. 이웃 나라 도사 번과 필요 없는 마찰이 생기는 것이 골치 아팠던 것이다.

번사 호위 아래 도사 영지로 쫓아내었고 쫓아내었을 뿐만 아니라 국경에서 도사 관리에게 인도해 버렸다.

관리는 독안룡쯤 되는 사내이라 굉장히 저항할 줄 알았으나, 순순히 무기를 내주고 모두 스물 세 채의 죄수 가마에 태워졌다.

정말 체념도 빠르다.

독안룡은 각오하고 있었다. 동지에게도 그 말을 하고 찬동을 얻고 있었다. 계획이 실패한 이상 나머지 취할 길은 하나라는 것이었다.

"옥에 갇혀 다케치와 함께 죽으리라."

그들은 도사 근왕당을 혈맹(血盟)할 때 동지와 생사를 함께 하기로 맹세했었다. 죽음은 무의미하지만 최소한 그것만이라도 의미가 있다.

—그런데.

그런데 달랐다.

독안룡들이 할복이 되건 참수(斬首)가 되건 투옥을 바란 것은 다케치와 함께 죽는다는 혈맹(血盟)의 약속과 같은 한 가닥 감상만이 이유가 아니라, 심문을 받는 자리에서 당당히 번의 정치를 비판하며 정론을 펴고 싶었던 것이다.

말할 수 있는 장소는 감옥밖에 없었다. 그러기에 순순히 포박을 받았다.

그런데—

가마는 서쪽인 고치 성으로 가지 않는다.

동쪽으로 간다.

생각도 못할 방향이다.

'아니, 학살할 셈인가.'

독안룡은 깨달았으나 끝내 한 마디 하지 않았고, 두 번째 가마에 탄 사촌 지노스케만이 이 뜻밖의 일에 탄식하며 시를 읊었다.

　몸은 도사에 있고 마음은 아와에 머무르니
　옥돌의 곧은 기둥 꺾어질 리 있으랴

벌써부터 번청에서는 신문을 겁내고 있었다.

그들에게 재판의 여유를 주면, 그동안에 도사 칠군의 향사가 들고 일어나 그 탈환을 위해 내전이 일어날 것을 겁냈던 것이다.

그러나 상급 무사들의 지레짐작이었다. 독안룡 마저 그가 아와에서 번청에 발송한 편지에 썼었다.

"저희들은 신분이 낮은 향사이오나 이제까지의 높으신 은혜(도사번의)를 생각하여, 오직 도사 영주님을 위해 싸우다 죽기만을 원하고 있었습니다. 반역의 뜻은 없었습니다."

가마는 나하리 강(奈半利川) 기슭에 이르렀다.

강변에는 벌써 참형(斬刑)의 준비가 갖추어져 있다.

모두들 뒷결박을 당한 채 그 막 안으로 끌려 들어갔다.

독안룡은 큰 소리로 동지에게 말했다.

"일이 이렇게 된 것도 모두 운명이오. 새삼 무슨 말을 할 필요가 있겠소. 여러분, 침착하게 저들의 칼을 맞으며 지사의 본분을 더럽히지 맙시다."

모두들 끄덕이며 저마다 대답했다.

"알고 있소, 알고 있소."

저마다 유언시를 읊고, 한시를 좋아하는 자는 그것을 읊었다. 그러나 형리는 사정을 두지 않는다.

독안룡 기요오카가 앉은 채 낭랑한 목소리로 이렇게 시를 읊어 나가는데 번쩍 형도(刑刀)가 번뜩이며 목이 갈대밭에 떨어졌다.

"오오, 남아 대장부, 정확(鼎鑊 : 중국에서 죄인을 끓는 기름)을 달게······."
　　　　　　　　　　　　　　　　가마에 넣어 죽인 형벌

다나카 슈우키치(田中收吉)라는 사내도 시를 읊다가 입을 벌린 채 목이 날아갔다.

"탄원이 불청이라 내 일도 허사로다······."

요코야마 에이기치(橫山英吉)는 유언시의 첫 귀도 채 끝나기 전에 선혈을 모래밭에 뿌렸다.

"뭇사람들이 아끼는 그 목숨은······."

정경이 처참하다고나 할까.

이날 구름은 강물에 내려닿을 듯이 낮았다고 한다. 바람이 있었고 축축한 비를 품고 있었다. 얼마 후 장마비가 내렸다.

노공 요도는 성 곁의 산덴(散田) 저택을 쓰고 있었다.

아직 마흔 살도 못된 한창 나이로서 지모(智謀), 교양, 배짱은 일본 제일이라고 스스로 믿고 있는 호걸 영주다.

용모도 빼어났다.

신장 5자 6치. 무예도 능숙하다. 특히 승마와 칼을 날쌔게 뽑는 기술에 뛰어나 웬만한 무사로선 요도를 당하지 못하리라.

말씨는 유창한 에도 말이고 술은 도사 사람답게 세다. 무엇보다 좋아하는 그의 벗이었다. 저녁때부터 침실에 들기까지 술잔을 손에서 놓지 않고 취하면 시상(詩想)이 떠올라 호탕한 시를 짓는다.

나하리 강변에서 23명의 근왕파를 한 마디 진술도 듣지 않고 베게 한 것도 요도다.

요도는 번의 관리에게 말했다.

"그들 근왕파는 한 나라의 참정(요시다 도요)을 죽였다. 그 죄인의 규명도 못한대서야 나라(번)가 없는 거나 마찬가지다. 이 규명 때문에 나라 안에 반란이 일어나고 마침내는 번이 멸망해야 한다면 망하더라도 좋아. 나는 국권(國權)을 확립하겠다. 거역하는 자는 모두 나하리 강변에서처럼 베어 버려라."

요도는 비정상적이다.

왜냐하면 옥사에까지 직접 나타났기 때문이다. 옥리를 독려했다.

"아직도 다케치의 일당은 자백 않느냐?"

이 말을 들은 번의 감찰부는 겁을 내어 더욱더 참혹한 고문을 가하게 되었다.

히가키 세이지(檜垣淸治), 이 사람은 교오신 아케치류(鏡心明智流)의 고수로서 다케치의 제자였다.

매우 료마를 존경했다. 에도에서 료마를 만났을 때 료마는 히가키의 장검을 힐끗 바라보더니 자기의 짧은 칼을 보여 주며 말했다.

"쓸데없이 길군. 칼이 몇 치 몇 푼 길다고 해야 도움도 안 되고 잘난 것도 아니야."

히가키는 딴은, 하고 그 긴 칼을 버리고 료마와 같은 치수의 칼을 패도로 삼았는데, 후일 그 말을 료마에게 했다.

"하하하, 난 이거야."

료마는 품안에서 권총을 꺼내어 한 방 신나게 쏘았다. 히가키는 놀라, 고생 끝에 권총을 입수한 다음 료마를 다시 만났다.

"난 이번엔 이것이야."

료마는 만국 공법(萬國公法 : 국제법)을 보였다고 한다.

그 히가키가 착목의 고문을 받았다. 히가키는 번에서도 알려진 검객이고 용기가 있는 사내이다.

그 히가키조차 심문 장소에서 기절했다.

히가키의 수기가 남아 있다.

"엊그제 뜰아래 꿇어 앉혀 심한 고문을 받았다. 아마 노공(요도)이 임석(臨席)하셨으므로 옥리들이 더욱 기세를 부린 것이리라. 이때 부끄럽게도 까무라쳤다."

그러나 히가키는 건장했던 탓인지 고문이나 감옥 생활을 잘 견디어 내고 유신까지 옥중에 살아남았다. 유신 후 경시청(警視廳)에 들어가 총경이 되었으나 얼마 후 사직하고 고향에서 노후(老後)를 보냈는데, 손님이 오면 다케치나 료마의 이야기를 하며 시간을 보냈다.

그런데 문제는 이조이다.

이 사내만은 고문을 견디다 못해 마침내 낱낱이 자백하고 말았다.

재판의 목적인 요시다 도요 암살 사건에 대해서는 이조가 당시 단순한 잡병 신분이고 무관계였으므로 아무 말도 안했지만, 에치고(越後) 낭인 혼마 세이치로(本間精一郎)를 비롯한 교토에서의 막부파 암살 사건은 주로 다케치의 '암시'에 의해 자기가 저질렀다는 일, 오사카까지 번의 하급 경리(警吏) 이와사키 야타로(岩崎彌太郎), 이노우에 사이치로(井上佐一郎)가 탐색하러 왔을 때 구로에몬 거리(九郎右衛門町) 노상에서 이노우에의 목을 조르고 배에 칼을 찔러 죽였던 일, 이것도 다케치의 '암시'에 의한 것이라는 등 낱낱이 불었다.

이 자백은 옥리를 통해 옥중의 동지들에게 알려져 충격을 주었다.

'이조를 동지로 가담시킨 것이 내 잘못이었다.'

다케치는 이를 갈았다.

감찰측은 이 증거를 쥐고 드디어 우두머리 다케치에 대한 본격적 심문에 들어갔다.

감옥 동쪽 담장 밑에 무 장다리가 시들어 가고 있다. 그 무 장다리 둘레에만 파란 것이 남아 있었다.

잡초다. 자란(紫蘭), 호첩화(胡蝶花) 따위로서 그늘의 축축한 땅을 즐기는 모양이다. 옥사의 다케치 눈을 위로하는 것이라면 이 한 무더기의 잡초 정도였을 것이다.

다케치는 격자문을 열고 취조실로 갈 적마다 복도에서 이 잡초를 바라본다.

언제나 발걸음을 멈춘다.

"가십시오."

그때마다 옥리가 재촉하는 게 버릇처럼 되어 있었다.

다케치만은 다행히 상급 무사 대우라 고문도 받지 않고 뜰아래 꿇어 앉혀지지도 않고 옥리들의 말도 무례하지 않았다.

평소에는 사카야키(月代 : 무사가 이마에서 정수리에 걸쳐 면도로 민 부분)가 자라고 수염도 거칠게 턱을 가리고 있었으나, 심문 받는 날만은 그것을 면도하고 단정하게 할 수도 있는 것이다.

'다른 동지에게 미안한 일이다.'

다케치는 그렇게 생각하고 있다.

심문에는 병풍 가림이란 설비가 있다. 방에 병풍을 둘러치고 총감찰관, 감찰관과 동석하며 심문하는 언사도 죄인 다루듯하는 것이 아니라 정중하다.

그런데 그날 다케치는 뜰아래 꿇어 앉혀졌다. 병풍 가림 같은 미적지근한 심문으로서는 도저히 다케치가 자백을 하지 않는다고 보았으리라.

말투도 확 달라진다. 병풍 가림에서는 '당신'이지만 뜰아래서는 '그대'라고 몰아붙인다.

"교도에서의 막부편 사람들에 대한 숱한 살육(殺戮), 오사카에서의 번 관리 살해, 이 모두 그대의 지시에 따라 행해졌다고 잡병 이조가 낱낱이 자백했다. 이래도 숨길 테냐?"

"모르겠소."

다케치는 태연하다.

"이조는 그대의 제자가 아닌가?"

"그자는 불의(不義)밖에 모르는 거짓말쟁이요. 감찰을 보시는 여러분께서 그런 자의 말을 일일이 들으시다니 이해할 수 없는 일이오."

이런 투로 모른다, 알지 못한다, 로 버티며 교묘히 대꾸했다.

심문자는 요도의 총애를 받는 측근으로서 살해된 도요의 제자였던 젊은이가 많다.

이누이 다이스케

고토 쇼지로(後藤象二郎)가 주된 자다.

두 사람 모두 다케치의 피가 뿌려짐으로써 이루어진 유신 정부의 백작이 되었으니 세상은 정말 묘한 것이다. 고토, 이누이 등 상급 무사 중의 수재가 왜 유신의 원훈(元勳)이 되었느냐에 대해서는 이 이야기 뒤에 료마의 등장과 더불어 필자는 독자와 함께 알게 되리라.

고토의 취조는 "부드러우면서도 웃음 속에 가시를 품고 간악하기 그지 없었다"고 다케치는 옥중에서 동지 시마무라 하사노스케에게써 보내면서 주의를 당부했다. 다케치는 또 "고토는 모로나오(師直 : 악당의 대명사 같은 인물) 같은 놈이다" 하고 말하기도 했다. 고토로 볼 때 무리도 아니다. 다케치에게 살해된 요시다 도요는 스승일 뿐만 아니라 혈연자(血緣者)이다. 원수를 갚는 마음이었다.

다케치 부인 도미코는 다케치가 투옥된 뒤부터 다다미 위에서 잔

일이 없다. 밤에는 마루방에서 옷을 입은 채 자고 겨울에도 이불을 포개어 덮지 않았다. 여름에도 모기장을 쓰지 않고 남편이 옥중에 있는 것과 같은 모습으로 집에서 기거했다.

료마는 이때 셋쓰(攝津) 고베 마을에서 이 소문을 듣고 눈물을 뚝뚝 떨어뜨리며 말했다.

"그 연약한 부인이 가엾군."

도미코는 열네 살에 다케치한테 시집 왔으므로 아내일 뿐만 아니라 그 이상이었다. 다케치의 육체 일부가 되어 있었다.

수감 20여 개월, 도미코는 이 습관을 바꾸지 않았다.

옥중에서 다케치는 자주 도미코에게 편지를 보냈다. 도사 사투리를 섞은 구어체(口語體)의 문장인데, 과연 소문 난 '원앙 부부'답게 자상하기 짝이 없었다.

다케치는 그림에도 능숙하다. 어렸을 때 화가가 되려고 생각했을 정도의 사내이다. 무슨 까닭인지 이 풍류와 인연이 먼 사내가 미인화(美人畵) 그리기를 좋아하여 꽤 많이 그렸지만 이것은 별로 신통하지 못했다.

그 생애의 걸작은 그가 옥중에서 그린 자화상(自畵像)이었다. 이미 할복을 각오한 시기였고 사진이 없었던 무렵이므로(나가사키에는 이미 건너와 있었다.) 도미코에게 유물로 남겨 줄 작정이었으리라.

먹으로 농담(濃淡)을 나누어 대담한 선을 구사하고 있다(그때까지의 다케치 미인화는 선이 가늘고 색채도 좋지 않았다.)

자기 얼굴을 닮게 하기 위해 대야물에 얼굴을 비치며 그렸다.

다케치는 료마가 '턱주가리'라고 놀리기는 했으나, 미남이라고 할 만한 용모였다.

그러나 본인은 추남(醜男)이라고 체념했던지, 자화상에 곁들여 도미코에게 보낸 편지에 이렇게 쓰고 있다.

"자화상을 그렸소만 좀 잘 생긴 것 같아 혼자 우습기도 하오. 물에 비춰 보니 내 얼굴은 더욱더 여위고 수염은 자라고 볼은 뾰족해져 참으로 수척해졌소. 그렇지만 정신은 튼튼하니 이것만은 염려하지 마오."

다케치는 이 편지 끝머리에 "그림물감이며 인주를 모두 돌려보내오"라고 썼다. 이 그림 도구는 앞서 도미코를 시켜 차입 받은 것인데, 머지않아 불필요하게(할복 날이 가깝다) 됨을 암시한 것이리라.

'아, 벌써 할복하시는구나.'

도미코는 깨닫고 전부터 남편의 마지막 날을 위해 마련해 둔 새 옷, 흰 속옷, 연노란 빛 가문을 박은 상의, 명주띠, 하카마를 차입해 주었다.

다케치는 마지막 의복에 신경을 쓰고 있었을 때이니만큼 도미코의 배려를 기뻐하면서 싱글벙글 옥리에게 말했다.

"내 일생의 행복은 도미코를 얻었던 일이었다."

이조가 자백한 뒤에도 다케치는 끝까지 일체를 부인했다. 하물며 일당의 이름을 불 리가 없다.

그러나 요도는 다케치를 죽이고 싶었다.

"괴수인 다케치만 죽이면 향사들도 지도자를 잃게 되어 도사 24만 석은 조용해진다."

요도는 그렇게 생각하고 있었다. 여러 사람을 고문하며 심문한 것은 요컨대 다케치를 죽일 구실을 찾아내고 싶었던 것이다.

그러나 심문하는 고토 쇼지로를 비롯한 관리들과 다케치는 인간으로서의 그릇이 다르다. 때로는 절절 매고 때로는 조롱받고 때로는 오히려 설득을 당해 어쩌지도 못한다.

들이댈 것이란 이조가 분 자백밖에 없었는데, 이것만으로는 다케치 한페이타쯤 되는 천하의 명사를 처단할 수가 없다.

요도는 마침내 참다못해 고토 등에게 명했다.

"해치워!"

죄를 자백하지 않은 채로 할복시키는 것이다.

이것이 요도 평생의 십자가가 되었다.

요도는 다케치와 국가론적 입장도 달랐지만 개인으로도 미워하고 있었다.

일찍이 다케치는 요도의 소맷자락을 붙잡고 말했다.

"노공께서는 도쿠가와의 은혜, 도쿠가와의 은혜, 라고 말씀하십니다. 과연 이 집안은 세키가하라의 공으로 엔슈(遠州) 가케가와(掛川)의 작은 영주에서 도사 전국을 얻었습니다. 그러나 그 은혜는 그때의 공으로 갚아져 대차 관계(貸借關係)는 끝나고 있는 일입니다. 세키가하라 싸움이 있은 지 3백 년, 아직도 옛날 꿈에 잠겨 일본의 국난을 판단하십니까? 천치 같은 꿈이 아니겠습니까?"

과격한 말을 했다. 요도는 얼굴빛이 달라졌다. 교만한 수재 귀족이 하급 가신에게 이런 소리를 듣고 감정이 상하지 않을 리가 없다.

그러므로 "죽여라" 했던 것이라 생각된다.

뒷날 시대가 변천하여 마침내 도사 번도 시대 조류에 밀려 사쓰마 조슈와 더불어 막부 토벌전의 주역이 되지 않을 수 없게 되었을 때, 요도는 때마침 교토에 있었다.

몇 안 되는 상급 무사 중에서 근왕파였던 이누이 다이스케가 사쓰마 조슈 도사의 병사들로 구성된 도산도(東山道) 정벌의 관군을 이끌고 교토를 출발할 때, 요도 앞에 나아가 말했다.

"노공은 옛날부터 과격론자는 미치광이라 싫다고 하셨는데, 마침내 그 과격파의 세상이 되었군요."

이렇게 비꼬자, 역시 호탕한 영주인만큼 한 마디 변명도 불평도 않은 채 미소를 띠며 끄덕였다.

"음."

더구나 출전하는 도사 번사에게 술을 내리면서 한마디를 송별사로 주었다.

"날씨가 아직도 추우니 몸들을 조심하도록."

2월달이라 아직도 추우니 감기 들지 말라는 의미다. 요도 또한 보통나기가 아니었다.

유신 후 요도는 신바시나 야나기바시에서 연일 술을 마셔 취해 쓰러지면, 별안간 헛소리를 하는 일이 있었다고 한다.

"용서해라, 다케치, 용서해라, 다케치."

다케치 할복은 요도가 메이지 오년 46살로 죽을 때까지, 남에게는 말할 수 없는 한이 되어 있었던 모양이다.

어쨌든 번청에서는 할복시킬 죄목이 궁하여, 마침내 다케치가 평소 요도에게 무례할 만큼 격렬하게 그 의견을 바꾸도록 청했던 일을 트집 잡아 '주군에 대한 불경(不敬)'이란 죄명을 만들었다. 이만큼 박약한 사형 죄명은 3백 제후의 집안에서도 별로 없는 일이다. 어지간히 요도는 다케치를 죽이고 싶었던 모양이고, 옥리는 그 뜻을 받들기 위해 노심초사했을 게 틀림없다.

이 결정은 금방 감옥 밖으로도 새어나고 옥 속의 다케치 귀에도 들어왔다.

그래서 다케치는 누님과 아내에게 편지를 보내 장례식은 신도식(神道式)으로 해 달라고 부탁 했다.

무사의 허영은 그 최후에 있다.

즉 할복이다. 어떻게 멋있게 배를 가르느냐가―나는 이런 사내이
다.―라고 자기를 말하는 가장 웅변적인 표현법으로 간주돼 있었
다.

그러므로 무사의 집에서는 사내아이가 성인식을 올리기 전에 자
세히 할복의 예법을 가르친다.

그런데 다케치 한페이타―

그런 의미로서는 가장 허영가였으므로 엄청난 할복 방식을 생각
해 냈다.

'할복에는 세 가지 방법이 있다. 보통은 배를 한일자로 가르는
법, 이밖에 열십자로 가르는 법, 그리고 옆으로 세 가닥 긋는 법.
할 수 있다면 남이 않는 '석삼자'의 법으로 하고 싶다.'

다케치는 그렇게 말했으나, 옥리들이 그런 것에 무식할 경우 모처
럼 실행하더라도

―다케치란 놈, 마침내 미치고 말았구나.

그런 말을 들으면서 웃음거리가 될 뿐이다.

그래서 자기에게 심취하고 있는 옥리 가도야간스케(門谷貫助)라
는 자를 불러 당부했다.

"나는 그런 식의 할복을 하겠네. 그러한 옛 법이 있다는 걸 알고
후일 사람들이 비방할 때 증인이 돼 주게."

그러나 다케치는 오랜 감옥 생활로 쇠약할 대로 쇠약해 있었다.
그것을 해 보일 체력이 있는지 없는지 자신이 없었다.

드디어 다케치의 할복 날이 왔다.

다케치는 목욕하고 수염과 사카야키(月代)를 면도하고 상투를 다
시 튼 다음, 도미코가 차입한 흰옷 한벌에 겉옷을 걸치고서 시각이
이르기를 기다렸다.

다케치는 료마가 말하듯 '고지식한 사내'이므로, 요도에 대해서는 원망 비슷한 말도 없이 말했다.

"노공의 어진 정사를 바라며 간언을 드려 왔다. 그리하여 이제 노공의 은혜로 무사다운 죽음을 맞게 되었다."

다케치는 태연했다. 그러나 중얼거렸다.

"아직도 료마가 있다. 나와는 방법이 다르지만, 뒷일은 그 친구가 잘해 줄 테지. 사쓰마에는 사이고가 있다. 조슈에는 구사카, 다카스기, 가쓰가 있다. 도사 번이 비록 완고하고 낡아 움직이지 않는다 하더라도 천하는 돌아간다. 언젠가 도쿠가와는 쓰러지고 새로운 나라가 된다. 혼백이 되더라도 그때를 즐거움 삼아 기다리자."

이윽고 옥에서 불려 나갔다.

날은 캄캄하게 저물었다.

할복 장소는 남집회소 넓은 마당.

그 북쪽 귀퉁이에 판자가 깔리고 판자 위에 거적이 펼쳐 있다. 주위에는 화톳불이 있어 낮처럼 밝았다.

다케치는 조용히 정해진 자리에 앉았다. 마치 연극에 나오는 무장(武將)과도 같은 아름다움이었다고 한다.

한 단 올라서서 총감찰관인 고토 쇼지로가 낭랑하게 선고문을 읽고, 다케치는 배례.

그러자 동시에 관리가 잽싸게 걸어 나와 흰 시호(四寶 : 상의일종)를 놓았다. 삼뽀(三寶)가 아니다. 삼뽀는 세 곳에 구멍이 뚫려 있지만, 시호는 사방에 구멍이 뚫려 있다. 모양은 같다. 그 위에 한 자루 단검이 얹혀져 있었다.

검사관은 번의 감찰로서 정부(正副) 두 사람 있다. 입회인도 두 사람. 이것은 할복하는 쪽에서 자유롭게 정할 수 있으므로, 다케치는 자기가 지난 날 검술을 가르친 친척 오가사와라 타다고로(小笠

原忠五郎), 시마무라 주타로(島村壽太郎)로 했다.

그들은 등 뒤에 있다. 상이 놓여지자 예의로서 칼 뽑는 소리가 나지 않도록 살짝 뽑아 들어 칼끝을 하늘로 향해 팔쌍(八雙)으로 겨누었다.

"알겠다. 내가 됐다 할 때까지 기다려."

다케치는 말한 다음 단검을 들고 복부에 여유를 주어 잠시 기력이 충실해지기를 기다렸다가 이윽고 왼쪽 배 밑을 푹 찔렀다.

소리는 내지 않는다.

힘껏 그것을 오른쪽에 한일자로 그은 다음 일단 칼을 뽑아내자, 이번엔 오른 배에 찔러

얏!

얏!

얏!

세 마디 외치며 멋지게 석삼자로 가른 다음 앞으로 엎어졌다.

핏방울이 무섭게 튀어 검사관 옷자락에까지 뿌려졌을 정도이다.

아직 숨결이 있었다.

입회인 시마무라와 오가사와라는 서로 눈짓하며 좌우에서 심장부를 찔렀다. 다케치의 자세가 이미 엎어져 있으므로 목을 벨 수가 없었던 것이다.

나이 37세.

다케치의 할복과 더불어 다른 사람들도 각각 단죄(斷罪)되었다.

상급 무사 중에서 근왕파였던 고미나미 고로에몬(小南五郎右衛門)은 무사 자격이 박탈되고, 농군이나 상인처럼 성씨와 칼을 차는 것이 금지되어 서인(庶人)으로 떨어졌다. 무사로서는 할복 이상의 고통스런 벌이었다.

고미나미는 다케치 전성시대 교토에 주재하며 총감찰관을 하던 인물로서 원래 도량(度量)이 넓은 사내였으나, 이 형을 선고받았을 때 아들 마고하치로(孫八郎)에게 야전용 전복(戰服)을 가져오게 해 놓고 고개를 갸웃거렸다.

"진충보국(盡忠報國)."

요도의 글씨가 씌어져 있다. 요도가 교토 시대의 고미나미의 근왕 활동을 기뻐하여 일부러 써 준 것이다.

"도무지 모르겠군. 내가 무슨 죄로 이렇게까지 되었는지……."

고미나미는 중얼거렸다.

자칭 명군인 요도는 막부 말기의 가장 화려한 암군(暗君)이었다고 할 수 있을지도 모른다.

자기를 영걸이라고 과신하고 있는 인간을 주군으로 받들어 온 중신 고미나미의 재난이었다고 할 수 있으리라. 요컨대 정치가 요도의 본질은 기분파였던 것이다.

—영웅은 결단이 필요하다.

요도는 그렇게 과신하는 사내였다. 결단성 때문에 다케치를 죽이고 조상 대대의 중신 고미나미를 한때는 그 인품을 신임하고 있었으면서도 지금은 서인으로 떨어뜨리고 말았다. 영웅 요도는 혼자 영웅인 듯 비장해하고 희극을 연출했다. 그 희극 때문에 앞으로도 몇 사람의 인간이 죽어 간다. 귀족은 바보로서 좋다. 귀족이 너무 똑똑하면 오히려 해가 큰 경우가 많다.

상급 무사 소노무라 신사쿠(園村新作)도 고미나미와 같은 선고.

향사 시마무라 히사노스케, 야스오카 가쿠노스케, 고바다 마고사부로, 모리다 긴사부로(森田金三郎), 야마모도 기사노신(山本喜三之進), 고오노 마스야 등은 무기 징역.

향사 무라다 주사부로(村田忠三郎), 히사마쓰 기요마(久松喜代

馬), 오카모토 지로(岡本次郎), 잡병 오카다 이조는 참수(斬首).

이조만은 가장 중죄로서 그 목은 일찍이 요시다 도요의 목이 떨어져 있었던 간기리 강(雁川切) 기슭에 효수(梟首)되었다.

사망자는 자백자 이조를 제외하고 유신 뒤 각각 관직이 추증(追贈)되었다.

그날 밤 도미코는 상복을 입고 기다렸다.

"그럼 부인, 갔다 오겠습니다."

다케치의 유해를 인수하려고 제자와 동지들이 상복을 입고 집을 출발했다. 그들은 가마 하나를 메고 있다.

다케치가 교토에서 득세할 때 공경인 아네고지 집안의 집사(執事)라는 자격을 겸한 일이 있다.

이 가마는 그때 사용하고 있었던 격식이 높은 가마로서, 고인으로는 추억 깊은 것이었다.

이윽고 남집회소에서 유해를 인수하여 시구문으로 가마를 메고 나왔다. 가마를 멘 자, 앞뒤로 따르는 자, 이들도 대부분은 막부 말기 풍운속에서 투사(鬪死), 횡사하게 된다. 오이시야타로, 우에다 난지(上田楠次), 아베 다지마(阿部多司馬), 다다 데쓰마, 이가라시 이쿠노스케(五十嵐幾之助), 니시야마 나오지로(西山直次郎)……

모두 미천한 향사들이다.

다케치와 동지이면서도 이 옥사(獄事)에서 체포가 모면된 사람들은, 수령인 다케치가 일체 동지들의 이름을 입 밖에 내지 않았기 때문이다.

한 사람이라도 많은 동지를 살려 두면 또 쓰게 될 시절이 있다.

다케치는 옥중의 동지에게 밀서를 돌려 아무리 교묘한 심문을 받더라도 인명만은 입 밖에 내지 말라고 해 두었던 것이다.

가마는 별이 총총한 하늘 아래를 간다.

"별이 소리치고 있는 것 같아."

우에다 난지가 기묘한 표현으로 말했다. "별이 울고 있다"고 하고 싶었겠지만, 이 남국 사람들은 그러한 감상적 표현을 즐기지 않는 전통이 있다.

도미코는 문전에서 유해를 맞아 그날 밤은 집에 두었다.

동지, 제자 여럿이 밤샘을 해 주었다.

도미코는 곧 허드레옷으로 갈아입고 그 밤샘 손님들을 접대하기 위해 분주하게 움직였다. 이튿날 아침 유해를 다시 가마에 싣고 다케치의 본집이 있는 나가오카 군(長岡郡) 후케 마을(吹井村)로 가서 집 뒤 묘지에 매장했다.

다케치는 유언으로 장례식은 신도식으로 해 달라고 했으나, 번청에서는 그런 이례적인 것을 허락하지 않았다. 도쿠가와 시대에는 도쿠가와 집안의 지배 체제를 유지하기 위해 "모든 새로운 것은 허락 않는다"는 이에야스 이래의 병적인 보수 사상이 있었는데, 도사 번 역시 마찬가지였다.

장례식은 불교식이 되어 다케치에게 그 자신이 원치 않았던 계명(戒名)이 붙여졌다. 상조원원돈일승거사(常照院圓頓一乘居士). 그야말로 무해무득(無害無得)이고 무의미한 문자가 나열돼 있다.

그러나 도미코는 묘비에 그것을 새기기를 원치 않아 석수에게 부탁하여 '武市半平太 小楯 墓'라고만 새겼다.

이 후케 마을까지의 먼 길을 료마의 누님인 오토메가 따라왔다.

오토메는 다케치가 좋았었다.

그런 만큼 오토메는 도미코에게 유별난 호의를 가졌었고, 이때도 도미코를 부축해 주며 따라왔다.

후케에서 며칠 머물면서 장례가 끝나자 도미코를 성아래거리 다케치 집까지 데려다 주었다.

곧 도미코는 성아래거리 신마치의 다부치 저택에서 외톨이가 되었다.

날이 감에 따라 그토록 총명하다고 일컬었던 도미코 부인이 넋 나간 것처럼 되었다.

오후 문득 깨닫고 보면 마루에 웅크리고 앉아 뜨락의 백일홍을 멍청히 바라보면서, 해질녘까지 그렇게 앉아 있곤 했다.

어떻게 된 셈인지 어렸을 때 불렀던 아이들 노래를 조그맣게 노래하는 일이 많았다.

생활은 어려웠다.

다케치 집안은, 사카모토 집안보다는 못했지만 향사로서는 부유한 편이었다. 그런데 다케치는 그토록 동분서주하고 있었기 때문에 전답과 산림을 거의 팔아 없앴다.

게다가 처형되고 나서 녹봉과 후케 마을의 집이 번청에 몰수되는 바람에 도미코는 빈곤하기 그지없었다.

다만 유신이 되어 다소 혜택을 받았다.

메이지 십년, 조정에서 다케치의 옛 녹봉을 부활시켜 지급하게 됐으며, 또 다케치의 제사 비용 3백 원이 하사되었다.

그밖에 도사 번 지사의 생존자로서 메이지의 고관이 된 사람들이 돈을 보내어 그 생계를 도왔다.

도미코는 다케치가 죽은 뒤 유즈하라(楢原) 마을의 신관(神官) 집안에서 양자를 얻어 한타(半太)라 이름 지어주고 키웠으며, 그와 다케치의 조카딸 지가(千賀)를 짝지었다.

뒷날 도미코는 도쿄로 옮겼다. 한타의 의학공부를 위해서다. 옛날 다케치의 도장에서 말석이었던 다나카 미쓰아키(甲中光顯)가 백작이 되어 있어, 그가 뒤를 보아 주었던 모양이다.

메이지 44년(1911년), 황실에서 3천원의 양로금(養老金)이 하사되었다. 도미코 75살.

그 이듬해 양자 한타가 고향인 유즈하라 마을에서 개업하기 위해 귀향했을 때, 함께 돌아갔다. 그 유즈하라 마을에서 다이쇼(大正) 7년 78살로 영면했다.

—어쨌든 분큐 3년 10월.

다케치 등 고향의 근왕파 투옥이 계속되고 있을 때, 료마가 있는 고베 마을의 해군학교에 오사카 스미요시(住吉)에 있는 번 출장소에서 감찰관 두 사람이 감찰보조 다섯을 데리고 나타나 료마를 만나자고 말했다.

"번의 명령이오. 귀국하시오."

번의 관리들은 엄격한 표정을 짓고 있었다.

한쪽 소매

번이 귀국하라고 하는 것은 료마에 대해서만은 아니다. 도사 번에 관계되는 학생 전원에게였다.

요컨대 번에서는 료마 등 고베파도 다케치의 동류로 보고 있는 것이다. 실제로 동류였다. 귀국시켜 투옥시킬 속셈이리라.

"흥!"

료마는 코방귀를 뀌었다. 이 사나이는 다케치처럼 번에 대하여 공순하지 않다. 그뿐인가, 번이나 요도 따위를 애당초 무시하고 있는 사내이다.

"사람을 잘못 보지 말라"고 하기나 하듯 료마는 새끼손가락을 콧구멍에 집어넣고 감찰관이 보고 있는 앞에서 시꺼먼 코딱지를 후벼 파서 둥글게 뭉치기 시작했다.

"무엄하다, 번명(藩命)이다!"

원칙적으로는 부복해야 할 판이다.

"천치 놈들."

그렇게 고함치는 대신 료마는 벌렁 눕고 말았다.

"그런 번명이 있었나? 다케치만큼 도사 번을 위해 애쓴 사내는 없어. 그 다케치를 투옥하는 번이 무슨 번명이야! 이 료마를 투옥하겠다는 거냐. 그렇게는 안 될걸."

"사카모토, 무례하지 않느냐. 우리는 주군의 사자로서 온 것이다. 그 태도가 뭐냐!"

"거짓말 마라. 영주님이란 말이야."

료마는 일어났다.

"자비심이 많으신 분일 거야. 사람을 도둑놈처럼 옥에 처넣는 영주님이 어느 세상에 있단 말인가. 아마 번의 악질 중신들이 꾸며낸 음모일 테지."

"무, 무엄하다!"

"뽑지 말게."

료마는 손을 들어 제지했다.

"감찰쯤 되는 자가 남의 영지에서 함부로 칼을 뽑아 같은 번 사람에게 덤벼든다면, 그것만으로도 할복감이야. 잘못된다면 당신네들이 신주 모시듯 위하고 있는 녹봉은 몰수, 가명(家名)은 단절되지. 게다가 여기서 나한테 베이면 그야말로 우는 얼굴에 벌이 쏘듯 불운에 불운이 겹치는 꼴이야."

"햐, 향사 주제에 뭐, 뭐라고!"

"저것 봐. 상급 무사니 향사니 하는데, 이렇게 일본이 어려울 때 그 따위 차별로 눈에 쌍심지를 켜고 있는 게 도사 번의 돌대가리란 말이거든. 다케치는 너 같은 녀석들을 상대로 전번근왕(全藩

勤王)이니 어쩌니 하며 되지도 않는 소리를 하고 있었는데, 그것이 가여웠어. 그러나 나는 너희들과 놀 틈이 없어.”

“번의 관리에 대해 갖은 욕지거리를 하다니, 용서 않겠다.”

“글쎄, 용서해 주게.”

“무, 무례하다. 번법에 따르면 우리 상급 무사는 향사를 베어도 무방한 권리가 있다.”

두 사람이 칼 손잡이에 손을 대자 다섯 명의 감찰보조가 재빨리 료마의 등 뒤로 돌아갔다.

“그만해 둬. 나는 지금은 해군에 정열을 쏟고 있지만, 본업은 칼잡이야. 너희들 열 명이나 스무 명……”

료마는 무서운 눈으로 둘러보았다.

“베는 것쯤 식은 죽 먹기야.”

번의 관리들을 학교 문에서 몰아내고 말았다. 다케치와는 전혀 다른 태도에 그들은 놀랐다.

료마는 탈번했다.

그보다도 자동적으로 탈번의 몸이 되었다고나 할까. 번의 귀국 명령에 복종하지 않았기 때문이다.

료마뿐이 아니다. 그의 고베 학교 학생 중 도사 번사에게는 전부 소환 명령이 내려져 있었으나 모두 거부했다.

“번 따위는 생각도 말라”는, 다케치와는 전혀 다른 료마의 정치 감각을 따랐던 셈이다. 그 때문에 그들은 전원 탈번자가 되었다.

즉 망명객이다. 국사범(國事犯)이므로 번에서 당연히 밀정, 포졸 등이 파견된다.

고치에서는 요도가 격노했다.

“료마라는 사내에게 나는 알현을 허락한 일은 없지만, 그 사내는 전에도 탈번한 일이 있다. 그 탈번의 죄를 가쓰 가이슈와 마쓰다이라 요시나가(松平慶永)의 주선으로 나는 용서해 주었다. 그걸 은혜로 여기지 않고 또 다시 내 명을 거슬러 탈번했단 말이냐!"

노공의 노여움이 고베의 료마에게로 전해져 왔으나, 료마는 코웃음을 쳤다.

"애송이가 뭘 알아."

료마는 비웃었다. 다케치에게는 '조상 대대의 은혜를 입은 주군'이라는 엄숙한 존재의 요도였지만, 료마의 입에 걸리면 애숭이다.

하긴 연령으로 말하는 게 아니다. 나이든 요도 쪽이 훨씬 위며 료마야말로 애숭이다.

감찰관이 왔다 간 날 밤, 료마는 수첩에 비밀히 몇 글자 적었다. 현군(賢君)을 가장한 희대(稀代)의 암군 요도에 대한 격렬한 반감이 그것을 쓰게 만든 것이리라.

"세상의 생물이라는 것은 인간도 개도 벌레도 모두 같은 중생(衆生)이며 상하 따위는 없다."

료마도 충성만을 배워 가며 자라난 봉건시대의 무사다. 그러한 감정을 억눌러 버리고 이렇듯 격렬한 문장을 적는다는 것은, 고향의 근왕파 투옥이 그만큼 이 사내에게 큰 충격이 되었기 때문이다.

다시 료마는 계속썼다.

"본조(本朝 : 즉일본)의 국풍(國風)이란 천자를 제외하고는 장군이고 영주고 중신이고 모두 그 시대 시대의 명목에 지나지 않는다. 대단한 것도 아니다."

그리고 또 썼다.

"녹봉이란 새에게 주는 먹이 같은 것이다. 천도(天道 : 자연)는 사람을 만들었다. 게다가 먹을 것도 만들어 주었다. 새처럼 새장에 갇혀 녹이라고 하는 이름의 먹이를 받아먹는 것만이 인간은 아니다.

쌀밥 따위는 어디를 가더라도 따라다닌다. 그러니 녹봉 따위는 내 마음에 차지 않으면 헌 짚신처럼 버려라."

번을 버린다는 게 무슨 대단한 일이냐고 하는 기백이 오토메 누님에게 배웠던 그 기묘한 글속에 약동하고 있다.

이튿날 아침 료마는 도사 계통의 학생을 모아놓고 말했다.

"번이니 노공이니 하는 것에 일일이 신경 쓰고 있다간 천하의 대사는 못한다. 만일 번에서 쳐들어온다면 총탄이나 창검으로 대접해 줄 셈이니 그렇게 알아 둬라."

료마는 매일 분주했다.

연습선이 아직도 입수되지 않았기 때문에, 막부의 군함이나 기선이 오사카의 덴포 산(天保山) 앞바다에 올 적마다 학생을 쉰 명, 백 명 데리고 가서 그 함선을 이용하여 연습했다.

물론 가쓰가 교섭해 준 것이다. 함선들도 할 수 없이 그들에게 사용을 허락했다.

이 무렵 막부의 배, 쥰도마루가 입항해 있었으므로 료마는 학생들을 지휘하여 효고(兵庫)에서 기슈 해협까지 마음껏 돌아다녔다.

료마는 기관실 화부(火夫) 노릇도 했다. 마스트에도 올랐다. 얼핏 보아 둔한 것같이 보이지만, 원래가 검객이어서 그런 조작법을 배우는 요령을 곧 터득하여 전문가인 시아쿠(鹽飽) 열도 출신의 수부나 화부보다 능숙해졌다.

천측(天測), 측량(測量), 기관 조작(機關操作) 등은 료마보다 무쓰나 모치즈키 기야타(望月龜彌太) 등이 능숙했다.

선장으로서의 지휘 솜씨는 료마가 과연 제격이었다. 료마 다음으로 잘한 것은 사쓰마인 이토 스케유키(伊東祐亨)라는 젊은이였다.

"너도 제법이다."

료마는 언제나 칭찬했다.

스케유키도 료마를 따르며 료마의 걸음걸이까지 흉내 낼 정도였다.

스케유키는 곧잘 자기 나라의 사이고 다카모리(西鄕隆盛) 이야기를 했다.

"신분은 낮습니다만, 모두들 사이고님을 존경하고 있지요. 씨름 꾼처럼 몸집이 큰 분인데, 사카모토님과 어딘가 닮았어요."

"그렇게 닮았나?"

료마도 사이고의 이름은 듣고 있다. 그러나 훗날 막역한 동지가 된 사이고에 대하여 료마는 이 무렵 아무런 흥미도 없었다. 첫째, 나를 닮은 놈이라면 별놈 아니겠지, 하고 생각했다.

스케유키는 치밀한 두뇌와 지나치게 신중할 만큼의 성격을 지니고 있었다.

배의 운전도 좀 소심할 정도로 신중하여 료마는 그 점이 마음에 들지 않았다.

"신중한 것도 좋지만 대담한 데가 있어야만 해. 신중은 하급 관료의 미덕이고 대담은 대장의 미덕이야. 대장이냐, 부하냐, 하는 것은 사람의 천성으로 정해지는 것이지만, 너는 대장이 될 공부를 해라."

그렇게 말하곤 했다.

이런 함선 연습 동안에도 료마의 꽁무늬만 따라다니는 무쓰는 이따금 료마를 놀렸다.

"사카모토님, 도사 번에선 다케치님 이하 동지들에게 큰 난이 닥쳤는데, 한가하게 군함 연습을 하시는군요."

"나는 서두르지 않아. 막부가 어떠니저쩌니해도 넘어질 시기가 있어. 종기도 완전히 곪지 않으면 바늘을 댈 수 없지."

료마는 그렇게 보고 있다. 조슈 사람이나 도사 다케치파처럼 초조해한다면 희생만 많을 뿐 아무것도 안된다. 시기와 막부라는 종기는 료마가 보기에는 아직 바늘로 딸 정도까지는 되어 있지 않았다.

료마는 고베 마을을 떠났다. 교토에 가서 가쓰를 만나기 위해서다.

사이고쿠 가도(西國街道)를 걸어 히라가다(枚方)로 나가 거기서 요도 강(淀川)을 30석 배로 올라, 이른 새벽 후시미 데라다야 앞 선창에 닿았다. 때마침 배에서 내리는 료마의 모습을 가게 앞에서 오료가 보았다.

'어머……'

오료가 일어서는 것이 근시인 료마의 눈에도 보였다.

료마는 힐끗 가게 안을 기웃거리면서 말했다.

"들르지 못해. 바쁜 길이야."

오료는 얼굴이 빨개지며 끄덕였으나 오토세는 계단대에서 외쳤다.

"거기서 뭘 하고 있는 거예요, 족제비처럼 얼굴만 내밀고."

"족제비라니 너무하군."

료마는 가게 안으로 들어갔으나 마루에 걸터앉을 뿐 짚신을 벗으려고 하지 않는다.

"추워졌군."

"이제 겨울로 들어서는걸요. 그것보다 교토는 무시무시해요. 신센조가 인원을 자꾸만 늘려 시내를 거드럭거리고 다니지요."

"그까짓."

료마는 오료가 가져다 준 떫은 차를 한 모금 마시고 나서 이상한 표정을 지었다.

"쓴가요?"

"응."

우지(宇治)의 고급 차를 사용하고 있다. 오료는 태생이 태생이니만큼 그토록 가난한 몇 년을 보냈으면서도 차만은 사치스런 것을 썼다.

그 오료의 사치를 아무 말 없이 묵인하고 있는 오토세도 과연 오토세답다.

"나는 시골뜨기라서 이런 차를 마시면 위장이 오므라드는 것 같아."

"그럼, 물?"

오토세가 놀렸다.

"아니면 도사에선 바닷물을 마셨나요?"

"수다스럽군."

오토세의 입심에는 질색이다.

"그런데 이번에 또 탈번을 하셨다면서요?"

오토세는 정보가 빨랐다. 당연한 일로서 데라다야는 사쓰마 번 지정의 여관이 돼 있고 도사번의 근왕파도 곧잘 숙박한다. 천하의 근왕파 지사 소식에 대해서는 오토세만한 정보통(情報通)도 별로 많지 않으리라.

"이를테면 탈번이지."

"들락날락."

오토세는 우습다는 듯이 웃었다. 그러나 곧 진지한 얼굴이 되어 말했다.

"어젯밤에 묵고 간 사쓰마 손님 말로는 도사 번은 사카모토님을 끝까지 쫓아서 잡을 셈이라나 봐요."

"붙잡아 어떻게 하려는 걸까?"

료마는 남의 일처럼 고개를 갸웃했다.

"삶아 먹으려는 걸까?"

료마가 자못 심각하게 말하자, 오토세는 배를 잡고 웃었다.

"틀림없이 도사 노공님(요도)이 술안주로 할 작정인가 보죠."

"그럴까?"

"하지만 도사 번도 그렇지만 신센조 순찰대가 우굴우굴하고 있으니 지금은 될 수 있는 대로 교토에 가까이 오시지 않는 게……."

"염려없어."

가쓰는 데라 거리(寺町)의 절에 묵고 있을 것이다. 료마는 기온 돌계단 밑까지 오자, 마침 같은 번 출신인 해군 학생인 야스오카 가네마(安岡金馬), 센야 도라노스케(千屋寅之助)를 만났다.

료마는 이 두 사람을 호위병 대신 가쓰에게 딸려 주고 있었다.

"빈둥거리면서 뭐 하고 있나?"

료마가 꾸짖자, 두 사람은 대답했다.

"가쓰 선생은 니조 성에 가셨기 때문에 저희들은 산책중입니다."

"바보로군, 가쓰 선생에게 꼭 붙어 있어."

"그러나 아무리 세상이 험하더라도 성 안에 계시다면 안심입니다."

"정말 돌대가리군. 내 말은 선생에게 꼭 붙어있지 않으면 너희들이 위험하다는 거야. 가쓰 선생의 옆에 있는 한 신센조가 너희들에게 손을 대지 못해. 가쓰 선생은 양이 지사가 노리고 있어. 그리고 너희들은 신센조가 노리고 있지. 그래서 서로 붙어 있으면 염려 없으리라고 생각한 거야."

"아, 그렇구나."

가네마는 머리를 긁었다.

"그러나 사카모토님, 사카모토님은 어떻습니까? 교토에 혼자 나들이는 위험할 텐데요."

"나는 하늘이 지켜 주고 있어. 큰일을 하려고 하는 자는 모두 하늘이 지켜주는 거야."

료마는 성큼성큼 걸어간다.

그러나 춥다.

남쪽 출신이라 추위를 타는 료마는 아직 늦가을인 데도 교토의 바람은 질색이다.

바람이 센 날이다. 시조의 동쪽 기슭으로 나선 료마의 옆머리가 흩날리고 있다.

다리를 건너 번화한 서쪽 기슭으로 들어섰다.

그때, 호랑이도 제 말하면 온다는 속담처럼 맞은편에서 신센조의 시내 순찰대가 나타났다.

인원은 열 두서넛.

모두 제복을 입었고 선두의 두서넛은 짧은 창을 지팡이삼아 짚고 온다. 모두 상투를 강무소(講武所)식으로 따 올리고, 어깨를 으스대며 하인 몇 명에게 큰 궤짝을 지우고 오는 모습이 사뭇 위풍당당하다.

'이러니 교토의 낭사들이 떠는 것도 무리가 아니지.'

지난날 도도 헤이스케 등을 만났던 무렵과 비교하면, 불과 얼마 동안에 신센조의 규모와 위용이 몰라볼 만큼 어마어마해졌다.

선두에 선 살결이 희고 쌍까풀진 배우 같은 사내는, 야스오카 가네마의 말에 의하면, "저것이 부대장인 히지가다 도시조"였다.

교토의 낭사들은 신센조 순찰대를 만나면 골목에서 골목으로 꽁지가 빠지도록 달아나 버렸다. 특히 누구보다도 히지가다를 가장 두려워한다고 한다.

"사카모토님, 놈들에게 심문을 당하면 귀찮습니다. 달아납시다."

"허허어."

료마는 천치인 모양이다.

양편에는 집들만 있다.

길은 좁다.

이대로라면 당연히 정면으로 충돌하게 된다.

선두의 히지가다는 맞은편에서 나타난 도사 낭사인 듯한 세 사람을 보았다. 칼 모양 등으로 도사인은 구별하기 쉽다.

"가네마, 도라노스케, 한번 검의 묘기를 가르쳐 줄까?"

료마는 눈을 가늘게 뜨며 말했다.

"어, 어떤……."

두 사람 모두 신센조를 눈앞에 둔 마당이라 겁쟁이가 아니더라도 긴장으로 이빨이 딱딱 마주친다.

"인간 만사의 묘기(妙機)에 통하는 거야."

료마는 두 사람을 집 추녀 밑으로 피하게 하고 자기 혼자 길 복판을 성큼성큼 걸었다.

"저새끼, 싸울 셈이로구나."

히지가다 이하 신센조 순찰대는 아차 하면 산개(散開), 발도(拔刀)하여 칼싸움할 준비를 갖추며 전진했다.

료마의 검은 무명옷은 동분서주하는 생활로 색깔이 완전히 바래고 땀 냄새조차 풍긴다.

머리도 더부룩, 원래가 거친 머리에 양쪽 모두 면구에 스쳐 굉장한 곱슬머리가 돼 있었고 그것이 바람에 일어나 언뜻 보기에는 나한(羅漢)이 나타난 것 같았다.

게다가 1백80센티의 장신에 너털너털 떨어진 하카마, 얼굴은 한 3일 동안 세수도 하지 않았다.

아무리 보아도 교토에서 한바탕 소동을 벌이기 위해 나타난 낭인 괴수의 모습이다.

─모두 조심해라.

히지가다는 그의 명검 이즈미노가미 가네사다(和泉守兼定)를 살며시 뽑기 쉽도록 해 두었다.

'아무래도 낯이 익은 사내인데?'

생각이 나지 않는다.

짙은 눈썹에 약간 먼 곳을 보는 듯한 눈, 모양이 잘 생긴 두툼한 입술.

'앗, 도사의 사카모토 료마구나!'

히지가다가 에도에서 삼류 도장이라고 비웃음을 받았던 고이시카와(小石川) 고히나다(小一向) 야나기 거리(柳町)의 곤도 도장 '시에이 관(試衞館)'에 있을 무렵, 기회가 있어서 간다 오다마 가이케의 지바 도장 대시합을 구경간 일이 있었다.

그때 료마도 출장(出場)하고 있었다. 순식간에 타류(他流)의 검객 세 사람을 쓰러뜨렸으므로 기억에 남아 있다.

당시 지금의 신센조 모체였던 곤도 이사미, 히지가다 도시조, 오키다 소오시 등의 덴넨리신류(天然理心流) 시에이 관 따위는 검술 도장 축에도 끼지 못했던 것이다.

주로 곤도, 히지가다의 생가(生家)가 있는 미나미 다마(南多摩) 방면의 농군 제사로 밥 먹고 있는 도장으로서, 농촌에 선생, 사범 대리 등이 몸소 출장 교수를 한다. 그러한 촌뜨기 검법인 것이다.

당시 에도의 상당한 검객이라도 장군 슬하인 부슈(武州)에 그러한 이름의 검술파가 있다는 것을 모르는 자가 많았다.

료마 등 향사가 같은 번의 상급 무사에게 격렬한 적개심을 갖고 있는 것처럼, 곤도, 히지가다 등도 지바, 모모이(桃井), 사이토(齋

藤)와 같은 쟁쟁한 각 도장, 각 무술파에 대하여 필요 이상의 적의
와 열등감을 가지고 있다.

"히지가다님!"

옆에 있던 오키다 소오시가 료마를 보면서 작은 소리로 말했다.

"저 사내는 벨 수 없어요."

"어째서?"

"왜 그런지 말하기가 어렵지만 베기 힘든 사내군요. 검기(劍技)
가 아닌, 칼 솜씨 이외의 것이지만……."

"그럼 내가 베어 볼까?"

그런 어린애 같은 생각은 히지가다에게 없다. 신중하고 날카롭게
갈아 놓은 칼날처럼 매서운 지혜가 있는 사내인 것이다.

료마는 신센조 순찰대의 선두와의 거리가 대여섯 칸으로 좁혀지
자, 목을 홱 왼쪽으로 돌렸다.

그곳에 새끼 고양이가 있었다.

겨우 생후 3개월쯤 된 모양이다. 추녀 밑 양지 쪽에 등을 꼬부리
고 자고 있는 것이다.

료마는 행렬 앞을 유유히 가로질러 그 새끼 고양이를 안아 올렸
다.

대열 앞을 가로지르는 자는 베도 좋다는 것이 당시의 상식이다.

순간, 신센조 대원들의 얼굴에 노기가 떠올랐으나, 당자인 거인은
얼굴 앞까지 새끼 고양이를 안아 올렸다.

"찍, 찍, 찍."

료마는 쥐 울음소리로 고양이를 어르면서 놀랍게도 대열의 중앙
을 빠져나가기 시작했다.

모두 기가 꺾였다.

멍하고 있는 사이 료마는 새끼 고양이를 볼에 비벼 대며 유유히 빠져나가고 말았다.

료마는 그대로 서쪽으로.

신센조는 동쪽으로.

"예, 그렇지요?"

아직 소년티가 남아 있는 오키다는 히지가다에게 말했다.

"저 녀석은 벨 수 없어요."

"이상한 사내야."

히지가다가 날카롭게 돌아보았을 때, 료마는 훨씬 뒤쪽을 찍 찍, 하면서 걸어가고 있었다.

"놀랐어요."

료마 옆으로 다가온 가네마와, 도라노스케가 말했다.

"놈들, 기가 꺾였던 모양이죠?"

"그랬을 거야."

료마는 말했다.

"저럴 경우 좋지 않은 것은 기(氣)와 기가 부딪치는 거야. 싸우겠다, 싸우겠다, 하고 쌍방이 같은 기를 내뿜는다면 깨달았을 땐 벌써 칼싸움을 하고 있을 때야."

"그럼 달아난다면 어떻습니까?"

"같은 이치야. 싸운다, 달아난다는 것은 적극, 소극의 차이는 있을망정 같은 기의 문제지. 그럴 경우엔 저쪽이 한사코 뒤쫓아 올 거야. 인간의 움직임과 활동의 팔 할까지는 그러한 기의 발작이지. 저럴 경우엔 상대의 그러한 기를 뽑을 수밖에 없어."

―그러나.

이렇게 말한 것은, 신센조의 선두를 가는 히지가다.

"그야, 그렇군요."

오키다가 끄덕였다.

"그러나 그것뿐만 아니죠. 우리들의 기를 순간적으로 녹여 버리고 가 버렸어요. 보십시오, 우리들 패의 인상(人相)이 달라지고 있습니다. 모두 아이들에게도 호감을 받을 듯이 온화한 얼굴이 되어 있습니다."

"음!"

"그자의 손바닥에서 완전히 놀아난 것이지요, 우리들은."

"그런 모양이야."

히지가다는 씁쓰레한 얼굴로 끄덕였다.

'이상한 사내이다. 무언가 심상치 않은 큰일을 꾸미고 있는 것 같기도 하고, 그저 고양이를 좋아하는 게으름뱅이 같기도 하고.'

료마는 가와라 거리(河原町)의 서적상 '기쿠야(菊屋)'의 사랑채를 빌려 가쓰 가이슈를 만나러 가든가 도사 번사와 만나든가 했다.

"료마가 왔다"는 소문은 도사 번사, 도사 낭인뿐만 아니라, 각 번을 탈번한 낭인들 귀에도 들어갔다.

그들은 속속 료마를 찾아왔다.

"사카모토 선생은 계신가. 안에 계신가?"

상노(床奴)역은 기쿠야의 미네키치(峰吉) 소년이다. 미네키치는 그 전갈과 차를 나르는 일만으로도 녹초가 되고 말았다.

미네키치는 우스웠다. 료마는 낭인들로부터 선생, 선생, 하는 소리를 들을 적마다 낯간지럽다는 듯 묘한 얼굴을 짓는다.

— 내가 선생 소릴 들을 주제인가.

료마는 혼자 웃음을 터뜨리곤 한다.

'어쨌든 선생은 굉장한 인기를 얻었구나.'

소년의 눈에도 그것은 이상스런 변화였다. 전에는 료마가 교토에 오더라도 이처럼 낭인들이 찾아오지 않았던 것이다.

그날 밤 마지막 손님이 겨우 돌아갔을 때, 미네키치는 료마를 놀렸다.

"이렇게 번창한다면 장사를 하는 게 어떨까요. 차 값을 열 푼씩 받으면 돈을 벌겠다고 아버지가 말했어요."

"그들도 곤란한 처지야."

료마는 신기하게도 농담을 농담으로 받아 주지 않고 좀 심각한 표정을 지었다.

"왜 그렇게 선생님의 인기가 올라갔을까요?"

"내 인기가 아냐."

료마는 곧 심각한 얼굴을 거두고 자기의 지금 입장이 우스꽝스러워 견딜 수 없다는 듯이 웃기 시작했다.

료마는 이렇게 보고 있다.

작년과 금년에 걸쳐 속속 번을 탈주하여 교토에 올라온 여러 고을의 근왕파 낭사는 사쓰마 조슈 도사의 지도자들로부터 온갖 지시를 받아, '덴추(天誅)'라는 이름의 살인 행위를 청부받거나 지도자들을 찾아다니며 시국담을 듣거나 했다.

그 지도자는 조슈의 가쓰라 고고로, 구사카 겐스이, 그리고 조슈 번 고문격인 구루메(久留米)의 신관(神官) 마키 이즈미, 도사의 다케치 한페이타 등이었다.

그런데 조슈 번은 교토에서 실각되고 다케치는 본국에서 투옥(이 시기엔 아직 할복하지 않았다) 되었으며, 사쓰마 번은 막부 편인 아이즈 번과 동맹을 맺는 등, 그들 낭인들은 하루아침에 지도자를 잃어 배경을 잃고 들에 버려진 개처럼 되고 말았다.

게다가 작년에는 없었던 신센조와 순찰대 같은 비상 경찰단이 더욱 조직과 활동을 확대하기 시작했으며, 그들 근왕파 낭사는 그러한

단체의 밥이 되어 눈에 띄기만 하면 무나 뭣처럼 마구 베어 던져진
다.

　돈도 없다.

　완전히 궁짜가 들어 있는 것이다.

　자연히 지금까지 그들의 눈에 '이상한 활동을 하는 사내'라고 밖
에 보이지 않았던 료마가 다케치, 구사카, 가쓰라가 버리고 난 뒤의
새로운 지도자로서 주목받게 된 것이다.

　'시대도 많이 변했구나.'

　료마는 그것이 우습다.

　교토에 근왕 낭사 2백.

　료마는 그쯤 보고 있다.

　료마는 그들을 실업자라고 보고 있었다. 그 점이 다케치나 가쓰
라, 구사카, 마키 등 전기(前期)의 지도자와 다르고, 기요가와 하치
로(淸河八郞) 등 전전기(前前期)의 지도자와도 다른 점이었다.

　'어떻게든지 밥을 먹여야 할 텐데.'

　료마는 그런 생각을 한다.

　기요가와의 시대는 책동시대(策動時代), 다케치와 가쓰라의 시대
는 폭발시대(暴發時代), 그 어느 것이나―내일이라도 막부가 쓰러
질지 모른다는 그런 시기였다. 그러기에 그 막부 타도군에 참가하기
위해 천하의 뜻있는 자들이 조상 전례의 칼을 들고 나와 풍운을 찾
아 교토로 달려온 것이다.

　그런 시대가 단 1년만에 다시 뒤바뀌어 막부 타도의 기운은 급속
히 식었다.

　―종기도 곪지 않으면 건드릴 수 없다.

　이런 료마의 시국관(時局觀)은 거기에 있다. 막부라는 종기는 통

통 부어 있을 뿐, 완전히 곪아 있지는 않았다.

그렇기 때문에 신센조가 마구 사람을 베 던지는 무력시위로 교토 일대를 설치고 다니는 것이다.

료마는 기요가와, 마키, 다케치 등의 유산인 근왕파 낭사들의 실업 대책에 골머리를 썩이지 않을 수 없는 입장이 되었다.

"우선 그들의 생명을 신센조의 칼날에서 구하자면 교토를 떠나게 해야만 한다."

고향으로 돌아가도록 권할까?

그것은 불가능하다.

료마 자신이 탈번한 낭인이므로 잘 알고 있다. 탈번자는 고향에 돌아가면 죄인으로서 잡히고 만다.

돌아갈 수는 없다.

그날 밤 료마는 기쿠야의 사랑채 이불 속에 파묻혀 있다가 "그렇다!" 하고 벌떡 일어났다.

'홋카이도(北海道)를 개간시키자!'

둔전병(屯田兵)을 만들겠다는 것이다.

군사 조직으로 소총, 대포 등을 쥐 놓고 막상 북방의 적(러시아)이 침략해 왔을 때의 방위군으로 사용하는 것이다. 그리고 또 막부 타도의 기회가 무르익었을 때에는 그들을 북방에서 불러 들여 막부 타도군으로 쓸 수도 있다.

"될 수 있으면 홋카이도를 점령하여 근왕 국가로서 일시적으로 독립시키는 것도 좋다."

이 구상은 우연하게도 나중에 에노모토 다케아키(榎本武揚)가 막부 편의 입장에서 이를 채택하여, 구막부 함대와 육군을 데리고 하코다테(函館)에 상륙한 다음 임시 정부를 세운 역사로서 재현되었다.

이튿날부터 료마는 이 계획의 실현에 열중하기 시작했다.

막부는 교토에 들어와 있는 낭인들 때문에 골머리를 썩이고 있다.

'당연히 기꺼이 돈을 낼 테지.'

먼저 가쓰 가이슈의 숙소를 찾아갔다.

가쓰는 묘한 표정을 지었다.

"료마, 이상한 일을 생각했군."

그러나 직감이 빠르고 이해력이 뛰어난 사내이다.

"좋아, 협력하겠다."

쾌히 승낙해 주었다.

료마는 곧 미네키치 소년을 불러 근처 조슈 번 저택에 심부름을 해 달라고 부탁했다.

조슈가 교토 정계에서 실각했다고는 하나 교토 저택은 그대로 있고, 거기에 소수의 번사가 잔류하고 있다.

"조슈 번의 어느 분에게 말씀입니까?"

미네키치는 료마가 준 만두를 먹으면서 말했다.

"이 편지는 조슈 번의 데라시마 주사부로(寺島忠三郎)란 분에게 전해주면 돼."

데라시마는 이때 나이 스물한 살. 죽은 요시다 쇼인의 제자로서, 이 이야기의 다음 해 하마구리(蛤) 궁문의 변란 때 동문(同門)인 구사카 겐스이와 서로 맞찔러 죽은 젊은이다.

료마는 데라시마에게 볼일은 없다. 데라시마가 맡아서 저택 안에 숨겨 주고 있는 도사 번 탈주 낭인에게 볼일이 있었다.

그 도사 낭인의 대표가 기다소에 기쓰마(北添佶摩).

료마는 기다소에를 부르고 싶다.

"그럼 다녀오겠습니다."

미네키치는 나갔다.

밖은 비가 내리기 시작한 모양이다. 이상하게도 으슬으슬 추운 오후였다.

'나도 그들을 데리고 홋카이도에나 갈까?'

홋카이도 둔전병 부대를 만든다면 기다소에를 대장으로 삼을 작정이었다.

"기다소에는 보통 인물이 아니다."

료마는 그렇게 생각하고 있다. 눈이 크고 살결이 검으며 몸은 작다.

바로 이웃이므로 기다릴 것도 없었다.

기다소에 기쓰마가 비를 맞으며 달려왔다.

"뭡니까, 사카모토님?"

료마 앞에 앉았다.

"너를 보니 고향 생각이 나는군."

료마는 웃었다.

"고향은 아직도 가을일 테지만 교토는 정말 춥군요."

호인이다.

그러나 본질은 행동력의 덩어리 같은 사내로서 그러한 감상적 이야기를 싫어하는 편이다.

"뭡니까, 볼일은?"

무릎을 조급하게 문지르며 말했다.

기다소에는 도사 다카오카 군(高岡郡) 이와메지 마을(岩目地村 : ^{지금은}加茂村) 출신이다.

촌장의 아들이다. 도사의 촌장은 조소카베 집안의 유신을 조상으로 모신 집이 많아서, 모두 일종의 무사 기질을 갖고 있다.

이 사내는 할복하여 죽은 마사키 데쓰마의 제자로서 특히 시는 스승보다 낫다는 말이 있었다.

분큐 3년 2월 기다소에는 "아리마(有馬)에 온천 요양을 간다"는 핑계로 동지 세 사람과 탈번하여 곧 고베 마을의 료마를 찾아왔다.

그때 료마는 이상한 흰소리를 했었다.

"기다소에, 홋카이도 구경하고 오지 않겠나?"

기다소에는 깜짝 놀랐다. 그 당시의 일본인으로서 홋카이도라고 한다면, 심리적으로 오늘날 남극을 보러 가라는 것과 같았다.

더구나 기다소에 등은 근왕 도막(勤王倒幕) 운동을 위해 탈주해 온 것이다. 홋카이도에 가기 위해서가 아니었다.

"사카모토님, 도무지 영문 모를 이야긴데, 홋카이도에도 지사가 있는가요?"

"지사는 없지만 곰이 있지."

"사람을 우습게 보지 마시오!"

기다소에는 소리를 질렀다. 함께 탈번한 노세 다쓰타로(能勢達太郞), 야스오카 오노타로, 고마쓰 고타로(小松小太郞) 등도 눈을 부릅떴다.

모두 결사적인 탈번 직후이므로 신경이 곤두서 있다.

"그럴 게 아니라……."

스물두 살의 가미 군(香美郡) 향사 고마쓰가 일동을 달래면서 말했다.

"사카모토님에게도 생각이 있으시겠지. 우리는 시골에서 갓 나왔기 때문에 천하의 사정을 몰라. 그래서 느닷없이 홋카이도에 가라고 하시는 말씀을 얼떨떨해서 판단할 수가 없군……사카모토님."

고마쓰는 료마를 보며 말했다.

"아무튼 우리로선 갑작스런 얘기라……."

"나로서도 갑작스런 일이야."

료마는 말했다.

문득 전부터 생각하고 있었던 일을 입 밖에 내었을 뿐이다.

이른바 지사 활동(志士活動)이란 교토의 공경을 움직이거나 막부파 요인에게 칼을 휘두르는 것만이 능사는 아니다. 규모를 북쪽 변경에까지 넓혀야 한다는 것이 료마가 전부터 마음먹고 있었던 일이다.

료마는 러시아가 반드시 홋카이도, 지시마(千島), 가라후토(樺太)를 점령하러 올 거라고 말했다.

"먼저 홋카이도를 모르고서는 일본의 국사(國事)는 논할 수가 없어. 홋카이도가 있는 것도 모르고 양이, 양이, 하고 떠들어 대는 건 모두 헛소리야."

"……."

모두들 아연했다. 생각의 초점이 다르기 때문에 료마의 말이 허풍으로 들려 오는 것이다.

"나선 김에 조선, 청나라도 시찰하고 와 주기 바라네. 나는 언젠가 한일청(韓日淸)의 양국 공수 동맹(攻守同盟)을 맺을 작정이야."

"옛?"

어안이 벙벙했다.

하나 료마가 연신 지껄여 대는 동안 기다소에 등은 가지 않으면 안 될 것 같은 생각이 들었다.

"그러나 여비가 없는데요."

"있지."

료마는 일어나 안으로 들어가더니 금방 금고 속에서 백 냥의 돈을 안고 나와 기다소에 등의 앞에 놓았다.

"이걸로 갔다 와 주게."

부득이 그 길로 기다소에 등은 오우(奧羽)를 거쳐 홋카이도를 향해 길을 떠났다.

기다소에와 동행한 노세 다쓰타로는 에도의 후지모리 다이가(藤森大雅)의 문하생으로 시문(詩文)을 배운 아끼 군의 향사.

야스오카 오노타로도 마찬가지로 아키 군 야스다 마을(安田村) 출신이고, 고마쓰 고타로는 가미 군의 벽촌인 후나야 마을(舟谷村) 출신이다.

고마쓰는 결핵이었던 모양이다. 여행으로 병이 악화되어 하코다테로 가는 배 안에서 죽었다. 기다소에 등은 그 유해를 하코다테 이웃의 시리사부(尻澤邊)라는 어촌의 지조오 산(地藏山)까지 가지고 가서 매장했다.

남은 세 사람은 료마의 알선으로 가쓰가 써준 소개장을 가지고 하코다테 행정관 고이데 야마토노가미(小出大和守)를 찾아갔다.

고이데는 북쪽 변경의 임지(任地)에서 몹시 사람이 그리웠던 모양으로, 이 세 사람의 도사 낭인을 극진히 대접했다.

세 사람은 고이데로부터 여행의 편의를 얻어 에사시(江差)까지 갔다가 발길을 돌려 다시 오우로, 건너가 난부 번(南部藩)의 영지인 오마(大間)에 상륙한 뒤, 이어 모리오카(盛岡)를 거쳐 센다이(仙臺), 후쿠시마(福島), 시라카와(白川)로 내려와 이해 7월 10일 에도에 도착했다.

—에도에선 지바 댁에서 유숙하게.

료마가 주타로와 사나코에게 써 준 소개장을 가지고 지바 댁을 찾아가 며칠 묵었다. 남매는 환대해 주었다.

에도에서는 다행히 군함이 오사카까지 간다고 하므로, 가쓰의 소개장 덕분으로 타게 되어 오사카를 거쳐 교토로 돌아왔다.

여기서 야스오카만은 동향인 요시무라 도라타로의 권유로 덴추조에 참가하여 그 포대(砲臺) 오장(伍長)이 되어, 야마토 각지로 전전하다 요시노 산 와시카(鷲家) 어귀의 마지막 혈전에서 중상을 입고 도도(藤堂) 번 군사에게 생포되어 교토의 록가쿠 감옥에 압송되었다.

료마의 이 이야기의 현재, 야스오카는 막부의 국사범으로 옥중에 있었다(이듬해 겐지 원년 막부 관리 손에 참형되었다. 스물여섯 살). 노세는 이 이야기의 이듬해인 겐지 원년 7월, 조슈군 낭사대에 참가하여 하마구리 궁문의 싸움에서 패하고 덴노 산(天王山)에 올라가 마키 이즈미(眞木和泉) 등 17명과 함께 할복하여 죽었다.

대표자인 기다소에도 뒷날 이케다야(池田屋)의 변으로 신센조와 싸우다가 죽었다.

모두가 죽었다.

"기다소에."

료마가 말했다.

기다소에의 자란 앞머리에서 뚝뚝 빗방울이 떨어졌다.

미네키치 소년이 차를 날라왔다.

"뭡니까?"

기다소에는 추운 듯이 차를 마셨다.

"자네가 보고 온 홋카이도에는 땅이 얼마쯤 있던가?"

"끝없이 넓은 땅이지요."

기다소에는 먼 산을 바라보았다.

료마는 그것으로 알았다. 낭인 3백이나 4백은 이주시킬 수 있으리라.

물론 정부는 도쿠가와 막부이므로 허가를 얻지 않으면 안 된다.

개척 자금이나 무기 등 일체를 막부에서 내놓도록 하리라 생각했다.

"아무래도 한 차례 에도까지 갔다 와야 하겠는걸."

료마는 '홋카이도 낭인군'의 모집을 기다소에에게 부탁했다.

"싫소!"

기다소에는 한 마디로 거절했다.

"사카모토님에게 넘어가 홋카이도까지 갔다 왔지만, 동지를 거기에 보낸다는 건 반댑니다. 교토에서 해야 할 일이 있어요."

기다소에가 생각하고 있는 것은 료마와 같은 우회적인 계획이 아니다. 조슈 번에 호응하여 교토에서 낭사단이 일제히 들고 일어나 황실을 점령하고, 거리거리에 불을 지르고, 막부 기관인 교토 수호직(아이즈 번 영주 마쓰다이라 가다모리) 본진을 습격하고, 고등정무청을 뒤엎어 새 정부를 수립하려는 것이었다.

만일 실패하면 천황을 모시고 조슈로 달아나 거기에서 세 정부를 세워 전국의 영주들에게 호령하여 에도 막부와 대항하려는 것이었다.

쿠데타였다.

"그 용기, 과연 대단하다!"

료마는 무릎을 쳤다.

허나 진심은 딴 데 있다. 실인즉 나날이 막부로부터 궁지에 몰리는 근왕 낭사들이 마지막에는 그런 생각을 갖게 되리라고 료마는 넘겨다보고 있었던 것이다. 이 기다소에 계획은 그 이듬해 이케다야의 변이 되어 역사의 표면에 나타나게 된다.

"하지만 되지 않을걸."

료마는 실패를 단언했다.

"어째서요?"

기다소에는 험악한 표정을 지었다.

"기다소에, 사람이 일을 이룩하자면 하늘의 힘을 빌려야만 되네. 하늘이란 시대의 추세야. 시운(時運)이라고도 할 수 있겠지. 시대의 흐름, 시운이라는 말을 타고 일을 추진할 때라야만 대사를 단숨에 성취할 수 있어. 그 하늘을……."

료마는 손바닥으로 콧물을 쓱 문지르고 말했다.

"통찰하는 게 대사를 이루려는 자의 첫째 마음가짐이야. 기다소에, 나의 가문(家紋)을 보게."

"아케치(아케치 미쓰히데. 織田信長을 죽이고 3일 천하로 豊臣秀吉에게 멸망)의 도라지꽃이군요."

"정말인지 거짓말인지 모르지만 우리 족보 전설로는 아케치 미쓰히데(明智光秀)의 장수 아케치 사마노스케(明智左馬之助)의 자손이라고 하더군."

무사의 집안은 그 가계를 자랑하기 마련이다.

도쿠가와 집안은 니이다 요시사다(新田義貞)의 자손인 것으로 되어 있고, 도사 번의 영주 야마노우치 집안의 먼 조상은 후지와라에서 나왔다고 한다. 모두 거짓말이다. 3백 영주의 9할까지가 전국시대에 벼락감투를 쓴 사람들인데, 출세를 한 다음 엉터리 족보들을 꾸며 댄 것쯤은 료마도 잘 알고 있다.

료마의 사카모토 집안은 아케치가 멸망한 뒤 오미(近江) 사카모토의 성주 사마노스케의 아들이 도사로 낙향하여 자리를 잡았다고 하여 도사에서는 명문으로 알려져 있었지만, 료마는 그런 것쯤 개방귀처럼 알고 있었다.

'나가오카 군이다니 촌 화전민의 자손이야. 땅을 늘리고 돈을 모아 향사의 족보를 산 노동자의 자손일 게 뻔해.'

료마의 입에서 "나는 아케치의 자손이야"라고 말한 것은 이번이 처음이다.

"아케지 미쓰히데는 천운을 깨닫지 못하고 일을 너무 서둘렀기 때문에 호노오 사(本能寺)에서 노부나가를 죽이는 데 그치고 말았지만, 히데요시는 시운을 탔기 때문에 천하를 얻은 것이야. 기다소에, 시운은 아직 오지 않았어."

"왔어요!"

기다소에는 큰 소리로 외쳤다. 료마도 지지 않고, "안 왔어!"라고 고함을 쳤다.

"기다소에, 너도 참 엉터리로군."

료마가 말했다.

료마가 보기로는 사쓰마 번과 조슈 번의 사이는 갈수록 나빠져 가고만 있었다.

지금 조슈 번과 함께 무력으로 교토를 점령하고 교토 정권을 세워 보려고 해도 사쓰마 번이 협력하지 않을 것이다. 그뿐만 아니라, 현재 동맹중에 있는 아이즈 번과 손을 잡고 조슈를 치게 될 것이다.

"현재의 정세로 보아 사쓰마나 아이즈 양 번은 조슈가 머리를 쳐들려고 하면 무조건 두들길 거야. 물론 무력적으로는 사쓰마, 아이즈 두 번이 강하니까 조슈를 조정의 적으로 몰것이 뻔해. 뭐, 조슈가 조정의 적이 아니라는 거야? 조슈 번의 생각이 순수하다는 건가?"

"이봐, 료마님!"

기다소에는 칼을 끌어당겼다. 성을 내는 것도 무리는 아니다. 당시의 근왕 낭사들에게 조슈 번은 내 집과 같은 것이었고, 근왕 양이의 활동면에 있어서는 역사의 지상 명령을 받은 '신성번(神聖藩)'이라고도 말할 수 있는 존재였다.

"조슈 번이 조정의 적이 된다는 거요?"

"기다소에, 머리를 좀 부드럽게 가지봐. 일본 역사를 보았는가? 아시카가 시대 수백 년, 구스노키 마사시게(楠正成)는 줄곧 조정의 적이었어. 왜 그런가? 졌기 때문이야."

료마는 관념론자가 아니다.

지사라는 지사가 모두 미도류(水戶流)의 근왕 양이 사상에 열을 올리고 있을 때 그만은 냉정했다. 역사를 관념적으로 보려고 하지 않았다.

쉬운 말로, 이기면 충신이요, 지면 역적이라는 것이다. 일본의 조정은 힘이 강한 자의 편이 되어 왔다. 약한 자는 언제나 역적이었다.

료마는 그렇게 달관하고 있었다. 그러므로 기다소에 같은 관념론자와는 의견이 엇갈릴 수밖에 없었다. 한페이타 역시 그런 전형적인 근왕 지사였기 때문에 그 관념에 순사(殉死)하고 만 것이다.

"사쓰마 번과 아이즈 번이 손을 잡으면 천하에 그보다 강한 자는 없어. 강하면 조정의 의사를 뜻대로 할 수 있어. 그러면 조정에 강요하여 조슈 번을 적으로 몰아 막부와 3백 영주의 힘으로 두들겨 부수고 말 거야."

기다소에는 말이 없다. 그도 그렇게 생각하고 있었기 때문이다.

"그러니까 홋카이도 번(北海道藩)을 만들게!"

옛? 하고 기다소에는 놀랐다.

료마가 말하는 것은 모두 비약하고 있다.

아니, 비약은 아니다.

료마가 하는 말은 잘 생각해 보면 그건 그것대로 계통이 서 있었다.

"홋카이도 번"

료마는 그렇게 말했다. 번, 그것은 재미있게 그런 표현을 했을 뿐, 물론 번은 아니다. 홋카이도에 주둔할 낭인 육군을 말한 것이다.

료마의 꿈은 세도 내해(瀨戶內海)에 낭인 상선대와 낭인 함대를 띄우고, 가능하면 홋카이도에도 낭인 육군부대를 창설하는 것이었다.

"그렇게 되면 일단 막부 타도의 시기가 왔을 때 바다와 육지가 서로 호응하여 막부를 공격할 수 있어. 그 실력은 가능하면 백만 대군에 맞먹는 정도면 좋겠어. 그렇게 되면 기다소에, 막부 타도도 근왕 양이도 헛소리가 안될 수 있지. 자네는 육군을 인솔하게. 막부가 무너지면 북방을 지키면서 땅을 개간하는 거다. 나는 해운업이라도 하겠어."

'사카모토의 허풍.'

그런 말을 기다소에는 생각해 냈다.

"싫소!"

기다소에는 어디까지나 교토의 국지적인 폭동주의자였다.

"좋아, 나는 에도로 가겠어. 준비를 해가지고 오지. 기다소에, 내가 교토로 돌아온 뒤에 한 번 더 만나 상의를 하자고."

"막부에 돈을 얻으러 가는 거요? 그 더러운 돈을……."

"무슨 소리! 막부는 이에야스 이래 3백 년의 정부야. 그 돈은 모두 일본 백성들의 세금에서 나온 돈이야. 일본인 전체의 돈이지. 도쿠가와의 개인 재산은 아냐. 일본을 위해서 쓰는데 무슨 상관이 있나."

"적의 돈이오."

"막부도 일본 사람이야. 나는 적이라고는 생각지 않아. 하여간 그런 이론은 그만두자. 어쨌든 우선은 돈이야."

료마는 손가락으로 동그라미를 만들어 보였다.

"돈 없이 무슨 일이 되겠나?"

그날 밤 늦게까지 기다소에를 설득시켜 마침내 "료마가 담당한 준비 공작만 성공하면 기다소에가 낭인 모집에 나선다" 하는 데까지 이야기가 되었다.

"됐어! 내일이라도 에도로 가겠다."

료마는 힘차게 외쳤다. 그의 머릿속에는 육해군의 늠름한 모습이 떠올랐다. 천하 대사는 이미 반쯤 성공된 것 같은 느낌이었으리라.

비를 맞으며 기다소에는 돌아갔다.

료마는 가쓰의 소개장을 얻어, 때마침 오사카 덴포 산 앞바다에서 에도로 떠나는 배가 있다기에 가쓰에게 양해를 얻은 다음 그 배를 타고 교토를 떠났다.

후시미로 들어갔다.

데라다야의 30석 배를 타야 되는데 그러려면 오토세의 데라다야에 들르지 않으면 안 된다.

"여어!"

문간으로 들어섰다.

"오료가 아파 누웠어요."

오토세가 일어서서 료마에게 말했다.

방으로 들어가 보니 오료가 얼굴이 벌개진 채 누워 있었다.

"열이 있는가?"

이마를 짚었다. 불같이 뜨겁다.

"언제부터 열이 났나?"

료마는 뒤따라 온 오토세에게 물었다.

"그런 건."

오토세는 쓴웃음을 지었다.

"본인한테 물으시면 되잖아요?"

"그도 그렇군."

료마는 다시 오료의 충혈된 눈을 바라보았다.

서로가 눈부신 듯한 표정을 짓고 있다.

"어제 저녁부터예요."

"죽을 염려는 없겠지?"

"그런 말씀을."

오료나 오토세는 펄쩍 뛰는 표정을 지었다. 죽을병은 아니다. 고작 감기가 아닌가.

"오한이 나는 것뿐이에요. 저는 감기만 들면 열이 높아요. 늘 그러니까 염려하실 건 없어요."

"의사는 뭐라고 하던가?"

"감기."

오료는 작은 소리로 말했다.

"사카모토님, 열흘쯤 묵으시면서 천천히 간호 좀 해주세요."

"아니 괜찮아."

"뭐가 괜찮아요?"

"죽지는 않는다고 했잖아. 그렇다면 오늘 밤 배로 오사카로 가서 즉시 에도에 가지 않으면 안돼."

순간, 지바의 사나코 얼굴이 떠올랐다. 머리를 갸웃거렸다.

'나는 어느 쪽을 더 좋아하는 것일까?'

자신도 알 수 없다. 결국 자기는 그렇고 그런 바람둥이일는지도 모른다고 스스로 생각했다.

오토세는 날카롭다.

"어머, 이상한 얼굴을 하고 있네. 에도의 지바댁 아가씨라도 생각하고 있는 거겠죠?"

"잘도 아는군."

료마는 감탄했다.

오토세는 어이가 없었으나 이내 웃음이 터졌다. 오료도 하는 수 없다는 듯이 웃고 있다.

"사카모토님, 설사 그렇더라도, 아니 그렇지는 않아, 일 때문이야, 그렇게 말씀하셔야죠. 오료가 불쌍하지 않아요?"

"그렇지만 간호는 할 수 없어."

료마는 고지식한 소리를 했다.

"참 별꼴이야. 그래서는 틀림없이 여자한테 밉상을 살 거예요."

"그래도 하는 수 없지."

"오료야."

오토세가 불렀다.

"이런 분이니까 이제 마음을 주지 않는 것이 좋겠어."

"하지만 은의(恩義)가 있는 걸요."

무심코 한 익살이었다. 오토세는 자지러지듯이 웃었다.

"그래? 오료는 은의 때문에 이 분을 좋아한 거로군. 너도 꽤나 타산적이야."

"아니, 아니, 그게 아니래도요."

"그렇다고 해 둬. 멋진 대사(臺詞)야. 이런 박정한 남자에겐 그렇게 말해 두는 것이 제일 좋아."

"그래야 하나?"

료마는 이상하게도 쓸쓸한 표정을 지었다.

오료의 진심을 아직도 모른다.

마침 의사가 왕진을 왔다.

후시미에서는 유명한 내과 의사인 야마네 쇼안(山根祥庵)이었다. 쇼안은 오료가 같은 의사인 죽은 나라사키 쇼사쿠(楢崎將作)의 딸이라고 하여 특별히 보아 주고 있는 것 같다.

"이건 아무래도……."

머리를 꼬며 말했다.

"보통 감기로는 좀 이상해."

료마의 눈으로 보아도 고열뿐이 아니다. 기침과 담이 심하고 맥도 정상이 아닌 것을 알 수 있었다.

"잘못되면 담결통(痰結痛)이 될 염려가 있는 걸요."

담결통이란 폐렴을 말한다. 그렇다면 죽을 염려도 없지는 않다.

'허허어……'

료마는 의사의 얼굴을 바라보고 있다. 중대가리에 뚱뚱보였다.

"괜찮을까요?"

료마는 공손한 태도로 물었다.

"예?"

의사는 작은 눈을 치떴다. 질문의 의미를 겨우 알게 되자 무뚝뚝하게 쏘아붙였다.

"그런 건 의사에게 묻는 게 아니오."

"제기랄."

료마는 화가 났다. 사느냐 죽느냐, 그런 걸 아는 기술자가 의사가 아닌가.

료마가 분개하여 그렇게 말하자, 쇼안은 그렇다고 끄덕였다.

"그러나 죽느냐 사느냐 하는 것은 함부로 의사가 단언할 수 없소."

거만한 의사다.

료마도 말이 거칠어졌다.

"어째서?"

"그런 건 점쟁이에게나 물어 보오. 이 야마네 쇼안은 인간의 수명, 천명을 알아맞히려고 할 만큼 불손하지는 않아."

"……."

"의사가 진실하면 할수록 더욱 알 수 없는 거야. 그러기에 나는 위험하다는 표현을 썼어. 알겠소?"

"딴은."

료마는 끄덕였다. 쇼안은 괴팍한 사람인 것 같으나 요컨대 철학을 말하고 있는 모양이다.

"거지라도 90살까지 사는 수가 있고 10여 명의 시의를 거느리고 있는 군왕이라도 덧없이 죽고 말 때가 있어."

"옳거니!"

료마는 이 의사의 말이 마음의 다른 부분을 울려 문득 눈이 뜨인 것 같은 생각이 들었다.

'그렇다면, 인간은 생사 따위를 생각할 필요가 없지 않겠는가?'

자신에게 그렇게 말하고 있다. 수명은 하늘에 있다. 인간은 그것을 하늘에 맡겨 둔 채 일에만 열중하면 되는 것이다.

"알았어!"

료마는 오료를 보았다.

"오료의 목숨은 하늘에 달렸어. 그렇게 알고 나는 이번 배편으로 떠나겠어."

"네."

오료는 입으로 숨쉬고 있다.

료마는 막부 함선으로 에도로 향했다.

이름은 반료마루(蟠龍丸). 3백70톤짜리 목선이다.

"사카모토님, 이 배는 처음입니까?"

함장인 마쓰오카 반키치(松岡盤吉)가 갑판 위에 서 있는 료마에게 소리쳤다.

프록코트, 조끼, 바지로 된 해군복 소매에는 금테 세 줄이 들어 있다.

소박한 성격이지만 실무에는 밝다.

"처음이긴 한데 무척 낡았군요."

"아니, 아주 성능이 좋아요."

반료마루는 범선이었다. 거기에 1백 28마력의 엔진이 붙어 있고 순풍일 경우에는 석탄을 절약하기 위해 돛을 달고 달린다.

본래의 이름은 엠퍼럴 호(皇帝號)였다.

영국제였다. 영국에서는 황실의 유람선으로 만들어진 것인데, 안세이(安政) 5년, 빅토리아 여왕이 일본의 주권자인 '장군'에게 선사한 것이다.

마스트는 두 개.

지금 그 마스트 가득히 돛이 펼쳐져 구마노(熊野) 산맥을 왼쪽으로 바라보며 기슈 앞바다를 달리고 있다.

두 번째 마스트에 일본 국기가 바람에 펄럭이고 있었다.

료마는 신기한 듯이 그 기를 바라보았다.

"저겁니까, 히노마루라는 것이……?"

소문으로만 듣고 있었다.

이해 8월 7일, 막부는 대외적인 접촉 때문에 국기를 만들어야 할 필요를 느끼고 "나라의 표지(標識)로 이것을 쓰라!"고 공표했다.

히노마루를 국기로 정하기는 했으나, 실제로 그것을 쓰고 있는 것은 막부의 육군이나 함선뿐이었다. 그러므로 뒷날 도바(鳥羽) 후시미 싸움을 비롯해 간토(關東), 도후쿠(東北), 하코다테의 싸움에까지 계속되는 이른바 보신 전쟁(戊辰戰爭)에서 관군은 일월(日月)의 비단 깃발을 썼고, 막부 군대는 히노마루를 썼다.

말하자면 막부의 기와 같은 것이었다. 이것이 정식 국기로 제정된 것은 메이지 3년(1870년) 7월이었다.

여하튼 료마로서는 신기했다.

료마는 반료마루의 승무 사관이 놀랄 정도로 배에 익숙했다.

"함장을 맡아도 훌륭히 해내시겠군요."

마쓰오카 함장은 겉치레가 아니라, 진심으로 칭찬했다.

다음날 밤에는 스루가 앞바다를 항행하고 있었다. 료마는 마쓰오카의 부탁으로 임시 당직 사관을 맡았다.

달이 떴다.

항해 일지의 끝에

'달빛 밝음, 깊은 밤, 소나기 한 차례'라고 쓰고, 다시 '풍력(風力) 6번'이라고 썼다. 풍력 6번이란 웅풍(雄風)을 가리킨다. 돛을 달고 달리기에 가장 알맞다. 이 당시는 바람을 0번에서 12번까지로 구분했다. 6번의 웅풍은 풍속이 11.2미터로 어지간한 돛이면 다 올릴 수 있는 바람이다. 0번은 무풍, 1번은 지경풍(至輕風), 3.18미터이다. 그 다음엔 경풍, 연풍(軟風), 화풍(和風), 질풍, 웅풍, 강풍, 질강풍(疾強風), 대강풍(大强風), 전강풍(全强風), 폭풍, 태풍의 순.

료마는 계기류(計器類)에서 얻은 숫자도 써 넣었다.

계기류란 한난계, 청우계, 나침판, 경선의(經線儀), 측정의(測程儀) 등인데 처음엔 어렵게 느껴졌으나 익숙해지자 퍽 재미있는 것들이었다.

료마는 이런 것들을 '기계의 종자(從者)'라고 부르고 있었다.

"이것들을 잘 사용하면 자신이 지금 어디에 있으며 무엇을 할 것인가를 알게 된다."

그는 곧잘 사람들에게도 이렇게 말했다.

예를 들어 육분의(六分儀)로 태양과 별을 관측한다. 그것으로 천체의 높이를 알고 경선의—위도(緯度)를 측량하는 기계—와 천문력(天文曆)에 의해 아무리 큰 바다 한복판에서도 자신의 위치를 알 수 있는 것이다.

료마는 이런 함선의 지식에서 천하를 움직일 수 있는 요령을 터득했다고 말하고 있다.

항상 시대의 풍력과 습도와 청우를 측정하고 다시 자신의 위치를 확인함으로써 무엇을 할 것인가를 판단했다. 기다소에처럼 폭풍이 부는데 돛을 달고 출항하려는 생각은 당초부터 없었다.

어느덧 배는 시나가와 앞바다에 닿았다.

곧 에도로 들어가 오케 거리의 지바 댁으로 들어갔다.

하인인 요헤이가 말했다.

"공교롭게도 노선생님을 비롯해, 젊은 선생님, 아가씨, 모두 오다마가이케의 본댁으로 가셨습니다. 저녁때면 돌아오시기는 할 텐데……."

"응, 그래. 그럼 잠깐 다른 볼일을 보고 올테니 조리(草履) 좀 빌려 주지 않겠나?"

료마는 신고 온 짚신을 버리고 하인이 주는 조리를 신었다.

막부의 가신인 오쿠보 이치오를 찾아 예의 홋카이도 낭인 번(浪人藩)의 실현 방법을 교섭하기 위해서였다.

"늦게 돌아올지도 모르겠어."

"예예."

‘다릿심 좋은 나리야.’

하인은 멀어져 가는 료마의 뒷모습을 어이없는 듯 보고 있었다.

마침 오쿠보는 집에 있었다.

료마는 서재로 안내되었다.

일본, 중국, 서양의 책들이 산더미처럼 쌓여 있고 한쪽 모퉁이에 지구의가 놓여 있다.

“무슨 일이야?”

담배함을 들고 이치오가 나타났다.

허여멀쑥한 얼굴에 이마가 넓다. 눈은 연방 웃고 있다.

“지금 러시아가 연해주로 진출해서 홋카이도로 쳐들어온다면 막부는 어떻게 하겠습니까?”

“갈팡질팡하겠지.”

이치오는 가볍게 받아 넘겼다.

“그뿐입니까?”

“뭐, 그뿐이겠지. 요코하마의 외국 공사들에게 매달려 그들의 힘으로 견제하도록 하는 도리밖에 없겠지.”

“싸우지 않고?”

“싸우지 않을 수는 없겠지. 싸우지 않는다면 견제해 줄 영국이나 프랑스도 일본은 이런 나라구나, 하고 러시아와 함께 나눠 먹으려 들 것이 아닌가?”

“그러면 싸운다는 건 알겠는데, 누가 싸웁니까. 막부 직속 무사 8만인가요?”

“아냐, 그들로는 안 돼.”

이치오가 말하는 대로 막부의 가신들은 3백년의 태평과 도시 생활에 젖어 옛날의 야성(野性)이 전혀 없어지고 말았다.

이야기는 료마가 생각하는 방향으로 이끌려 갔다.

"그렇습니다. 직속 무사로는 안 됩니다."
료마는 거침없이 말했다.
이치오는 쓴웃음을 지었다. 그도 물론 직속 무사의 한 사람이다.
이치오도 자기네 직속 무사들에게는 이미 시대를 감당해 나갈 기개도 능력도 없다는 것을 누구보다 잘 알고 있다.
"각 번의 문벌이나 녹봉 많은 무사도 안 됩니다. 3백 년 호의호식해 온 집안에서 시국을 위해 죽으려는 사내가 나올 리 없습니다."
결국 무사 계급은 뿌리까지 썩어서 시대적 사명을 질 수 없게 되었다는 이야기다.
"그럼, 백성들이 좋을까?"
이치오는 이상한 눈으로 바라보았다. 료마도 같은 눈빛으로 머리를 저었다.
"안될 겁니다."
백성들은 도쿠가와의 정책에 따라 자기 계급에 대해 긍지라는 것을 갖지 못하도록 훈련을 받아 온 것이다.
게다가 욕심만 있고 교양이 없다. 그저 세금이나 바치는 피지배 계급으로, 바꿔 말해 사회에 대해 책임이 없는 계급이었다. 그런 계급에서 나라를 위해 희생하겠다는 사람이 나오기는 어렵다.
"이런 묘한 계급을 만든 것은, 오쿠보님, 도쿠가와 집안의 죄입니다."
료마는 미국 '시민'과 비교하면서 그렇게 말했다. 이런 국사 다난한 시대에 일본인의 대부분을 차지하고 있는 농민과 상인들에게 아무런 기대도 걸 수 없다는 것은, 생각하면 다른 나라에서는 볼 수 없는 기이한 현상일 것이다.

일본의 인구 중, 9할이 농민과 상인이고 1할이 무사였다. 1할만이 자신의 긍지를 가지고 사는 '시민'이라고 말할 수 있을 것이다.

"하지만 사카모토, 죄만 있는 건 아닐 걸세. 도쿠가와는 무사를 만들어 냈다. 이것은 하나의 인간으로서, 청나라에도 미국에도 없는 것이야."

그 무사 가운데 상급 무사들이 썩었다면 기대를 걸 수 있는 것은 하급 무사라는 이야기가 된다. 무사로서의 교양과 도덕을 지니고 있으면서 마시지도 먹지도 못하는 가난한 가정에 태어난 사람들이므로 터질 것 같은 야성과 기개를 가지고 있는 자가 많다.

"그런 의미에서……."

료마는 말했다. 교토에 모여 있는 이른바 근왕의 지사들 중에 그런 계급의 출신이 많고, 그 중에서도 특히 야성과 기백을 가지고 있는 사람들이 집과 고향을 버리고 교토에 몰려들고 있다.

"그런 무리들을 홋카이도로?"

오쿠보는 난색을 보였다. 모두가 극단적인 양이주의자나 도막(倒幕)주의자들이다. 요컨대 막부로서는 독약과 같은 무리들이다.

"막부로서는 독약일는지도 모릅니다. 그러나 독이 없는 무리들은 아무 쓸모도 없지만, 그들은 쓰기에 따라서는 일본을 위해 강장제가 될 수 있습니다."

밤이 깊도록 료마는 이치오를 설득하여 드디어 막부에 그 안을 상정시키기로 타협을 보았다.

오쿠보는 촛불을 켜들고 손으로 바람을 가려 가며 료마를 현관까지 바래다주었다.

"아 참, 중요한 이야기를 깜빡 잊고 있었군."

이치오는 현관 마루에 서서 자신의 소홀함을 우스워했다. 그의 옷는 얼굴로 보아 료마가 좋아할 이야기인 것 같다.

"아아, 군함 일입니까?"

료마가 외치듯 물었다.

"알아맞혔군."

"언제 얻게 됩니까? 가능하면 지금 얻어 가지고 가고 싶습니다."

료마는 한쪽 발을 마루 끝에 걸쳤다.

"서둘지 마라. 강아지 새끼라도 얻어 가듯이 얘기를 하는군. 2, 3일 내에 시나가와로 돌아온다니까, 어쩌면 오사카로 타고 돌아갈 수 있을 거야."

"타고 가겠습니다."

침이 이치오의 얼굴에 튀었다.

료마의 얼굴이 바싹바싹 다가오는 것이다.

"얼굴 좀 치워!"

이치오는 어이가 없어 뺨에 묻은 침을 닦아 내며 말했다. 그러나 료마의 얼굴은 여전히 웃음꽃을 피운 채 다가오고 있다.

"무슨 배입니까?"

"간코마루야."

"그것 잘됐군. 처음 계획대로군요."

"이봐, 이봐, 얼굴 좀……."

이치오는 몸을 젖혔다.

료마는 껑충껑충 뛰고 싶을 만큼 기뻤다. 이 같은 기쁨은 여지껏 겪어 본 일이 없다.

료마는 오쿠보 저택을 나왔다.

초롱불을 들고 사람의 왕래가 없는 거리를 총총걸음을 치며 몇 번이나 길에서 껑충껑충 뛰면서 외쳤다.

"아아, 군함……."

그러면서 사다케공의 저택 모퉁이를 돌자 개가 마구 짖어 댔다. 료마는 그제야 겨우 조용한 걸음으로 걷기 시작했다.

간코마루는 4백 톤.

선령(船齡)은 14년, 다소 오래된 것이다. 네덜란드에서 만든 것인데 안세이 2년 빌헬름 3세(三世)가 막부에 선물로 주기 위해 나가사키로 보내 온 것이다. 막부가 가진 최초의 서양식 군함으로, 가쓰 가이슈 등 제1회 해군 연습생들도 이 군함에서 기술을 습득했다.

마스트는 3개. 1백 50마력의 엔진을 가진 종범선(縱帆船)으로 함재포(艦載砲)는 여섯 문이었다.

료마가 이럴 무렵, 간코마루는 사가 번(佐賀藩)의 해군 훈련을 위해 대여중이었는데 이번에 사가 번에서 막부로 되돌리게 된 것이었다.

'드디어 연습함(練習艦)을 가질 수 있게 됐다.'

료마는 다리가 허공에 뜨는 듯이 걸어 오케 거리의 지바 저택으로 돌아갔다.

문지기는 어이가 없었다.

"이런 새벽에 돌아오시다니요!"

하긴, 동녘 하늘이 희끄무레해지고 있다.

우물가로 돌아가니 젊은 선생인 주타로가 막 일어난 듯 세수를 하고 있었다.

"뭐야, 료마?"

젖은 얼굴을 들고 볼멘소리를 냈다.

"어젯밤 돌아왔는가 싶더니 없어졌더라고 문지기가 투덜대고 있더군. 어젯밤 어디서 묵었나?"

"오쿠보 댁에 있었어."

"그래?"

료마의 등 뒤에서 인기척이 났다.

사나코다.

"아니, 이건⋯⋯."

료마는 사나코에게 인사를 했다. 사나코는 아무래도 기쁨을 감출 수 없는 모양이다.

"탈번하신 뒤 사카모토님은 전보다 더 너저분해지셨군요."

"진짜 떠돌이 낭인이죠. 탈번하고 나니 본국의 송금이 끊어져 못 견디겠어. 아 참, 그렇군. 실은 배가 고파. 정말 놀라운데. 생각해 보니 어제 저녁부터 아무것도 먹지 않았군요."

"진지도 잡숫지 않고 주무시지도 않고 어디를 가셨나요?"

그만 장난꾸러기를 꾸짖는 듯한 말투가 된다.

"이거 면목 없습니다만, 꾸중은 나중으로 돌리시고 조반을 대접해 주시지 않겠습니까?"

"곧 준비하겠어요."

사나코는 종종걸음으로 사라졌다.

"료마, 어서 아내로 맞이해 주라고. 저애는 저렇게 보이지만 자네를 세상에 다시없이 사모하고 있는 모양이야."

"농담 말게. 나 같은 뜨내기에게 반하는 사람이 어디 있어?"

료마는 상대조차 하지 않았다.

"어이, 좀 빗으라고, 그 머리. 군함을 타고 왔기 때문에 바닷바람으로 머리칼이 한 오리 한 오리씩 은실처럼 꼿꼿해졌네."

"까짓, 머리칼은 그렇다 치고."

료마는 간코마루가 입수된 일을 기쁜 듯이 이야기했다.

주타로도 손을 잡을 듯이 기뻐하면서 말했다.

"앗하하하, 료마, 드디어 뜻을 이룰 수 있게 될 것 같군. 정말 인간은 소망을 품고 볼 일이야. 그야말로 소망을 품지 않으면 안 되는 모양이야. 생각해 보면 빈털터리 낭인인 당신이 군함 한 척만 달라고 말한다면 모두들 미치광이 취급을 하겠지. 나도 처음에는 놀랐네만 드디어 손에 넣었는가? 믿을 수 없군. 틀림없는 군함인가?"

"진짜 군함이야."

료마는 웃었다.

"움직이는 배야. 간코마루라는 것인데, 그것 한 척만 있으면 지구 위 어디라도 갈 수 있어."

"해냈군!"

이 사람 좋은 검객은 눈물을 글썽거렸다.

"하여간 배가 고파."

"이봐, 이봐."

주타로는 부엌 쪽으로 소리를 쳤다. 아무래도 사람이 너무 좋아 경솔한 구석이 있다.

조반 준비가 갖추어졌다.

료마는 밥상 앞에 앉았다.

사나코가 시중을 들었다. 주타로도 오야스도 들어오지 않는 것은 단 둘이 있게 해 주려는 배려일까?

"으시시하군."

료마는 젓가락을 들고 부르르 떨었다. 공복과 수면 부족으로 추위가 한층 더 느껴지는 모양이다.

"많이 드세요."

사나코는 말했다.

순식간에 료마는 밥 세 공기, 국물 두 사발을 먹어치우고 나서야 겨우 제정신을 차린 듯한 표정을 지었다.

"참, 인사를 깜빡 잊었군. 올 이른 봄에 홋카이도에서 돌아온 기다소에 기쓰마 등이 이곳에 머물게 해준 것을 여간 기뻐하지 않더군요. 또 부탁합니다."

료마는 천하의 지바 도장을 동지들의 에도 여관으로 만들어 버릴 작정이다.

"도사 분들은 재미있더군요. 탈번하여 천하를 주유하게 된 덕분에 처음으로 쌀밥을 먹었다고들 말씀하시더군요."

"옳은 말이지."

료마는 재미있어했다.

"올가을 야마토 의거(덴추조) 때 죽은 나스 신고(那須信吾)라는 사내는 유즈하라 마을(檮原村)이라는 산골 태생이죠. 피(稗)와 좁쌀만 먹었죠. 무사는 무사지만 도사나 사쓰마의 향사들은 가난해요. 에도나 교토, 오사카의 상인들이라면 하루도 참지 못합니다."

"사카모토님 댁은 대단한 부자 향사(鄕士)시죠?"

"그렇기 때문에 이런 태평스런 놈이 생겼나보죠."

"게다가 둘째 도련님이고, 누님 밑에서 응석꾸러기로 자라났고."

여염집 처녀라면 너무 태평스러워서 마음이 몸의 어느 구석에 붙어 있는지도 모른다고 빈정대었으리라.

"사나코 아가씨에게 걸리면 견딜 수가 없군. 언제까지나 열아홉 살에 출번한 그때처럼 취급하니."

"그렇지 않아요. 깍듯이 존경해 드리고 있어요."

"고맙소."

료마는 뜨거운 차를 마시고 나자 졸음이 왔다.

벌렁 드러누워 방석을 끌어당겨 베개로 삼았다.

"행실이 나쁘군요."

사나코가 그렇게 말했을 때는 벌써 코를 골며 잠들어 있었다.

사나코는 이불을 덮어 주었다.

'이상한 냄새……'

교토, 오사카의 때를 그냥 묻혀 온 것이리라. 몸뿐만 아니라 무명의 검은 하오리는 어깨 쪽이 햇볕에 바래고 소매가 때로 반들반들 빛나고 있다.

료마는 저녁때까지 잤다. 어처구니없는 노릇이지만 잠자리에 오줌을 싸 버렸다.

일어나 보니 바지가 흠뻑 젖어 찝찝해서 견딜 수 없다.

'어쩐지 푹 잔 것 같더라니.'

투덜투덜 대면서 마루로 나와 바지를 입은 채로 탁탁 털었다.

오줌이 방울져 튀었다.

'난처한데.'

료마는 사나코가 두려웠다.

등 뒤에서 장지가 바지직거리는 소리가 들렸다. 사나코가 들어온 모양이다.

비단 옷자락 스치는 소리가 들리고 이윽고 방구석에 앉는 기척이 들렸다. 한참 동안 침묵이 흘렀다.

"……."

이상스러운 듯 료마를 보고 있는 모양이다.

"왜 그러시죠?"

"응?"

계속 탁탁 바지 자락을 털고 있던 료마는 이윽고 단념했다. 자락은 물기를 품은 채 묵직하게 늘어져 정강이에 찰싹 달라붙었다.

"미적지근한데."

료마는 불쑥 중얼거렸다.

"뭐가 미적지근하시죠?"

"바지 말이오."

"바지가 미적지근하다고요?"

'성가시군.'

료마는 사나코 쪽을 돌아보았다.

사나코는 야릇한 표정으로 윗목의 다다미를 보고 있다. 그곳이 젖어 있었다.

"사나코 아가씨, 아가씨는 무사(武士)의 딸이죠?"

"네."

사나코는 멍하니 고개를 끄덕이며 다다미 위를 바라보고 있다.

"무사의 딸이라면 보고도 못 본 척하는 겁니다."

료마는 찌푸린 표정으로 말했다.

그때 머리가 빨리 돌아가는 사나코는 료마가 14, 5살이 될 때까지 '오줌싸개'라고 불리던 것을 생각했다. 순간 그것과 이 일이 겹쳐 사나코는 조심스럽지 못하게도 상체를 푹 숙였다. 허리띠가 파고든다. 숙인 채 온몸을 부들부들 떨었다. 필사적으로 웃음을 억누르고 있다. 피가 곤두 솟았다.

얼굴이 빨갛게 달아올랐다.

"해로운데."

료마는 도사 사투리로 말했다. 사나코의 모양이 걱정스러워진 것이다.

"우스울 때 웃지 않으면 해로운데."

그렇다고, 간호해 줄 도리도 없어 료마는 멍청하게 선 채 충고했다.

"웃어 버려, 웃어 버려요."

료마는 마침내 사나코 곁으로 다가가 등을 두들겼다.

주정꾼을 간호하는 것과 비슷하다. 토해라, 토해라, 하는 것 같은 자세다.

"사카모토님, 사카모토님은……."

간신히 말하고 있지만 말이 되지 않는다.

"말하지 마, 말하지 말아요. 말하면 우스워져서 몸에 해로워요."

확, 소맷자락을 얼굴로 가리더니 사나코는 방 밖으로 달려 나가고 말았다.

"앗하하하, 저 아가씨도 참 별수 없는 사람이군."

료마는 유쾌한 듯이 웃었다.

그때 주타로가 들어와서 뭐야, 무슨 일이 일어났어, 하고 물었다. 료마는 자초지종을 설명해 주었다.

"사나코 아가씨는 나이를 먹어도 어린 아이 같아."

그러고 료마는 또 웃었다. 주타로는 어이가 없었다. 나이를 먹어도 어린 아이 같은 것은 오히려 료마가 아닌가.

료마의 에도 체재가 길어졌다.

매일 시나가와(品川)로 간다. 빌려쓰게 된 막부(幕府) 군함 간코마루는 시나가와 바다에 닻을 내리고 있었지만 자질구레한 수리가 아직 끝나지 않은 것이다.

료마는 그 군함편에 오사카로 돌아갈 작정으로 수리가 끝나기를 기다리고 있었다.

'이것은 나의 군함이다.'

이렇게 생각하면, 매일 갑판에 서 보지 않고서는 마음이 놓이지 않는다.

뿐만 아니라 선채(船體)의 못, 나사 하나하나까지도 쓰다듬어 주고 싶을 정도였다.

료마는 함내에서 쉴 새 없이 왔다 갔다 하며 장치, 비품 등, 눈을 감아도 환히 알 수 있을 정도까지 친해졌다.

특히 돛과 기관에 익숙해지려고 했다. 돛을 올려 매는 것을 돕기도 하고, 스스로 마스트에 올라가 조망대의 상태를 조사하기도 하고, 배 밑으로 기어들어가 기관에 금이 가지 않았는가를 점검하기도 했다.

이 배를 빌려쓰고 있던 사가 번에서 어선(御船) 감독 히데시마 후지노스케(秀島藤之助)란 훌륭한 무사가 막부에 인도해 주기 위해 출장 와 있었다.

히데시마는 양식 군함에 숙달했으며 간코마루가 사가 번에 있을 때는 함장을 지냈다.

료마는 그 히데시마에게 간코마루의 성능의 특징을 자세히 들었다.

"우현(右舷)이 좀 무거운 것 같습니다."

히데시마는 말했다.

"거기다가 기관도 성능이 나빠 처음 불을 땔 때는 좀처럼 힘이 나지 않습니다."

히데시마는 투덜거렸다. 그러나 료마에게는 그런 불평 한 마디 한 마디까지도 즐거웠다. 성능이 나쁜 배일수록 친근감이 있어 좋지 않은가.

"그거 좋군요."

싱글벙글이다.

히데시마는 당시 나베시마 간소(鍋島閑叟)라는 천하제일의 '양학 영주(洋學領主)' 휘하에 있는 영리한 해군 사관인 만큼 료마가 싱글벙글하는 얼굴을 이상히 여겨 의심하기조차 했다.

'이 사내, 바보가 아닌가?'

히데시마가 보기에 료마는 우스운 사내였는지도 모른다.

마스트에 올라갈 때는 곧 미끄러져 떨어질 것 같았고, 기관의 상태를 조사할 때만 하더라도 어딘가 덤벙대는 것만 같았다. 뭐니 뭐니 해도 지금까지 좋아서 군함에 달라붙어 왔을 뿐, 정식으로 양학(洋學)과 해군학(海軍學)을 배운 것은 아니었다. 료마가 가지고 있는 기술 중 뛰어난 것이라고는 면허를 받은 호쿠신잇도류의 솜씨일 뿐, 조함(操艦)쪽은 그때까지도 서툰 취미 정도의 단계였다.

히데시마는 료마가 도사 사람이므로 이 막부의 군함이 다음엔 도사 번에 대여될 줄 알고 그렇게 물었더니, 료마는 무뚝뚝하게 대답했다.

"도사 번이 아닙니다. 낭인입니다."

"뭣, 낭인에게?"

히데시마는 의외인 모양이었다. 낭인이 군함을 조작할 수 있을는지 의심스럽다.

그런데 료마는 이미 오사카 쪽에 있는 가쓰 가이슈에게 전령을 보내, 고베 학교의 학생들을 에도에 보내 달라고 부탁해 두었다.

며칠이 지난 오후, 료마가 함교에서 타륜(舵輪)의 상태를 조사하고 있는데 일장기를 울린 범선이 조용히 미끄러져 들어왔다.

'뭐야, 이건?'

료마는 손길을 멈추었다.

마스트 세 개짜리의 순수한 범선으로, 기관은 달려 있지 않고 톤수는 2백50톤 정도이리라.

"어선(御船), 센슈마루(千秋丸)군."

곁에 섰던 막부의 사관이 말했다. 어선이라는 것은 막부의 함선이다. 센슈마루는 군함이 아니라 운수선이었다.

미국 보스턴 시에서 제조된 배로서, 원명은 다니엘 웹스터였다. 그것을 재작년 분큐 원년 7월, 막부가 1만 6천 달러에 사들인 것으로서, 선령 12년, 페인트칠이 많이 벗겨져 있었다.

"저 어선, 어디서 돌아오는 길입니까?"

료마가 물었다.

"오사카."

막부 사관은 무뚝뚝하게 대답했다.

으시대는구나, 생각하면서 료마는 막부 사관에게 다가가 그가 목에 걸고 있는 쌍안경을 훌쩍 벗겼다.

"잠깐 빌립시다."

눈에 갖다 대고 센슈마루를 보았다.

쌍안경을 뺏긴 막부 사관은 본래 료마라는 낭인을 좋게 여기지 않고 있었던 것 같다. 사사건건 퉁명스러운 태도를 보여 온 사내였다.

"이봐, 무례하지 않은가!"

위압적으로 나무랐다.

료마는 묵살한 채 쌍안경을 그냥 눈에 대고 있다.

"들리지 않나?"

막부 사관은 귓전에다 외쳤다.

"않아."

료마는 나직한 소리로 말했다. 들리지 않아, 를 줄여서 한 말이다. 그런 말투가 도사의 고치(高知)에 있는 모양이다.

"야아, 갑판에 무쓰 요노스케(陸奧陽之助) 비슷한 자가 타고 있구나."

료마는 정신이 온통 센슈마루로 쏠려 버렸다.

센슈마루는 돛을 내리는 작업을 하고 있다. 거기에는 무쓰 요노스케뿐 아니라, 우마노스케(馬之助)도 있었다.

우마노스케는 앞의 마스트로 올라가서 돛을 내리는 작업을 하고 있었다.

료마의 큰누이 지즈루(千鶴)의 아들 다카마쓰 타로(高松太郎)가 닻줄을 다루고 있다. 그 옆에서 스가노 가쿠베에(管野覺兵衛)의 커다란 몸이 움직이고 있었고, 또한 옛날 료마와 함께 산을 넘어 탈번한 사와무라 소노조(澤村惣之丞)도 있다.

모두들 고베 학교의 학생들로 뒷날 료마의 해원대(海援隊) 용사가 될 사람들이다.

"앗하하하, 왔구나!"

료마는 홍소를 터뜨렸다.

옆에서 막부 사관이 외쳐 대고 있다.

"돌려 줫, 돌려 줫!"

료마는 쌍안경을 눈에서 떼어 불쑥 그 사내의 목에 걸어 줬다.

"고맙소, 잘 보이던데. 그러나 막부 가신이라고 너무 으시대지 말라고."

그 사내를 툭 치고는 료마는 겨울 햇볕이 함빡 내려 쬐고 있는 갑판으로 트랩을 밟고 내려왔다.

바람은 4번, 연풍(軟風)이었다.

저쪽 센슈마루에서는

풍덩

시나가와 바다에 닻을 던졌다.

배의 닻을 내리는 것은 료마에게 눈에 익은 풍경이었다. 그러나 이때만은 물보라를 퉁긴 새하얀 바닷물 빛에서 눈이 아플 만큼 선명한 인상을 받았다.

료마는 간코마루 갑판 위에 그냥 서 있었다. 그는 근시라 충분히 살펴볼 수는 없었으나, 센슈마루는 입항 뒤의 작업을 거의 끝낸 모양이었다.

료마는 센슈마루 뱃전에서 보트가 내려지는 것을 보았다.

보트는 물 위에 떴다.

뱃전의 밧줄 사다리를 타고 여러 명의 무사가 내려간다.

"아, 무쓰 요노스케 들이로군."

료마는 흐릿한 시선 속에서 열심히 육안의 초점을 맞추면서 그들의 얼굴 하나하나를 가려보려고 했다.

반짝, 하고 노가 오후의 햇빛 속에서 반사했다.

보트는 이쪽을 향해 오고 있다.

'오오, 틀림없다.'

료마는 날카롭게 뒤를 돌아다보았다.

"지금 센슈마루에서 보트가 오고 있소. 모두들 수고스럽지만 사다리를 내려 주지 않겠소?"

갑판 위의 사가 번사와 막부 해군의 수부들에게 부탁했다.

"염려 마시오."

모두들 절도 있게 움직여 주었다.

료마는 다시금 보트를 보았다. 가슴이 벅차올라 눈물을 참기가 어려웠다.

료마는 보트가 다가오기를 기다렸다. 그의 생애 중 이처럼 기다리기가 지루했던 적은 없다.

'드디어 우리들은 연습함을 얻었다!'

이 기쁨은 혼자서는 충분히 맛볼 수가 없다. 자기처럼 배의 입수를 애타게 기다려 온 동지들과 얼싸안음으로써만 맛볼 수가 있다.

보트는 노를 반짝반짝 빛내면서 점점 다가왔다.

료마가 뱃전에서 몸을 쑥 내밀었다. 바다 속으로 굴러 떨어질 것 같은 자세였다.

"나다! 사카모토다!"

힘껏 외치고 싶었으나 말소리는 나오지 않고 눈물만이 이지러진 두 볼을 적셨다.

한편, 보트 쪽에선 뱃머리에 도사 탈번자 스가노 가쿠베에가 턱을 쓰다듬으며 서 있었다.

기이(紀伊) 탈번 무쓰 요오스케, 도사 탈번 다카마쓰 타로, 사와무라 소노조 등은 노를 잡고 있었다.

"저 친구, 바다에 떨어질 것 같군."

스가노 가쿠베에가 이상한 표정을 짓고 있었는데, 이윽고 그 사람이 사카모토 료마라는 것을 알았다.

"어이, 모두 봐라, 사카모토 형이 와 있다. 뱃전을 쥐어뜯고 있군." 그는 이렇게 말하고 웃으려 했으나, 뒤돌아보니 료마의 모습을 본 노잡이들은 단 한 명도 웃고 있지 않았다. 스가노도 울상이 돼 버렸다.

'본래는 한낱 검객이었던 사내이다. 그런데 군함을 동경하여 마침내 군함 한 척을 손에 넣고 말았다.'

더구나 낭인의 신분으로.

스가노는 눈물을 뚝뚝 떨구었다.

스가노 등은 간코마루의 갑판 위로 올라왔다.

일곱 명이다.

"이것뿐인가?"

료마는 불만인 모양이다. 가능하면 학생 전원을 불러올리고 싶었던 것이다. 그러나 경비 등의 사정으로 일곱 명이 돼 버린 것이리라.

"훌륭한 군함이로군."

스가노는 갑판 위를 거닐기 시작했다.

료마의 조카 다카마쓰 타로는 뱃머리의 대포 쪽으로 걸어갔다.

이 젊은이는 포술과(砲術科)를 주로 연구하고 있다. 성질이 경솔하고 머리도 그다지 좋지 않다.

무쓰 요노스케는 료마의 곁에서 떠나지 않고 굴뚝을 쳐다보고 있다.

"연기가 오르지 않는군요."

"당연하지. 석탄을 때지 않았으니까."

"아하, 석탄을 때지 않으면 연기가 나지 않습니까?"

무쓰 요노스케는 시치미를 뗐다.

"너는 그런 것도 모르는가?"

료마는 곧이듣고 정말로 걱정했다. 이런 정도의 지식으로 군함을 시나가와 바다로부터 오사카 덴포 산 앞바다까지 가져가려는 것이니까 좀 위태롭다.

"요노스케."

료마는 침울해졌다.

"항해를 시작할 때까지 너는 매일 배 아래에 틀어박혀 화부로부터 기관에 불을 때는 방법을 익혀라."

무쓰는 목을 움츠렸다. 이마 둘레가 고운 젊은이다.

"다음 보트로 가쓰 선생께서도 오십니다."

"허어, 선생님도 승선하고 계셨나?"

료마는 기뻐했다. 실은 료마도 자신이 함장이 되어 이 함을 끌고 갈 자신은 없었다.

"한시름 놓으셨죠?"

무쓰는 료마의 안색을 재빨리 살피고 놀려댔다.

"이 연습함이 오사카에 닿을 때까지 가쓰 선생께서 함장을 맡아 보시겠다고 합니다. 사카모토 형 같은 게으름뱅이에게 소중한 막부의 배를 맡겨 둘 수 없다고 말씀하셨습니다."

"거짓말 마라."

료마가 쓴웃음을 짓고 있을 때 가쓰 가이슈를 태운 보트가 다가왔다.

이윽고 가쓰가 갑판 위에 섰다. 공무 중이므로 전립을 쓰고 검은 문복(紋服)에 비단 하카마 차림이었다.

"여어, 료마."

가쓰는 키가 큰 료마의 오른팔을 툭 쳤다.

"자네가 오사카에 닿을 때까지의 함장 견습이다. 나는 따라가지 않는다."

이야기가 다르다. 들으니 가쓰는 올 연말 장군이 막부 기선 쇼가쿠마루(翔鶴丸)로 다시 상경하기 때문에 군함 감독관으로서 호종하지 않으면 안 된다는 것이다.

"뭐, 근심할 것 없어. 실제로 조함은 막부 해군들이 할 테니까. 배를 부숴 버리면 야단이거든."

료마는 출항할 때까지 일곱 명의 무리들을 어디에 머물게 할까 고심했다.

모두들 탈번한 몸이라 번저(藩邸)에 수용할 수도 없고, 그렇다고 여관에 머물게 할 돈은 료마에게도 없고 그들에게도 없다.

"걱정 마라."

가쓰는 말했다.

"막부 해군에서 부담하기로 하지. 이 간코마루에 머물면 돼."

그 취지를 스가노 등에게 전하자 무쓰는 반대했다.

"사카모토 형, 전 싫습니다. 여기는 시나가와 바답니다. 저녁때가 되면 시나가와 유녀촌의 불빛이 물에 비친다고요."

'이 애송이 녀석이.'

료마는 혀를 찼다.

무쓰는 기이 번의 명문 출신으로 10대 때부터 방랑하여 유흥에 젖어버린 사내이다.

미모에 자칭 한량이어서 그런 데는 빈틈이 없다.

"요노스케, 그 자금은 어디서 나나?"

"뭐, 시나가와 유곽에 등루(登樓)하면 조슈(長州) 무리의 누군가가 마시고 있겠죠. 잠깐 빌린다는 형식으로, 어떨까요?"

"다른 번의 돈을 믿고 등루한단 말이냐?"

"말하자면 그런 거죠."

"그야말로 재미가 없어. 그뿐인가? 우리들의 맹약에도 어긋나잖아."

맹약이라는 것은 "남의 돈으로 주색(酒色)을 즐기지 말라"는 것이었다. 어디까지나, 독립독보(獨立獨步)하자는 약속이었다. 출신 번이나 다른 번의 신세를 지지 않고 세도 내해에 사설 해군을 만들어 훈련을 하는 한편 상선 활동을 하여 돈을 벌자는 것이었다.

스스로의 힘으로 돈을 벌어 그 돈으로 마신다. 그때까지는 인내하자는 것이다.

"조슈의 무리들은 공금을 유녀촌에 뿌려 아주 화려하게 논다. 그러나 우리들 낭인들이 그 흉내를 내서 난봉꾼같이 놀면 다른 번들이 얕잡아 보게 되어, 뒷날 큰일을 하는 데에 지장이 있다. 요노스케, 인내가 상책이야."

"그럴까요……."

무쓰 요노스케는 불만스러운 듯이 고개를 끄덕였다.

그날 밤, 료마는 그들과 함께 선실에서 잤다.

밤이 되자 바람이 일었다.

배가 흔들렸다.

한밤중, 무쓰 요노스케는 새파란 얼굴로 료마의 침실로 들어와 말했다.

"뱃멀미가 납니다. 사카모토 형, 도저히 배의 요동에 견딜 수가 없습니다. 곧 단정(短艇)을 내려 주십시오. 저 혼자 시나가와에 상륙하겠습니다."

"돈은 있나?"

"없습니다."

"그러면 이것을 팔아 비용으로 써라."

료마는 자기의 칼 두 자루를 내밀었다.

무쓰도 그 말에는 어안이 벙벙하여 방 밖으로 나가 버렸다.

료마는 다음 날 아침 하선했다.

그에겐 뭍에서 해야 할 일이 많았다.

쓰키 남쪽 오다와라 거리(小田原町)의 막부군함 조련소로 가서 기재(器材)의 차용에 대해 교섭하기도 하고, 아카사카 히카와(氷川) 남쪽에 있는 가쓰 가이슈에게 연락하러 가거나 했다.

연말이 바싹 가까워졌다.

섣달 27일, 군함 감독관 가쓰 가이슈는 기선 쇼가쿠마루에 장군(將軍)을 모시고 상경하기 때문에, 전날 특별히 자택으로 료마를 불렀다.

"사고가 없도록 부탁한다."

스스로 호담하다고 자처하는 가쓰도, 막부의 군함을 낭인에게 맡기는 워낙 중대한 일이라 한 가닥의 불안이 있는 모양이다.

"뭐, 만일 침몰, 좌초 등의 사건이 발생하면 선생과 제가 배를 가르면 되지 않습니까?"

료마는 태연히 말했다.

"농담 마라."

가쓰는 눈을 부릅떴다.

"나는 싫어. 그런 일로 하나밖에 없는 배를 가른다는 것은."

"그리고 보니 저도 싫군요."

료마는 급히 말했다. 그렇게 함부로 배를 가르는 취미는 가쓰에게도 료마에게도 없다.

"안심했다. 가르기가 싫거든 힘껏 조함에 주의하여라. 일기가 불순해지거든 아무 항구에라도 기어 들어가야만 해."

"알고 있습니다."

료마는 가쓰가 불안을 품지 않도록 힘있게 단언했다.

그 뒤는 세상 얘기가 나왔다.

"묘하군, 료마. 올해같이 이에야스님 에도 개부(開府) 이래의 다난했던 해도 저물 때가 되니까 저물어 가는군. 천도(天道)에는 아무래도 당할 길이 없거든."

가쓰답지 않게 말투에 영탄(詠歎)이 서려 있었다.

가쓰의 말처럼 그해 분큐 3년이란 해는 분명히 세키가하라 이래 가장 어수선한 한해였다.

에도는 아직 조용하다.

교토는 가마솥처럼 들끓었다. 근왕 낭사의 덴추 사건으로 해가 시작되자 조슈 번이 독주했다. 다시 조슈 번의 공작으로 천황이 양이전(攘夷戰)을 결의하여 4월, 이와시미즈(石淸水) 하치만 신궁(八幡神宮)으로 행차하여 그것을 기원하고, 장군은 있으나마나한 상태가 됐다.

다시 5월, 조슈 번이 바칸 해역(海域)에서 외국 함선을 포격하기 시작했고, 7월에는 사쓰마 번이 영국 함대와 교전했으며, 8월에는 궁중에 정변이 일어나 조슈적 양이주의(攘夷主義)가 포기되고, 조슈 번의 세력은 교토에서 일소되었다. 그 직후, 도사 번의 요시무라 도라타로 등이 야마토에서 혁명의 첨병이 되어 덴추조(天誅組)의 거를 일으켰다가 이윽고 토멸됐다. 이어서 친막파(親幕派)의 시대가 왔다. 그 풍조를 타고 도사 번에서도 좌막파가 부활하여 다케치 한페이타 등이 혹은 사로잡히고 혹은 살해당했다.

"내년은 어떨까?"

통찰력을 지닌 가쓰도 워낙 앞일을 내다볼 수 없는 세상이 되어 있었다.

"드디어 광풍 노도의 해가 되겠지요."

"료마, 기쁜 듯이 말할 일이 아냐. 막부의 토대는 올해의 큰 바람으로 인해 어지간히 기초가 흔들리고 있어. 한 바람만 더 불어 닥치면 허물어질지도 몰라."

가쓰의 말투는 충동하는 듯 그렇지 않은 듯, 복잡한 어감을 풍기고 있었다.

다음 날, 가쓰는 장군 이에모치(家茂)가 좌승한 쇼가쿠마루를 타고 시나가와 바다를 출범했다.

14대 장군 이에모치는 턱 언저리가 살찐 천진스러운 얼굴이었다. 기슈의 도쿠가와 가문에서 들어와 열세 살에 정이대장군(征夷大將軍) 자리를 물려받은, 그때 열여덟 살밖에 안된 젊은이였다.

그야말로 귀한 핏줄을 이어받은 듯한 미모와 온화하고 성실한 성격 때문에 내전의 여관들 사이에 평판이 좋았다.

병든 몸이었다.

이번의 상경만 하더라도 시의(侍醫)는 고개를 갸웃거렸지만, 이에모치는 교토 조정의 막부에 대한 여론이 악화될 것을 두려워하여 허약한 몸으로 쇼가쿠마루를 탄 것이다.

출항 후에는 줄곧 선실에 틀어박힌 채 바닷바람을 쐬지 않도록 하고 있었다.

이 젊은 장군은 명석한 두뇌를 가진 42살의 군함 감독관 가쓰 가이슈가 그저 좋아서 그의 얘기를 즐겨 들었다.

첫날은 불어 닥칠지 모를 바람과 야간 항해의 위험을 피하기 위해 사가미(相模) 우라가(浦賀) 항에 입항, 장군을 비롯하여 모두들 상륙하여 숙박했다.

"가쓰, 얘기를 좀 해라."

이에모치는 점심 때 가쓰를 불러, 손수 가쓰의 잔에 술을 따라 주었다. 이에모치로서는 의지할 수 있는 아저씨라는 기분이리라.

가쓰도 이 병약한 장군을 위해서는 생명도 아깝지 않다고 생각하고 있었다. 그래서 가쓰는 이에모치의 신뢰를 받았지만, 그 다음 15대 장군 요시노부(慶喜)로부터는 의식적으로 경원 당했다. 재기가 넘쳐흐르는 요시노부와는 그런 점에서 서로 반발하는 것이 있었으리라.

가쓰는 이 분큐 3년 말경에는 이미 도쿠가와 정권도 마지막이라고 내다보고 있었다. 에도, 교토라는 복잡한 이중 정권으로서는 일본이 국제사회에서 활약하기도 어렵고, 교토의 양이정권을 방패삼아 에도의 개국정권(開國政權)을 흔들려는 사쓰마 조슈나 일부의 공경(公卿)들, 낭인 지사들을 억누르기도 어려우리라고 생각하고 있었다.

─이미 막부도 끝장이다.

가쓰가 이렇게 생각한 것은 재작년인 만엔(萬延) 1년 3월 3일의 사쿠라다 문(櫻田門) 밖의 사변 때부터인 것 같다.

가쓰라는 사내가 그 당시에 드문 두뇌의 소유자였음을 보여주는 것은, 막부 가신이면서도 막부가 곧 일본이 아니라는 것을 알고 있었다는 점이다. 막부의 역사적 사명이 끝난 것을 냉정하게 깨닫고, 어떻게 혼란 없이 다음 정권으로 넘겨주는가 하는 것을 은밀히 생각하고 있었다.

가쓰가 마음속으로 이런 결심을 점점 굳힌 것은 장군 이에모치와 접촉할 기회가 많았기 때문이리라.

가쓰가 볼 때 이에모치는 비극적인 사람이라고 할 수 있었다. 병약하고 나이 어린 몸으로 막부가 시작된 이래 가장 다난한 정국(政局) 속에서 떠돌아다니지 않으면 안 되었던 것이다.

떠돌아다닌다—고 했는데, 막부에는 조정(朝廷), 제번(諸藩)을 억압할 수 있는 강권(强權)이 없어지고, 대외적으로도 여러 외국은에도 정권이 일본의 유일하고 절대적인 공인 정권이 아니라는 것을 알기 시작했기 때문에 이에모치가 고심한 데 비해서는 그 효과가 적었기 때문이다.

이에모치는 이 오찬 석상에서 가쓰에게, 접시꽃 무늬(도쿠가와 집안의 家紋)가 든 검은 명주옷과 칼첨자(籤子)를 주면서 말했다.

"해상(海上)은 모두 그대에게 맡긴다."

이 한 마디로 가쓰는 훨씬 수월한 입장이 됐다.

장군이 나들이 간 에도는 관례에 따라 사루와카 거리(猿若町)의 세 극장이 연극 흥행을 쉽게 된다.

그 정도로는 거리의 풍경이 별로 달라지지 않는다.

료마는 가쓰를 자연스럽게 시나가와 역참까지 호위한 뒤, 곧 에도로 되돌아왔다.

막부의 명령에 의해(사실은 군함 감독관 가쓰의 명령이지만) 료마의 연습함 간코마루의 출항이 모레 해뜨기 전으로 결정된 것이다.

처음엔 시나가와에서 '이렇게 됐으니, 이대로 순함하여 출항할 때까지 지낼까.' 하고 생각했으나, 그렇다면 주타로나 사나코에게 미안하다고 생각하고 일부러 에도로 되돌아왔다.

지바 저택으로 되돌아오자 곧 노선생 데이키치(貞吉)의 방으로 찾아가 보고했다.

"드디어 내일 모레, 새벽녘에 닻을 올리고 오사카로 향하게 됐습니다."

데이키치는 말없이 미소를 띠었다.

지바 슈사쿠의 친동생으로서, 칼에는 형 슈사쿠보다도 더 뛰어났다고 소문난 이 노검객도 료마가 하는 일이 무엇인지 모른다.

"료마는 검을 버리고 수부(水夫)가 될 작정인 모양이다."

늘 이렇게 불평하고 있었다. 데이키치가, 그 오랜 검객 생활을 통하여 가르친 제자 중에서 료마만큼 뛰어난 소질을 지닌 검객은 본일이 없었다.

료마만한 솜씨라면 제아무리 큰 번(大藩)일지라도 사범으로 충분히 들어갈 수 있고, 가능하면 사나코를 아내로 맞이하여 자기의 사위가 돼 주었으면 하고 생각해 왔다.

사나코도 늙은 아버님의 꿈이 그렇기 때문에 료마를 단념할 수가 없었다.

그래서 사나코는 현재까지, 혼담을 거절해 왔다. 데이키치 노인은 노인대로 혼담이 들어와도 거절해 왔다.

―아니, 사나코에게는 저대로 생각이 있는 것 같으니간.

'저분도 나와 같은 마음이겠지.'

사나코에게는 이런 생각을 품어 오게 만들었다. 그러나 료마가 그런 기회가 있을 때마다 늘 아리송한 언동을 취했기 때문에 더욱 사태에 변화가 일어나지 않고, 그만 이런 상태에까지 와 버리고 만 것이었다.

아무튼, 지바 사나코는 유신(維新) 후까지도 "사카모토 료마의 약혼자였습니다"라고 자기도 생각하고 남에게도 말해 온 사람이다.

모두 료마의 태도에 죄가 있다.

료마는 사나코가 좋았던 것은 분명하지만, 그렇다고 밤에 잠을 못 이룰 정도로 격렬한 사랑을 느끼지는 못했다.

주타로를 포함한 지바 남매를 자기가 가장 신뢰할 수 있는 친우라고 생각하고 있었던 것이다.

그러므로 "싫은가?" 이렇게 물어 온다면 좋다고 대답하지 않을 수가 없다. 그러나 그 이상은 아니었다.

그러나, 사나코는 은밀히 어떤 행위를 결심하고 있었다.

그날 시나가와에서 돌아온 료마는 주타로의 서재에 있었다.

지바 주타로는 돗토리 번(鳥取藩) 세자(世子)의 용무 때문에 어제부터 번저에 틀어박힌 채 며칠 동안 돌아오지 못한다.

검객의 서재답게 책은 그다지 없지만 대시합의 기록, 도장의 일지(日誌) 따위는 비교적 많이 쌓여 있다.

장지문은 서향이다. 석양 때문에 여덟 장의 다다미는 완전히 바래 있었다.

사나코가 차를 날라왔다.

"꽤 싸늘하군요."

료마가 말했으나, 사나코가 그저 뽀로통하게 입을 다물고 있기 때문에 처음부터 묘하구나, 하고 생각했다.

그날 밤, 료마는 서재에서 잤다.

다음 날 아침 이불을 개고 여전히 세수도 하지 않은 채 방 한복판에 앉아 있으려니, 사나코가 보랏빛 비단옷을 입고 차를 날라다 주었다.

"고맙습니다."

료마는 인사를 하고 받았는데 사나코는 여전히 화난 듯한 얼굴로 말이 없었다.

이윽고 불쑥 나가 버렸다.

'이상하구나' 생각했으나 곧 잊어버리고, 그 뒤 시간을 보내기 위해 도장으로 나갔다.

도장에서 문하생들과 연습을 했다.

오랫동안 죽도를 든 적이 없었기 때문에 처음 오류합은 어쩐지 몸이 딱딱했지만, 곧 익숙해졌다.

청해 오는 대로 열 명 가량을 상대로 연습 시합을 했다.

—강하다.

도장에 있는 누구나가 숨을 죽였다. 열 명이 모두 료마에게 단 일격도 가하지 못한 채 물러났다.

'이 도장도 약해졌구나.'

료마는 료마대로 이렇게 생각했다. 옛날 데이키치 노인이 건장할 때에는 맹연습으로 유명하여, 문하생들의 기량의 수준이 본가(本家) 오다 마가이케(玉池) 보다 뛰어나다는 말을 들었는데, 주타로가 주로 도장을 맡아 보게 되면서부터는 아무래도 신통치가 않다.

주타로는 준수한 자들뿐인 지바 일족 중에서는 가장 그 솜씨가 뒤졌다. 거기다 인품이 가벼워 스승티를 내지 못하기 때문에 문하생들의 마음이 어딘가 풀어지는지도 몰랐다.

그러나 사나코는 격(格)이 달랐다. 이 도장의 백미(白眉)라고 할 수 있으리라.

그 사나코가 새하얀 하카마에 바늘로 누빈 연습복을 입고 어느 곁엔가 도장 구석에 앉아 있었다.

"사카모토 선생과 안 해 보시겠습니까?"

사범 대리를 하는 사내가 권했다.

사나코도 그럴 작정이었다.

면구(面具)를 쓰고 도장 중앙으로 나왔다.

쌍방은 서로 인사를 나누고, 무릎을 구부리며 칼끝을 맞댄 후, 이윽고 일어섰다.

사나코는 청안(靑眼 : 칼을 몸 앞에서 적의 얼굴께로 치 겨누는 것)이다.

칼끝이 지바 슈사쿠 이래의 이곳 검법의 버릇에 따라서 할미새 꼬리처럼 떨리고 있다.

료마도 청안이었다.

이윽고 칼끝을 쳐들어 허리를 치라는 듯 머리 뒤로 젖혔다.

사나코의 죽도가 움직였다. 알 듯 모를 듯 유인했다.

그러나 료마는 응하지 않았다. 땅에서 솟아오른 자연목처럼 쭉쭉 하늘에 뻗어 있는 듯한 느낌이었다.

'칠 수 있다—'

사나코는 생각하고 있었지만, 칼끝 저쪽에서 그렇듯 방자한 자세로 활짝 벌리고 있으니 오히려 기가 꺾이고 말았다.

'이 사람은 오랫동안 도당에 나오지 않았다. 기량이 떨어져 있을 것이다.'

사나코는 스스로에게 이렇게 일렀다.

'이것은 마치 초심자의 자세가 아닌가……'

이렇게 생각했다. 그러므로 상대방이 사카모토 료마라고 생각지 않고 친다면 문제없이 격파할 수 있지 않을까?

사나코는 기백을 충일시켰다.

칼이 움직였다. 사나코는 뛰어들었다. 아니 뛰어들려고 할 때, 동작을 일으키려는 손목을 료마의 죽도가 번개보다도 빨리 습격했다.

탁!

하고 울렸다.

일격, 사나코의 패(敗)다.

다음엔 서로 청안의 자세.

자세를 취한 순간, 사나코의 몸은 공처럼 날아서 료마의 면상을 습격했다.

료마는 받았다. 탁탁, 두 개의 죽도가 공중에서 울렸고, 그런 자세에서 사나코는 료마의 허리를 습격했다.

쓱—료마의 주먹이 아래로 떨어지며 날밑으로 받았다.

이른바, 날밑 다툼이 됐다.

료마는 접전하기가 싫어 사나코의 몸을 밀어 버리려고 했으나 사나코는 떨어지지 않았다.

돌연 사나코의 얼굴이 기울어졌다.

접전의 자세대로 재빨리 말했다.

"오늘 밤, 아홉시 반, 방으로 찾아뵙겠습니다."

확—하고 사나코는 물러났다.

틈을 주지 않고 료마는 사나코의 면상을 습격했다. 사나코는 머리 위에서 받았다.

"무슨 볼일입니까?"

제법 큰 목소리였다.

'바보!'

사나코는 서글퍼졌다. 수치심이 몸의 움직임을 둔하게 했다.

딱!

료마의 죽도가 사나코의 맨 한복판을 쳤다.

‘바보, 바보—’

딱! 손목을 맞았다. 죽도를 떨어뜨릴 만큼 아팠다.

‘에잇!’

사나코는 화가 났다. 노기가 사나코의 칼을 확 바꿔 버렸다.

“허릿!”

날카로운 죽도 소리가 료마의 윗허리께에서 멋지게 울렸다고 생각한 순간, 그보다도 빨리 료마의 죽도가 사나코의 면상에서 요란하게 작렬했다.

“성공!”

어느 곁엔가 도장에 데이키치 노인이 나와 있었다. 사나코의 이상한 기미를 눈치 챘는지 선고했다.

“그만!”

쌍방은 훌쩍 물러났다. 료마는 미련 없이 죽도를 거두었다.

사나코는 언제나 올케인 오야스와 함께 부엌에서 식사를 했다. 이날, 저녁밥이 목구멍으로 넘어가지 않았다.

“왜 그러죠?”

오야스가 물었다.

“아무것도 아녜요.”

수저를 놓고 만 것이다. 안색이 왜 그런지 시원치 못했다.

“어디, 편찮아요?”

“아뇨, 아무데도…….”

웃어 보였다.

그 미소가, 평상시의 사나코와는 달리 퍽 맥이 없어 보였기 때문에 오야스는 점점 더 수상해했다. 오야스는 온화하고 남의 일 돌보기 잘하는 성품이었으므로, 이 두 사람은 친자매보다도 사이가 좋다.

'사카모토님 때문이로군.'

오야스는 직감적으로 깨닫고 있었다.

"좀 더 드세요."

오야스는 올케의 입장에서 타일렀다. 그렇지만 오야스 쪽이 한 살 아래인 것이다.

"호호, 사나코 아가씨는 남한테 지기 싫어하니까……."

오야스는 일부러 핵심에서 벗어난 말을 했다.

"아무래도 사카모토님에게 진 것이 분해서 밥을 못 드시는 거겠죠."

"그런 것도 아녜요."

그러고 보니, 오늘 시합처럼 비참하게 패한 적은 요 몇 년 동안에 없었다. 료마가 강하다기 보다는 사나코가 너무 약했던 것이다. 전혀 몸이 움직여지지 않았다.

핑그르, 눈물이 솟았다.

오야스는 눈을 동그랗게 떴다. 그보다도 놀란 것은 본인인 사나코 쪽이었다. 왜 눈물이 솟았는지 알 수 없다.

한 방울, 눈물이 떨어지자, 새삼스럽게, 정말로 서글퍼졌다.

하염없이 흘러내렸다.

씻으려고도 하지 않았다. 얼굴은 점점 상기하기 시작했다.

끝내 새빨개졌다.

"언니!"

잇따라 나온 말은 사나코 자신도 그 순간까지 예상조차 하지 않았던 것이었다.

"언니, 오늘 밤, 나 사카모토님 방으로 가겠어요."

"옛?"

오야스는 어찌할 바를 몰랐다.

"가겠어요, 나는. 그러니까 언니, 누군가가 그 방으로 가려고 하면 꼭 막아 줘요."

"사나코 아가씨……."

처녀의 몸으로서 이런 말을 하다니, 이만저만한 일이 아니리라.

눈이 눈물을 머금은 채 반짝반짝 빛나고 있다. 오야스는 시집 온 이래, 이렇듯이 이상스러운 시누이의 얼굴을 본 적이 없다.

"알았어요."

오야스는 고개를 끄덕였다. 제지해야만 할 텐데 이상하게도 그런 마음이 일어나지 않는다.

문제가 일어나면 오야스는 자결하든가 어떻게 하든가, 자기 자신이 책임을 지면된다고 생각했다.

그런 생각은 암암리에 똑같이 들었다. 그와 같은 말을 사나코가 했다.

"만약, 이 불미한 짓을 남이 알게 되면 나는 언니에게 폐를 끼치지는 않겠어요. 자결하겠어요."

그 정도의 결의라면 아무것도 할 말은 없다고 오야스는 생각했다.

자결—

사나코는 말했는데 헛말은 아니다.

각오는 되어 있다.

처녀의 몸으로 자청하여 이성의 방을 찾아가 그 자리에서 결혼을 간청하고, 경우에 따라서는 정조까지 바치려고 각오하는 일 따위는 무가(武家)에서 자란 여자로서 있을 수 없는 일이다.

불의, 불륜, 방탕, 등등 악덕 이전의 문제다, 라는 것쯤은 사나코도 잘 알고 있었다.

그걸 무리로 해 보려는 것이다. 만약 거절당하면 여자로서 그 이상의 치욕이 없기 때문에, 그때엔 미련 없이 가슴을 찔러 죽으려고 생각하고 있다.

그러한 자기를 '스스로도 이상한 처녀야.' 라고 생각한다.

본래 여성적인 처녀가 아니다. 검술에 열중할 정도이므로, 그런 점이 너무나 부족할 정도의 처녀였다.

그러므로 사랑의 표현도 막다른 곳까지 이르면 이렇듯 대결과도 같은, 부딪쳐 부서져라, 는 식의 행동을 취하려는 것이리라.

더구나 거절당하면 죽는다는 데까지.

그날 밤 어두워진 뒤에야 주타로가 돗토리 번저에서 돌아왔다.

"드릴 말씀이 있어요."

옷을 갈아입기를 기다릴 수가 없어, 오야스는 입을 열었다.

사람 좋은 오야스는 시누이의 심정을 헤아리고 긴장으로 인해 파랗게 질려 있었다.

그러나 오야스의 경우, 자기 혼자만의 가슴속에 숨겨 둘 수가 없었다.

남편에게 의지하려고 했다.

조심스러운 표현으로 사나코의 일, 그에 대한 자기의 심경 등을 얘기하자, 주타로도 일이 일인지라 깜짝 놀란 모양이다.

"사나코도 난처한 녀석이로군."

나지막한 소리로 말했다. 누이동생의 마음과 그때까지의 경위를 잘 알고 있으니만큼 다부진 말로 꾸짖을 마음은 우러나지 않았다.

"그 애는 말이지."

주타로는 말했다.

"검술이 애인이야. 어릴 때부터 검술을 배웠는데 뜻밖에도 천분이 있었지. 나보다도 천분이 있는 모양이야. 그래서 열중했어. 거기에 열아홉 살인 료마가 입문했어. 무척 강했지. 맞설 마음이 우러난 거야. 끝내 이기지 못했고 그것이 료마에 대한 경모의 기분으로 변한 거야. 아버지가 그 애에게 검술 같은 것을 가르치지 않고 처녀들이 갖추어야 할 재주를 가르쳐서 일찍 시집보냈더라면, 료마 따위에게 반하지 않고 넘어갔을지도 몰라."

"사카모토님은 훌륭한 분이에요."

"훌륭한 사내지. 그러나, 그런 사내는 여자를 행복하게 해 줄 수가 없어."

주타로는 평소와는 달리 가벼운 말을 하지 않았다.

"여자를 행복하게 해 줄 수 있는 것은 나 같은 사내지. 세상에는 독(毒)도 약(藥)도 되지 못하지만."

진지한 말투로 말했다. 물론 자신을 자랑하고 있는 것이 아니라, 그러한 표현으로써 자기가 존경하는 벗인 료마를 평하고 있는 것이다.

"엉뚱한 사내에게 반해 버렸어."

그뿐, 입을 다물고 말았다.

지바 집안에는 프랑스제의 회중시계가 있다.

데이키치 노인이 돗토리 영주로부터 하사받은 것인데, 제작 연대가 얼마 되지 않았다.

사나코는 그것을 살그머니 아버지의 방에서 꺼내 와, 자기 방에서 바라다보고 있었다.

밤 여덟 시가 되자 저택 안은 완전히 잠들어 버리고 말았다.

그동안 몇 번이고 시각을 알리는 종소리와 딱딱이 소리를 들었지만, 사나코는 시계만을 쏘아보고 있었다.

사나코의 방에서는 안마당 너머로 료마의 방이 보인다.

불이 밝혀져 있었다.

문창호지에 료마의 그림자가 비쳐, 커졌다 작아졌다 하고 있다.

'……'

사나코는 정원수 너머로 그 그림자를 보면서 안절부절 못했다.

시계가 아홉시를 가리켰다.

'앞으로, 반시간……'

후우, 하고 한숨이 나왔다.

그때 바깥문을 세차게 두들기는 소리가 들렸다.

'누굴까? 이런 시각에―'

사나코는 몸을 일으켰다.

복도로 나갔다. 문지기가 응대하리라고 생각했으나 조바심이 나서 견딜 수 없었다. 자기의 가장 중요한 시간이 이제부터 시작되려고 하고 있는 것이다. 훼방꾼이라면 좀 지나친 말일는지 모르지만, 무례한 침입자인 것만은 틀림없다.

사나코는 문까지 나갔다.

마침 문지기가 사잇문을 열고 있는 참이었다.

한 젊은 무사가 들어왔다.

"뉘시옵니까?"

사나코는 탓하듯이 물었다.

무사는 방갓을 겨드랑이에 끼고, 머리칼을 뒤에서 묶은 매끈한 상투를 사나코에게 보였다. 고개를 숙인 것이다.

고개를 들었다.

"방금 문지기에게 말했습니다."

건방진 대답을 했다.

아직 애티가 남아 있다. 흰 살갗에 콧날이 오똑한, 배우라도 만들고 싶은 젊은이였다.

"저는 아직 못 들었습니다. 저는 이 집의 딸 사나코예요."

"아, 당신이 고명한 사나코님이십니까?"

조금도 조심스러워하지 않았다.

"저는 이 댁에 숙박 중이신 사카모토 형의 동생으로, 무쓰 요노스케라고 합니다."

"용건은?"

"내일 새벽에 간코마루는 출항합니다. 이제 이 댁을 출발하실 시각이 된 것 같아 맞이하러 온 것입니다. 그분은 저희들의 총수니까요."

"사카모토님이 벌써 떠나셔야 됩니까?"

모르고 있었다. 료마는 자기에게뿐만 아니라, 집안의 그 누구에게도 말한 일이 없지 않았는가!

"그럴 리야 없겠지요."

"아니 떠나십니다. 같이 타고 갈 제가 말씀드리는 것이니 틀림없습니다."

무쓰는 무쓰대로, 아무리 지바 댁의 호랑이 아가씨라고 해도 건방진 여자라고 화가 났다.

우겨 봤자 별수 없다, 고 요노스케는 생각하고 일부러 싸늘한 표정으로 말했다.

"하여간 사카모토 형을 만나게 해 주실 수 없겠습니까?"

"안됩니다."

사나코도 아니꼬워하고 있다. 이 남녀는 성격적으로, 만난 순간부터 반발하도록 돼 있는 모양이다.

"놀랐는데요."

무쓰는 빤히 사나코를 보았다.

"저는 사카모토 형의 방문객입니다. 실례의 말씀입니다만, 당신의 뜻대로 만나고 안 만나고의 여부를 정할 일이 아니죠. 자아,

안내해 주십시오."

"안됩니다. 요즘은 교토뿐만 아니라 에도에도 정체불명의 낭인들이 횡행하고 있습니다. 함부로 손님을 맞아들일 수는 없습니다."

"그러나 저는 무쓰 요노스케란 말입니다."

"증거가 있습니까?"

"점점 어이가 없군. 내가 나 자신의 증거를 세워 본 일이 없습니다. 안내하지 못하겠다면 그냥 들어갈 뿐입니다."

요노스케의 건방진 성격이 노골적으로 나타났다. 그 위에 말재주까지 능란하다. 그러나 사나코도 지고 있지는 않았다.

"이 집이 지바 집안인 줄 알면서도 그러시는 거겠죠? 무인(武人)의 저택은 성과 다름없는 것. 만약 우격다짐으로 통과하시겠다면 제가 상대하겠습니다."

무쓰는 놀랐다.

그러나, 이렇게 도전을 받은 이상, 그러지 마시오, 하는 듯 물러난다면 겁먹은 것처럼 생각할지도 모른다.

"그럼 들어가겠습니다."

가슴을 쭉 펴고 한 발 내디딘 앞을 사나코가 막아섰다.

무쓰는 실례, 하고 사나코를 밀쳐 내려고 했다. 그 순간, 무쓰의 왼팔 관절이 거꾸로 비틀렸다.

"아얏!"

비명을 지르며 펄쩍 뛰었다. 뛰어오르지 않으면 관절이 부러질 것 같았다.

그러나, 점점 더 팔이 비틀려 끝내 스스로 발딱 뒤집혀

쿵!

하고 벌렁 나자빠져 버렸다. 과연 지바의 호랑이 아가씨였다.

어정어정 일어났을 때, 소동을 듣고 지바 주타로가 현관의 발판에

서 내려왔다.

"사나코, 도둑이냐? 우리 집에 숨어들다니 제정신이 아닌 놈이군."

"사카모토님의 동생뻘이 된다고 자칭하는 사나이예요."

사나코는 밉살스러운 듯 말했다.

어안이 벙벙해진 것은 요노스케다. 울상이 된 얼굴로 외쳤다.

"사실이란 말입니다. 지바님, 들으셨죠? 저는 무쓰 요노스케."

"아아, 무쓰야."

갑자기 현관 곁의 정원에서 모습을 나타낸 것은 료마다. 완전히 길 떠날 차림이다. 그 복장을 보고 사나코가 울먹이듯 말했다.

"약속이 틀리지 않습니까?"

이미 시각은 약속한 아홉시 반이다.

료마는 고개를 끄덕였다.

료마는 스스로 요노스케를 안내하여 현관 곁의 작은 방으로 데리고 갔다.

"자네, 미안하지만 여기서 기다려 주게."

의아해하는 무쓰를 무작정 밀어 넣고, 주타로에게 말했다.

"주타로형, 잠시 사나코 아가씨와 얘기를 하고 떠나겠어. 자네는 그만 자라구."

주타로는 말없이 고개를 끄덕였다.

료마는 다시 방으로 돌아와 등롱에 불을 밝히고 사나코를 청해 들였다.

"이거, 화로가 없는데."

"괜찮아요."

사나코는 단정하게 앉았다.

"그런데 무슨 용건이죠……?"

료마는 전에 없이 공손했다.

"저, 말씀드리고 싶은 것이 있습니다."

사나코는 눈을 내리깔았다.

……침묵이 계속되었다.

"무척 하기 힘든 말 같군요."

"네……."

눈길을 들었으나 황급히 다시 내리깔았다.

료마의 눈이 사나코의 전신을 훑어보고 있다.

"사카모토님의 얼굴을 보고 있으니 말이 나오지 않습니다."

"그렇다면 돌아앉죠."

료마는 등을 보이고 돌아앉았다.

"내 등에다 대고 말하십쇼."

"……하지만."

"사나코 아가씨는 여자지만 호쿠신잇도류의 면허를 받은 분이 아닙니까? 마음을 단단히 먹고 시원스럽게 말씀하시죠."

"말하겠어요. 그 대신 사카모토님도 언제나처럼 농으로 돌리지 마시고 확실하게 대답해 주세요. 그렇지 않고 저만 탁 털어놓고 말씀드리고, 사카모토님이 어물쩍 넘겨버리시면 저는 어찌할 바를 모르게 됩니다. 그럴 때는 이 사나코는 자결하고 말겠습니다."

'뭐?'

등을 돌리면서 료마는 놀랐다.

"대답을 하면 되는 거죠?"

료마는 말이 말인지라 긴장했다. 사나코가 하려는 말을 료마는 대략 짐작하고 있었다. 그러나 미리 가부(可否)의 대답을 생각하려고 하지 않았다.

이럴 때에는 숨김없이 마음을 비우는 것이 좋다고 생각했다.

료마는 눈을 감았다.

허심 상태가 되려고 했다.

"말씀하십시오."

"말씀드리겠어요……저를."

사나코는 자기의 왼손을 쥐었다.

"아내로 맞이해 주실 수 없으시겠어요?"

"허어!"

하려다가 소리를 집어 삼켰다. 적당히 얼버무려 넘길 게재가 아니다.

"줄곧 사카모토님을 사모해 왔습니다. 아내로 맞이해 주시지 않는다면 죽어 버리겠습니다."

"모, 목숨을."

료마는 자기도 모르게 목소리가 떨렸다.

"소홀히 여기시면 안 됩니다."

이래가지고는 대답도 되지 않는다.

사나코는 무슨 말인가 하려고 했다.

료마는 그 말머리를 꺾고 돌아보면서 코를 쓱쓱 문질렀다.

"몰랐는데."

얼굴을 주먹으로 쓱쓱 문질렀다.

"몰랐습니다. 사나코님이 그렇게까지 나 같은 놈을 생각해 주셨다고는, 조금도 몰랐습니다."

"정말 모르셨습니까?"

"농담이라고 생각했습니다."

"어머!"

사나코는 서글픈 표정을 지었다.

"그러나 사나코 아가씨, 나는 지금 아가씨를 원하지 않습니다."

"옛?"

"원하는 것은 자유자재의 경지(境地)입니다. 탈번하여 그것을 얻었습니다. 아내를 얻음으로써 그것을 잃고 싶지 않습니다."

료마는 큰 소리로 말했다.

"과부가 될 거요. 아가씨는 상관없다고 하실지 모릅니다만 나는 그럴 수 없습니다. 지사(志士)는 구학(溝壑)에 있음을 잊지 않고, 용사는 그 원(元)을 잃음을 잊지 않는 도다."

"무슨 의미입니까?"

"뜻을 품고 천하를 움직이려는 자는 자기의 시체가 도랑에 버려져 있는 정경을 늘 각오하라. 용기 있는 자는 자기의 목이 없어진 정경을 항상 잊지 말라는 말입니다. 그렇지 않고서는 사내의 자유를 얻을 수 없습니다."

"저어……."

사나코는 무슨 말을 꺼내려 했으나 료마는 그 말을 못하게 하기 위해 자기 문복(紋腹)의 왼쪽 소매를 쭉쭉 찢었다.

"무슨 짓을 하십니까!"

"나는 아무것도 가진 것이 없습니다. 이것을 받아 주십시오."

료마는 약간 엄숙한 표정을 짓고 사나코에게 내밀었다.

"어떤 의미이시온지?"

"유품이오."

료마는 싱글벙글하고 있다.

"지사는 구학에 있음을 잊지 말라고 했습니다. 언제 이 세상에서 사라져 버릴지 모릅니다. 그때의 기념품입니다."

"……."

사나코는 소매 조각을 손에 들고 하염없이 들여다보았다. 사카모토 가문의 도라지꽃 문장이 때와 먼지로 완전히 더럽혀져 있다.

"드릴 것이 아무것도 없습니다."

"어떤 의미로 받아야 하겠습니까?"

"료마가 감격한 표시라고 생각해 주십시오."

그 말을 사나코는 료마가 사랑을 받아들여준 것이라고 해석했다. 사정이 있어서 당장 부부가 될 수는 없지만, 마음만은 서로 통했다는 증표라고 해석한 것이다. 사나코의 행복은 이때부터 시작됐다고 해도 좋다.

'약혼자 사이다.'

사나코는 그렇게 생각했다. 약혼자라면 료마는 남편이라고 생각해도 좋으리라.

"기쁩니다."

사나코는 소매 조각을 안았다.

료마는 일이 엉뚱하게 된 데 당황하여 얼굴을 문질렀으나 뜻밖에도 주먹이 젖기 시작했다. 사나코의 마음을 애처롭게 생각한 탓이기도 했지만, 또 하나는 뜻이 통하지 않는 데 서글픈 느낌이 들었기 때문인 것 같다.

료마는 분큐 3년 섣달 그믐날의 이른 새벽 간코마루의 닻을 올리고, 조용히 증기(蒸汽)로 운전하면서 출항했다.

순풍이다.

"보조 돛을 올려라."

함장격인 료마는 명령했다.

쏴—하고 간코마루는 파도를 가르기 시작했다. 돛이 바닷바람 속에서 펄럭였다.

료마는 마스트 아래를 걸으면서 차례차례 필요한 것을 명령했다.

고문격으로 승함한 막부 사관들은 료마의 정확한 명령에 놀랐다.

—이 낭인이 어느 틈에 항해술을 익힌 것일까……?

이런 눈으로 서로 마주보고 있다.

앞바다까지 나오자 연료를 절약하기 위해 기관을 정지시키고 돛에만 의지했다.

모든 것을 규정대로 하고 있었다. 더욱 사관들이 놀란 것은 기관이 식기를 기다려 기계 언저리의 나사를 다시 바싹 조이라고 료마가 명령한 점이다.

이 역시 규정대로였다.

"사카모토님, 놀랐는데요. 이런 배려를 하지 않으면 안 된다는 것은 우리들도 배웠지만 귀찮아서 실제로는 그다지 하지 않습니다. 어디서 배웠습니까?"

"항해 일지입니다."

료마는 무뚝뚝하게 대답했다. 선박에 대해 거의 독습했다고 해도 좋은 료마는 자기 나름대로의 공부 방법을 연구해 내고 있었다. 군함 감독관 가쓰 가이슈에게 있는 각 함선의 항해 일지를 깡그리 읽어치운 것이다. 일례를 들면, 이전에 간린마루(咸臨丸)가 도미했을 때 가나가와(神奈川)를 떠난 지 두 시간 만에 증기를 멈추고 보조 돛을 올린 후 증기 기관의 나사 조이는 작업을 한 일이 안세이(安政) 7년 정월 16일의 간린마루 항해 일지에 씌어 있다.

나사라는 것은 출범 전에 조여 둬도 운전의 진동으로 헐거워진다. 그런데 운전 후 두 시간가량 지나서 다시 조여 두면, 다시는 헐거워질 염려가 없다.

3시간 만에 가나가와 앞바다로 나갔다. 그 무렵에 료마는 출항 직후의 바쁜 일손에서 약간 해방됐다.

뱃머리로 나갔다.

"사카모토님, 기쁘시겠죠?"

요노스케가 놀려 주러 왔다.

"응, 그런 기분이군."

"그런데……."

무쓰는 힐끔힐끔 료마의 소매를 바라보고 있다. 정말 기묘한 복장으로, 왼소매가 없고 속옷이 완연히 드러나 있었다.

"어떻게 된 일입니까?"

"남 주었어."

료마는 그 일을 말하고 싶지 않은 모양이다.

"한쪽 소매를?"

무쓰는 호기심을 느꼈다. 한쪽 소매를 남에게 증정한다는 얘기 같은 것은 들은 적도 없다.

"누구에게, 무슨 까닭으로요?"

"꼬치꼬치 캐묻지 마라."

보기 드물게 노기를 띠고, 무서운 눈으로 무쓰를 노려보았다.

무쓰는 목을 움츠렸다.

겐지 원년

그날, 료마는 새벽어둠 속에서 갑판으로 나왔다. 푸른 빛 우현등(右舷燈)이 흔들리고 있다.

바닷바람이 강하다.

"돛이 울부짖는 것 같군."

료마는 한참 돛을 쳐다보고 있다가 바람 속으로 머리를 쑤셔 박듯하는 걸음걸이로 선미(船尾)쪽으로 나갔다.

하카마를 걷어붙이고 앉았다.

춥다.

지금, 분큐 4년(1864년) 정월 초하루의 태양을 맞이하려 하고 있다.

이윽고 사람의 그림자가 료마의 주변에 나타났고, 점점 불어나 주연 준비가 갖추어진다.

고베 해군학교의 무리들뿐이다. 술꾼인 스가노 가쿠베에의 제안으로 원단(元旦)의 태양을 벗 삼아 술을 나누려는 것이었다.

술통이 날라졌다.

통대를 자른 초라한 컵을 술잔 대신으로 삼고 다카마쓰 타로와 얼굴이 붉은 우마노스케가 술통을 쳐들고 각자에게 따랐다.

"안주는 오징어야."

사와무라 소노조가 어둠 속에서 한 줌씩 일동에게 나눠줬다.

해는 아직 떠오르지 않는다.

모두들 무릎 위의 대통잔을 들고 있기 지루하던 참에, 가쿠베에가 살짝 훔쳐 마신 것을 계기로 소리를 내어 마시기 시작했다.

"사카모토 형, 맛이 좋군요."

서민 출신인 우마노스케 등은 젖먹이가 젖을 빠는 듯한 모습으로 마시고 있다.

"노래나 한 곡조 뽑아 보지."

가쿠베에가 목구멍을 하늘로 향했다.

"첫째, 사람으로 태어나면 충효(忠孝), 의용(義勇)을 겸하여 절개를 지키다 죽는다."

그러자, 소노조가 받았다.

"둘째, 깊은 방갓은 얼굴을 가리고, 사랑어린 눈매는 흘러내린 머리칼이 가리네."

도사에 전해 내려오는 오래 된 노래로서 언제부터 시작되었는지 모른다.

도사 번 사람들은 상급 무사, 향사(鄕士) 등의 구별 없이 노래하여, 소위 국가(國歌) 같은 것이 되어 있다.

창법(唱法)은 무로마치(室町) 시대의 유행가 비슷하므로, 지쿠젠

(筑前) 후쿠오카 번의 구로다부시(黑田節)에 가까울 것이다.

가락은 때로는 웅장(雄壯), 격앙(激昂), 때로는 소리를 푹 낮추어 처량하게 노래한다.

"넷째, 새벽녘의 소동을 모르는 무사, 쥐 잡을 줄 모르는 고양이라네."

적의 새벽 기습에 대비하지 않는 것은 쥐를 잡지 못하는 고양이와 같다는 것이다.

"다섯째, 언제나 시험하라, 자신의 칼을. 칼날과 향기와 칼에 새긴 명문(銘文)을."

"아홉째, 내가 있다면, 백만 대군처럼 생각하여라."

"열째, 도저히 물러설 수 없을 때에는 칼로 맞서며 저승에의 길."

와자지껄하고 있을 때 활짝 주위에 광명이 깃들고 동녘 어둠이 붉게 물들었다.

어느덧 붉은 빛을 떨어뜨리며 해가 떠올랐다.

"정말 장관이구나!"

스가노는 칼을 뽑아들고 화조춤(花鳥舞)을 추기 시작했다.

이해 분큐 4년이 되지만 2월 20일에 연호가 바뀌어 겐지(元年) 원년이라고 개칭되었다. 막부 말기의 가장 다난한 시기로 그들은 접어든 것이다.

료마는 고베 오노하마(小野濱)에다 간코마루를 정박시키고 학생들을 지도하게 되었다.

원칙적으로는 학교의 주재자인 가쓰 가이슈가 가르쳐야 할 것이지만 마침 공무에 분망하다.

가쓰는 료마 등보다 한발 앞서서, 장군이 탄 쇼가쿠마루(翔鶴丸)에 동승하여 정월 8일에 오사카로 들어가, 막부 군함 감독으로서 오사카 성내에 있다.

"그래서 내가 가르친다."

료마가 엄숙히 말했을 때 무쓰 요노스케는 자기도 모르게 실소를 터뜨리며 말했다.

"사카모토님이 말이죠?"

료마는 교장이라고는 하지만 그의 해양 기술은 들은 풍월식으로 익혀 온 자기류(自己流)의 것 뿐이었다.

가쓰처럼 네덜란드 사람으로부터 배운 유럽 정통의 항해술은 아니었다.

"이놈! 그래도 나는 선장(船長)으로서, 이 함을 시나가와로부터 고베까지 몰고 오지 않았느냐?"

"예, 그것은 인정합니다만, 여러 학문, 여러 재주는 처음이 중요합니다. 처음부터 사카모토님의 아류(我流)를 주입당하면 야단입니다."

"무슨 소리냐!"

료마는 무쓰의 거친 말투에 어이가 없었다. 물론 무쓰는 본심에서 그러는 것이 아니라, 료마를 곯려 주고 있는 것이다.

무쓰는 이론적인 면과 터무니없는 이론을 그럴듯하게 꾸며 대는 말재주 때문에 동료들과 잘 조화되지 않는다. 료마와 같은 우두머리 밑에 있어야만 제구실을 할 수 있는 사람이다.

그때 사쓰마 사투리를 쓰는, 태도가 정중한 젊은이가 나서며 말했다.

"저는 사카모토님에게 배우겠습니다."

사쓰마 번의 위탁 학생인 이토 스케유키(伊東祐亨)였다.

이토는 다른 낭인들과 달리 번명을 받고 왔으므로, 일각이라도 빨리 실지의 훈련을 받아 습득해 버리고 싶었다. 번에서는 이미 산본

(三本) 마스트의 증기선 안코마루(安行丸)라는 것을 구입하여 이토 등의 귀번을 기다리고 있는 것이다.

이토에 대해서는 몇 번인가 말했다. 청일전쟁의 연합 함대 사령장 관으로서 황해(黃海) 해전에서부터 위해위(威海衞) 공격까지의 전 전투를 지휘한, 세계 해전사에 오른 제독인데 황해 해전에서는 적의 북양함대(北洋艦隊)와 마주쳤을 때 막료를 돌아보고 자랑했다.

"나의 전기(戰技)는 사카모토 료마에게서 배운 거야."

학교의 숙사에는 언제 어디서 왔는지 도베가 와 있다.

료마는 도베에게도 귀가 따갑도록 해군 습득을 권했으나 도베는 늘 이렇게 사양했다.

"그것만은 용서해 주십시오. 도둑놈이 바다에 나가 있는 꼴은 좋 은 꼬락서니는 아니니까요."

료마는 할 수 없이 도베를 오사카의 가쓰와의 전령(傳令)으로 쓰 고 있다.

가쓰도 도베를 귀여워하여 "나는 도둑을 부하로 가지고 있다"고 동료인 막신이나 영주에게 자랑했다.

"나리, 오사카에 가셔야겠습니다."

2월 어느 날, 도베가 오사카에서 돌아오더니 가쓰가 오란다고 하 면서 재촉했다.

"뭐냐, 용건은?"

"무엇인지 모르지만 좋은 일인 모양입니다."

고베 마을의 이쿠다(生田) 숲에서 오사카 성까지 육로로 십 리가 될 것이다.

"연습 겸 군함으로 갈까?"

이렇게 생각하고 료마는 학생 일동에게 출범 준비를 시켰다.

바람이 역풍이어서 돛을 이용할 수가 없다. 증기 운전을 하게 되었다.

"기관 가득히 고헤이타(五平太)를 때라!"

료마는 명령했다. 고헤이타라는 것은 석탄(石炭)의 속어(俗語)다.

고헤이타라고 하는 지쿠젠 사람이 처음으로 파내서 장사를 시작했기 때문에 그런 명칭이 생겨난 모양인데, 고헤이타가 어떤 사나이였는지는 모른다.

간코마루 고헤이타는 지쿠젠 다카도리 산(應取山) 탄광의 고헤이타였다.

"사카모토님, 막부 해군에서는 석탄이라고 부릅니다."

무쓰가 비꼬았다.

"나는 고헤이타로 충분해."

"사카모토류로 배우면 연료의 이름까지 정통파와 달라져 버립니다."

간코마루는 검은 연기를 뭉게뭉게 피어 올리면서 남진하기 시작했다.

타륜(舵輪)은 스가노 가쿠베에가 쥐고 있다.

니시노미야(西宮) 앞바다까지 왔을 때 바람 방향이 달라졌다. 풍속은 약 8미터로, 거의 순풍이라고 해도 좋았다.

"기관을 멈춰라. 큰 돛을 올려라."

주머니에 손을 찌른 채 명령했다.

즉시, 전령인 다카마쓰 타로가 갑판을 향해 큰 소리로 외쳤다.

"큰돛을 올려!"

이 소리를 들은 갑판원인 도사 탈번 모치즈키 기야타(望月龜彌太), 인슈(因州) 번사 요시다 나오토(吉田直人)가 제일 높은 돛대를 향하여 달리기 시작했다.

"앗하하하, 달려가는구나!"

료마는 즐거웠다. 검술도 재미있지만 군함도 재미있다.

이윽고 오사카의 덴포 산(天保山) 앞바다로 접어들었다.

료마는 눈을 크게 떴다.

온갖 형태의 군함이 죽 닻을 내린 채 정박중이다.

세어 보니 열 한 척이나 되었다.

장군 이에모치가 상경중인 것이다. 말하자면 장군이 이끄는 함대라고 해도 좋다.

위엄을 나타내기 위해서다.

본래 장군의 행렬이라면 대영주, 소영주 등이 시종하여 현란하고 호화스러운 것이지만, 지금은 장군도 군함으로 에도에서부터 왔다.

그런데 한 척으로는 너무 간소하다고 해서, 장군의 위엄을 나타내기 위해 각 번의 군함을 오사카만으로 소집한 것이다. 말하자면 장식이었다.

그러나 군함을 가지고 있는 번은 적다. 가지고 있어도 번사들이 아직 군함 수업중이라 움직일 수 없는 번이 많다. 그러므로 군함 감독 가쓰 가이슈가 막부 해군의 사관들을 각 번으로 파견하여 그들이 조함(操艦)을 지도하면서 여기까지 끌고 온 것이다.

사쓰마 번 안코마루(安行丸), 가가 번 홋키마루(發起丸), 난부 번 고운마루(廣運丸), 지쿠젠 번 다이호마루(大鵬丸), 운슈(雲州) 마쓰에 번(松江藩) 야구모마루(八雲丸), 에치젠 후쿠이 번 고쿠류마루(黑龍丸). 이 외 막부의 함선으로 어함(御艦)인 쇼가쿠마루, 아사히마루(朝陽丸), 지아키마루(千秋丸), 제1나가사키마루(第一長崎丸), 한료마루(蟠龍丸).

"막부의 위력은 아직 왕성하군."

료마는 생각했다.

간코마루를 조함하면서 오사카 만으로 들어온 료마는 찾아가는 가쓰가 오사카 성 안에 있을 것이라고 생각하고 있었다.

그런데 장군 승선함인 쇼가쿠마루의 마스트에 장관기(將官旗)가 펄럭이고 있다.

"저 기는 가쓰 선생 것이 아닌가."

료마는 고개를 갸웃거렸다.

장군이 오사카 성으로 입성했을 텐데 가쓰만이 함 안에 남아 있을 리가 없다고 생각되는 것이었다.

혹시나 하여 함을 가까이 몰고 가자 어쩐지 가쓰의 냄새가 난다. 육감이다.

료마는 쇼가쿠마루로 신호를 보낸 뒤 보트를 내리게 했다.

쇼가쿠마루의 뱃전에 닿았다.

그러나 올라갈 수는 없다. 해상이라고는 하지만 쇼가쿠마루는 장군의 성이다.

함의 갑판 위에는 접시꽃 무늬의 장막이 쳐져 있는 것이다.

보트에서 쳐다보자 묘한 곳에 가쓰가 있는 것을 발견했다.

"무쓰, 나는 근시이기 때문에 모르겠는데 저 앞 돛대의 조망대 위에 올라가 있는 것은 가쓰 선생이 아닌가?"

"전립(戰笠)의 문(紋)을 보니 그렇군요."

무쓰는 눈이 좋다.

한편 조망대의 가쓰는 간코마루가 입항한 이후의 모든 것을 망원경으로 보아 알고 있다.

가쓰라는 사내는 얼핏 보기에 기발한 사상과 기교(奇矯)한 행동을 하는 인물로 보이지만, 그 반면에 에도 출신다운 고지식함이 있어서 장군 수행의 대임(大任)에 긴장하여 요즘 줄곧 자지 못했다. 그 때문에 군함 감독관 자신이 직접 수부처럼 마스트에 올라가, 정박 중인 각 함의 모양을 조망대에서 살펴보고 있는 것이었다.

그 당시의 가쓰 자신에 대한 일을, 뒷날에 그가 한 말을 빌려 설명을 대신하겠다.

"하여간 각 번의 군함은 모을 수 있었다. 그런데 번의 무리들은 배에 미숙하므로 만사 나에게 지휘를 부탁하겠다고 청해 왔다. 그것은 그렇다 치고, 장군이 다수의 군함을 이끌고 상경한다는 것은 전례에 없었던 일이다. 그러나 전례에 없었던 일이니만큼 나의 책임은 무거웠고 또한 각 번의 배도 있기 때문에 나는 시종 마스트 위로 올라가 함대 전부를 둘러보았다."

가쓰는 마스트에서 내려와 뱃전으로 나가 보트 위의 료마를 내려다봤다.

"료마인가, 잘 왔다."

가쓰는 줄사다리를 내리게 하고, 지체 높은 막부 직속의 '대감님'이 수부같이 가뿐히 내려왔다.

가쓰는 료마의 보트로 뛰어내리자마자 말했다.

"어이, 나가사키로 가자."

가쓰는 료마를 세상의 무대에 내세우고 싶어서 견딜 수 없는 모양이다.

이번의 나가사키 수행도 그 하나다.

그러나 강산 구경이 아니다. 중대한 일이 있는 모양이었다.

"나는 막부에서 곧 가라는 명령을 받았어. 막부의 어용이야. 자네를 데리고 가는 것은 첫째, 호쿠신잇도류의 경호원이 필요하기 때문이요, 또 하나는 항해 연습 때문이지."

간코마루로 갈 모양이다.

조슈 번은 화약고 같은 곳이다.

과격한 번사가 화약고 속에서 관솔불을 뒤흔들면서 난무하고 있다.

위태할 정도가 아니다. 이미 폭발은 시작했으며, 계속 유폭(誘爆)을 일으켜 막부도 손을 댈 도리가 없다.

조정에서조차 조슈 혐오의 빛이 짙었는데, 특히 현 천황(孝明天皇)의 조슈 번에 대한 혐오는 누구보다도 심했다.

조슈 번은 가련하게도, 그만큼 조정에서 혐오당하고 있는 것도 모르고 "우리 번이야말로 근왕 제일번"이라는 것을 자랑삼아, 번의 존망을 걸고 온 번이 발광하지나 않았는가 여겨질 만큼 이상한 행동을 계속하고 있었다.

막부에 창끝을 겨누는가 하면, 외국에 대해서도 겨누었다. 조슈 번의 바칸(馬關) 포대(砲臺)의 활동은 계속되어, 바칸 해협을 항행하는 외국 함선은 여전히 무경고 포격을 받고 있다.

이미 국제 문제가 되어 있었다.

런던 타임즈 등은 가끔 그것을 보도했는데, 너무 빈번하기 때문에 기사가 차차 작아졌을 정도였다.

잘못하여 일본 기선조차 격침시켰다.

하필이면 견원지간(犬猿之間)인 사쓰마 번의 기선이었다.

밤 여덟 시 경이었다. 사쓰마 번 배는 시마쓰 가문(家紋)을 넣은 큰 등롱을 걸고 조슈 포대 앞에 닻을 내리고 정박하려고 했다.

포대는 돌연 포격을 개시하였다. 사쓰마 번은 닻을 올리고 10리 가량 도망쳤는데, 끝내 불을 일으켜 침몰해 버리고 사관 이하 28명이 익사했다.

분명히 오격(誤擊)이었다. 그러나 사건 뒤 조슈 번 측은 이것저것 이유를 붙여 자기 번의 잘못을 인정하지 않았다.

이 사건이 사쓰마와 조슈간의 감정적 대립을 더욱 격화시켰다. 여러 외국도 조슈 번의 양이(攘夷)란 이름을 빈 발광한 듯한 일방적

전쟁 행위를 잠자코 보고 있지는 않았다.

외국 함선은 기회 있을 때마다 응전하여 번번이 포대의 일부를 파괴시키고 있다. 조슈 번도 그때마다 수리하여 다시 포격을 했다.

료마는 조슈에 호감을 갖고 있는 사람이다. 이지적으로는 가쓰의 개국주의에 동조하고, 감정적으로는 조슈의 용감한 양이활동을 지지하고 있다.

이 모순, 복잡성은 점점 의외의 방향으로 통일되어 가는 것이지만 그가 조슈 편인 것만은 평생 바뀌지 않았다.

항간에 소문이 떠돌았다.

막부에서는 외국 함선에 모질게 얻어맞고 있는 조슈 번의 고전을 잠자코 보고 있다. 뿐만 아니라 바칸 해협에서의 포전으로 손상당한 외국 함선을 요코하마(橫濱)에서 수리하는 편의까지도 봐주고 있다는 것이다.

료마의 피가 용서하지 않았다.

지난해, 오토메 누님에게 편지를 보낸 일이 있다.

"그야말로 통탄할 일은, 나가토(長門)의 나라 조슈 번에서 싸움이 시작되어 다음 달까지 여섯 차례의 싸움에서 일본은 극히 이(利)가 적었으며, 어처구니없는 일은 그 조슈에서 싸운 배를 에도에서 수리하여, 다시 조슈에서 싸웠다는 것입니다. 이 모두가 간리(奸吏)들이 이인(夷人)과 내통한 탓입니다."

그런데, 여러 외국이 연합 함대를 편성하여 조슈 번을 공격, 번을 여러 외국의 공동 관리 하에 두려는 움직임이 있다고 가쓰는 말하고 있는 것이다.

생각이 떠오르기에 여담(餘談)을 쓴다.

간지(元治)—라는 연호에 대해서다. 나는 이 중간 제목에 간지(元治)를 내세웠는데 간(元)이라고 부르는 것은 오음(吳音)이다.

그러나 역경(易經)을 전거(典據)로 하여 채택한 연호이므로, 원래는 한음(漢音)인 겐(元)으로 발음해야 하며 겐지(元治)가 올바르다.

그런데 보통 간지(元治)라고들 부른다. 당시의 사람들조차 간지라고 부른 흔적이 있으며 메이지 이후에도 '간지'라고 부르는 것이 보통으로 돼 버렸다.

자연, 겐지라면 시대적 분위기가 잘 나타나지 않기 때문에 특히 간지라는 통례를 따랐다. 독자들은 양해해 주기 바란다.

료마가 가쓰 가이슈를 따라서 나가사키로 향한 것은 분큐 4년, 즉, 간지 원년 2월 9일이었다.

배는 세도 내해를 서쪽으로 항행했다.

가쓰의 얘기로는 나가사키 항에는 영국, 네덜란드의 군함이 집결돼 있다. 더구나 상해(上海)로부터 잇달아 집결하고 있는 중이라고 한다. 영국, 네덜란드뿐만 아니라 프랑스, 미국의 군함도 나가사키를 향하여 오고 있다는 것이다.

조슈 번을 공격하기 위해서다.

"꼴좋군."

막부의 관리들 중에는 이런 말을 하는 자가 많았다.

조슈 번의 횡포에 애를 먹고 있던 참이다. 아니 막부에서는 현재 그것과는 별도로 '조슈 정벌'을 전제로 삼아 조슈 번의 처분 방책을 생각하고 있는 시기였다.

"마침 잘 됐다."

막부의 어느 각료는 손뼉을 치며 말했다.

"막부가 일부러 원정을 하지 않더라도 외국이 손을 써서 조슈를 멸망시켜 주지 않느냐 말이야."

막부 사람들의 조슈 증오의 감정은 이토록 병적이 되어 있는 것이다.

사건의 대립이 날카로워지면 쌍방이 이성을 잃고 증오로써 매사를 생각하게 된다. 일부의 막부 관리들은 오히려 외국 쪽을 동지라고 생각했다. 막부 세계에서의 적은 조슈 번인 것이다.

여담이지만 그 뒤 시국이 바뀌어 조슈 번이 관군이 됐을 때, 조슈 사람은 필요 이상의 보복과 증오로써 막부와 도쿠가와 집안을 처분하려고 했다. 에도를 공격할 때, 조슈 사람 중의 일부는 에도를 초토로 만들고 장군을 참수하려고까지 했다.

만약 메이지 유신이 조슈 사람들에 의해서만 행해졌다고 한다면, 비참한 유혈 혁명이 되었을지도 모른다.

이렇듯, 막부는 그렇게까지 조슈 사람들을 증오했지만 일본 정부의 입장에서 보면 일본 국내에서 대외의 전쟁이 행해지는 것은 바람직한 일이 아니었다.

그러나 적극적으로 외국의 외교 기관을 설득하여 공격을 중지시키려는 노력은 하지 않았다. 체면을 세울 정도로, 가쓰 한 사람에게만 명령하여 그 위무 공작을 시키려 한 것이다.

그래서 가쓰는 나가사키 항에 모여 있는 외국 군함의 함장들을 이제부터 만나려고 하는 것이다.

배는 지금 국제적으로 화제가 되어 있는 바칸해협을 통과했다.

오른쪽 해안으로 조슈 번의 영지인 시모노세키(下關)며, 해협 20여 리에 걸쳐 문제의 조슈 번 포대들이 보였고, 햇빛 아래서 포신(砲身)이 푸르게 빛나고 있는 것이 료마의 망원경에 잡혔다.

"분발하고 있구나!"

번병이 포대 주변에서 조련을 하고 있는 것이 소나무 숲 사이로 나타났다. 가려졌다 하며 조그맣게 보였다.

이것이 조슈 편인 료마에게는 아주 흐뭇했다. 어쨌든 간에 일본 제일의 영주이면서 유럽을 상대로 싸움을 하려 하는 것이다. 배짱이 엄청난 점으로는, 일본 역사상에 유례가 없다.

하지만, 조슈 번의 대외 감각이 잘못이라는 것은 알고 있었다.

"바보지만 재미있다"는 감정이었다. 바보라는 것은 야유의 기분이 아니다. 오히려 모든 조슈 사람을 만나서 어깨를 두드려 주고 싶은 친근감이다.

그리고 해협의 왼편 해안은 부젠(豊前) 고쿠라 번(小倉藩)이다.

막부의 직할 영주며 오가사와라(小笠原) 17만 석으로, 예부터 도쿠가와 집안 방위 행정면에서 이 고쿠라 번이 규슈(九州) 단다이(探題 : 지방의 정치, 국방 등을 맡았던 요직)의 소임을 맡고 있었다.

가쓰 이래, 도쿠가와 가문의 가상 적국(假想敵國)은 서부 영주들이며 특히 사쓰마의 시마쓰 가문과 조슈의 모리 가문이 위태로웠다.

막부 말기에 한정된 일이 아니라, 이들이 도쿠가와 2백여 년의 가상적(假想敵)이다.

그러므로 일단 조슈에 난이 일어났을 경우 이 고쿠라 번주가 조슈 영주를 독려하여 진압하게 되어 있다. 말하자면 시고쿠(西國) 단다이인 다카마쓰 번(高松藩)과 같았다.

말하자면 홍백의 양 진영이 해협을 사이에 두고 마주 서 있는 것이다.

양 번의 대립 감정도 악화되어 있다.

그러므로 조슈 번의 포대가 외국 군함에 함포 사격을 받을 때마다 맞은편 해안의 고쿠라 번사들은 손뼉을 치면서 더 좋아했고, 그 좋아 날뛰는 모습이 조슈 쪽에서 뚜렷이 보여 점점 더 조슈 사람들에게 있어서는 참기 힘든 증오를 품게 했다.

뒷날의 일이지만 조슈 번사 다카스기 신사쿠(高杉晋作)가 보복 일념에 불타올라, 기병대(奇兵隊)를 이끌고 이 해협을 건너서 고쿠라 성을 공격했다. 그 때문에 오가사와라 나가유키(小笠長行)는 배를 타고 나가사키로 도망쳤고 번사들은 직접 성에다 불을 지르고 성 밖으로 도망쳐 나갔다.

해협을 빠져나온 료마 등은 북 조슈 연안을 항해하여 비젠(肥前) 이마리 만(伊萬里滿)으로 들어갔다.

이마리 만은 마쓰우라(松浦) 반도의 동남쪽에 있는 큰 만으로서 안쪽은 뾰족하게 파고 들어가 있는데, 그 가장 안쪽에 이마리 항이 있다.

이 만으로 들어가는 데 세 개의 항로가 있다. 히비 수로(日比水路), 아오지마(青島) 수로, 쓰사키(津崎) 수로가 그것인데, 료마는 가쓰와 의논하여 히비 수로를 택했다.

수로는 좁은데다가 크고 작은 섬들이 많고 여기저기 암초도 있어 상당히 곤란한 항로다. 비지땀을 흘리며 조함하여 2월 24일, 이마리 항에 들어가 닻을 내렸다.

간코마루는 여기서 오사카로 돌려보내고, 그 후엔 육로로 나가사키로 가기로 했다.

가쓰와 료마는 가도를 걷기 시작했다.

이미 연도에는 복숭아꽃이 피어 있다.

나가사키로 들어간 것은 그달 23일이었다.

"좋은 마을이로군요."

료마는 거리를 걸으면서 몇 번이나 말했다. 보는 것, 듣는 것이 다 신기했다.

이 마을은 에도, 오사카, 교토나 각 국의 성 밑에 있는 마을과는 전혀 다른 인상을 료마에게 주었다.

이국의 정취가 풍겼다.

전국시대 중기인 겐키(元龜) 원년에 한 척의 포르투갈 배가 이 항구로 들어온 이후, 이 항구는 서양 문화의 도입구가 됐다.

전국 말기인 덴쇼(天正) 8년으로부터 수년 동안 로마 교황의 영지가 된 일조차 있다. 도요토미의 천하가 안정된 덴쇼 15년에 히데요시는 외국 침략의 거점이 될까 두려워서 압수해 버렸지만, 뭐니 뭐니 해도 이 마을의 개성을 만든 것은 남만인(南蠻人)이라고 해도 좋았다.

도쿠가와 막부가 쇄국(鎖國)을 행한 뒤에도 이 항구만은 네덜란드인, 중국인에 한해서 한정적인 거주권(居住權)과 무역권을 용인했다.

막부는 두 사람의 나가사키 행정관을 두어 내외의 행정을 행하게 했는데, 실제의 시정(市政)은 여섯 사람의 행정 보좌관에 의해서 행해지고 있다.

거리를 오가는 사람들의 모양이 어딘가 한가롭게 보이는 것은 성 밑거리의 부자유스러움이 이 고을에는 없는 증거이리라.

"마음에 드나?"

가쓰는 물었다. 가쓰는 청춘 시절을 이 고을에서 제1회 해군 전습소(海軍傳習所) 소생으로 지낸 사람이다. 그는 그때가 그리웠다.

하늘은 푸르렀다.

남해(南海)의 도사도 하늘이 아름답지만 그래도 수증기가 많다. 나가사키의 하늘은 그 정도의 것이 아니었다. 동지나해의 하늘의 푸름이 그냥 나가사키까지 이어져 있는 듯한 느낌이다.

"가쓰 선생님, 교토 앞쪽은 오사카에 지나지 않고 에도 앞쪽은 오다와라에 불과합니다만 나가사키 저쪽은 상해로군요."

료마의 가슴속에 구상이 떠올랐다.

그가 꿈꾸고 있는 사설 함대의 근거지는 이곳을 제외하고는 없다고 생각한 것이다. 상해를 상대로 한 무역으로 이(利)를 얻고 그것을 밑천으로 자꾸자꾸 군함을 늘려 일본 최대의 해상 왕국을 만들고, 한편으로 사쓰마 조슈와 연합하여 막부를 쓰러뜨리려고 생각했다.

가쓰는 묘한 사내이다.

료마가 막부 타도론자임을 꿰뚫어보고 있으면서도 료마의 성장을 돕기 위하여 나가사키로까지 데리고 온 것이다.

가쓰는 시중(市中)의 모리사키(森崎)에 있는 행정청으로 들어갔다.

나가사키 통치관 핫토리 쓰네스미(服部常純)와 만났다. 나가사키 통치관은 직속 무상 중에서도 준재 중에서 뽑아 상당한 권세를 가졌었고, 집정관에 직속하여 봉록은 1천 석, 역료(役料)는 4천4백 두 가마, 역금(役金) 3천 냥, 에도 성 중에서의 석차(席次)는 부용실(芙蓉室) 대기(신분에 따라서 성내의 대기실이 다르다)로, 나가사키에 일이 발생했을 때는 장군의 이름으로 규슈 여러 영주들을 호령하는 권리를 가지고 있었다.

"막부의 외국 담당관이 얻은 정보에 의하면."

가쓰는 핫토리에게 말했다.

"조슈 번의 해협 포격에 분개한 영(英), 불(佛), 네덜란드, 미국 4개국은 연합함대를 나가사키에서 편성, 그곳을 진발하여 조슈를 습격하고 다시 기세를 몰아, 장군이 입성해 계시는 오사카까지 가려하고 있다고 한다는데, 이미 군함은 모여 있습니까?"

"글쎄 현재로서는 번소로부터 아무런 보고도 받고 있지 않습니다만."

나가사키 통치관 핫토리가 대답했다. 외국 군함은 모여 있지 않다
는 것이다.

"하지만, 혹시 모르니까 다시 부하를 보내 조사하도록 하죠."

그러나 가쓰는 손을 내저었다.

"아니오, 내가 보러 가겠습니다."

가쓰의 방법은 만사가 이러했다. 자기 눈으로 확인하지 않으면 마
음을 못 놓는 성질이다. 귀로 듣는 것은 믿지 않고 눈으로 본 뒤에
야 만사를 생각하는 사내였다. 즉물적 사고법(卽物的思考法)이라고
할까.

이런 점은 료마의 사고법과 똑같았다. 발로 걷고 눈으로 보아 직
접 일에 부딪치지 않고서는 그 일에 대해 생각했다는 느낌이 들지
않는다.

관념론자들이 많았던 막부 말기 일본인 중에서는 두 사람 다 진기
한 인물에 속할 것이다.

"몸소?"

핫토리는 놀랐다. 당시 직속의 대관쯤 되면 이처럼 소탈할 수가
없었다.

"그럼 저도."

나가사키 통치관 핫토리도 일어서지 않을 수가 없었다.

시가지의 서쪽, 스와 신사(諏訪神社)가 등에 지고 있는 다치 산
(立山)이라는 고지에 다른 또 하나의 행정소가 있다.

그곳에서는 항내(港內)가 한눈에 내려다 보였다.

가마 세 채가 준비되었다.

한 채는 통치관, 한 채는 가쓰, 또 한 채는 마침 그곳에 와 있던
막부의 감찰관 노세 긴노스케(能勢金之助)를 위한 것으로서, 이 세
채 이외에도 수많은 인원이 배송한다. 통치관 바로 아래의 대관(代

官) 관리장(官吏長), 조사관(調査官), 포장(捕將), 포교(捕校) 등의 무리로 통치관이나 가쓰의 위엄을 나타내기 위해 줄줄 따라간다.

"료마, 이거다."

가쓰는 속삭였다.

"이것 때문에 일본은 망한다. 미국의 고관은 용건이 있으면 곧 혼자서 시찰 나간다. 막부라는 것은 만사에 있어서 이런 식으로 일을 처리해 나가니 전혀 능률이 오르지 않아."

료마는 가쓰의 가마 옆으로 따라갔다.

키는 다섯 자 여덟 치.

짙은 갈색의 문복(紋服), 쭈글쭈글한 바지에 낭인풍의 더벅머리 사내가 무뚝뚝하게 걸어가는 것이 행정소의 관리들에게는 기분 나쁘다.

—뭐야, 저자는?

수군거리는 소리가 들린다. 군함 감독관쯤 되는 고관이 낭인을 거느리고 다닌다는 것 자체가 괴상했다.

그럼에도 관리들이란 기묘한 것이어서 가쓰를 따라 온 인물이라는 것만으로 료마에게 공손하게 대하고, 아첨이 서린 웃음을 보이면서 여러 가지로 얘기를 걸어온다. 료마는 아아, 라든가 음, 이라고 대답하고 있다가 갑자기 질문했다.

"행정소에는 돈이 얼마나 있습니까?"

정말 엉뚱하기 짝이 없다.

벼슬아치들은 눈을 둥그렇게 떴다. 그러나 그 중의 한 명이 료마도 에도의 벼슬아치에 준(準)하는 존재라고 보고 털어 놓았다.

"10만 냥 있습니다"

"으음."

료마는 뱃속에서 끄덕였다.

언젠가 막부 토벌전이 벌어지면 나가사키 행정소를 습격하여 10만 냥을 압수, 그것을 군자금으로 삼으려고 생각한 것이다.

다치 산으로 올라갔다. 항만 내를 내려다보았으나 아직 외국 군함은 한 척도 와 있지 않았다.

하여간 외국 군함이 오지 않았으니 별 도리가 없다.

"올 때까지 며칠이고 기다리자."

가쓰는 말했다. 나가사키로 몰려드는 외국군함의 함장들을 달래서 조슈 공격을 중지시키는 것이 가쓰의 공무니까, 하여간 기다리기로 했다.

그동안 모리사키의 행정소에서 옮겨 다치 산의 행정소를 숙소로 삼았다.

항만을 내려다보는 고지인 만큼 정말로 조망(眺望)이 좋았다.

당시 나가사키의 시민들은 두 곳의 행정소를 구별하기 위해서 이 다치 산 쪽을 '다치 산 행정소'라고 불렀다. 현재는 그 부지에 나가사키 현립 도서관, 지사 관사(知事官舍) 등이 있다.

료마 때의 다치 산 행정소라면 넓은 저택이었다.

행정소 정문은 너비 네 칸에 높이 두 칸 반이라는 당당한 것이다. 정문으로 들어서서 왼쪽이 수위실, 오른쪽이 대기실인 수행원들의 방.

문을 들어선 정면의 대현관은 큰 영주의 저택같이 컸다. 그 현관 왼쪽이 상공 조합(商工組合)의 사무장 방, 조달실 등의 사무실로 재판을 하기 위한 모래 마당을 앞에 갖고 있다.

그 외에 서원(書院), 사자(使者)들의 방, 회의실, 응접실 등의 어용방이 있어, 구조를 모르면 헤맬 정도였다.

료마는 가만히 틀어박혀 있지 않았다.

매일 시내로 나갔다.

물건을 사기도 했다.

나가사키는 이렇듯 색다른 거리이면서도 점포는 에도, 오사카, 교토 등의 점포와 그다지 다르지 않다.

단 가게 앞의 옥호 포장은 남빛이 아니라 한결같이 검은 무명이었다. 검은 무명이 기왓장 사이를 칠한 흰 석회 반죽과 하늘의 푸르름을 등지고 잘 떠올라 보였다.

료마는 당물(唐物) 가게로 들어갔다.

중국이나 서양으로부터 배에 실려 온 진기한 잡화, 집기 등을 다루고 있다.

"프랑스제 향수는 없나?"

료마는 계산대의 지배인에게 물었다.

지배인은 깜짝 놀랐다.

이 쭈글쭈글한 문복(紋服) 바지를 입은 낭인이 프랑스제 향수라니 대체 어찌 된 일일까?

료마는 벌써부터 향수에 대해 듣고 있었다. 서양에서는 신사들의 기호품이란다.

'한 번 뿌려보고 싶군.'

우스운 일일지 모르지만 료마만큼 사치스러운 사내는 별로 없다. 단지 사치의 재능이 전혀 없을 뿐이지 그 기분만은 넘쳐흐를 만큼 있었다.

향수에는 신사용과 부인용이 있다. 지배인은 그것을 물을 작정으로 물었다.

"나리께서 쓰실 것인가요?"

그 상냥한 웃음에는 어딘가 남을 깔보는 듯한 빛이 있다.

"응, 그래."

"나리께서는 향수보다도 목욕과 세탁이 먼저 해결해야 될 문젭니
다요."

차마, 지배인은 이렇게 말할 수는 없다. 그저 망설이기만 했다.

"저어, 좀 비쌉니다만."

지배인은 눈을 치뜨면서 말했다.

"알고 있어."

료마는 천성적으로 물가(物價)에는 민감한 사내다. 이 점이 그와
같은 시대에 살고 있는 무사, 지사 등과 전혀 달랐다.

"얼마인가?"

주머니 속에는 20냥의 돈이 있다. 지난 해 여름, 형 곤페이(權
平)가 송금해 준 나머지다.

"한 병에 3냥입니다."

"3냥이라고?"

료마는 주머니 속에서 금화 세 닢을 꺼내 내던졌다. 석 냥이라면
하녀나 노복의 1년분의 급료와 맞먹을 정도의 대금이다.

"잘 알았습니다."

지배인은 기가 꺾인 채 안으로 들어가서 프랑스의 우비강 회사 제
품인 향수와 오 데 코론을 꺼내 왔다.

오 데 코론 쪽이 싸다. 료마는 향수를 집어치우고 오 데 코론을 3
냥 어치 샀다.

"그런데 프랑스제의 분(粉)은 있나?"

"나리께서 쓰실 것입니까요?"

그만 지배인 쪽이 끌려들어 갔다.

"바보 같으니! 내가 어떻게 분을 바르나?"

료마는 껄껄 웃었다.

"사랑하는 임께 선물할 생각이야."

"잘 알았습니다요."

지배인은 아름다운 흰 사기통에 담긴 것을 가지고 나왔다. 값을 물으니 한 개에 한 냥 두 푼이라고 한다.

"세 개만 줘."

호화로운 쇼핑이었다.

"여기에서 배달해 주지 않겠나? 미안하지만 붓과 종이를 좀 줘. 보낼 곳과 물건에 딸려 보낼 편지를 쓰겠다."

료마는 걸터앉았다.

'다즈 아가씨와 오료와 에도의 사나코님에게 보낼까?'

료마는 이렇게 생각했다.

"보낼 곳이 어디십니까?"

"에도와 교토."

료마는 멍청하게 거리를 보았다. 세 사람의 얼굴이 생생하게 떠오른 것이다.

'기뻐하리라. 그러나 기뻐하는 모습은 세 사람이 각각 다른 성격이니 다르겠지.'

이런 생각을 하니 흐뭇하기도 했다.

그런데 문득 묘한 것을 깨달았다.

'과연 그 세 사람은 내 연인일까?'

초조해졌다.

세상에서 말하는 사랑과는 무척 다른 감정이다. 첫째, 료마 자신 쪽에서 반했다고 할 때, 세 사람에게 똑같이 반했다고 하기에는 우습다. 반한다는 심정은 단 한 사람에게 푹 빠져드는 것인데, 료마가 경우, 그렇다고 할 수 있을는지 어떨는지?

'알았다. 나는 세 사람을 좋아하지만 반하지는 않았어. 반할 정도

까진 가지 않았어. 아니 반하지 않으려고 나 자신이 비지땀을 흘리면서 노력하고 있어.'

이것을 경솔하게 보낼 수 없다고 생각했다. 보낸다면 '좋아한다'는 것이 '반했다'는 표현으로 되어 버릴지도 모른다.

"이봐요."

료마는 보낼 곳을 바꾸려고 했다.

하여간 료마는 엉큼했다.

다즈 아가씨, 사나코, 오료 세 사람에 대해서는 지금까지의 관계가 가장 좋다. 한 발자국이라도 깊이 들어가면 진흙탕이 된다.

'군자(君子)의 사귐은 담담하기가 물과 같이……'

예기(禮記)에 있는 말이다. 그 뜻은, 신의 있는 신사는 아무리 친우에 대해서일망정, 산뜻한 태도를 취하면서도 속정은 있어야 한다는 것이다. 손을 잡고 어깨동무를 하면서 야단스럽게 친근미를 나타내 보이지도 않으며, 약점을 사로잡아 파고드는 것 같은 교제도 하지 않는다.

하긴 이것은 남자끼리의 교우에 대한 말인데, 료마는 남녀간도 가능하면 그런 방법으로 사귀고 싶었다.

'담담하기가 물과 같이'

좋은 말이라고 생각했다. 연애는 마음이 빠져드는 것이다. 애정의 늪 속에 빠져서 정신과 행동의 자유를 잃고 싶지 않다.

료마에겐 그 자신이 생각하고 있는 생애의 주제가 있다. 그 주제를 관철시키기 위해서는 꿀 같은 애욕은 방해밖에는 되지 않는다.

'좋아하는 것만으로 족하다.'

프랑스제 향수를 보내면 '반했다'는 쪽으로 기울어지기 십상이다.

'어디까지나 담담하게, 담담하게ㅡ'

이렇게 작정하는 데는 료마대로의 서글픔이 있었지만, 순간적으로 결단을 내리고 찰싹찰싹 손바닥을 쳤다.

"도사의 고치로 보내다오."

료마는 보낼 곳을 썼다.

　　도사국 고치 성아래거리 혼초 일가 사카모토 곤페이(土佐國高知城下 本町一街目坂本權平)

　　　　　　　　　　　　　　　　　　　　　　　님방
　　　　　　　　하루이(春猪)에게

료마는 곤페이의 외동딸 하루이를 어릴 때부터 귀여워했는데, 그녀가 살갗이 하얗고 뚱뚱하다 하여 '복어새끼 하루이'라고 하기도 하고, 그녀의 뺨에 약간 곰보가 있다고 해서 '곰보 하루이' 하며 놀렸다는 것은 이미 말했다.

그 하루이도 지금은 세이지로라는 신랑을 맞이하여 쓰루이(鶴井)와 도미(兎美)라는 두 딸의 어머니가 되어 있다.

료마는 하루이에게 편지를 썼다. 짐보다도 편지 쪽이 먼저 닿을 것이었다.

　　요즘, 분(粉)이라는 외국 화장품이 유행하고 있어. 몇 개 싸서 보내니, 듬뿍 바르기를 바란다. 곧 도착할테니 기다려. 이만.

　　　　　　　　　　　　　　　　　　　　　　료오(龍)
　　　　　　　　복어새끼 하루이에게

요컨대 이 분을 발라서 곰보 자국을 메우라는 농담이다.

료마는 송료를 놓고 활짝 개인 얼굴로 가게를 나섰다.

옷깃에서 오 데 코론의 향기가 풍겼다.

다음 날 숙소를 옮겼다.

시내에 있는 후쿠사이 사(福濟寺)라는 절이다. 가쓰와 료마, 그리고 주지 세 사람은 밤이 되자 바둑을 두었다.

주지는 재미있는 사람이라 가쓰를 붙잡고 물었다.

"같이 데리고 온 무사는 누굽니까?"

"그 사람은 사카모토 료마라는 자죠."

가쓰가 이렇게 말하자 무슨 의미에선지 "잊어서는 안 될 이름이다"라고 몇 번이나 되풀이해서 말했다.

어딘가 료마의 풍모와 언동에서 느끼는 바가 있는 모양이다. 구체적으로는 어떻다고 말하지 않았다.

그건 그렇고, 외국 함선에 관한 일이다.

나가사키에 사는 외국인 사이에 풍문이 떠돌았다.

"영국 함대는 2천 명의 육전대(陸戰隊)를 태우고, 네덜란드 함대는 8백 명의 육전대를 태우고 조슈 번의 시모노세키를 공격한다."

가쓰는 이 풍문을 막부에 대한 제1보(第一報)로 쓰고 에도로 급파발을 보냈다.

조슈 번사 몇 사람이 나가사키에 잠입하여 가쓰를 암살하려 한다는 풍문도 돌았다.

조슈 사람 가운데 가쓰가 어떤 사람인가를 알고 있는 것은 가쓰라 고고로(桂小五郎) 쯤으로, 다른 번사들은 단순히 막부의 높은 벼슬아치로 밖에는 보고 있지 않았다. 그들은 이렇게 생각했다.

"외국 함대를 충동하여 조슈를 짓부수려는 것이겠지."

과연 소문은 사실이었다. 조슈 번사 오다무라 후미스케(小田村文助), 다마키 히코스케(玉木彦助) 등 네 명이 가쓰와 료마가 나가사키에 들어오기 전날에 기선으로 입항하여 시중의 여관에 머물면서 은밀히 동정을 엿보고 있었다.

"조 번(長藩) 네 명, 내방(來訪)."

가쓰의 겐지 원년 2월 28일의 일기에 써 있다. 네 명의 조슈 사람은 대낮에 당당히 후쿠사이 사의 산문으로 들어왔다.

암살자가 아니다.

번청에서 정식으로 가쓰의 동정을 살피라고 파견된 자들로 가쓰가 만약 반(反) 조슈적인 의도를 품고 있다면 즉시 암살하라는 비명(秘命)을 띠고 있었다.

오다무라는 조슈의 가신 중에서 널리 알려진 검객이었다.

"가쓰 선생께서는 계십니까?"

그들이 절의 현관에 섰을 때, 우선 응접차 나온 것은 료마였다.

"어서 오십시오."

부드럽게 말했다.

서재로 안내한 뒤 료마도 단정하게 앉았다.

네 사람 다 긴장하여 만일 무슨 일이 있으면 즉석에서 칼을 뽑을 태세이다.

그런데 30분 가량이 지나는 동안, 료마가 지껄이는 농담에 웃음을 터뜨리고 끝내는 폭소하여 암살이니 뭐니 할 판이 아니게 되고 말았다.

"그런데 가쓰 선생께선 아직 안 돌아오셨습니까?"

"저기 계시지 않소."

료마는 턱으로 마루를 가리켰다.

과연 언제 왔는지 솜옷을 입은 노인 티 나는 40대의 사내가 조용히 마루에 걸터앉아 있다.

그 뒤, 가쓰는 예의 말투로 세계정세와 일본의 현상을 논하고, 조슈 번의 양이(攘夷)의 무모를 힘주어 말했다.

"외세는 내가 잘 무마하겠소."

조슈 번에 희망적인 말로 끝을 맺었으므로 네 사람은 아주 기뻐하며 돌아갔다.

가쓰의 나가사키행은 과연 성공한 것일까.

하여간 체재 두 달에 이르렀다. 료마에게 있어서도 그의 생애에 있어 가장 긴 여행이었다.

하기는 이미 고향을 버린 료마에게 있어서는 이제 여행이라는 것이 없었다. 그의 생애 자체가 여행이었으니.

가쓰는 이 동안, 나가사키 주재의 미, 영, 네덜란드의 영사와 다치 산의 행정소에서 가끔 회견하고 부탁했다.

"하여간 시모노세키 공격만은 멈추도록 귀국의 해군을 지도해 달라."

상대방은 말했다.

"우리들은 싸움을 좋아하지 않는다. 단지 바칸 해협의 선박 항행의 안전을 얻고 싶을 뿐이다. 지금처럼 조슈 번이 우리들을 포격해 온다면 아무래도 위험해서 견딜 도리가 없다. 그 횡포한 조슈 번을 일본 정부가 억누를 수 없는 상황에서는 우리들도 무력으로 항행의 안전을 타개할 도리밖에 없다."

이런 대답이라 가쓰에게도 한마디 한마디 옳게 들렸다.

요컨대 막부가 나쁘다. 조슈를 억누를 수가 없지 않은가, 라는 것이다.

"어떻게든 잘 말해서 억누를 테니까 공격을 두 달만 연기시켜 줄 수 없겠는가?"

가쓰는 이렇게까지 양보했다.

이윽고 네덜란드, 영국 군함이 들어와 가쓰는 그 함장들과도 얘기를 나누었다. 함장들은 군인인 만큼 강경하게 말했다.

"하여간 시모노세키 습격을 명령받고 있다. 승패는 시운(時運)으로 우리들도 생명을 보장받을 길 없는 싸움이 되리라."

가쓰는 일일이 에도와 오사카 성에 있는 막부 요인에게 보고했다.

요컨대 조슈 위무를 일본 측이 하면 되는 것이다. 가쓰는 자기라면 할 수 있다는 의미의 말을 은연중에 내포시켜 써 올렸다.

그러나 가쓰의 보고와 제반 정세를 살핀 막부에서는 의견을 달리했다.

─외국을 달래기 위해서라도 조슈를 막부의 손으로 무력 공격하지 않으면 안 된다.

유신 회천 사상(維新回天史上), 중대한 고비가 될 막부의 제1차 조슈 정벌은 이런 기운 속에서 실현되어 간 것이다.

하여간 가쓰는 가능한 한의 노력을 하여 영국과 네덜란드 두 함장에게 이런 대답이 나오게끔 끌고 갔다.

"하여간 기다리겠습니다. 나가사키에서 곧장 시모노세키로 직행할 작정이었는데 그것을 중지하고, 곧 가나가와로 가서 닻을 내리고 일본 정부의 조슈에 대한 조치를 기다리기로 하지요."

그러나 습격 자체를 중지시킨 것은 아니다.

"료마, 한낱 군함 감독관인 내가 할 수 있는 것이라고는 이것뿐이다. 뒤는 막부의 쟁쟁한 양반들의 일인데, 글쎄, 그 무능한 무리들이 감당할 수 있을까?"

가쓰는 체재를 끝내고 3월 6일에 구마모토(熊本)에 도착.

료마는 구마모토 성아래거리에 남아 당시 사쿠마 쇼잔(佐久間象山), 가쓰 가이슈 등과 함께 최대의 선각자라고 할 요코이 쇼난(橫井小楠)의 시세론을 듣게 된다.

가쓰, 료마 두 사람이 나가사키를 떠난 것은 겐지 원년 3월 4일이다.

"구마모토로 가자."

가쓰가 말했다.

막부의 군함 감독관 가쓰 린타로가 히고(肥後) 구마모토 호소카와 번(細川藩)에 용건이 있을 리가 없다.

구마모토에는 명사 한 사람이 있다.

요코이 쇼난이다.

가쓰와는 뜻이 맞는 벗으로서 어쩌면 당대 제일의 평론가라고 할 수 있을는지 모른다.

"쇼난을 만나는 거야."

가쓰가 말했다.

"쇼난 선생에게 용건이 있습니까?"

"없어."

가쓰는 대답했다. 요컨대 료마를 쇼난에게로 데려가는 것만이 가쓰의 목적이었다.

가쓰는 료마를 기르고 있다. 말하자면 가쓰 대학이라고 해도 좋았다. 학장은 가쓰, 학생은 료마 단 한 사람이다.

교수진은 가쓰의 지우들이다.

에치젠 후쿠이 번의 노공(老公) 마쓰다이라 슌가쿠(松平春嶽).

막신(幕臣) 오쿠보 이치오(大久保一翁), 그리고 구마모토 번의 요코이 쇼난.

이동 대학이라고 해도 좋다.

료마 자신이 가쓰의 소개장을 가지고 후꾸이로 가거나, 에도로 가거나, 오사카에서 만나거나 하는 '대학'이다.

가쓰의 소개장은 언제나 "이자, 참다운 대장부(大丈夫)이므로"라는 문구로 이루어져 있다.

이 말은 "당당한 몫의 사내다. 장차 영걸이 되리라. 여러 가지로 가르쳐 주기 바란다."

이런 의미가 은연중 내포되어 있는 것이다.

가쓰 학장 이하 교수진의 특색은 당시 유행이었던 단순한 양이주의자가 아니라는 것이었다.

적극적 개국론자라고 해도 좋다.

당시 일반적인 사조(思潮)를 도식적(圖式的)으로 보면 이러하다.

좌막(佐幕) —개국주의(開國主義)

근왕(勤王) —양이주의(攘夷主義)

그런데 가쓰 대학의 교수들은 '근왕 개국론자'라고 할 수 있었으며, 단순한 막부파나 근왕가와 전연 다른 점은 세계관을 가지고 있다는 것이었다.

세계정세 속에 일본이 놓여 있는 위치를 알고 어떻게 할 것인가를 생각하고 있는 파들이다. 당시의 일본에서는 이들과 가쓰의 매부인 사쿠마 쇼산을 합쳐 몇 사람에 불과한 소수파였다고 해도 좋다.

료마는 소위 유신의 지사들과는 전연 다른 코스를 밟아 나가고 있었다.

한낱 검객 출신인 료마가 '사상인(思想人)'으로서 외국의 정치사상 학자들에게까지 연구 대상이 된 것은 가쓰 대학의 덕분이라고 해도 좋다.

구마모토에 닿자 가쓰는 그를 요코이 쇼난의 저택으로 데리고 가서 말했다.

"부탁하네."

다음 날 가쓰 혼자 장군이 있는 오사카로 떠났다.

료마는 며칠 동안 '요코이 쇼난 교수' 밑에서 지냈다.

여기서는, 필자의 감상을 얼마간 더하여 써내려가겠다.

료마는 이 시기보다 수년 뒤 역시 히고의 구마모토까지 가서 요토이 쇼난을 방문하고 있다.

이때는 료마의 생애 최대 사업의 하나였던 사쓰마 조슈 연합을 꾀하고 있었을 때였으므로 쇼난의 의견을 들으러 온 모양이다.

쇼난은 언제나 술상을 앞에 놓고 료마와 얘기를 나누었다.

때마침 좌석에 젊은이가 있었다. 쇼난의 제자이다.

히고 미나마타(水股) 마을의 향사(鄕士)로서 도쿠도미(德富)라는 자였다.

이름은 가스요시(一敬), 뒷날의 호는 기스이(淇水).

이 젊은이는 이미 같은 나라의 마스시로 군(益城郡)의 향사, 야지마 히사코(矢島久子)를 아내로 맞아 아들까지 하나 낳았다.

그 아들의 이름은 이이치로(猪一郞)로, 후에 소호(蘇峰)가 된다. 차남은 겐지로(健次郞), 로카(蘆花)가 된다.

요컨대 도쿠도미 형제의 아버지 기스이(淇水)가 젊었을 때, 스승인 쇼난에게로 놀러 갔더니 사카모토 료마가 왔더라는 것이다.

"여행으로 새까맣게 햇볕에 탄, 깜짝 놀랄 만큼 거대한 사내였다"라는 말을 형제는 남겼다.

그 무렵 쇼난은 번의 정변 때문에 실각중이어서, 녹봉도 사적(士籍)도 몰수당해 하는 일 없이 놀고 있었다.

그 자리에서 쇼난은 날개를 뜯긴 새처럼 날아다니지 못함을 한탄했다.

"사카모토, 나는 보다시피 이런 신세야."

그러자 료마는 잔을 들고 웃으며 말했다.

"선생님, 한탄하지 마십시오. 천하의 대사(大事)는, 사이고(다카모리), 오쿠보(도시미치)의 무리가 있습니다."

그리고 본인 료마.

자신을 굳이 집어넣지는 않았으나, 은연중 이 세 사람이 천하를 요리한다는 의미를 내포하고 있었다.

이 호언장담에 젊었을 때의 기스이 노인은 무척 놀란 모양이다.

"그럼, 나는 어떤 일을 하는가?"

쇼난이 묻자 료마는 이렇게 말했다.

"선생님께서는 고루(高樓)에 앉아 미인에게 미주(美酒)를 따르게 하고, 잔을 든 채 대연극을 구경해 주시기 바랍니다."

쇼난은 크게 만족하여 손을 치면서 웃었다.

요코이 쇼난이란 사람은 "국가의 목적은 백성을 편안하게 하는 데 있다"는 사상의 소유자로, 쇼와(昭和)의 우익 사상가 같은 신성국가주의자는 아니다. 막부 말기에 양이 지사를 비웃고 개국(開國)을 주장한 그는, 크게 산업을 일으켜 무역을 왕성케 하여 나라를 부강하게 만들고 강력한 군사력으로써 외국의 멸시를 방지한다는 소위 적극적 양이주의자였다.

그 사상은 그 당시에도, 그 당시라기보다 일본의 태평양 전쟁 종료까지 관제 사상으로 보더라도 위험시되는 것으로서 나중에는 '공화국가(共和國家)'를 꿈꾼 듯한 면까지 있다.

그러면서도 호인 쇼난(小楠)이 말해주듯 다이난공(大楠公:楠正成)의 숭배자로서 천황을 공경했다.

그런 위험 사상가인 쇼난조차 이 겐지 원년 3월에 한 료마의 말이 너무나 천진스러운 데 놀라 주의를 주었다.

"호걸이여, 유감스럽게 난신적자(亂臣賊子)가 되지 말라."

료마는 어쩌면, 그의 수첩의 글귀 등으로 보아서 미국식의 공화국을 이상으로 삼는다고 말했는지도 모른다.

"사카모토, 그건 너무 앞질러 가는 거야. 근왕의 과격파들에게 오해받는다."

이렇게 주의한 것처럼도 여겨진다.

그 쇼난이 메이지 2년 천주교도, 공화주의자라는 이유로 우익의 과격분자에게 암살당했다.

상당한 선각자라고 해도 좋다.

보슈와 조슈

"조슈 번은 막부에 대해 반기를 드는 것이 아닌가."

이런 소문을 들은 것은 료마가 구마모토에 있을 무렵이었다. 조슈와 함께 낭인들도 폭동에 가담한다는 소문도 돌았다.

료마는 이 때문에 급히 서쪽으로 돌아가는 여행길에 올랐다.

여기서 얼마 동안 눈을 조슈 번으로 돌려 보자. 왜냐하면 겐지 원년이라는 해의 초점은 조슈 번의 움직임에 있었기 때문이다.

여담이지만 이 번만큼 비통한 번은 없다.

모리 모토나리 이래, 근왕 선창의 번을 자부했고 실제로 막부 말기의 풍운을 타고 교토에서 과격 공작을 하는 한편, 모막(侮幕), 반막(反幕) 행동을 취하고 천황에게 정권을 주는 운동을 음으로 양으로 행했다.

천황도 공경도 자기들을 따르는데 미워할 리는 없다. 처음에는 조슈 번에 호의적이었다.

그러나 차차 조슈 번의 태도가, 당시의 유행어를 빌리면 '악녀의 흘림'격이 되어 공경의 거의 모두가 오히려 반감을 품게 되었다.

조슈계 지사들의 방법이 너무 살벌했다. 예를 들면 반 조슈적인 공경이나 영주들의 저택에 사람의 손목을 던져 넣는 등, 말할 수 없는 불쾌감을 주었고 서면으로 협박까지 했다.

과격한 낭사들의 난폭도 모두 '조슈적 행동'이라는 인상을 교토 정계에 주었다. 조슈 번이 그들을 비호했기 때문이다. 이쯤 되면 번의 주의나 사상이 문제가 아닌 것이다.

그런 체질 자체가 배척되었다.

공교롭게도 조슈 사람들은 천황을 위해서라면 기꺼이 목숨도 바치려고 했는데 천황은 그들을 가장 미워했다.

고메이(孝明) 천황은 이해, 겐지 원년 정월 27일에 입궐한 장군 이에모치에 대해 조서를 내렸다.

조슈에 대한 천황 자신의 도전장이라고 할 수 있을 만큼 감정이 노출되어 있었다. 의역하면 대략 이렇다.

"산조 사네토미(조슈계의 공경. 관위를 박탈당해서 조슈에 있었다) 등의 공경은 시골 낭인들의 언설을 신용하여, 해외 정세도 살피지 못한다."

불과 1년 전의 고메이 천황 자신이 그랬었는데 지금은 표변하여 "해외정세를 살피지 못한다"고 공격하고 있다.

"짐의 명(命 : 攘夷命令)을 새삼 변경하여, 경솔하게 양이의 영(令)을 포고하고."

조서는 계속된다.

"함부로 막부 토벌의 군사를 일으키려 했고, 나가토 재상(長門宰

相 : 長州藩主) 등이 폭신(暴臣)처럼 그 주인을 우롱하며, 이유 없이 이국선을 포격했다."

그러나, 조슈의 이국선 포격이 시작될 당시에 천황은 그것을 찬양하는 조칙을 내렸던 것이다.

"이와 같이 광포한 무리는 반드시 벌하지 않으면 안 된다."

황실을 사랑하는 나머지 광란 상태에 빠진 조슈를 징계하라는 말과 다름없다.

물론 조슈 번이 교토에서 전성했던 시대에는, 칙명(勅命)쯤은 측근인 조슈계 공경이 적당히 바꿔 버린 일도 있었다. 그렇다고 해도 막상 국면이 바뀌자 흰 것을 검다고 하는 조서(詔書)가 같은 천황의 손에서 나오는 것은 어찌 된 일일까?

더구나 이 조슈 탄핵의 조서는 사실 궁정의 새 세력으로 등장한 사쓰마 측이 기초하여 사쓰마계의 공경을 통해서 조서의 형태를 취하게 된 것이다.

조슈인에게는 이해되지 않았다.

광기인 것이다.

이 번이 지닌 극단적인 양이주의, 독선주의라는 것은 이미 정신병학(精神病學)에서 말하는 '집단 히스테리' 같은 것으로서, 당시의 평형감각(平衡感覺)을 가진 지식인에게는 이맛살을 찌푸리게 하는 것이었다.

그러나 료마는 알고 있는 것이다.

그는 사람들에게도 말했다.

"조슈의 마음은 동부에 있는 여러 번에게는 이해될 수 없다."

조슈의 저쪽에는 조선이 있다. 바다를 사이에 두고 있다고는 하지만, 좁은 바다 저편에 외국이 있는 번은 조슈 번 외에는 없다.

자연 해외에 대한 감각이 예민해진다. 실상, 그 뒤 막부 말기의 조슈 정벌, 그 밖의 일들로 조슈 번이 참담한 곤경에 빠졌을 때, 다카스기 신사쿠는 말했었다.

"끝내 안 된다면 주군과 세자를 받들고 조선으로 망명한다."

이런 말이 술술 입 밖으로 나올 만큼 외국은 가깝다.

그러나 이러한 조슈 번도 요시다 쇼인이 나타나기 전까지는 잠자는 번이었다. 조금도 나랏일에 끼어들고 있지는 않았다.

시대감각에 대해서는 미도 번(水戶藩)이 가장 민감했다. 이어 희대(稀代)의 명군이라고 해도 좋을 만한 나리아키라(齊彬)를 낸 사쓰마 번에서는, 시대감각을 위해 나리아키라가 교육한 가신 사이고 다카모리 등이 일찍부터 시국 속에 돌출해 있었다.

아니, 조슈 번에 갑자기 '지사(志士)'가 떼 지어 나타나 앞에서 말한 두 번을 앞질러 폭주하기 시작한 것은 쇼인이 학숙을 열어 문하생을 가르치기 시작한 뒤부터다.

그러나 단순히 쇼인 때문만은 아니다.

실물 교육이 있다.

분큐 원년 2월 2일의 일이다.

조슈의 일본 해안을 항행하고 있던 러시아 군함이 갑자기 쓰시마 (對馬)의 아사미 만(淺海灣)으로 들어와 오자키우라(尾崎浦)로 상륙해 온 것이다.

"이 오자키우라의 일부를 빌리고 싶다"고 청했다. 분명히 그들이 중국에서 써 먹은 영토 침략의 한 수단이었다.

이 러시아 군함은 러시아 제독 리하쵸패의 지휘 아래에 있는 빌리레프라는 함장이 지휘하고 있었다.

당시 쓰시마는 열국들이 노리고 있던 섬으로서 특히 영국에 그런 기도가 있었던 모양이다. 그 증거로 러시아 해군보다 한 발 앞서 영국 군함이 쓰시마 해안을 측량하고 있다는 것을 발견했다.

러시아는 영국에 뒤지지 않으려고 황급히 군함을 파견했다.

그 뒤 3월 2일, 다시금 앞에서 말한 러시아 군함이 나타나서 육전대(陸戰隊)를 이모사키우라(芋崎浦)로 상륙시킨 뒤 제멋대로 나무를 베어 막사를 세우고, 다시금 쓰시마의 영주 소오 요시도모(宗義知)에게 "이 아사미 만 안에 요해지를 빌리고 싶다. 그 대신 대포를 주겠다"고 어린애 속임수 같은 말을 했다.

4월이 되어도 물러가지 않았다.

마침내 쓰시마 번에서는 지리적으로 가까운 조슈 번에 도움을 청해, 번사를 하기 성(萩城)으로 파견하여 실정을 말하게 했다.

그동안 러시아 육전대는 쓰시마 번의 보초 한 명을 총으로 쏘아 죽이고 부근의 향사 두 명을 사로잡는 등 폭거를 감행했다.

조슈 사람이 유별나게 외국인에게 적의를 품은 것은 이 사건 때문이었다.

다시 여담—

여기 기이한 인물이 있다.

조슈계의 지사 사이에 "기지마(來嶋) 할아버지"라고 불리며 존경과 사랑을 받고 있는 기지마 마다베(來嶋又兵衛)다. 당시 지사 중에서는 가장 나이 많은 축으로 마흔여덟 살.

조슈 번에서는 중신이라고 해도 과언이 아니었다.

마다베는 영주 모리 요시치카(毛利敬親)에 대한 교토 조정의 변절과 냉혹에 격노했다. 그러나 근왕가(勤王家)인 마다베로서는 조정 자체에 대해 노할 수는 없었다.

천황을 조종하고 있는 '배후'의 세력에 대해 분노를 터뜨렸다.

배후란 첫째 사쓰마 번, 둘째 아이즈 번, 셋째 나카가와 노미야

(中川宮), 고노에 공(近衞公) 등 천황 측근의 공경들을 말한다. 그리고 막부의 요인들.

"교토의 요운(妖雲)을 흩날려 버리는 거다. 군주(모리공)가 욕을 당하면 신하는 죽는다고 한다. 지금이야말로 조슈 번사라면 누구나 죽음을 각오하지 않으면 안 될 때다."

기지마 마다베는 이렇게 말했다.

마다베의 의견은 대군을 일으켜 교토로 밀고 올라가 무장(武裝) 진정(陳情)을 하자는 것이었다.

"만약 받아들여지지 않으면?"

누군가가 묻자

"일전이 있을 뿐."

마다베는 분연히 대답했다.

"그 할아버지의 혈기에는 질렸어."

번사 중에 과격하기로 천하에 소문난 다카스기 신사쿠, 구사카 겐스이 등의 젊은이들조차 마다베의 격론에는 골치를 앓았다. 이윽고 이 기지마 마다베 한 사람이 폭발함으로써 조슈 번이라는 화약고가 대폭발을 일으켜, 막부 말기의 역사는 형언하기 어려운 혼란 속으로 빠져드는 것이다.

마다베는 그 예스러운 이름에서도 연상할 수 있듯이, 에도 시대의 무사가 아니라 전국시대의 호걸이라고나 할 사내였다. 조슈형의 영리하고 따지기 잘하는 면이 마다베에게는 없었다. 그런 점에서 사쓰마형과 비슷하다.

처음엔 무예로써 날렸다.

그는 신혼 시절에 현재의 야마구치 현 나가토시 다와라야마(山口縣長門市俵山) 거리에 살고 있었는데, 그 마을에 마다베에 대한 전설이 많다.

어느 날, 마다베는 다다미 여덟 장 방에 마을 젊은이 대여섯 명을 모아 놓고 좌담을 하고 있었는데, 이런 말을 했다.

"자아, 자네들, 내가 곧 다다미를 치겠다. 그것을 신호삼아 모두 함께 나를 붙잡아 봐라. 거뜬히 붙잡을 수 있을까?"

젊은이들은 문제없다고 생각했다. 마다베는 눈앞에 있다. 혼자뿐이다. 그것을 여럿이서 잡는 것이다.

"좋습니다."

일동은 일어나서 손에 침을 바르고 태세를 갖추었다.

"자아, 됐느냐?"

마다베는 다짐을 주고서 탁! 다다미를 쳤다.

일동은 와 하고 덤벼들었으나 마다베가 없다. 사라지고 없었다.

무예에는 이런 수법이 있다. 요컨대 다다미를 손바닥으로 친다. 진공이 생긴다. 다다미가 딸려 올라온다. 그 틈으로 기어 들어가 마루 밑으로 몸을 숨기는 법이다.

지쿠고(筑後) 야나가와(柳川)에 유학하여 오이시 스스무(大石進)에게 사사하고 스물일곱 살에 오이시 신가게류(神陰流)의 면허를 받았다. 그 뒤 한동안 현재의 야마구치 현 미네 시 니시아쓰다모 거리(美市西厚保町)에서 무예 도장을 열어 검, 창, 마술(馬術)의 세 가지 재주를 인근 마을 향사들에게 가르쳤다.

그렇다고 해서 단순한 검객은 아니다.

요시다 쇼인과 친교가 있어 쇼인은 이 애교있는 무골한(武骨漢)을 열심히 추천했다.

쇼인의 인물평은 장점을 보는 점에서 뛰어났다.

쇼인이 번의 요로에 마다베를 추천한 글이 많은데, 그 중 한 통을 의역하면 다음과 같다.

"행정부는 정무(政務)의 근본이므로, 인재를 잘 선발하지 않으면 안 됩니다. 기지마 마다베는 담력이 남보다 뛰어나고, 또 치밀하고 정확한 데가 있습니다. 이 사람을 재정관으로 쓰시면 퍽 도움이 될 것입니다."

조슈 번에서 재정관이라 하면 번의 예산과(豫算課)다. 마다베가 단순한 무인만이 아니었음을 알 수 있다.

다카스기 신사쿠, 이노우에 몬타(井上聞多) 등은 에도 저택의 수습 무관으로 있을 때도 부지런히 시나가와(品川) 창녀촌에 들랑거리며, 돈이 떨어지면 뭐든 명목을 붙여 곧잘 번의 공금을 유용하곤 했다.

중역인 스후 마사노스케(周布政之助) 같은 사람들은 같은 지사들이라 해서 가끔 그들 수단에 넘어가곤 했는데, 같은 편이라도 기지마 마다베만은 그리 간단하지가 않았다.

그래서 그들 역시 마다베가 있으면 교섭을 단념하는 형편이었다.

"오늘은 영감님이 있어서 다 틀렸다."

막부 말엽의 조슈 번은 인재를 등용하는 면에서 다른 번보다 훨씬 앞서 있었다. 마다베는 계속 승진을 거듭한 끝에 직속 무관에 발탁되어 가마 감독관에 임명된 것을 시초로 대검사관(大檢使官), 에도 성 경호 무사, 에도 성 회계 감사관, 에도 주재 황실 연락관, 다시 교토로 나와 공경(公卿)들과의 절충계(折衝係)인 학습원 담당관, 다시 고향에 돌아와서는 바칸 행정청 총감독관 등을 역임했다.

대체로 경제 계통의 관료였던 것으로 보아도 좋다. 쇼인의 인물평이 맞은 셈이다.

쇼인은 마다베와 가스라 고고로를 동시에 평하는 일이 종종 있었다.

가쓰라 고고로의 장점에 대해서는 역시 번청에 올린 문장 가운데서 볼 수 있다.

"고고로는 도량이 크고 너그러워 누구에게나 다정하게 대하며 재주와 패기가 있으니, 첩보원이나 문관으로 삼아 차츰 행정의 본무에 종사하게 해 주시기를……."

이렇게 말했고, 또 다른 문서 가운데는 이런 말도 씌어 있다.

"기지마 마다베는 강직하고 사무에 밝은 사람이고, 가쓰라 고고로는 충실하고 온화하며 외교능력이 있습니다. 두 사람 다 좋은 관리가 될 것입니다."

마다베는 그의 과격한 시절의 행동을 통해 상상될 수 있는 그런 호탕한 사람이 아니었음을 알 수 있다.

마다베는 사무가로서 등용되었지만 만년에 이르러 비로소 그의 본질에 맞는 무관직에서 일하게 되었다.

조슈 번의 병제(兵制)가 일변했다. 네덜란드식 군사 제도가 채택되어, 병사들도 종래와 같은 번의 무사만이 아니고 널리 농민과 도시민들 가운데 뜻있는 사람들을 불러 모으게끔 되었다. 그 대표적인 것이 다카스기 신사쿠를 초대 총독으로 하는 기병대일 것이다.

마다베는 유격군 총독에 임명되었다.

대원은 6백 명.

각 번의 낭사도 많았다. 낭사 중에도 도사의 탈번 낭사들이 가장 많았다.

마다베는 장수가 되었다. 이것이 47살인 그로 하여금 군인다운 본연의 성격을 그대로 나타나게 만들었다고 해도 과언이 아니다.

마다베의 유격군 둔영(屯營)은 지금의 야마구치 현 보오후 시(防府市)의 미야이치(宮市)란 곳에 있었다. 미다지리 만(三田尻灣)에 면해 있어, 옛날부터 무역항으로 번창하고 있었다.

대담하고 도량이 넓은 무인 기골이었던 마다베는 대원들에게 상당히 인기가 있었던 것 같다.

"기병대에 들어가는 것보다 마다베님의 밑으로."

유격군이 결성된 뒤에도 이렇게 말하며 응모해 오는 농민과 도시 민들이 많았고, 그 통에 유격군을 소대로 나눠, 향용대(郷勇隊), 시용대(市勇隊), 신기대(神祇隊)라는 이름을 붙였다. 향용대는 농민의 아들, 시용대는 장사꾼의 아들, 신기대는 신관의 아들들이 들어갔고, 그밖에 직공의 아들들을 모은 금강대(金剛隊), 사냥꾼의 아들들을 모은 저격대(狙擊隊) 등이 있었다.

제복은 통소매였는데, 마다베만은 진중에 있는 동안 투구와 갑옷을 입는 경우가 많았다. 그것이 그에게는 잘 어울렸다. 흡사 전국시대의 무장이 네덜란드식 군대를 거느리고 있는 것 같았다.

각 번의 낭사들도 들어와 있었다.

대개는 참모격이나 소대장, 분대장과 같은 격이었다.

그런 낭사단 가운데 교토 낭사인 우키다 하치로(浮田八郎), 미도 낭사 다카하시 구마타로(高橋態太郎)가 있다.

"이와 같은 광포한 무리(조슈 번)는 반드시 벌하지 않으면 안 된다."

이런 조칙이 내렸다는 말을 듣고, 두 사람은 본영으로 기지마 마다베를 찾아와 말했다.

"기지마님, 군주가 욕을 당한다면 신하는 죽어야 한다는 것을 아십니까?"

"그것이 진정한 무사의 길이지."

마다베는 고개를 끄덕였다. 두 사람은 문제의 조슈 탄핵 조칙의 사본을 보이며 마다베의 얼굴을 바라보았다.

"어떻게 생각하십니까?"

마다베는 얼굴이 새파랗게 질려 부들부들 떨더니 한심스러운 나머지 마침내 목 놓아 울기 시작했다.

"기, 기초한 사람은 누구냐?"

"사쓰마의 시마쓰 히사미쓰(島津久光)라고 합니다."

"죽일 놈!"

번쩍 하고 안광이 빛났다.

"사쓰마가!"

"그렇습니다. 우리 두 사람은 이제 곧장 교토로 가겠습니다. 우키다는 니조 간파쿠를 뵙고, 저는 막부의 각로(閣老)를 만나 조슈 영주님의 진의를 호소할 예정입니다. 이로 인해 어떤 참형에 처하게 될지……."

그렇게 말하고 두 사람도 울음을 터뜨렸다. 교토에는 정부 명령으로 번저의 주둔관 이외에는 조슈 무사들이 와 있는 것을 금하고 있었으며, 눈에 띄는 대로 신센조, 순찰대들이 목을 베어 버리는 형편이었다.

"죽음을 당해도 상관없습니다. 새로 들어온 저희들까지 그렇게 될 경우, 보슈, 조슈의 사기는 진작될 것이며, 머지않아 주군이 누명을 벗게 될 날도 오리라 봅니다."

"잠깐, 나도 간다."

"안 됩니다. 나리는 무거운 책임이 있지 않습니까?"

"무슨 상관이 있느냐. 그렇다, 유격군 전원을 인솔하고 진정차 교토로 가자. 그대들만을 죽게 하지는 않는다."

마다베는 야마구치 번청으로 급히 달려가 그것을 허가해 주도록 청했다.

물론, 마다베는 단순한 진정을 하기 위해 갈 생각은 아니었다. 주위에 있는 간신들을 없애 버릴 생각이었다.

당시 조슈 번청은 근왕파에 의해 움직이고 있어서 뛰어난 총수격의 인물은 없었지만, 신분이나 나이로 보아 스후 마사노스케가 영수라 할 수 있었다.

그는 겸손하고 또 격정적인 성격의 사람이었지만 그 스후마저 유격군의 교토 진출에는 반대했다.

"교토에 발을 들여놓기만 해도 역적으로 몰리고 말 거야."

스후는 그렇게 말했다.

기지마 유격군의 상경 탄원과는 별도로 번청에서는 번공의 세자 사다히로(定廣)가 군사를 이끌고 상경할 계획을 세우고 있었는데, 이것 역시 스후에 의해 중지 상태에 있었다.

"막부와 사쓰마와 아이즈가 바라고 있는 함정으로 뛰어드는 길밖에 되지 않는다. 틀림없이 그들은 우리에게 역적이란 이름을 뒤집어씌워 각 번의 병력을 동원하여 우리 영지를 몰수할 것이다."

억측은 아니다.

교토의 주재관인 노미 오리에(乃美織江)와, 그 밖에 교토와 오사카에 잠입시켜 둔 첩보원들의 보고를 종합해 보면 그런 결론이 나오게 되어 있다.

그러나 마다베는 듣지 않았다.

이 사내는 이미 죽음을 각오하고 있었다. 이해 설날 아침에도, 보통 같으면 축복해야 할 일인데도 "나의 목이여, 온전히 남을 것인지, 원단(元旦)의 아침"이라는 하이쿠(俳句)를 지어 읊는 등, 이겐지 원년이야말로 자기가 죽을 해인 것을 마음속으로 혼자 직감하고 있었다.

"한번 간다면 간다."

그는 막무가내였다.

스후는 자기의 힘으로 도저히 막을 수 없다는 것을 알게 되자, 번

공과 세자를 움직여 그를 만류하려 했다.

번공과 세자는 놀랐다. 마다베라면 당해 내지 못한다는 걸 알고 있다.

세자는 손수 위로와 만류의 편지를 써서 사자를 시켜 이것을 전달하기로 했다.

"그런데, 누구를 보낸다?"

세자 사다히로는 마다베와 같은 사상을 지니고 있는 사람이 좋으리라 싶어 다카스기 신사쿠를 보내기로 했다.

신사쿠, 26세.

이미 기병대를 창설하여 그 총독이 되었고 지금은 세자의 비서관이 되어 아버지의 녹과는 별도로 1백6십 석을 받고 있다. 그의 과격한 사상과 유다른 성격으로 보아, 다른 번에 있었으면 벌써 할복자살이나 탈번을 했을 젊은이였지만, 조슈에서는 오히려 그런 사람이 우대를 받았다.

"신사쿠, 틀림없이 잘 달래서 만류시키는 거야."

세자의 특명을 받았으므로 하는 수가 없다. 곧장 말을 타고 번청 소재지인 야마구치에서 남쪽으로 50리 길인 미야이치로 향했다.

그때가 겐지 원년 정월 24일 저녁이었다.

좋지 못한 날이었다.

신사쿠가 달래려 하고 있는 '기지마 영감'은 이날 "출진의 장도를 축하한다"고 하면서 전 대원을 데리고 미야이치의 덴마 궁(天滿宮)에 참배하여 점괘를 뽑아 보았고, 그리고는 사흘에 걸쳐 전승을 기원하는 씨름대회를 열고 있는 중이었다.

"애송이, 무엇하러 왔나?"

이런 식으로 전혀 상대조차 하지 않았다.

신사쿠는 그만 기가 탁 질리고 말았다.

"기지마님, 저는 젊은 주군의 사자로서 찾아왔습니다. 애송이라니 그게 무슨 말씀이십니까."

다카스기는 말했다.

마다베는 가타부타 말이 없었다. 입과 손을 씻은 다음, 본진의 큰 객실로 다카스기를 안내했다. 그런 다음, 자신은 아랫자리로 내려앉아 절을 한 번 하고 나서 세자 사다히로의 친서를 펴들고 정중히 읽어내려 갔다.

친서는 "경솔히 행동하지 말라. 만일, 번의 명령에 따르지 않고 일을 터뜨린다면 번 전체의 큰 일이 되고 만다. 그런 점을 대원들에게도 잘 타일러 마음을 가라앉히도록 하라"는 내용이었다.

"어떻게 하시겠습니까?"

다카스기는 새삼 강압적으로 나갔다. 마다베는 땀을 닦고 나서 말했다.

"친서는 삼가 받들겠지만, 우리들의 출발을 중지해달라는 것은 무리한 부탁이다. 나는 끝까지 밀고 나가겠다."

"나이 값을 하시오. 지금 일을 벌이면, 막부를 비롯해 사쓰마의 간신, 아이즈의 도적이 바라고 있는 함정 속으로 빠지고 마오. 기지마님 생각이 모자라지 않소?"

"바보 같은 소리. 교토로 뛰어드는 것은 조슈 번의 기지마 마다베가 아니다. 나는 탈번을 하는 거다. 낭인의 자격으로 상경하는 거다."

"마찬가지요. 세상에선 조슈의 기지마, 조슈의 유격군이라는 것을 다 알고 있소."

"신사쿠, 겁이 나는가?"

마다베가 소리를 버럭 질렀다.

"똑똑한 체 마라. 그럼 애송이, 너는 1백6십 석의 새 녹봉을 받고 나서 관료 근성에 떨어지고 만 거냐? 적어도 주군은 지금 누명을 쓰고 있지 않느냐. 역사상 영원히 역적이란 이름을 남길지도 모른다. 그것을 씻는 데는 이치도 방법도 없다. 번의 흥망 같은 건 아무래도 좋다. 만세에 오명을 남기느냐, 남기지 않느냐, 하는 순간에 놓여 있다. 신사쿠! 오직 무력을 앞세워 우리의 뜻을 알릴 뿐이다."

"바로 말했소."

다카스기도 이렇게 외치고 싶었다. 그는 비록 만류하기 위한 사명을 띠고 오기는 왔지만 속마음만은 기지마 영감과 똑같았다.

밤이 희끄무레 밝아오는 것을 보고 다카스기는 우선 미야이치에서 엎어지면 코 닿을 미다지리 유관(流)으로 물러갔다.

거기서 이틀 동안 처박혀 있었다.

무엇을 생각하고 있었을까?

모르긴 해도 생각이 정돈되지 않았을 것이다. 이틀째 되던 27일 밤, 다카스기의 여관으로 세자의 근시(近侍) 오카베 시게노스케(岡部繁之助)가 찾아와서 독촉을 했다.

"결과가 어찌 되었는지 보고하라는 말씀이십니다."

그날 밤, 다카스기는 결사의 각오로 마다베를 다시 찾아갔다.

"나는 주군의 명령으로 왔소. 사명을 완수하지 못하면 돌아가지 못하는 것이 무사의 본분이오. 기어코 갈 생각이면 먼저 내 목을 쳐 주시오."

"듣기 싫다. 비록 미치광이라 불리고 폭도로 지적받는 한이 있더라도 정의를 위해서 목숨을 바치는 것이 조슈 남아의 의기이다. 겐로쿠(元祿) 연간 아코(赤穗) 번에도 만류파와 상식파가 있었다. 그러나 47명이 궐기했다. 사내란 것은 막다른 골목에 다다르면 상식이나 경우로 사리를 판단해서는 안 되는 거다. 사내의 도

리를 가지고 판단해야 한다. 신사쿠, 어때, 내 말이 옳지 않은
가?"

"바, 바로 그렇습니다!"

다카스기의 얼굴이 흥분으로 상기되었다.

다시 필자는 료마가 활동하던 이 시기에 있어서의 조슈 번의 동향
에 관해 쓰기로 한다.

료마는 보슈, 조슈에는 없다. 이때 료마는 나가사키와 구마모토,
오사카와, 고베 등지를 돌아다녔고, 때로는 에도에도 여행을 했다.
겐지 원년 정월에서 첫여름에 걸친 그의 행동은 그야말로 동에 번쩍
서에 번쩍 했다.

그러면서도 그는 어디에 가 있든 폭발 직전에 놓여 있는 조슈 3
만 6천 석의 소문만은 듣고 있었다. 그것이 그 당시 시국의 중심 화
제가 되어 있었기 때문이다.

특히 그것에 대한 막부의 태도, 사쓰마·아이즈의 동향, 공경들의
언동 같은 것은, 변화가 있을 때마다 지사들의 입을 통해 전국에 전
해지고 있었다. 특히 도사 계통의 과격과 지사단의 한 중심이 되어
있는 료마의 귀에는 누구에게보다도 먼저 들어왔다.

조슈 번의 지사들과 함께 들고 일어나겠다는 그 동지들을 료마는
한 마디로 누르고 있었다.

"시국은 아직도 우리들을 필요로 하지 않고 있다."

그러나 료마는 시대가 낳은 아들이다.

특히 그는 조슈편이어서 최근의 곤란한 처지를 무척 동정하고 있
었다. 그가 조슈 동정론을 펼 때면 눈물이 쏟아져 감당을 못할 정도
였다.

그러나 료마 안에 있는 또 다른 료마는 이렇게 생각하고 있었다.

'하지만 지금 이 시기는 조슈는 조슈고 나는 나니까.'

료마는 조슈 번의 무모한 폭발에는 반대했다.

내란이 된다. 청국의 예를 보더라도 열강은 반드시 이 혼란을 틈타 끼어들게 될 것이다.

료마의 의견이 그러했고, 또한 료마는 여기 등장하고 있는 기지마 마다베를 모른다. 그러므로 소설의 장면을, 료마와는 별 관련도 없는 조슈로 옮긴 데 대해 독자들은 이상한 생각을 가질지도 모른다.

그러나 유신사(維新史)는 역사 그 자체가 장대한 희곡이기도 하다. 그리고 그 극은 각처에 흩어져 있는 극장에서 제멋대로 따로따로 흥행을 하고 있는 것이 아니고 한 극장 한 무대 위에서 연출되고 있다.

이 시기의 조슈 번의 이상 과열은 낭인 지사단의 폭발을 불러 일으켰고 이케다야의 변을 유발시켰으며, 다시 이케다야의 변은 그것에 격분한 조슈 번 병사들의 대거 상경으로 발전했고 막부의 제2차 조슈 정벌과 료마의 해원대(海援隊) 활약과 관련이 되어 간다.

잠시 독자들은 눈을 본토의 최서단에 있는 보슈와 조슈로 계속 옮겨 주기 바란다.

그러면 이야기는 다시 미야이치 다이센보(大專坊)에서의 다카스기와 기지마에게로 돌아간다.

"애송이, 언제 영감이 되었지?"

이런 식으로 마다베는 다카스기에게 꽤 충격적인 이야기를 한 모양이었다.

다카스기도 마침내는 감정이 격해져서 논리가 비약했다. 이럴 경우의 비약에선 다카스기가 단연 천재적인 일면을 지니고 있었다.

"좋소, 기지마님."

다카스기는 말했다.

"나는 지금 당장 탈번하겠소."

"허어, 사명을 띠고 온 사람이 야마구치 고등정무청에 보고도 하지 않고 이 자리에서 나라를 빠져나간다는 건가?"

"그렇소."

다카스기는 마다베보다도 생각이 깊었다.

"바닷길로 번을 탈출해 교토, 오사카로 잠입해서 그곳의 정세를 탐지하고 올 테니 그때까지 기다려 주지 않겠소?"

좋아, 하고 마다베는 고개를 끄덕였다.

다카스기는 번을 떠나 달아났다.

이 사내는 언제나 광채를 발하는 것처럼 행동한다.

탈번이니 망명이니 하는 것은 무사로서 주군에 대한 최대의 범죄로 되어 있지만, "목적은 수단을 정화시킨다"는, 조슈다운 기질을 지닌 다카스기에게는 아무것도 아니다.

역시 번의 영토인 도노우미 항(富海港)에 도착하자, 때마침 오사카로 가는 배가 막 출범하려는 참이었으므로 칼 한 자루를 들고 배 위로 뛰어올라 명령했다.

"나를 오사카로 태우고 가라!"

다카스기의 혁명가로서의 천재적인 면은 막부 말엽에 있어서는 제1인자였다.

막부 말기에는 료마를 비롯해, 사이고 다카모리, 오쿠보 도시미치, 가쓰라 고고로 등 구름 일 듯 많은 인물들이 나왔으나, 그들은 혁명기 아닌 다른 때에 태어나도 쓸모 있는 사람들이었다. 그러나 다카스기만은 혁명 이외에는 별로 쓸모가 없는 천재였다.

만일 평화로운 시절에 태어났더라면 술이나 마시며 돌아다니는 탕아로서 일가친척이나 귀찮게 하며 평생을 마쳤을지도 모른다.

정치와 군사면에 재주가 있다.

그것도 혁명기에 있어서의 정치, 군사로서 그 이전이나 그 이후의 일본에서는 별 소용이 없다. 말하자면 메이지 유신을 일으키기 위해 태어난 것 같은 그런 사내였다.

복명(復命)도 하지 않고 탈번을 했다는 것은 아무래도 너무 지나친 기이한 행동이다. 그러나 이런 행동을 하도록 만든 것은 기지마 마다베의 욕설이었을 것이다.

배는 세도 내해(瀬戸內海)의 섬 속을 누비며 동으로 돛을 달고 달렸다. 다카스기는 그 배에 앉아 비로소 깊은 생각에 잠겼다.

이 천재적인 사내는 모든 것을 육감에 따라 행동했다. 그 육감이란 것은 남에게는 이상하게 보였지만 언제나 틀림이 없었다.

이유는 행동을 하는 동안, 혹은 행동을 마친 뒤에 생각한다.

'이렇게라도 하지 않으면 기지마란 영감이 그대로 주저앉지는 않았을 것이다.'

틀림없이 그렇다.

다카스기가 단순한 수재 관료(秀才官僚)였다면, 야마구치로 부랴부랴 돌아가서 영주나 세자에게 복명하기를

"기지마 마다베는 그런 성격이므로 나 같은 무력한 사람으로선 해 볼 도리가 없었습니다." 이러면 그것으로 일은 끝나는 것이다.

그러나 그렇게 되면 기지마 마다베와 그의 유격대는 집단 탈번을 하고 만다.

다카스기는 배 안에서 또 다시 생각을 했다.

물론 그의 의견은 기지마 마다베식의 격발이 번 전체를 망치고 만다는 것이었다. 그 점에 있어선 언제나 같은 결론이었지만, 다카스기만큼 엉뚱해 보이면서도 자중하고 신중을 기하는 사람도 없었다.

그런가 하면 구태의연하여 조정이나 막부로부터 얻어맞을 대로 얻어맞아 쩔쩔매는 번 내부의 속론파 의견과도 달랐다.

조슈 번을 옛날로 되돌려 전국시대처럼 막부로부터 무장 독립을 해 버린다는 의견이었다.

이것을 당시의 유행어로 말한다면 '할거주의(割據主義)'라고 하는 것이었는데, 조슈 번은 결과적으로 다카스기가 예상한, 같은 방향으로 키를 잡고 가게 된다. 아니 키를 잃고, 그 할거의 방향으로 흘러간다고도 말할 수 있다.

다카스기 신사쿠는 오사카로 가서 도사보리에 있는 번저로 갔다. 주재관인 시시도 구로베(宍戸九郎兵衛) 노인은 그를 보자 깜짝 놀랐다.

"탈번해 왔는가?"

"그렇습니다."

사정을 말하자, 시시도 노인은 다카스기를 이해하고 있는 한 사람이었으므로, 그를 망명한 죄인으로 대우하지 않고 우선 교토와 오사카의 정세를 들려주었다.

"히도쓰바시공(一橋公)은 말이야."

히도쓰바시 요시노부(一橋慶喜)를 그렇게 불렀다. 뒷날 막부의 15대 장군이었던 요시노부는 현 장군 이에모치(家茂)의 후견역으로, 교토에서의 그의 팔면육비(八面六臂)의 활동상은 눈부신 바가 있었다. 그의 정치적 재능은 이에야스 이래 처음이란 평이 있어 그의 지혜와 변재(辯才)에 부딪치면 평소 영리한 체하던 조신들과 영주들도 입을 다물고 말 정도였다.

취미면에 있어선 굉장한 서양통이었고 정치가로서는 어디까지나 막부 옹호자였다.

그러나 요시노부의 출생은 양이론의 옛날 총본산이었던 미도의 도쿠가와 댁이었다.

"그런 만큼 막부와 같은 얼빠진 개국론이 아니고, 양이(攘夷)의 냄새도 풍긴다. 그런 점에서 조슈에 동정적인 것 같아."

시시도는 이렇게 말했다.

이들 정보는 교토에 잠입하여 음으로 양으로 조슈 번의 입장을 회복시키려 애쓰고 있는 가쓰라 고고로와 구사카 겐스이에게서 얻은 것이다.

"어쩌면 우리 번에 대한 처리 방침이 지금보다는 누그러질지도 모른다고 가쓰라는 말하고 있다."

물론 희망적인 관측에 불과했다. 막부는 간사이 지방 11개 번에 대해 비밀리에 조슈 정벌에 관한 동원령(動員令)을 내리고 있었다. 시시도는 그런 풍문도 듣고 있었으며, 그것의 진위에 대해 교토에 주재해 있는 노미 오리에에게 조사를 의뢰해 두고 있었다.

"좌우간, 우리 번을 친다 해도 아직은 표면화 하지는 않고 있다. 지금 교토의 정치 정세는 미묘해서, 만일 마다베가 유격대를 이끌고 들어오는 날이면 그야말로 화약 창고에 불을 지고 들어오는 격이 된다."

"가쓰라는 뭐라고 했습니까?"

"신중론이야, 어디까지나 신중론이야. 그는 본국의 폭발을 극도로 두려워하고 있어. 막부는 구실만 있다면 모리 36만 9천 석을 궤멸시키려 하고 있어. 주군에 대해 경솔히 행동하는 것 이상으로 불충스러운 일은 없다."

"요컨대"

다카스기는 말머리를 돌렸다.

"사쓰마의 시마쓰 히사미쓰가 조슈 번을 궤멸시켜 버리려는 책동의 거두로군요."

"그런 모양이야."

시시도 노인이 무심코 고개를 끄덕인 순간, 다카스기의 생각은 결정되었다. 사쓰마의 시마쓰 히사미쓰를 암살하려고 결정한 것이다.

히사미쓰는 사쓰마 번주는 아니지만, 그의 생부로, 또 후견인으로 번주와 똑같은 대우를 받고 있었다. 일종의 유아독존적인 정치가 기질이었고, 스스로 조정과 막부 사이에 끼어들어 개인적인 위명을 떨쳐 보려는 버릇이 있다.

주장은 공무 합체론(公武合體論)이지만 기분은 그렇지 않다.

막부를 경시하고, 사쓰마 번을 막부와 대등하게 여기며, 적어도 거기까지 이끌어 올리려는 내심이 있다. 사이고(西鄕)를 미워하여 두 번씩 귀양 보낸 것도 바로 이 사람이다.

"그렇지만"

다카스기는 시시도 노인에게 말했다.

"고국의 기지마 마다베는 저 같은 풋내기로선 어떻게 해 볼 도리가 없습니다."

"신사쿠가 어쩔 수 없는 사내가 있다니 놀라운걸. 그 마다베라면 그렇기도 할 거야."

"제가 아무리 설득하려고 해도 풋내기, 풋내기 하고 외칠 뿐, 도무지 의논이고 뭐고 할 틈이 없습니다. 그래서 노공께서 귀국해 주시든가, 교토 탐찰(探察)중인 가쓰라, 구사카 등을 귀국시켜 직접 이곳 정보를 알려 주어서 단념시킬 도리밖에는 다른 방책이 없습니다."

"자네라도 괜찮잖나. 이렇게 탈번하여 사정을 살피러 온 것이다. 왜 속히 귀국하여 기지마를 달래지 않는가."

"실은"

싱그레 웃었으나 그 뒷말은 하지 않았다. 다카스기는 오사카까지

나온 이상, 전연 다른 행동을 생각하고 있었다.

살인이다.

사쓰마의 시마쓰 히사미쓰를 죽이려는 것이다.

그는 막부의 권위를 회복하기에 급급하고 있다. 조슈를 깔아뭉개고 자기 번이 천하를 잡게 하려는 듯 과대망상 비슷한 행동을 취하고 있다.

'그 간물(奸物)을 살해한다. 그 길 외에 현 난국을 구할 도리는 없다.'

대 사쓰마 번으로 돌격해 들어가는 것이다. 다카스기는 본래 살아 돌아가기를 기약하고 있지 않았다.

시마쓰 히사미쓰, 이름은 사부로(三郞). 번주와 같은 대우를 받고 있지만 번주의 부친이라는 것만으로 사쓰마 번을 이끌어 가는 무위(無位) 무관(無官)의 한 개인이었다. 그래서 막부, 조정의 공식 석상에 나가면 아무런 자리도 주어지지 않는다. 그래서 치열한 매관 운동을 벌여, 처음에는 좌근위 권소장(左近衞權少將), 이어서 좌근위 권중장(權中將)의 지위를 얻었다. 정치상 필요해서라고는 하지만 그러한 인물이다.

사쓰마 번의 전 주군은 막부 말기에 으뜸가는 영걸이라고 불리던 시마쓰 나리아키라(島津齊彬)였다.

나리아키라의 평판은 번의 내외를 압도하였는데, 애석하게도 안세이 5년에 갑자기 병을 얻어 죽었다.

위독한 병상에서 배다른 동생 히사미쓰를 불러 유언했다.

"가권(家權)은 마다지로(又次郞 : ᄉ光의 아들, 후의 忠義)에게 잇게 하여라. 그러나 어리니까 네가 국정을 보살펴라."

이 유언에 의해서 히사미쓰는 번의 사실상의 군주가 됐다.

히사미쓰는 평범한 인간은 아니다. 다른 번의 군주에 비해서 정견도 기재도 있다. 그러나 아무래도 나리아키라와 비교할 때에는 인간과 흙인형 같은 차이가 있었으며, 그 흙인형이 나리아키라와 마찬가지로 '영주지사(領主志士)'를 자처하고 사쓰마 번 77만 석을 배경으로 눈보라 속으로 뛰어들려고 한 것이다.

죽은 나리아키라가 사랑하던 부하들도 분수없는 그를 좋게 받아들이지 않아, 사이고 등은 히사미쓰 앞에서 귀에 들릴 만한 목소리로 내뱉었다.

"촌놈 같으니!"

그런데 그 촌놈이 사쓰마의 대병을 이끌고 교토로 올라가자, 뜻밖에도 천황으로부터 대단한 신뢰를 받아 조슈 번에 브레이크를 거는 기능으로 이용당했다. 고메이 천황은 극단적인 좌막론자(佐幕論者)다. 자연히 촌놈도 그에 연합하여 좌막론자가 돼 버렸다.

조슈 번의 오사카 번저는 도사보리 강에 면해 있고, 조안 다리(常安橋) 남쪽 가에서 동쪽에 걸친 강기슭에 벽돌담을 두른 큰 건물이었다.

"머리 좀 식히고 오겠습니다."

다카스기는 돌층계를 딛고 내려가 물가에 웅크리고 앉았다.

강 건너에는 마루가메 번(丸龜藩), 도쿠시마 번(德島藩), 야나가와 번(柳川藩), 히메지 번(姬路藩), 이와구니 번(岩國藩), 아카시 번(明石藩), 히로시마 번(廣島藩) 등의 번저가, 역시 똑같은 벽돌담을 두른 거무칙칙한 건물로 죽 늘어서 있었다.

참방!

다카스기는 물을 퍼 올려서 얼굴을 씻었다. 밀물이 쏠려 들어왔는지 좀 짰다.

등 뒤쪽에서 사람이 다가오는 기척이 들렸다.

"……."

뒤돌아보니 살갗이 검고 눈이 번들거리는, 보기에도 매서운 무사가 팔짱을 끼고 다카스기를 내려다보고 있다.

검은 문복에 다카마치 하카마.

검소한 무명옷이었지만 닿기만 하면 손이라도 베일 듯 주름이 잡혀 있어, 그의 성격이 잘 나타나 있었다.

도사 번을 탈번한 나카오카 신타로(中岡愼太郎)다.

요즈음 줄곧 조슈에 몸을 의탁하고, 고향에서는 번내에서 충용대(忠勇隊)라는 낭사 부대를 조직했으며, 다시 교토 정세의 악화와 함께 그 정찰을 위해 동쪽으로 올라와 오사카, 교토를 중심으로 끊임없이 뛰어다니고 있다.

강경한 막부 타도주의자였으나 소위 부랑 지사들의 공론과는 달리 치밀한 이론과 날카로운 현실 감각을 가지고 있다.

이 이야기의 주인공 료마와는 옛날 나카오카가 모모이 도장(桃井道場), 료마가 지바 도장(千葉道場)에 있던 문하생 시대이래 왕래가 끊어져 만나지 못했다.

그러나 나카오카는 반은 조슈인이 돼 버렸으므로 다카스기와는 막역한 사이였다.

"왔군."

나카오카는 짤막하게 말했다.

"그래."

다카스기는 돌층계를 올라가서 나카오카가 서 있는 길 위로 나갔다.

"얘기나 하자."

나카오카는 돌 축대 위의 흙먼지를 털고 털썩 주저앉았다.

그 아래, 물이 쓰레기들을 띄운 채 흘러간다.

다카스기는 고향의 정세를 얘기했고, 나카오카는 교토의 정세를 얘기했다.

"이미 조슈 번은 빼도 박도 못할 지경까지 와 버렸어. 토론해 보았자 결론도 나지 않아. 방책도 없어. 안 그런가? 다카스기군."

나카오카는 도사 사투리로 말했다.

"팔면이 다 막혔어."

"다카스기군, 자네는 자중론인가?"

"생각은 하고 있지."

"그건 잘못이야. 이런 정세가 되었을 때에 자중 같은 것은 패배 사상이야. 끝내 조슈는 위축되어 망해 버린다. 조슈 번이 망하면 일본의 근왕 양이는 멸망해 버린다. 다카스기군, 행동해야 해. 하여간 막다른 골목으로 끌려 들어간 현상의 어느 구석인가를 무작정 무법으로 깨야 해. 그 길밖에는 없어."

"그건 예를 들자면 어떤 일이지?"

"시마쓰 히사미쓰를 죽이는 일이지."

나카오카의 얼굴에 물의 반사광이 비치고 있었다.

교토, 오사카에는 막부가 '부랑(浮浪)'이라고 부르는 근왕 낭사가 다수 잠복해 있다. 그 대부분은 최근 막부가 단행한 피비린내를 풍기는 탄압 정책으로 흩어져 버리고, 남아 있는 것은 죽음을 결심한 무리들뿐이었다.

"조슈가 망하면 근왕파도 망한다."

그들은 그렇게 믿고 있다. 어떻게 해서든 조슈를 비참한 환경에서 구했으면 하고 있었다.

교토에서는 매일, 그들 중 몇 명씩 신센조 패들에게 길거리에서 칼을 맞았고, 잠입 장소를 엄습당해 피를 흘리는 등, 하루를 무사히

넘기면 "오늘도 무사히 살았구나" 하는 형편이었다.

이런 현상을 타파하기 위해서 그들 맨주먹 낭사들이 할 수 있는 일은 하나밖에 없었다.

"벤다."

조슈 반대파의 영주들을 베는 것이다. 우선 최대의 적은

교토 수호직 아이즈 번주 마쓰다이라 가타모리.

사쓰마 번주의 생부인 시마쓰 히사미쓰.

"나카오카군."

다카스기 신사쿠는 불렀다.

"교토, 오사카에 잠복해 있는 낭사 제군들을 모으면 한 세력이 된다. 그것으로 사쓰마와 아이즈의 적들을 습격하자."

"나도 생각 중이야."

나카오카는 그 가장 좋은 시기를 노리고 있는 것이다. 나카오카는 말했다. 나카오카의 지모, 군략이라는 것은 흔해 빠진 경거망동의 낭사와는 비교할 정도가 아니었다. 나카오카는 조슈 번을 대거 동쪽으로 올려 보내고 교토, 오사카의 낭사들은 그와 호응하여 궐기, 교토에서 쿠데타를 일으키고 천황을 받들어 양이 정권을 수립하려는 것이었다.

"그러려면 본번(本藩)을 설득시켜야 한다."

"옳은 소리."

다카스기는 급히 귀국하기로 했다.

한편—

조슈 본국.

미야이치(宮市)에 주둔하고 있는 기지마 마다베는 다카스기의 귀국을 목이 빠지게 기다리고 있었다.

"신사쿠는 무엇을 하고 있나. 그 풋내기는 결국 얼간이었던가."

이렇게 투덜거리며 지내는 동안에 다카스기가 나카오카와 함께 돌아왔다.

그런데 다카스기는 귀국하자마자 탈번의 죄로 번리(藩吏)에게 붙잡혀 친척에게 위탁됐고, 그 뒤 노야마(野山) 감옥에 갇혀 버리고 말았다. 다카스기는 이 옥 속에 갇혀 있었기 때문에, 그 뒤 유폭(誘爆)이 거듭되는 소란 속에서 전사하지 않았다고도 할 수 있다.

기지마 마다베는 매일처럼 번청으로 달려가 담판을 했다.

"무슨 일이 있더라도 출발시키자."

때로는 칼집을 두드려 칼을 철렁 울리면서 압력을 넣었다.

드디어 번에서는 허가했다. 단, "교토, 오사카를 정찰하라"는 명령이었다.

거느리고 가는 유격군의 대원도 번에서는 11명으로 제한했는데, 나도, 나도, 하고 참가하여 끝내는 50여 명이란 다수에 이르렀다.

모두들 결사의 무사다. 세상에 풍파가 일지 않을 까닭이 없었다.

기지마 마다베는 오사카로 뛰어들었다.

뛰어들었다고밖에 형언할 도리가 없는 기세였다. 결사의 유격군 50여 명을 거느리고 있다.

모두들 작년까지 교토의 큰길을 활보하던 각 번의 탈번 근왕 낭사로서, 조슈 번의 정계 몰락과 함께 조슈로 간 무리들이다.

도사 사람도 많았다.

료마의 고향 집 근처 사람들도 있었다.

"시끄러운 무리들이 왔군."

도사보리에 있는 조슈 번저의 수비관인 시시도 구로베 노인은 씁쓸히 웃었다.

그러나 이 인정 많고 젊은이를 좋아하는 노인은 행랑채를 그들의 방으로 제공했고, 도착한 날 밤에는 밥상에 구운 생선 한 마리씩을 놓아 대접했다.

"구로베, 나는 본국에서 영결의 물잔을 나누고 왔네."

마다베가 말하자, 시시도 구로베는 쓰게 웃으며 말했다.

"그 물잔이 말썽이야."

이미 마다베가 도착하기 전에 본국에서 급한 파발이 와서 젊은 주군의 편지가 노인에게 전달되어 있었다. 편지 내용은 이런 것이었다.

"기지마 마다베가 머지않아 그곳으로 다수의 인원을 데리고 간다. 만일 그들이 소란을 일으키면 만사가 다 깨어지고 만다. 교토에는 가쓰라 고고로, 구사카 겐스이도 있으니까 잘 연락을 취해서 마다베의 난폭한 행동을 억제해 다오."

다음날 마다베가 이렇게 말했다.

"오늘 밤, 밤배를 타고 교토로 올라간다."

이 말을 듣고 시시도 노인은 소스라칠 듯이 놀랐다. 교토에서 난폭한 짓을 하면 점점 더 막부에 조슈 정벌의 구실을 주는 거나 다름없기 때문이다.

"오사카에 있으라니까."

달랬지만 듣지 않았다.

"그럼 마다베, 최소한 그대 혼자서 가 줄 수는 없겠나?"

"좋아."

마다베는 간단하게 승낙했다. 지금 계엄 상태나 다름없는 교토로 50명의 대원을 이끌고 올라가면 신센조 순찰대 등과 시가전이 벌어진다. 마다베도 그 점은 알고 있다.

"그 대신 대원을 몇 명씩 나눠서 교토로 올려 보내 줘. 부탁하네, 노인장."

"노인, 노인, 하지 말게. 그대도 노인이 아닌가."

"나는 혈기가 있어. 나이는 들었어도 남을 달래는 소임 같은 건 맡지 않아."

기지마 마다베는 교토로 들어갔다.

가와라거리(河原町)의 번저에 들어가자 노미 오리에, 가쓰라 고고로, 구사카 겐스이가 나와 어두운 표정을 지으며 말했다.

"오셨군요."

마다베의 입경에 대해서는 오사카의 시시도 노인이 보낸 급파발로 인해 알고 있었던 것이다.

그날 밤 셋이서 마다베에게 교토의 정세를 설명해 주고 감정을 다스리도록 달랬다.

마다베는 흠, 하며 순순히 듣고 있다가 상대방의 애기가 끝나자 고개를 쳐들고 크게 호통을 쳤다.

"모두 겁쟁이들이군!"

"마다베님, 말씀이 좀 지나치군요."

가쓰라가 말했다.

"나는 겁쟁이가 아니오!"

미간을 찌푸리고 있다.

마다베는 상관하지 않았다.

"신사쿠도 그렇지만 당신도 책을 너무 읽었어. 정세를 따지고 나서 행동하려고 한단 말이야. 무사가 무사도를 세우는데 정세고 뭐고 있을 게 뭐야. 주군이 욕을 당하면 신하는 죽는다. 무사는 이것만 알면 돼."

논점이 두 갈래로 갈라져 있다. 가쓰라 고고로는 무사로서의 혁명가지만 마다베는 그렇지 않다. 단순히 순수한 무사가 되려고 한다.

그러므로 번주도 젊은 주군도, 다카스기도 구사카도 마다베의 언동을 꾸짖을 수가 없어 "그럴 게 아니라" 하고 달랠 수밖에 없었다.

가쓰라가 말한 '정세'라는 것은, 한 열흘 가량 전에 조슈 번에 대해서 동정하고 있는 가가 번 이하 14개 번의 양이주의 번사 44명이, 쓰시마 번사의 주선으로 시미즈 산네이자카의 요정 아케보노 관에 모여 조슈 번 구제책을 협의해 주었다는 것이다.

물론 이 회합은 가쓰라의 준비 공작으로 행해진 것으로서 회합에서는 "조슈의 참상은 모두 사쓰마 번의 간계에 의한 것이다"라는 분위기가 강했다.

"그러니까 기다려라. 곧 호전된다."

가쓰라가 말했지만 마다베는 코웃음을 치며 말했다.

"여러 번의 잡병들이 모여들어 봤자 무엇이 되겠는가. 장부란 그런 것에 기대를 걸지 않는다."

아닌 게 아니라 듣고 보니 막연한 희망에 불과한 것이다.

그런데 기지마가 나타난 며칠 뒤, 뜻밖에도 막연한 희망만도 아닌 것 같은 사태가 일어났다.

소문에 의하면 사쓰마 번의 시마쓰 히사미쓰가, 세론이 자기에게 냉담한 것을 알고 싫증이 난 모양이었다.

근본이 영주다.

좋은 사람, 위대한 사람이 될 작정으로 교토에 올라와 정계를 휘둘러보았으나, 뜻밖에 세상은 자기를 영웅으로도 그 무엇으로도 보아 주지 않고, 끝내는 정적인 조슈 번뿐만 아니라 다른 여러 번들까지도 '사쓰마는 역적'이라고 하자 그만 화가 치밀었다. 도사의 대영주 야마노우치 요도에게도 이런 구석이 있어, 교토에 올라와도 마음에 들지 않는 구석만 있으면 부지런히 귀국해 버린다.

히사미쓰도 "돌아가겠다"는 말을 갑자기 꺼냈다. 그 때문에 사쓰마 번저에서는 귀국의 행차 준비로 야단 법석이라는 소문이었다.

"다행이로구나."

이 소문을 들은 기지마 마다베는 손뼉을 치면서 기뻐하고, 후시미에 잠복했다가 히사미쓰의 행렬로 돌격하자고 주장하기 시작했다.

"나와 유격군의 대원이 돌격하겠다. 물론 전원이 시체가 되겠지. 그러나 큰 간물은 쓰러뜨린다. 그래서 주군의 원한을 푼다."

말뿐이 아니었다.

이 무렵에는 이미 교토 가와라 거리의 조슈 번저에는 유격군 대원 50여 명이 모조리 잠입해 있었다.

"알겠지?"

마다베는 그들에게 죽음을 각오하라고 했다. 사쓰마 번의 행렬로 돌격하기 위해서는 모조리 죽을 각오가 필요하리라.

"가쓰라나 구사카에게는 비밀로 하라."

이렇게 이른 다음 기지마는 준비를 시작했다.

그 습격을 위해 창, 사슬, 갑옷, 줄사다리 등을 준비하고, 또한 아코 의사(赤義士)처럼 합인(合印)의 옷까지도 주문하여 만들었다.

"비밀인데이."

마다베는 조슈 사투리로 여러 사람에게 귓속말을 하고 돌아다녔지만, 본인 자신은 입을 다물고 있을 수가 없었다.

"고고로, 머지않아 깜짝 놀랄 만한 일이 일어난데이."

고고로가 깜짝 놀라 기지마의 방으로 들어가 보니 과연 아코 사십칠 의사 같은 준비물이 높이 쌓여 있다.

"기지마님, 큰일이군요."

가쓰라는 한숨을 쉬었다.

"낭사 기지마 마다베가 하는 거다. 그대에게 폐는 끼치지 않겠다."

다행이라고 하면 묘하지만 이 소문을 교토 고등정무청의 밀정이 정탐해서, 고등정무청으로부터 수호직(守護職) 마쓰다이라 가다모리에게, 가다모리로부터 히사미쓰에게 전해져, 히사미쓰는 갑자기 출발 기일을 앞당겼고 더구나 문제의 후시미에서는 숙박하지 않고 그냥 지나쳐 귀국하고 말았다.

"아뿔싸!"

기지마 마다베는 이를 갈며 분해했으나 실망은 하지 않았다. 정력 있는 사내들에게는 언제나 행동 목표가 있는 법이다.

"아직 큰 간물(奸物)이 남아 있다. 교토 수호직 아이즈의 마쓰다이라 가다모리 중장이야 말로 아이즈 간적 사쓰마 역적의 패거리다."

목표를 바꾸었다.

구로다니(黑谷)의 아이즈 번 본진으로 돌격하여, 번주 가다모리의 목을 베자는 것이다.

상대는 행렬이 아니라, 벽돌담을 둘러친 어마어마한 규모를 가진 성 못지않은 아이즈 번의 본진이다.

번병만도 2천 명이 있다.

"핫핫핫핫. 준비가 대단해졌데이."

마다베는 겉으로는 태평스럽게 보였으나 본래 전략가라 막상 계획을 세우게 되니 뜻밖에 머리가 잘 돌아갔다.

여기, 후루다카 슌타로(古高俊太郎)라는 낭사가 있다.

이 후루다카 슌타로라는 불행한 근왕 지사가 신센조에 잡힌 것이 계기가 되어 이케다야(池田屋)의 변이 일어나는 것이다.

후루다카는 서민 같은 풍채를 하고 있었다. 마스야 기에몬(枡喜右衛門)이라는 이름으로, 가와라 거리 시조(四條)에서 북쪽으로 올라가 동쪽으로 빠지는 길목에서 철물점을 경영하며 막부 관리의 눈을 속이고 있었다.

기지마 마다베는 말썽거리가 될 여러 도구를 이 조슈계의 간첩 후루다카로부터 사들이고 있었다.

"후루다카 형, 계획을 아이즈 본진으로 바꿨어."

기지마는 번저의 구석진 방에서 나직이 속삭였다.

"그렇다면 전쟁이로군요."

후루다카는 고개를 끄덕였다.

회의란 묘한 것이다.

최초엔 마다베도 구로다니의 아이즈 본진으로 쳐들어가 마쓰다이라 가다모리의 여원 목을 베어 버리겠다는 것뿐인 단순한 계획이었다.

"그것만이라면 좀 아쉬워."

그러나 이런 의견이 나왔다.

요즈음 마다베의 정열과 계획이, 술로 말하면 발효의 씨가 되어, 교토와 교토 주변에 숨어 있는 근왕 낭사들 간에 이야기가 되었고, 그 때문에 여기저기서 비밀 회합이 개최되고 있었다.

"내친 김에 교토 고등정무관 마쓰다이라 사다아키(松平定敬 : _{가다모리의 친동생})도 죽이자."

이런 이야기에까지 발전되었다.

지금 같은 때 이 시끄러운 교토, 오사카에 잠복해 있는 지사라면 모두 의지가 굳은 사람들로, 목숨 따위는 애당초부터 버리고 달려들었다.

그 비밀 연락 장소는 후루다카 슌타로인 '마스야 기에몬'의 철물점이다.

이 장소는 지금은 '시루사치'라는 교토류의 일급 요리점이 되었고, 그 요리점 앞에 '근왕 지사 후루다카 슌타로 집터'라는 돌비석이 서 있다.

후루다카는 온화한 서민풍의 얼굴을 가진 중년 남자로 교토 말이 유창하여, 이웃 사람들도 그가 무사라고는 생각조차 하지 않았다.

그는 본래의 신분은 번 소속의 무사가 아니라 사원 무사(寺院武士)였다. 야마시나비샤몬 당(山科毘沙門堂)의 주지인 잇폰지쇼호 친왕(一品慈性法親王)의 가신 후루다카 슈조(古高周藏)의 아들로, 오쓰의 저택에서 태어나 일찍부터 아버지와 함께 교토로 옮겨와 사카이 거리, 마루다 거리(丸太町)에 자리 잡고 있었다.

그의 근왕 이력은 오래 된 것이다. 우메다 운핀(梅田雲濱)의 감화로 근왕가가 된 그는, "막부는 정권을 천자로부터 훔쳤다"고 하며 친왕(親王)이나 공경(公卿)의 부하들과 연락하여, 소위 근왕 교토파의 유력한 한 사람이 됐다. 그의 근왕 이력이 오래된 것은, 이이(井伊)의 안세이(安政) 대옥(大獄) 때의 생존자라는 것만으로도 알 수 있다.

그 대옥 당시, 밀정에게 미행당하고 있을 때 동지인 유아사 고로베(湯淺五郎兵衞)란 자가 말했다.

"어떨까? 나의 친척 중에 각 번의 조달을 맡고 있는 마스야 기에몬이라는 자가 있다. 최근 주인도 가족도 다 죽어 버렸는데 만약 괜찮다면 귀공이 뒤를 이어 주었으면 고맙겠는데."

이런 얘기를 걸어왔다. 후루다카는 마침 잘 되었다는 듯 그 얘기에 응해, 곧 마스야 기에몬이라고 개명하고 그 가게에서 살았다.

그로부터 6년.

지배인도 이웃 사람들도 후루다카의 내력을 모른다.

지사 활동은 여전히 계속되어 탈번의 지사들을 곧잘 잠복시켜 주었는데, 히고 제일의 인걸로 일컬어진 미야베 데이조(宮部鼎藏) 등은 줄곧 이 마스야에 잠복해 있었다.

"제군의 의도는 잘 알았다. 더구나 조슈 번의 응원을 어느 정도 얻을 수 있는가에 따라서 일의 성패가 결정된다. 곧 기지마님에게 의논해 보겠다."

서민 차림으로 조슈 번저로 갔다.

동지 일동의 기분을 전하자 기지마는 무릎을 쳤다.

"훌륭한 일이야."

"후루다카 형, 어차피 죽을 바엔 일을 크게 벌이는 것이 좋지 않겠나. 이왕이면 이렇게 하는 것이 어떨까?"

기지마는 부채를 꺼내 다다미에 글자를 썼다.

"교토 점거"

"교토 점거……."

후루다카 슌타로는 눈을 날카롭게 빛냈다.

"기지마 형, 하십시다. 새로운 시대를 이루기 위해서는 죽을 사람이 필요합니다. 나는 올해 서른일곱 살이 됩니다. 너무 오래 살았군요. 이번 거사를 위해 죽기로 할까요."

"잠깐, 나는 50살이야."

마다베는 창피스러운 듯 부드러운 조슈 무사 말씨로 말했다.

"나이에 대한 말은 꺼내지 마오. 후루다카 형."

기지마 마다베는 작전 계획을 세웠다.

굉장하다.

"우선 열풍이 부는 밤을 택해서 바람받이에 불을 질러 교토를 불태우고, 그 혼란을 틈타 3개 부대로 나뉘어 한 부대는 고등정무청, 한 부대는 구로다니의 아이즈 번 본진으로 쳐들어간다. 나머지 한 부대는 대궐로 들어가 천황을 받든다."

다시 말을 이었다.

"그러기만 해서는 막부와 각 번의 군사에 에워싸여 일이 깨져 버릴 테니, 본국 조슈로부터 대병(大兵)을 불러 와 기맥을 통하고 은밀히 연락해서 천황을 조슈 본군(本軍)으로 모신다. 그런 뒤 조슈군은 교토로 들어가 군정을 펴고 일거에 막부 타도로 돌진한다."

"만약, 싸움을 벌였다가 패하면?"

"천황을 받들고 조슈로 몽진해 가시도록 청한다. 멀리 보슈, 조슈 두 고을에서 막부 토벌의 칙명을 내려 천하의 근왕 제번, 근왕 지사의 궐기를 촉구한다."

"성난 파도 소리를 듣는 것과 같습니다."

후루다카는 눈물을 글썽였다.

"계획이 훌륭하군요."

"후루다카 형"

기지마 마다베도 자기 계획의 장절함에 후들후들 몸을 떨며 쓰러지듯 후루다카의 두 팔을 잡았다.

"나는 조슈 태생, 당신은 교토 사람, 그런데 기이하게도 죽는 때가 같게 됐군."

"성패는 묻지 맙시다."

후루다카가 말했다. 그도 오랜 동안의 숨은 근왕 운동으로 지칠 대로 지쳐 있었다. 이쯤에서 죽어 버리는 것이 오히려 법열(法悅)에 가까운 기쁨이 될 것 같다. 눈물은 그런 눈물이었다.

아내도 없다. 자식도 없다. 그저 노모 스미만이 불쌍하다.

'하, 할 수 없다.'

어머니를 생각하니 새삼 눈물이 흘렀다. 이러한 아들을 가진 부모의 불행이라고 체념시키는 도리밖에 없다고 생각했다.

여담이지만 정5품(正五品)을 하사받은 후루다카 슌타로의 노모 스미는, 유신 정부 성립 직후인 메이지 원년 12월 5일에 조정으로부터 노후의 봉록을 받았다.

'기지마의 계획은 거칠고 엉성하지만.'

후루다카는 거기까지도 알고 있었다.

'그러나 일을 일으키지 않으면 현상을 깰 수는 없다. 요는 일을 일으키는 데 있지, 그 성패까지를 생각할 것이 아니다.'

"기지마 형, 저는 무기와 화약을 모으고 또한 교토, 오사카에 잠복해 있는 동지들에게 연락해 두겠습니다. 도사의 무리들만도 5, 60명은 모일 것입니다."

"나는 곧 조슈로 돌아간다. 죽음을 걸고 번을 설복시켜 대거 상경시키겠다."

마다베는 눈물을 씻었다.

한편, 료마.

밤, 창에 기대서서 장지문 밖의 빗소리를 듣고 있다.

바람이 거세어졌는지 빗소리 사이사이에 들려오는 파도 소리가 높다.

고베 학교 료마의 방이다. 이 방은 바다에 면해 있다.

찰싹. 뺨에 앉은 모기를 때렸다. 피를 빨아 먹었는지 료마의 뺨이 검붉게 물들었다.

'난처하구나.'

학교는 붕괴의 위기에 처해 있다. 왜냐하면 교토 지사의 무리들이 학교로 와 후루다카 슌타로 등의 교토 궐기에 참가하라고 도사계 학생을 설복시킨 것이다.

모두 동요했다.

'간다'는 것이다.

무리도 아니었다. 2, 3년 전의 료마라면 칼을 쥐고 교토로 달려 올라갔을지도 모른다. 바로 그러한 쾌거에 죽기 위해서 본국에서 탈 번해 온 것이 아닌가.

그런데 료마의 안목은 길어졌다. 지금 몸 하나 죽어 보았자 무엇이 되느냐 하는 것이다.

'불과 1백 명이나 2백 명 낭인의 손으로 3백 년의 막부가 쓰러질 리 없다.'

이루어질 수 없는 것은 이루어지지 않는다고 료마는 생각했다. 이 루어지기 위해서는 시대의 기운이라는 것이 필요하다.

'지금은 힘을 배양할 때다. 그 시기를 참지 못하는 것은 대장부가 아니다.'

료마는 세도 내해의 제해권을 쥘 날을 꿈꾸고 있다. 그 이전에, 아직 함선을 움직일 기술도 제대로 익히지 못한 시기에 교토에서 어 린애 병정놀음과 다름없는 투쟁에 휩쓸려 무엇이 된단 말인가.

이렇게 일동을 설득시켰다.

"가려면 나를 베고 가라."

그는 이렇게도 말했다.

그래서 거의 진정되었다. 그러나 그래도 혈기가 가라앉지 않는 자 가 몇 명 있었다.

"밤새껏 생각해 보아라. 나는 방에서 자지 않고 기다리고 있겠다. 생각을 다 하거든 오너라."

이렇게 말해 놓고 자기 방으로 돌아왔다.

미닫이가 열렸다.

'왔구나.'

고개를 쳐드니 도베였다. 모깃불을 가지고 온 것이다.

"도베, 아직 자지 않았나?"

"나리가 안 주무시는데 어떻게 잘 수 있습니까? 뭐 전직(前職)이 전직인 만큼 밤이 깊어도 눈은 끄떡없습니다."

도베는 방구석에 모깃불을 놓았다.

"비가 곧잘 오는데."

료마는 무료한 듯 중얼거렸다.

"올 장맛비는 거칠 모양입니다. 이런 해에는 인간의 마음도 거칠어지는 모양입죠."

"안에서는 아직도 의논을 계속하고 있나?"

"의논 정도가 아닙니다."

도베는 쓴웃음을 지었다.

"나리를 베고서라도 가겠다고 2, 3명이 칼자루 끝을 두드리고 있는 모양입니다요."

"하하, 그래?"

료마는 헛웃음을 쳤다.

복도를 밟고 오는 발자국 소리가 들렸기 때문에 도베는 자취 없이 방에서 사라졌다.

료마는 순간적으로 두 칼을 허리에서 떼어 벽장 안에다 집어넣고 맨몸이 되었다. 만일 저쪽이 습격해 온다면 고이 죽으려고 생각한 것이다.

"사카모토님."

미닫이가 열렸다.

기다소에 기쓰마(北添佶摩)

모치스키 가메야타(望月龜彌太)

두 사람이었다. 기다소에 기쓰마는 도사 다카스기 군 이와메지 마을(高岡郡岩目地村) 출신으로, 이 고베 학교 학생은 아니지만 료마의 권고로 홋카이도를 시찰하고 온 사내라는 것은 이미 말했다.

줄곧 교토에 잠복해 있었다.

오늘은 교토의 동지 몇 명과 함께 고베 해군학교로 학생의 궐기 참가를 권하러 온 것이다.

"아아, 가메군인가?"

료마는 중얼거렸다. 기다소에의 권유로 학생 모치스키 가메야타만이 교토로 가게 된 것을 두 사람의 태도로 알 수 있었다.

모치스키 가메야타는 젊다.

아직 입 언저리에 애티가 있다.

'기다소에도 가메도 죽는구나.'

료마는 암담하게 두 사람을 보고 있다.

모치스키 가메야타는 료마의 본집과 가까운 니시마치 거리에 사는 향사 모치스키 단에몬(望月團右衛門)의 아들이다. 분큐 2년 10월, 요도의 에도행 때 50인조라는 자발적인 친위대에 가담하여 고향을 떠나, 그 뒤 료마의 권고로 해군학교로 들어왔다.

"사카모토님, 당신을 베지 않을 수 없게 되었습니다."

가메는 고개를 푹 숙였다. 가려면 나를 베고 가라고 아까 료마가 말했기 때문이다.

"베어도 좋아."

료마가 말했다.

"당신은 강합니다."

가메는 정직했다. 도사 번 제일의 검객인 료마를 벨 수 있을 리가 없다.

"칼을 받아 줄 테니 베어라."

"당신, 칼을 안 가지고 계시잖습니까?"

가메는 의아해했다.

"가지고 있지 않으니까 베기 쉽지 않겠나?"

료마는 진지한 표정으로 말했다. 가메는 고개를 푹 숙여 버리고 말았다.

"사카모토님, 기다소에님과 함께 갈 테니 제발 보내 주십쇼. 부탁입니다."

두 손을 모았다.

료마는 자기도 모르게 눈물이 솟아올랐다.

"그렇게까지 죽으러 가고 싶은가?"

"가고 싶습니다."

눈물을 뚝뚝 흘리고 있다. 고향을 떠날 때 죽음을 결의한 이상, 보다 격렬한 장소를 택하는 것은 가메같이 단순하고 피가 끓는 사내에겐 별 수 없는 일이리라.

"사카모토님."

이번에는 기다소에 기쓰마가 말했다.

"몇 번씩 말하지만 사카모토님 이하 전원이 참가해 주면 일은 쉬워지오. 아무래도 안 되겠소?"

"더 이상 말하지 마라."

료마는 일어섰다. 빗속을 배웅해 주려고 생각한 것이다.

료마는 도베를 불러 부탁했다.

"이 두 사람을 교토까지 배웅해 주지 않겠나?"

요즈음 후시미 부근까지 신센조, 순찰대 등이 출장하여, 교토로 들어오는 불령 낭인(不逞浪人)들을 염탐하고 있다. 위험이 닥쳤을 때 도베의 후각과 지혜가 도움이 되리라고 생각한 것이다.

"알았습니다."

도베는 믿음직스럽게 고개를 끄덕였다.

이윽고 네 사람은 빗속으로 나갔다.

"바다가 울고 있구나."

료마는 삿갓 아래서 불쑥 중얼거렸다. 해안의 파도가 높은 듯했다.

모두들 도롱이를 뒤집어쓴 모습으로 가도로 빠지는 언덕길을 걸었다.

언덕을 올라가면서 기다소에 기쓰마와 모치스키 가메야타 두 사람은 계속 료마를 향하여 고향 얘기를 했다.

료마는 그저 고개를 끄덕이고 있다. 두 사람은 열심히 이야기를 했다.

'기다소에님들은 죽음을 결의하고 있군.'

도베는 초롱을 안고 앞장서 가며 이런 생각을 했다. 도롱이 속의 몸이 떨려오는 것 같은 느낌이었다.

한참 동안 침묵이 계속되었는데 이윽고 가메야타가 료마에게 웃음을 던지며 말했다.

"시구가 떠올랐습니다."

료마가 어떤 거냐고 물으니 가메야타는 기침을 한 번 하고 나서 읊었다.

도사 인간의 시체요 진흙에 여름 엉겅퀴

료마는 잠자코 있었다. 이윽고 짧게 웃었다.

"이상한 시구인데."

기다소에 기쓰마도 초롱불 빛 속에서 못생긴 그 입을 일그러뜨렸다.

"그럼 나도 발표하지. 하긴 무척 오래 전에 지은 시(詩)지만."

기다소에는 생김새와는 달리 시인(詩人)인 것이다. 호를 다이쇼

켄(對松軒)이라고 했다.

離家半月絕音書
客舍時時思弊盧
故國爺孃亦應說
吾兒今夜定何如

집을 떠나 반 달, 소식이 끊어지니
객사에서 때때로 고향 집을 그리네
아버지와 어머니는 이밤도 말하리라
그놈은 지금쯤 무엇을 하느냐고

이러한 의미다.
언덕을 다 올라와 가도로 나왔을 때 료마는 애써 명랑하게 말했다.
"길은 멀다. 경솔하게 목숨을 버리지 마라. 일에 실패하면 배를 가르거나 하지 말고 목숨이 붙어 있는 한 달려 돌아오너라."
오텐 찻집 곁에 소나무 두 그루가 있다.
그곳에서 헤어졌다.

모치스키 가메야타, 기다소에 기쓰마 두 사람이 도베의 도움을 받으면서 무사히 교토로 들어왔을 때, 거리에는 계속 비가 내리고 있었다.
가와라 거리의 조슈 번저로 들어가자 이미 여러 번의 낭사들이 모여 있었다.
특히 도사의 무리들이 많았다.
고치 성밑에 있는 뎃포 거리(鐵砲町)의 하급 무사 집안에서 태어난 이시가와 준지로(石川潤次郎), 역시 같은 고장의 후지사키 히사타로(藤崎壽太郎)·후지사키 요시고로(藤崎吉五郎) 형제, 도사 근왕파로서는 드문 상급 무사 출신의 미야가와 스케고로(宮川助五郎), 보졸로서 일곱 섬 일곱 말을 받는 도코로야마 고키치로(野老山五吉郎), 향사(鄕士)인 안도 가마쓰구(安藤鎌次), 역시 향사인 오리 데이키치(大利鼎吉).

"뭐야? 가메 혼잔가?"

오리 데이키치가 못마땅한 듯한 얼굴로 외면을 했다. 료마 이하 전원이 달려올 줄 알았던 모양이다.

"그 배에 미친 자는 꼼짝하지 않더군."

설득하러 갔던 기다소에 기쓰마가 씁쓸히 웃었다.

"흐흐."

모두가 웃고 있다. 료마의 풍모를 생각할 때 어쩐지 우스워진 것이었다.

"미워할 수 없어, 그자는."

오리 데이키치도 끝내는 쓰디쓴 웃음을 지었다.

"그러면 가메."

기다소에 기쓰마가 가메의 어깨를 두드렸다.

"히고 구마모토의 미야베 데이조님에게 소개하지. 이름은 이미 들었겠지."

"듣고 말고요."

가메는 황급히 고개를 끄덕였다. 미야베 데이조라 하면 요시다 쇼인조차도 형으로 모시고 사귄 지명의 지사다.

별실로 안내되어 가메는 미야베 데이조와 대면했다. 미야베는 이 낭사단(浪土團)의 수령격, 또는 참모격이었다. 나이 45살.

"내가 미야베 데이조요."

가메 같은 젊은이에게 몹시 정중한 자세로 머리를 숙였다.

미야베는 구루메(久留米) 출신의 마키 이즈미(眞木和泉)와 함께 규슈파 낭사의 대두령이다. 도저히 그러리라고는 생각할 수 없을 정도로 온화하고 근실한 중년의 무사였다.

어릴 때부터 대단한 수재로 알려졌고, 동시에 할머니에 대한 효행이 온 가문의 이야깃거리가 돼 있었다.

히고 구마모토 번의 병학 사범(兵學師範)이었다. 탈번하여 고향을 떠날 때, 아직 어린 두 딸을 불러 놓고 한 수의 시를 남겼다.

　아이야 어서 말에 안장을 얹어라
　구중심처 다리 위의 벚꽃이 지기 전에

또 훈계의 말을 했다.

"미도(水戶)의 다케다 고운사이(武田耕雲齋)의 장녀는 열일곱 살 무렵 번리에게 사로잡혀 살해당할 때, 웃으면서 칼 아래로 고개를 들이밀었다. 너희들도 그때는 울거나 하지 말고 옷을 갈아입고, 의젓이 하고 있어야 한다."

언니는 라쿠, 동생은 미쓰였다. 이 자매는 아버지의 탈번 뒤, 밖에 놀러 나갔다가도 가끔 달려 돌아와서는 이렇게 물었다고 한다.

"어머니, 아직 옷은 갈아입지 않아도 되나요?"

지은이

시바 료타로(司馬遼太郎)

그린이

전성보(全聖輔)

옮긴이

박재희 창춘사도대학일문학전공 김문운 니혼대학일문학전공
김영수 와세다대학일문학전공 문호 게이오대학일문학전공
유정 조지대학일문학전공 추영현 서울대학교사회학전공
허문순 경남대학불교학전공 김인영 숙명여대미술학전공

료마가 간다 4

지은이 시바 료타로/책임편집 박재희 추영현 김인영

1판 1쇄/1979. 12. 1
2판 1쇄/2005. 8. 8
3판 1쇄/2011. 12. 1
3판 6쇄/2023. 3. 1

발행인 고윤주/발행처 동서문화사

창업 1956. 12. 12. 등록 16-3799

서울 중구 마른내로 144(쌍림동)

☎ 546-0331ⓒ (FAX) 545-0331

www.dongsuhbook.com

사업자등록번호 211-87-75330

ISBN 978-89-497-0718-1 04830
ISBN 978-89-497-0714-3 (전8권)